全面ラストで陽は落ちて

春まだ青き同じ季節をひた酔ひぬ

あまりにも早く遠くへ旅立った

田栗正洋君　岩屋修平先輩　楠本隆晴君　河野康彦先輩　藤川正敏君に捧げます

あゝ我あるを誰か知る　我が友あるを誰か知る

旧制第五高等学校寮歌「柏葉春の色深き」より

この話は、熊本大学硬式庭球部在籍経験を中心にした私の青春記です。
昭和四十一（１９６６）年三月に中学校を卒業して十一年後の昭和五十二年三月、
挫折を経て再び職を得るまでの体験がもとになっています。
当時の地方の高校生や大学生があたりまえに過ごしていた生活を、
世間の動向や変化に微妙に揺さぶられながらも前へ進もうとしていた日々を、
往時の記憶をたどりながら書き残せたらと思う気持ちで臨みました。
骨格となる話は全て事実で、大学ノートに書き残した備忘メモや、保存していた手紙類、
気まぐれに綴った日記帳をめくり直して記憶を呼び戻すことに努めました。
しかし記憶が曖昧な部分や裏付け確認が不可能な事柄については、
推測や一部を創作によって補完していることを予めお断りしておきます。
時代の雰囲気を呼び戻すために、当時私が口ずさんでいた歌も折々に紹介しました。
語り手の私は本名ですが、それ以外の登場人物の名前は私と同姓の人以外は仮名であり、
またアルバイト勤務先やよく行った飲み屋の名前も仮名です。
したがって実在の人物や店名等とは全く関係がありません。
大学一年次は大半の学生が未成年なのに、やたらと飲酒する場面が登場しますが、
当時の風潮や雰囲気をありのままに伝えるためです。ご容赦ください。

目次

（五）見よや竜南（りゅうなん）竜は伏し鉄腕撫（ぶ）する健児あり……208

(一) 生命(いのち)の調べ颯爽(さっそう)と生きとし生けるものは皆　若き力に燃ゆる哉(かな)

旧制第五高等学校寮歌「椿花咲く南國の」より

一、カツ丼に初恋

ホームに残り、石炭の燃える匂いが薄らいでいくまで、列車の最後尾を見続けました。臨時仕立ての集団就職列車で、関西や中京方面へ向かってふる里を離れて行く同級生たちを国鉄佐世保線武雄駅で見送ったのは、中学校の卒業式を終えて間もない昭和四十一年三月のことでした。同学年のおよそ半数かそれ以上が中卒で就職していた最後の年代ではなかったかと思います。この集団就職列車に乗り、何人の仲間が旅立っていったのか。もう思いだすこともできません。

生まれて初めてカツ丼を食べたのは、武雄高校入学式の日でした。山村の同じ中学校から武雄高校に入学した隣り合う地区の者同士、父兄と一緒にささやかな入学祝をすることとなり、武雄温泉近くの精肉屋が経営していたレストランへ寄りました。私はレストランと名の付くところで食べた記憶はなく、食堂でさえそれまでの人生では五本の指で楽に数えられるほどの経験しかありませんでした。そこで注文するのはうどんかチャンポン。あるいはカレーライスかチキンライス。そもそもこの日まで この世にかつ丼という食べ物が存在することも知らない田舎育ちの私でありました。注文の品が出てくるまで、私はカツ丼の完成形すら想像できませんでした。店頭には模型を展示してあったはずなのですが、カツ丼の存在を知らないのですから模型に目が行くこともなかったのです。初めて口にしたとき、いや白身と黄身がとろけあった卵綴じとカツを一緒に口に入れて噛みしめたとき、この世にこんなにうまいものがあるのか、と自分の舌に間違いではないよなと確かめ直すほどの喜びを覚えました。それほどまでにも、私の口や舌は食味経験に乏しく純情素朴でスレていなかったのです。

私の住む山村へは、雪が積もると峠道が凍り付いて路線バスがやって来ません。高校へは氷が緩むまでバスを待つか歩いていくしか方法はありませんでした。そんな出来事は年に一度あるかないかの珍事でしたが、幹線の県道は砂利道でもありバスがパンクすることはたびたび発生しました。そうなると確実にバスは延着します。乗客の多い朝夕でも本数が少なかったので、平日の朝に遅れるようなことがあると登校時刻にはまにあわず集団遅刻となります。授業が始まっている教室に数名で「パンクで遅れました」と断りながら入ると、「また若木か!」と級友が馬鹿にするような声を発し教室がどっと沸くのです。そんなときには悔しく恥ずかしい思いをしたものですが、高校生活になじんでくると逆にそれをネタにして教室を沸かせる余裕も生まれました。いわゆる団塊の世代とは私たちの一つ上の学年まででしたが、それでも我々の学年世代も就学者数は多く、普通科と家政科合わせて一学年十三クラス六百五十人ほどのマンモス校です。我々山村以外からは温泉の街、陶磁器の街、炭鉱の町と環境も気風もそれぞれ違う生徒たちが寄り集まる熱気あふれる高校でした。あまりにも多い生徒数の中で右往左往しているうちに一年生の時間はまたたく間に過ぎていきます。難しくなる授業と楽しい騒動の日々にもまれていくうちに次の人生ステップを考えなければならない時期にさしかかっていました。高校生活を一度きりの日々として恋や生徒会活動などに濃密な青春を感じて過ごした学友も私の周りには少なからずいたようです。飲み会などで集まると高校時代の出来事や恩師の話に熱弁をふるうのですが、私には彼らに追随できるほど濃い共通体験はありません。入学式の日に食べた強烈なかつ丼のうまさに勝る記憶はないのです。

そのかつ丼のあるレストランの前は高校生活中に何度も通りました。武雄温泉や裏の桜山公園に行く道すがらよく通るルートだったからです。しかしあの味をもう一度と念じながら過ごした高校時代には、小遣いも十分にはもらえず部活に費やすのがぎりぎりで、たまに踏切そばの「うれしや」でラーメンをするのが精いっぱいでした。いつかきっとあのカツ丼の味を再びと思ううちにチャンスは過ぎ去り、結局二度と味わうことはできなくなりました。高校を卒業して県外へ出た私が社会人となり、急に思い出してあの懐かしい味をとレストランを訪ねたときにはすでに店は無くなっていたのです。以来無性にカツ丼を食べたくなるときがあって、住んでいる都市や出張先などの各地であの味にもう一度会いたいと食べまわったのですが、初めて味わったときの感動を呼び起こすようなカツ丼には巡り会えませんでした。結局高校卒業以来半世紀が過ぎこの年になるまで、初めてのカツ丼の味のような喜びには出会えないままなのです。ひょっとしたら初恋のように、私の味覚が純情素朴であったあのころにだけ感じることができた無垢なときめきの味だったのかもしれません。雑多な飲食を経験して味覚に鈍感になるにつれ、青春時代の一瞬に感じることができた初めてのカツ丼の味はもはや永遠に帰ってこないのかもしれません。それでも私の舌は、まだあの感動のカツ丼をあきらめずに探し続けているような気がします。

数十年ぶりに東京の郷土会で再会したときに、

「順風満帆の人生を過ごしていたのだと思っていました」

と中学校時代のなつかしい人の口から洩れた言葉が耳のどこかで繰り返し囁きます。帆をうまく張る術さえ理解できずにいた高校時代、あと一年で卒業となるころクラス仲間に後れを取らぬ程度に帆を張る準備ができたかなと思い、向こう見ずの進路を熊本へと定めました。風をうまく捉えるチャンスは一度きり。そのワンチャンスに賭けました。昭和四十四（１９６９）年三月、武雄高校を卒業しました。私の小さな帆は運よく風を捉えました。卒業と同時に慌ただしく熊本へ向け出帆したのです。数十年ぶりに再会した同級生が、高校を卒業して東京へ行くと人伝に聞いたのは、熊本へ引っ越す準備に追われていたころではなかったかと思います。私は父の反対を強引に説得して進学する若干の後ろめたさと未知なる新生活への憧れで、合格発表後は地に足がつかないような毎日を過ごしていました。

二、進学を許してもらえなかったころ

高校三年生になったばかりの春、学校へ進路希望を提出するころのことだったと思います。長男の私を大学へ進学させたら四人の子供全員を大学へやらないと不公平になる。しかし今の家には恥ずかしながらその経済的余裕はないと親子喧嘩の末に、父に頭まで下げられて卒業と同時に就職するように頼まれたとき、ふてくされて部屋に引きこもった私の耳に聞こえてきたのは夫婦喧嘩のやりとりでした。

「父ちゃん、行きたいと言いよるとやけん許してやらんね。親から上の学校へ行かせてもらえず苦労して来たのはあんたやなかとね。あんたと同じような目に子供をあわせとうなか。私が日雇いに出てでも学資ぐらい稼いでやる」

父を責める気丈な母の声でした。父の気持ちは十分わかっているのに従えない我儘な自分の心に母の思いが嬉しくて、机に座って流れ出る涙と嗚咽が漏れそうになるのをこらえていたことを覚えています。高校進学のときに短大卒並みに五年間学ぶ佐世保高専（補欠合格でしたが）へは執拗に入学するように勧めた父が、土下座に近い姿までして就職を頼むくらいですから、三年間の子供の成長とともに苦しい家計事情になっていたのだと思います。その後しばらく父とは断絶状態のまま、思い余って高校の担任北浦先生に相談しました。

「なんでそんな馬鹿な事を今悩む。合格してから悩め。目指すのは地元の国立だろ？　入学金さえ何とかなれば親に頼らんでも行ける。入学金も大した額ではなかぞ。お前の家なら間違いなく無利子の奨学金も出る。よかったな貧乏で。あほなことに悩む暇があったら、英単語の一つでも覚えろ」

と一笑に付されてしまいました。確かに当時の国立大学の毎月の授業料はわずか千円で、貧乏な当時の我が家には大金の入学金も、今の時代の貨幣価値に置き換えるとなおさらに驚くほどの格安でした。

担任の話は目から鱗でした。我が家がいかに世間知らずの田舎暮らしに明け暮れていたのか、思い知らされて希望が湧いてきた私はこのことを父に話しました。しばらくして父から条件付きの進学許可が出ました。それは

「九州内の国立大学に必ず現役で受かること。落ちた時のことを考えて市役所か県庁の公務員試験に受かっていること。四年間で卒業し就職すること。落第は許さない。受験生だからと特別扱いはしないので家の手伝いも今まで通りにやること。入学のころに子牛を売ってその代金を入学金に充ててよいので牛の世話はお前がやること。お前が学校へ行っている昼間は俺がエサを与えるから、その分まで用意して学校に行くこと」

とまあこのような内容であった記憶しています。

今思い返すと、かなりきつい条件のように思えますが、その当時はあきらめかけていた大学進学を許してもらえたことの喜びが大きくて、即座にこの条件を飲んだように思います。

当時は現金収入のためにたいていの農家で、黒毛和牛を飼い肥育用の子牛を生産していました。その世話は主にエサやりでした。飼料と干し藁に混ぜる野菜や草の準備も約束事の一つで、学校から帰ると家の畑のエサ用の野菜や土手の新鮮な野草を刈り取ります。毎日は行けないので土日や早く帰れる日にまとめて刈るのです。雪が積もった畑で、雪の下から半分凍ったような野菜や牧草を収穫するときには、さすがに手が冷たくてつらかったことを思い出します。それでも牛の世話は嫌いではありませんでした。なかでも子牛の世話は。

この年昭和四十三年は全国的に大学紛争が広がりを見せ始めたころで、年初の一月には佐世保へ米軍原子力空母エンタープライズが寄港するという全国的にも注目を集める出来事がありました。国内の反戦活動家や学生運動のメンバーたちが、寄港阻止をスローガンに続々と佐世保へ向かいました。それをまた阻止しようとする警察機動隊も全国から佐世保へ。現地へもう一歩の距離にある我が母校佐賀県立武雄高校の校庭には機動隊車両に乗った隊員が集結し、隊を整え直して佐世保へと出発して行きました。母校の庭はあたかも最前線への兵站基地のようでした。その様子を私は校舎二階の廊下の窓から眺めていましたが、目の前の迫力には驚いたものの佐世保での出来事はどこか遠い国の事件のようにしか思えませんでした。

当時二年生の三学期に入っていた私にとって最大の関心事は大学受験の進路決定でした。理系か文系か、最終的にどちらを選択するか決定を迫られていたからです。三年時には明確に理数系クラス、文系クラスへと選別されてしまいます。高校へ入学してすぐのおぼろげな希望は、将来は好きな動物生態学の研究者にでもなれたらいいなというものでした。そのためには理学部の生物学科へ進まねばならぬと、二年生までは理数系クラスを意識していたように思います。ところが一年の生物は得意だったものの、二年生の二学期ごろから数学、物理、化学の理数学科が全く好きになれずその成績たるや悲惨なものでした。

結論を先延ばしにしているうちに担任から催促気味の面談を求められました。その時、

「この成績じゃ理数系の学部は厳しかのお、ばってん国語はそう悪くないし英語もまずまずやけん文系学部にすればどこかの国立に入れるやろう。ワシみたいに英語の教師にでもならんか？　うん？　決めるのは君だけど」

とおっしゃいます。この担任の坂井先生は東大法学部を出たものの、家庭の事情で家に戻り母校の英語教師に就かざるを得なかったと授業のたびにつぶやいておられた名物先生でしたが、朝からほのかにお酒の匂いの漂う愛すべき人でもありました。

当時はセンター試験などまだ導入されておらず、国立大学受験チャンスは一期校と二期校の二回で文系は五教科の総合点で勝負でした。国語、数学（文系は数Ⅱｂまで）、英語が必須で、あとは社会科・理科それぞれ一科目を選択して五教科として受験に臨みます。結局文系クラスを希望した私は三年五組という当時の武雄高校にしては珍しい男女混合クラスに組み入れられます。文系希望者成績上位五十名を集めたクラスといううわさが流れましたが、クラスの顔ぶれを眺めまわすと私自身を含めそうではあるまいと思えました。確かに優秀な者が多かったのですが、他の文系クラスにも私より成績上

位者や同程度の生徒が散らばっていたからです。

大学へ行けるかもしれないという可能性が見えてきた私の最初の関門は公務員試験に通ることでした。佐賀県庁と武雄市役所、どちらが先に試験だったのかはもう覚えていません。とりあえず公務員試験問題集を一冊解いて受けました。当時の市役所や県庁は給料が安いと有名で、家の跡取りである長男が家業もやりながら勤める職場だと相場が決まっていました。高度経済成長期が続いており民間の大企業へ就職するのが若者たちの憧れでもあったのです。したがって地方公務員は今ほどには人気がなく、試験も現代のように難しくはなかったのだと思います。武雄市役所の試験のことは覚えていませんが、佐賀県庁の筆記試験を通り二次面接で面接官から受けた質問の内容を覚えています。

「あなたは国立大学進学も希望しているようだね、県庁と大学両方に受かったらどちらを選ぶの？」

「希望の大学へ現役で受かれば進学したいです」

「武雄高校から現役で国立大学へ通るには、だいたい上位何番ぐらいまでにいれば可能性は高いのかな？」

「はい、文系理系合わせて百番以内ならまず可能性は高いかと」

「で、あなたの成績は何番ぐらい？」

「前回の試験ではクラスで五十人中三十番ぐらいでした。だいたいそんなもんです」

「三年生は全部で何名？何クラスあるの？」

「はい、普通科は六百人程度で十二クラスあります」

「十二クラスも、国立現役合格はちょっと厳しいようだね」

「でも現役でないと親が行かせてくれませんので、頑張ります」

結果は市役所からも県庁からも採用通知が届きました。県庁の場合はたぶん私の国立現役合格の可能性は限りなくゼロに近いという面接官の判断だったのではと思っています。なぜなら大学へ進み県庁へ来ない可能性の高い受験者は採用しないと思われるからです。クラスで三十番なら、全校では十二クラスもあるのだから三百番以下の成績で国立現役合格は無理と判断されたのではないかと。ただ面接官には言わなかったことがありました。もちろん聞かれなかったからなのですが。私が籍を置く三年五組は国立大文系特進クラスみたいな位置付けで、思うに私大に行かせてもらえるほど経済的に余裕がありかつ優秀な生徒は別にして、何としても国立大へ進まねばならないあまり裕福ではない家庭の生徒を中心に集めてあったのではないかと。したがって三年五組での三十番は国立大文系志望者に限れば全体での順位とほぼ同じだったのです。こうして私は公務員試験に合格することができ国立大学現役合格挑戦に専念することとなりました。

武雄高校時代の思い出はそれほど残ってはいません。美術が好きだったので美術部に入って活動したことぐらいです。高校に入って好きでよく口ずさんでいた歌に、梓みちよの『赤いつるばら』がありました。美術の授業で本の表紙をデザインする時間があり私は表紙のタイトルを『赤いつるばら』としたくらいです。薔薇の絵は用いず、抽象的な純粋で爽やかな色を出すことに苦心しました。出来上がったデザインを美術の松原先生がきれいな色づかいだと、クラス全員の前で掲げて褒めてくれたことが記憶に残っています。純愛の歌だと信じていたこの歌が、契れない愛の歌であり不倫の歌ではないかと気づいて愕然としたのは、還暦も半ばを過ぎてからのことでした。

歌についての記憶がもう一つ。一年生のときか二年生のときに、体育館で聞いた丸山明宏（現美輪明宏）の『ヨイトマケの唄』です。全校生徒を前にして短いスピーチとアカペラで歌う一曲だけのコンサートでした。開催されたいきさつは覚えていませんが、大半の生徒の家庭はまだ裕福ではなく歌の内容は聞く者の胸に染み入り、私は涙を浮かべるほどに感動したことを思い出します。それ以外では通学時のわずかな記憶ぐらいしかありません。毎日三十分ほど山道を満員のバスに揺られて国鉄武雄駅前に着き十五分ほど歩いて校舎に入ります。農繁期でない限りは授業を受けて部活に顔を出したり出さなかったり、図書館で本を読んだりして気ままに過ごし、家に戻り着くのがあまり遅くならない程度にまたバスで帰ることの繰り返しであったような気がします。帰りのバスはともかく行きのバスは同級生の女子たちともいつも一緒でした。バス停はそれぞれ違っていたので近くに座るようなこともなく顔を合わせることはあっても、中学生のころように声を交わすことはめったにありませんでした。同じバスに乗り合わせていることを意識はしていても、公衆の中で気軽に異性と話すことを恥じらうような青春真っただ中へと突入していた私だったようです。

三年生の夏休み明け、受験勉強のために希望者だけの早朝短期特別授業を受けることになり一番のバスに乗って登校を始めたら、同級生の女子一人が乗り込んできたのでびっくりしたことがありました。親以外には早朝授業のことは教えていなかったし、こんなに早く登校する若木の武高生は私一人だと思い込んでいたからです。たぶん偶然の出来事だったのでしょうが、しばらくはほとんど乗客もなく後部座席に二人きりだったのに、そのときにすら話しかけることもできませんでした。その人が同じ授業を受けていたわけではなかったのですが、二人の早朝登校はしばらく続いたように覚えています。いや私の記憶違いかもしれません。いずれにしろなぜあのときにさえ話しかけられなかったのだろうかと思う不可解な自分の思いを、卒業と同時に封印するようにしてふる里の家を出ました。

三、熊本大学に決めた理由

三年に進級し条件付きのワンチャンスではあれ大学進学を許された私は、どの大学をめざすか最終決断をするタイミングにさしかかっていました。そのころラジオ番組などを通してヒットしていた歌に、高石ともやの『受験生ブルース』というフォークソングがあります。教室でも掃除の時間などに箒をギターに見立ててみんなで歌っていた記憶がよみがえります。私も覚えて歌ったのですが、その歌詞のように受験で青春を犠牲にしているような気持ちは全くありませんでした。共感して歌うというより面白い歌だという認識で歌っていたのです。ただ私には、狭い家を早く出て新たな人生を切り開きたいという漠然とした願望はありました。その手段として九州の国立大学へ入学出来たらいいなという憧れめいた気持ちがあるだけで、ワンチャンスを失敗したらどうしようという悲壮感はあまり持ち合わせていなかったように思います。通る可能性が高い大学の学部を見極めることができたらたぶん合格するのではないかと思える楽天的な自信があったことと、受験がだめだったらいったん公務員になって考えよう。通信教育で大卒資格を取る道もあるし、なるようになるだろうと思っていました。家から通える職場でも独立した自分の部屋ぐらいは早く欲しいと思っていた程度でした。

とはいうものの三年生になると、家ではかなり神経質な面をさらけだすこともあり、わがままを通して兄弟や家族には迷惑をかけたりしたようです。それはテレビ番組のことです。自分にはテレビを見る時間の制限を課していたようで、一家で夕食を食べながらテレビを見てだんらんが終わると勉強部屋へ引き篭もるのですが、狭い家なのでテレビの音が漏れ聞こえてくるのです。ボリュームを落としても気になるので、すぐに居間に戻って勝手にテレビを消してしまうので呆れられる始末でした。当時のことを思い出して妹からは

「自分の好きな番組の『コンバット』まで見終わるとスイッチを切って部屋に入り、私たちが見たい番組を遠慮しながら見ようとテレビをつけると部屋から出てきて怒りだすので、呆れてしまった」

と今なお嫌味を言われるくらいですから、相当わがままなことをやっていたのだと、今さらながら恥ずかしくなり兄弟の前では何も言えなくなります。『コンバット』は、第二次世界大戦で連合軍がノルマンディ上陸作戦を成功させた後のドイツ軍との戦いを描いた戦争ドラマシリーズで、主演のビッグモローが演じるサンダース軍曹と彼の分隊が死闘を繰り返しながら転戦していく私のお気に入り番

組でした。

ところで高校時代に親しんだ作家に北杜夫がいます。彼の作品は大学生のころまでにすべて読み通しましたが、高校では図書館から借りて読んでいました。北杜夫の作品のなかでも気楽に読めるドクトルマンボウシリーズは息抜きに繰り返し読みました。ちょうど高校二年の時に『ドクトルマンボウ青春記』が発刊されます。その本を読み始めた私は、かくも楽しい学生生活が過ごせるのかと夢中になりました。彼が過ごした信州の旧制松本高校思誠寮での生活と松本高校での授業、そして東北大学医学部へ進学しての様子。金は無くとも、ひもじい思いは尽きぬとも、おおらかに青春時代を謳歌する筆者たちのパワーに魅了されてしまったのです。もちろん北杜夫独特のユーモアと誇張はマンボウシリーズの売りではありましたが、その点を割り引いても旧制高校の魅力が十分に伝わる作品でした。

時を同じくしてNHKドラマで旧制高知高等学校を舞台にした『ケンチとスミレ』という番組も放映されていました。ドラマ前半は主人公たちが貧しいながらも前向きに生きていく青春時代を描いた内容だったと思います。こうした影響をまともに受けた私は旧制高校に関する資料を調べて、「ああ俺は生まれてくるのが遅かった」と、難関の旧制高校に受かる実力もないくせに本気で悔やんだものです。大学へ行けるなら、せめて旧制高校のようなバンカラ伝統が一番強く残っている大学をめざそう。もちろんその大学には学生寮もなければならず、合格すれば寮生活を謳歌するのだと勝手な憧れが膨らみました。大学に行かせてもらえるなら九州にある国立大だろうと考え、各大学のバンカラ度を調べました。その結果はナンバースクールと呼ばれていた旧制第五高等学校が前身の熊本大学。そして旧制第七高等学校が前身の鹿児島大学。当時この二校には、今なお学生寮を含めて旧制高校時代の雰囲気が色濃く残っていると紹介本などにあり、総合的な私の評価では九州の大学でバンカラ度一位は熊本大学となりました。前身の五高では講道館で高名な嘉納治五郎が校長を務め、夏目漱石またラフカディオハーンなどが教鞭を執り、後に有名な学者や政治家となる逸材を輩出したとあります。私が生まれた年の昭和二十五（1950）年に最後の卒業生を送り出し、新制熊本大学に変わりました。この熊大こそ私が進むべき大学にほかならないと気分だけは熊本へ飛んでいくのです。高校三年になって大学進学を父から一度は拒否されるのですが、それ以前の二年時末にはすでに希望校だけは思い描いていた私でした。二年次最終段階の担任との簡単な面談で文系コース進学へ変更した私の頭の中では、第一希望校は熊本大学理学部生物学科から熊本大学法文学部文科へと、抵抗もなくスイッチが切り替わったのでした。とりあえず親には高校の教師をめざすと言おうと思っていました。

武高三年生になって大学進学ができるかどうかの悩みから一筋の光が見えだしたころ、美術部仲間で同じクラスだった福山君は親が進学を許してくれないので就職するのだと、はや開き直って入試勉強に身を入れなくなりました。瞬く間にテスト結果の学年順位が落ちていきます。本来は常に私より上位にあった名前がテストのたびに下がっていくのです。

「福山、お前それでいいんか？」

と一度聞いたことがありました。

「しょうないねん、親から就職してくれと頼まれているし。お前の親は理解があっていいのう」

「いやうちも、国立なら合格さえすればなんとかなると北浦先生に言われたと説得しての条件付き了解や、まだ条件はクリアしとらんから気は抜けんけど入試勉強は続けるよ」

「俺の家は無理やわ。俺の分も頑張ってくれや」

関西弁が残る口調で話す彼の話には投げやりな気分がありました。しかしその年の夏休み明けに福山君から笑顔で打ち明けられます。

「大学受けるぞ。家から通える佐賀大学に現役で合格するなら進学を許してくれることになったんや。教育学部を受けて、小学校の教師を目指そうかな。佐賀大一本でいくよ。でもだいぶ出遅れたからあかんかもな」

「そげんことぁなかばい。お前はもともと底力があるけん十分取り戻せる。大丈夫」

というわけで、放課後も武雄市図書館に通って一緒に勉強することになりました。実は福山君も旧制高校のバンカラ生活に魅力を感じていた一人でした。できれば四国の一期校高知大学に受かって『ケンチとスミレ』の主人公たちが過ごした南溟寮に入寮し、寮歌「時の流れに」を現地で歌いたいというのが本当の希望ではあったのです。

四、数学不安

高校三年生の昭和四十三（１９６８）年から四十四年にかけては大学紛争が過激化していく年でした。その象徴的な出来事が東京大学安田講堂攻防戦でした。大学紛争は冬枯れの野焼きの火のように瞬く間に広がっていくようでした。私が進学したいと思っていた熊本大学は、当初「文部省の模範校」と半分皮肉気味に評されるほど平穏な状況であったと記憶しているのですが、入試が近づくころには伝染病に感染したように紛争状態になっていきます。遠く離れた受験生にとっては新聞記事程度の情報しか入手できず、あまり気にせずに受験勉強に専念するしかありませんでした。そのころの私に不安材料が発生しました。十一月になるころ熊大の過去問集や想定問題集を解いていて、数学のある分野がうまく理解できないのです。こんなことではいけないと焦っているうちにもともと持っていた数学への苦手意識が高まってきて、数学に対するわずかな自信が瓦解しそうな不安にとらわれてしまいました。信頼できる秀才の級友に打ち明けると、

「君の頼みやすい数学の先生に教えてもらえよ。受験対策の塾をほとんどの先生たちが自宅でやっているから。クラスでもかなりの生徒が通っているよ」

と教えてくれました。私は初耳でびっくりしました。当時の教師が副業として塾をやるのは当たり前の時代であったことを、その時に全く知らないほど私は世間に疎かったようです。どうりで教科書

には載っていない難関大学過去問みたいなふたひねりもした設問でも、すいすい解ける者がいたわけです。私とは頭の構造が違う特別な秀才なのだろうと感心していたのですが、受験テクニックを覚えることで少しはカバーできる面もあったようです。幸い私が選んだ熊本大学は過去問を研究する限りにおいては、教科書に出てくる例題をくまなくきちんと解ければ合格点は取れる傾向にあるようで対策も立てやすく、偶然にも私向きの希望校を選んだようでした。

私が尊敬していた数学担当の先生に悩みを相談してみました。先生は多くは語らずに、

「そうか、じゃあ週に一度私の自宅へ来なさい」

とだけ言って認めてくれました。母へ事情を話すとすぐに理解し月謝は出してやると言いましたが、父には内緒にと言います。

母が言わんとすることは私にはすぐにわかりました。「毎日の学校の勉強に集中して、それで合格できんなら大学へなんか行かんでいい」というのが父の口癖だったからです。塾の日は学校に残って勉強していることにして帰宅が遅くなる理由にしました。当然その日の牛のエサづくりも前もって準備して登校しました。指示された曜日のその時間に先生の自宅へ伺うと、知っている同級生が二、三名先に来ています。顔を見合わせても黙って下を向いて勉強に戻ります。ひと月たった十二月最後の塾の日に月謝を納めようとしたとき、先生からこう告げられました。

「松尾はもう来なくていい。あとは自分でやりなさい。苦手な分野は克服できたはずだから」

一方的なおっしゃりように見放された気がして不安な表情を浮かべた私に、

「大丈夫、自信をもって受験に望め」

とだけ述べられました。

月謝は驚くほど安い額でした。前もって母に伝えたときに母の想像をはるかに下回った金額で安心したのか、納得いくまで習いに通えと言ったほどでした。先生は副業で塾を開いておられたのではなく、頼ってきた自信のない生徒を親身になって指導しようと思われていたのだと思います。もちろん他の先生のことはその塾に行っていないのでわかりません。難関校を受験する生徒だけを対象にした塾もあったらしいのですがそのことを知ったのは還暦を過ぎてからのことで、当時の私には知っていたとしても無縁のことでした。

先生から見捨てられたのではと不安になった私の思いが、間違いであったと思い知らされる出来事がありました。三学期初めの寒い日の体育の授業はラグビーの実技でした。前日が雨で、グラウンドの小さな水たまりがことごとく凍っています。数名の級友が仮病を使って出席返事を済ませると教室へ戻り受験勉強を始めます。校庭に残った者は二手に分かれてラグビーのゲームでした。水たまりの氷は砕け、一面がぬかるみになるなかを憂さ晴らしのように泥だらけになって走り回るのです。適当にゲームを楽しんでいるとたまたま私にボールがパスされ、それを受け取った私はなぜか全速力で走りたくなりダッシュしました。誰も真剣には追いかけて来ないだろうと思い、タッチダウンを一度はかっこよく決めてみたいと思ったのです。余裕の気分で振り向くと、ひとりだけ全力で追いかけて来るやつがいます。坂末君でした。なぜか楽しそうな顔をして追いかけてきます。かれが俊足であることを知っていたので、「勘弁してくれよ」とジグザグに走りました。何とか振り切れると思ったのですが、ゴールライン寸前でタックルされボールを抱えたままの私は顔からぬかるみに突っ込みました。半分凍った固い土混じりのぬかるみで、顔と左手の甲に擦り傷ができ血が出ていました。

保健室で手当てを受けると大げさな処置となり、顔には絆創膏が何か所も貼られ左手には皮膚が見えないほどに包帯が巻かれてしまいました。次の授業は数学です。短い期間を塾で教えたもらった先生の授業でした。私の治療姿を見ると寄ってきてどうしたのかと尋ねます。ラグビーをやって怪我をしたと答えると、怒鳴り声で叱責をうけました。日ごろは温厚な先生が形相を変えて真っ赤になって怒られるので、私も顔色が変わって委縮してしまいました。大した怪我ではなく処置が大げさなのですと答えても、先生の怒りは収まらないようでした。

「もし右手に怪我をして、鉛筆が握れなくなったらどうする。入試は受けられんのだぞ。いままでの努力は無駄になるのだぞ。ラグビーをするなとは言わん。入試が目前に迫っている状況を見極めて、慎重に行動する配慮をもて」

こんな意味だったと思います。私が家庭の事情で一度きりのチャンスにかけていることをご存知の上での叱責だったのです。私には先生の思いやりがすぐに伝わり目頭が熱くなりました。

五、熊本へ出陣する

受験も間近に迫った昭和四十四（１９６９）年の一月十八日から十九日にかけて、東京大学安田講堂をめぐる攻防戦の様子はテレビで放送され、私もテレビから目が離せませんでした。機動隊による籠城学生の排除は徹底され十九日に安田講堂のバリケード封鎖は終止符を打ったのですが、そこまでに至る東大紛争の経緯は田舎の高校でマイペースに受験に励んでいた私にはよくわかりませんでした。ましてや調べてみようという積極的な関心も余裕もありませんでした。しかし翌二十日に東大の入試中止が発表されたときにはさすがにびっくりしました。同じ学年で東大をめざしていた二人の顔が浮かんで、彼らはどうするのだろうと心配になったからです。結局一人は浪人して翌年に挑戦する道を、もう一人は京都大学への変更を選択しましたが、結果的には二人とも一度で合格して希望の大学へ進むことができた超秀才でした。東大入試中止が知れ渡るとその影響についての話が学内を駆け巡ります。九州大学ならともかく、私が希望していた熊大法文学部まではそよ風ほどの影響もないだろうと高を括って安心しておりました。

ところが受験申請手続きが始まる直前になると、クラスで異変が漏れ伝わってきます。実力的にも九大間違いなしと思われていた者たちがワンランク落として受験するらしいとのうわさが流れ始めたのです。東大中止の影響は間違いなく九大にも及ぶから、浪人を避けたい受験生が確実性の高い選択をしていると。それは武雄高校在学生特有の事情として、あまり裕福ではない家庭の子弟が多かったためでもあり、有名難関校をめざすわけでもない者ならとりあえず国立ならどこでも的な発想があり、教師もそのようなアドバイスをしたのかもしれません。結局私の三年五組からだけでも熊大法文学部法科へ三名、文科へ三名の計六名が挑戦することになりましたがこの数は例年の受験者数よりもずいぶん多いものです。中に一人、九大間違いなしの安定した実力の持ち主が熊大文科を受けると聞いたので、君までもなぜだと尋ねました。答えは家が貧しいので一度きりの入試に賭けなければならないと言うものでした。もう一人の文科希望者も同様な家庭事情の持ち主でした。

国立大学一期校の入試競争率が発表される日が来ました。熊大法文学部の倍率をみると例年に比べて法科は異常に高く、文科も例年の競争率の二倍以上の高さでした。一方九州大学の法学部、文学部のそれは例年を下回るものだったと記憶しています。一概に競争倍率だけで判断できるものではありませんが、東大入試中止の影響が九大を通り越えて熊大に来たと私をはじめ受験希望者は少なからぬショックを受けました。実力は脇に置いて倍率だけで計算すると、我が三年五組からは法科はもちろんのこと文科にさえ一人も通らないのではないかと悲観論も出始めました。最終的に受験の日までこの倍率が変わらないとは限らないのですが、私にとっては、そよ風程度の影響どころか予報が外れて強風に立ち向かう羽目になった気分でした。第二志望校に賭けるしかないかと半ば覚悟を決めて、憧れのバンカラ生活の道をあきらめかけました。

しかしそのショックから立ち直るのも意外と早い私でした。二年生から九州の国立大でバンカラ度一位と評価した熊大に的を絞り、傾向と対策を徹底してやってきた自負が強かったからです。受験直前で選択変更をした昨日今日のやつらに負けてたまるかと、妙な自信が湧いてくる楽天的な性分のおかげだったのかもしれません。しかし第二希望の二期校として選んだ佐賀大学経済学部の傾向と対策はほとんどやる余裕がなく、熊大に失敗したら正直なところ佐賀大に受かる自信はあまりありませんでした。なぜ第二志望がバンカラ度第二位の二期校鹿児島大学ではなく、しかも佐賀大経済学部だったのか理由はもはや忘れてしまいましたが、鹿児島は遠すぎると親から反対を受け、実家から通える佐賀大受験で妥協したのかもしれません。

くよくよする間もなく国立一期校の受験日がやって来ました。腹をくくって熊本へ向かうしかありません。熊大まで連れて行ってくれる引率の先生が誰だったか今なお思い出せないのが残念ですが、長崎発熊本行き急行「ちくご」に肥前山口駅で乗り換えて、佐賀線経由で向かいました。熊本は中学三年時の修学旅行「南九州一周」で鹿児島からの帰りに通過しただけです。未知の都市でした。佐賀線を通るのも初めてなら、筑後川河口に架かる長い鉄橋「昇開橋」も初めてでした。昇開橋のことは覚えていません。ゆっくりと列車が進むのでなんと大きな川だろうと思った印象だけが残っています。「ちくご」は肥前山口を昼の十二時過ぎに出て十四時ごろに熊本に着いたと思います。ディーゼル急行「ちくご」が熊本駅のホームに滑り込むと、ホームには異様ないでたちの若者たちが我々を待ちかまえていました。

降り立つと「祈る合格武陵健児！」「きばれ武高生！　熊大突破」などと汚い墨字でかきなぐられた

幟が振られています。よく見ると薄汚れたシーツや夏呉座を利用した即席の幟旗でした。自分の部屋から使わなくなった、たぶん洗ってもいない寝具を持ち出して竹に結わえた急ごしらえのような感じでした。さながら昔の百姓一揆はこういうものではなかったかと思わせる雰囲気です。そして、受験生はここに並んでくれと改札口近くのホームに整列させられ、一人の先輩が大声で
「ふれ〜ふれ〜〜、ブ・リョオウ・ケ・ン・ジィ〜イ」
と叫ぶと他の先輩たちも
「ふれ〜、ふれ〜……」
とやりだしたので、駅構内の満目を集めさすがに恥ずかしくなってうつむきました。しかし内心では〈これぞバンカラ九州一、熊大だ〉となんだか気持ちが奮い立つのも事実でした。宿まで送り届けてくれた先輩たちは旅館を確認し、希望者の受験場下見をエスコートすると帰っていきました。
この受験で泊まった熊本の旅館のことを思い出そうとすると、あの曲が先に頭に浮かびます。当時大ヒットしていた曲で〈♬〜きっといつかは君のパパも〜わかってくれる〜ふたりの愛を〜〉ザ・キングトーンズの『グッド・ナイト・ベイビー』です。高音域の歌とドゥワップでたちまち一世を風靡しました。高校三年生になったころにヒットし私はこの歌をよく口ずさむようになっていました。パパとは大学進学を認めてくれない我が父のことで、君とは私であり熊大受験を恋になぞらえて感情移入し口ずさんでいたのかもしれません。宿へ向かって新市街商店街あたりを歩いていた時にもどこからかこの曲が流れてきました。パパはわかってくれたけれども二人の愛は果たして成就するのであろうか

と、少々不安な思いを抱きながら宿に着いたのです。夕食を済ませ明日からの受験への備えにくつろいでいると、新しい顔ぶれも加わった先輩たちが三々五々と宿へ押しかけて来ました。受験生それぞれの部屋へ遠慮なく入って来ます。差し入れを持って来た先輩はまだしも、

「いまさら勉強しても無駄だよ。せっかくだから熊本の夜の街で飲もう」

「受験の前はリラックスするのが一番。かわいいネエチャンのいる店で緊張をほぐそうよ」「麻雀はできる?半チャンどう?」

などと勝手なことを言っては明日への準備を妨害します。いいかげん邪魔に思えてきたころ、引率の先生が先輩たちを外へ誘いだしてくれました。おそらく先輩たちは、引率の先生におごってもらうことを期待して押しかけ、わざと我々の邪魔をしていたようでした。

六、サクラは咲いたか

翌朝は早めに宿を出て徒歩で熊大の試験場へ向かいました。前日先輩たちの案内で試験場へのルートは歩いて確かめていたし、キャンパス内も迷わないように親切なエスコートを受けていたので予想より早く着きました。体調もほぼ万全な状態で二日間の試験に臨むことができ、まずまずの解答が書

けたのではないかと自負して帰路に着きました。試験翌日には予備校が解答案を公表したようですが、掲載されたのは地元の新聞だったらしく自分の解答の正解度を確認することもなく合格発表まで待つしかありませんでした。思い出したことがあります。熊大入試が終わり発表の間までに長崎県立経済大学を受験しました。国立大しか許さないと言っていた父が、二期校佐賀大との間に実施される県立大学の受験をなぜ認めてくれたのかもはや記憶はありませんが、東大入試中止の影響（?）で競争率が高くなった熊大に息子が落ちたら不憫と思ったのかもしれません。覚えているのは、佐世保市相浦町にある同大学まで行動しやすいよう国鉄佐世保駅前のバスセンターに近い小さな旅館に泊まったことです。一緒に受験したのは四、五名だったと思いますが、その中の一人が夕食を終えると姿を消し、十時近くになって戻ってきました。不思議に思えて尋ねると、自前の布袋いっぱいに詰まったパチンコ玉を見せてくれました。パチンコ店に行って運試しをしてきたと言います。明日の試験が終わるとまたこれを元手に増やすのだと平然としていました。

熊大合格発表の日に「サクラサク」の電報を頼む勇気も無く、代わりに見に行ってくれるよう頼む親しい人もいませんでした。発表は夜に行われたと思います。地元民放のラジオで出身校と実名の合格発表が流されることはわかっていました。スイッチを入れてみたものの山深い若木までは電波が届かず不鮮明でほとんど聞こえません。早々にあきらめました。ところが仲のよかった級友の土栗君がこの合格発表を聞いていました。彼が住む平坦な武雄市街地までは電波が届いたのであろうと思います。合格者の中に私の名前を確認すると早く教えてやろうと、深夜であるにもかかわらず自宅の電話で連絡を取ろうとしてくれていたことが翌日判明しました。当時は、我が家のみならずたいていの農家には電電公社の固定電話が無く、町内全域だけなら通じる農協の有線電話システムが各家庭に導入されていました。この電話システムは交換手に相手先の電話番号を告げると域外通話もできるのですが、夜の十時になるとスピーカーから映画『エデンの東』のテーマ音楽が流れ、終わると無音になり交換手は帰宅してつながらなくなるシステムでした。火事などの非常時には当直の職員が緊急放送を行えるのですが、土栗君はそのようなシステムとは知らずに終了後に何度もチャレンジしたあげく、最後には電話帳を開いて武雄市若木町の松尾という固定電話の番号に次々と直接電話しては「間違いです！」と怒られていたようです。

翌早朝、地元新聞が配達されて来るのを待ちに待ってページを開きました。見つかりません。何度繰り返し見ても載っていないのです。九州大など掲載されている大学もあるのに熊本大だけの発表分がないのです。がっくりきてまた布団に潜り込みました。畑仕事に出かける母にせかされて起き上がり、遅い朝食を食べて新聞紙を頭からかぶって畳でふて寝をしていると、近所のおばさんがやって来て言います。

「合格おめでとう。新聞に載ってたね」

「載っとらん！」

地元新聞を差し出すと、

「うちの西邦新聞には載っとるよ」

「見せて！」

慌てて飛び出しました。

ありました、間違いなく私の名前が。あとで考えてみると、山間地の早版配達分には合格発表原稿が間に合わなかったのかもしれません。翌日の朝刊には掲載されました。熊大に合格したのは現役では法科に一人、文科に私を含めて三人。四人とも同じクラスです。落ちた同期生も二人いましたが、この結果には驚きました。予想を上回る合格数だったからです。ほかにも浪人して合格した先輩の名前もありました。畑にいる母にいち早く伝えると武雄高校へと報告に。その帰りに高校近くに住んでいた土栗君の家へと向かいます。三年五組で、一番仲がよく何でも話し合えた級友が土栗君だったからです。彼の家で前夜の電話の一件を聞いたのですが、彼自身は第一希望の一期校岡山大に落ちていました。それにもかかわらず私の合格をことのほか喜んで連絡しようと努力していたのでした。その夜仕事から帰ってきた父はすでに私の合格を知っていました。農閑期の副業としていた型枠大工の仕事現場に向かう途中、高橋駅前の売店に立ち寄って新聞を購入し知ったのだと言います。

「一日中、嬉しくて気分がよかった」

予想外の言葉を聞き、私も嬉しくなりました。

ほどなく熊大合格通知書と入学手続き書類が届いたので、第二希望の佐賀大学受験はただちに取りやめです。追いかけて長崎県立経済大学の合格通知も届きました。熊大への入学手続きを進めながら、長崎県立経済大学への入学辞退届、武雄市役所ならびに佐賀県庁への就職辞退届を自ら認めて投函し

ました。父は
「もったいなかなぁ、三つの権利を値段はいくらでもいいから売ることができれば、お前の入学金の足しになるのに」
と冗談めいた話をしますが、案外本音だったのかもしれません。私の合格をいち早くラジオで知り喜んでくれた土栗君は第二希望の大分大学経済学部に。二学期から受験勉強を再開した福山君も、猛ダッシュが効いて佐賀大学教育学部に合格しました。

七、憧れのバンカラ生活へ

入学式までに熊本での生活拠点を固めなければなりません。私は当然伝統のある学生寮「竜田寮」に住むつもりでした。九州でバンカラ度第一位と自己評価した熊本大学でのバンカラ生活実現には、竜田寮住まいが欠かせないと思い込んでいたからです。なにより寮費も格安で少しは親の負担軽減になるとも思っていました。しかし我が両親の猛反対にあいます。どこで情報を仕入れたのか、寮生活をすると学生運動に引き込まれるか怠惰な日常に浸って学業がおろそかになり落第すると思い込んだようです。変な誤解にしばられてしまった両親は私の言うことには耳を傾けません。若い時はちゃんと食事をとるのがなにより大切だから、しっかりしたおばさんのいる食事付き下宿にしろと譲りません。私は説得できず、両親の言い分を受け入れることにしました。一年ほど食事付きの下宿住まいをして、学生生活に慣れたらバンカラな竜田寮へ移ろうと考えたからでした。

後年我が娘が熊大法学部で学ぶことになった時、大学の案内パンフレットを見るとかつての木造二階建ての「竜田寮」が存在しなくなっていました。代わりに同じ場所に男女別棟で朝食・夕食・風呂付の寄宿舎があると紹介してあります。親子三人で見に行ったら、寮母さんがいる現代的なアパート風の立派な鉄筋コンクリート造りで度肝を抜かれました。チャリに乗って颯爽とキャンパスへ向かうお嬢さんの姿を見かけ、これはこれでいい設備ではないかと思いましたが、我が娘には寄宿舎住まいは嫌だと断られてしまいました。

私のことに記憶を戻します。熊本の事情に疎い我が家のことでしたので、当時ただ一人若木町から熊大へ進学していた三年先輩の緒崎さんに事情を聴くことになりました。緒崎さんは熊大工学部に在籍中でした。実家へ連絡を取るとちょうど春休みで帰省中とのこと。さっそく父と伺いました。緒崎先輩は風邪で熱があると床に伏しておられましたが、父親の緒崎先生が枕元まで案内してくれます。緒崎先生は剣道の達人で地元ではりっぱな教育家として知られていました。十三年後に私が結婚するとき、仲人をお願いすることになるとはこの時には夢にも思っておりません。緒崎先輩いわく

「寮生活は自由で楽しそうだが伝統的なしきたりも多いようで、巻き込まれない自立心がないと新人には大変だろう、学校からも遠いしね」

とアドバイスをいただきました。父が賄い付きの大学に近い下宿を斡旋してほしいとお願いすると、心当たりがいくつかあるので風邪が治って熊本に戻るときに私も同行しないかと誘ってくれました。

熊本へ下宿探しに行くまで一週間ほど余裕ができました。そのころ父は町内の道路拡幅工事の型枠大工をしており、熊本への旅費稼ぎに父と同じ現場でアルバイトをしろと言います。父に従って働いていると、市役所職員だった中学校時代の同級生のお父さんがバイクで訪ねて来ました。すでに私のアルバイト姿を見かけていたらしく、

「松尾君、こんなところでアルバイトするくらいなら市役所でアルバイトしてくれんか。今忙しくて人手が足りんとよ。君は市役所に合格しているのだから大学へは行かんで市役所勤めをしなさい。まだ間に合うよ、その方が親孝行にもなるし」

「いやもう市役所へは辞退届も出したし、大学の入学金も収めていますから」

そう答えると渋々バイクで引き返して行きましたが、その翌日か翌々日にまたやって来て同じ説得を受けました。確かに市役所勤務の方が親孝行にはなったのかもしれませんが無茶な説得でした。しかし、なぜ二度もわざわざやって来て説得しようとしたのだろうかと不思議でなりませんでした。

緒崎先輩にエスコートしてもらい再び急行「ちくご」に乗って筑後川を渡るとき、入試で向かうときに思ったほどには大きな川とは感じませんでした。これからは年に数回この「ちくご」に乗ることになるのだと思うと、風景に親しみを覚えて身近な存在に感じたからかもしれません。熊本駅からは市外電車の子飼橋行きに乗り終点でおりました。徒歩十分ほどで熊本大学のキャンパスに着きます。昼過

ぎの二時近くになっていました。今日だけは奢ってやるよと学生会館食堂のとんカツ定食をご馳走してくれました。一番高いランチでした。しかしそのカツはやたら大きくて薄っぺらで固く、見た目には藁草履みたいだったことを思い出します。武高入学式の時に食べたあのカツ丼のとんカツとはあまりにも違いすぎましたが、先輩の好意が嬉しくてその味はともかく、とんカツの形だけは今でも忘れられません。

食事を済ませると先輩の下宿へ。教養部、教育学部、法文学部が配置された北キャンパスの狭い東門を出ると三差路に面しており、その一角にあった小さなスーパーの二階に先輩の部屋がありました。学生の部屋らしい雑然とした四畳半で、タバコのにおいがしみ込んでいます。手荷物を置くと、私の食事付き下宿候補へ案内すると連れ出してくれました。先輩の下宿屋の入り口の正面に食堂があります。その横も下宿屋で、そこへ入っていきます。そこは候補場所ではなく、武雄高校の先輩が住んでいるとのこと。ドアを開けるとタバコの煙がこもった部屋では麻雀の最中でした。

「よう緒崎、やっと帰って来たね」

「だれ、その子は?」

「おー新入生か、名前は?学部は?」

「松尾君か、法文?樋尻君と同じか」

手は牌を動かしながら矢継ぎ早に質問が飛んで来ます。

「今から下宿へ案内してくるけん」

と緒崎先輩。

「どこか心当たりがあると？」

「飯付き希望なんで、松ちゃんの下宿がいいかなと思って」

「松尾さんは、明日が卒業式だよ、確か」

「その空き部屋にどうかなと思ってね」

煙の中で話を聞いていると、どうやら私と同じ名の松尾さんという先輩が住んでいる下宿に案内されるようです。しかも明日が卒業式を迎えられる先輩の下宿に。麻雀部屋からわずかな距離の路地奥に、その賄い付き下宿屋西山家はありました。

「おばさん、おるね？」

「あら緒崎さん」

「おばさん部屋空いとるやろ、松ちゃんが卒業やし、こいつは武雄高校後輩の同じ松尾君」

「いやぁ、あなたも松尾さんね、武雄には松尾さんが多いんやねぇ」

「おばさん、武雄では松尾、山口、犬の糞というくらいにありふれた苗字たい」

「松尾さんが出ていくので淋しくなると思っとったから、松尾さんが入って来るなら嬉しかよ。いま、松尾さんいるよ。明日の卒業式にお母さんも来てなさるよ」

「お、挨拶しとこうか」

最初で最後の工学部松尾先輩との対面でした。挨拶だけみたいな会話でしたが、同じ松尾という親しさからか現在の種子島宇宙センターができて間もないころの当地へ、技術者として就職して行かれるような話を伺った記憶があります。こうなると部屋がどうのこうのではなく先輩からの引継ぎみたいな感覚の成り行きで、私はこの西山家に自動的に住むことが決まってしまった雰囲気になります。

八、下宿を決める

成り行きで決まったような私の下宿でしたが、

「松尾さんの部屋はもう次の人が入ると決まっているから、松尾さんあなたは当分うちの客間に住みなさい。一番上等な部屋やけど家賃は一緒でいいから」

こんがらかりそうな説明を受けおばさんたちの部屋の隣に住むことになりました。確かに立派な六畳間でしたが、ふすま一枚隔てておばさんたちが居ると思うと複雑な気分です。それに玄関から入るとおばさんたちの部屋を通らないと客間へは行けません。それでは何かと不都合なので出入りは内庭に面したガラス戸からにしてとおばさんは言います（住むようになって深夜に戻ったときに、一度だけおばさんが誤って私の部屋のガラス戸を内から鍵をかけ寝込んでいたことがありました。起こすわけにもいかず、いつも開けてある玄関から入り、おばさんたちが寝ている横をそっと通って襖を開け部屋に入ったことがありました)。決断にはかなり腰が引けたのですが同じ武高の先輩が四年間も世話になったと聞き、また法文学部へも歩いて五分とかからない近さは魅力的で、西山家のほかの部屋が空き次第優先的に移るという条件で決めてしまいました。後で布団類を送るために住所を確認して先輩の部屋へ戻りました。

最初の下宿屋であっけなく決まってしまったので時間が余りました。先輩からは食堂や銭湯の場所を教えてもらい、私はキャンパス内の施設など確認したいところもあったので自由に行動することにしました。学生寮を見に行きたいという思いもありました。なんとなく調べておいた方角へ国道五十七号線沿いに歩いてみました。知らない距離なので長く感じたのかもしれませんが、竜田寮は歩いたら相当遠いように感じました。朝が苦手な私にとってこの距離は、自転車通学しないと頻繁に遅刻するかもしれないといささか心配になります。もちろんバスを利用する方法もあったのですが余計な金は使いたくないと決めていました。ようやく目的の竜田寮に着きました。外から眺めただけでも、寮の趣は確かに想像していたような伝統を感じさせるバンカラな雰囲気に包まれていました。入口に立って寮の奥を覗くと、まさに『ドクトルマンボウ青春記』を彷彿とさせます。心は動きましたがすでに賄い付き下宿を決めた直後でもあり、そのうちに引っ越してくるぞと心でつぶやいて先輩の下宿へ引き返しました。その夜は先輩の洗面道具を借りて近くの銭湯を体験し、これから長い付き合いになるかもしれない学生向けの食堂で夕食を取ると先輩の部屋に泊めてもらいました。緒崎先輩は帰り着くとすぐに行ったご近所の、別の先輩が住む麻雀部屋へ出かけたままです。徹夜麻雀になるだろうから部屋は自由に使って寝てくれと言い残して。

若木へ戻るのは二日目午後三時過ぎの長崎行き急行「ちくご」です。熊本駅までの帰り道はもうわかっていたので、朝まだ戻って来ていない先輩のところへ伺いお礼を言って部屋を後にしました。お世話になることになった西山下宿の場所をあらためて一人で確かめに行き、大学への通学路をたどってみることにしました。西山下宿は、熊大キャンパスの後背に控える竜田山に向かって大学敷地右手にありました。肥後藩主となった細川忠興夫人のガラシャが眠る泰勝寺やさらに奥にある竜田山へと直線の道路が国道五十七号線から続いており、その道が登りにさしかかる途中の右手にあって比較的にわかりやすい場所ではありました。下宿から法文学部への目印はスーパーの前にある熊大東門で、その門からキャンパスへ入り直進すると法文学部の建物に行き当たります。確かに、ゆっくり歩いて五分ほどの近さです。新しく立派な四階建てビルの下で私は法文学部と対峙しました。熊本大学法文学部に入学できたことを実感したかったのです。

その左手一帯には我が憧れの旧制五高時代を象徴する赤煉瓦造り建造物が何棟か保存されていました。中心となる威風堂々とした建物が現国指定重要文化財「熊本大学第五高等学校記念館」です。五高時代には現記念館のすぐ裏の法文学部棟から教育学部棟のある場所にかけて、全寮制の寄宿舎「習学寮」があったことは後に知ります。当時の五高生は、学び舎と寄宿舎が極めて近い環境で勉学に励み青春時代を謳歌することができたようです。そうした昔の様子もまだ十分には知り得ないころ、私はキャンパスから離れた竜田寮に住むことを夢見ながらしばらく立っていました。その赤煉瓦の建物群を左右に見ながら大きな木立の間を進むと、中門の向こうに学園紛争を象徴するような看板や旗に彩られた学生会館がありました。前日先輩にとんカツ定食を奢ってもらった食堂もその中にあります。食堂への道を覚えると法文学部棟の裏手に回り込み名高い武夫原に出ました。

その時に何か違和感を覚えました。なぜだろうと記憶をたどると、ひと月ほど前に入試を受けたはずの二階建て木造教室がすっかり解体撤去されていたのです。ぽつんと小さな木造の床屋だけが残っておりそこは営業中でした。まるでテレビドラマの『ケンチとスミレ』に出てきたスミレの床屋みたいでした。武夫原の横をゆっくりと歩いて北キャンパスを巡りまた学生会館へ戻ります。売店では新入学生に必要なものは一通りそろっているようでした。次は入学式にやって来て四年間の学生生活を始めるのです。会館の中の食堂で少し早い昼食をとり子飼橋電停まで歩いて電車に乗りました。通町筋で途中下車して立ち寄りたい場所がありました。受験の日に学友三人で合格祈願に行った熊本城真下の小さな稲荷神社にお礼参りをしたかったからです。あの日は三人でご縁がありますようにと五円玉を賽銭箱に投げ入れました。すると一人だけうまく入らずに転がって戻ってきました。漫画みたいな話ですが、三人のうちではそいつだけが不合格になりました。そういうわけでお礼参りはしておいた方がいいかなと思ったのでした。

子牛を飼う

たっぷり食べよ大きく育て
お前を売って俺は大学へ行く
進学に反対した父の許しは
お前を育てお前との別れが条件

雪に埋もれた白菜を採ってきて
お前のご馳走を作る
凍えた手に息を吐きかけ
菜を切るそばでお前はねだる

かわいい舌によだれを垂らし
俺の服を噛みひっぱり大きな瞳で見つめる

たっぷり食べよ大きく育て
お前を売って俺は大学へ行く

お前が育ち売られていく日
俺は遠くの街で
お前のことを忘れているだろう

俺はお前に
精一杯うまい餌を作る
家を出る日まで
（ノートに書き残したメモから）

こうして私は熊大入学式の前日に若木を離れました。家を離れる数日前に、隣の八十歳近いおじいさんがわざわざお祝いを述べにやって来ました。町の名誉だと何度も言います。どうやら旧制五高への合格と勘違いされているようで、気恥ずかしくなった私は、もはや昔の五高は存在せず新制熊大は全く違うのだと説明してもうまく伝わらなかったようです。熊本へは入学を見届けるために父が着いて来ました。この日までふる里のことしか知らずに育った私の旅立ちでした。若木という全国どこにでもありそうな小さな山村の巣で育った百名足らずの仲間たちも、このころまでに大半が古巣を離れて去って行きました。

（二）感激深き若き日の誇りを永遠（とわ）に忘れじな

旧制第五高等学校寮歌「椿花咲く南國の」より

一、熊本大学の学生になる

昭和四十四（１９６９）年四月二十四日熊本市民会館で開催予定の熊本大学入学式は、直前になって中止になりました。入学式粉砕を叫ぶ全共闘の妨害が予想されるとのことで、各学部での入学部式に変わったのです。記憶が曖昧なので確認のために当時の大学資料に目を通すと、当初は四月十一日に予定されていた入学式でしたが、大学紛争の混乱のために二十四日に伸びたようです。それが中止にまで追い込まれたわけです。前日二十三日に父と熊本入りし下宿に泊めてもらいます。キャンパスを一通り見て回るとおばさんに挨拶をすませ賄いの夕食を一緒に食べました。メインのおかずは小さなイワシ二匹の煮つけでした。

「こんな晩飯か、えらい質素なおかずたい。若いもんに足りるやろか」

と父がつぶやいたことを忘れません。翌朝は余裕をもって下宿を出て、入学部式のある法文学部棟へ向かいました。それぞれの学部で入学部式に切り替わったので新入生らしい親子連れが行き交います。定時前に法文学部大講義室に入りました。

しかし大講義室で執り行われようとした入学部式にも、ヘルメットをかぶりタオルで顔を隠した学生たちがなだれ込んできて、入学部式粉砕と叫び式を妨害します。怒号と騒音で一体どうなっているのかわからないままに閉会となりました。その後のことはよく覚えていませんが、おそらくは一年時のクラスごとに割り当てられた教室に集合することになっていたと思います。入学部式を期待して見守っていた父も突然の展開に驚いたまま、これ以上付き合っても帰りの急行「ちくご」に間に合わなくなると思ったのか、私と手で合図を交わし会場を後にしました。ゆっくりと別れ話もできないままでした。なぜこのような事態に陥っているのか。何の権利があって入学式を邪魔するのか。ささやかな入学部式さえもぶち壊すのか。声高に一方的に自分たちの正当性を叫ぶヘルメット姿の連中に憤りが高まり、その連中に対して「帰れ！　帰れ！」の合唱が新入生たちの中から湧き上がりました。私も叫んでいました。しかし入学部式も結局流れてしまったと思いました。受験勉強から解放され、期待に胸躍らせてやって来た私には、熊大紛争に至るそもそもの着火理由がなんであったのか、いかなる経緯でこれほどまでに燃え広がりこの日に至ったかの経緯も知りませんでした。新入生のほとんどがそうであっただろうと思います。

いま改めて当時の記録資料を見ると、入学部式は形式的に数分で終了したようになっていました。騒ぎの中で理解できずにいた私たちはとりあえずこの時をもって正式に熊本大学法文学部の学生になっていたのです。記憶は曖昧ですがクラス別の説明会が終わって判明したことは、近々に学部のオリエンテーションが開かれ講義開始の説明が行われるであろうこと。自宅や下宿で待機し常々学内の掲示板等に留意して状況を把握することではなかったかと思います。自主的に大学事務室へ出向いて入学時に必要な手続きだけは早めに終わらせました。しかしなかなかオリエンテーションは開かれず、講義開始時期もはっきりしないまま下宿での待機が続きました。

私は一度状況を説明するために実家へ帰りました。六月上旬に田植え手伝いを兼ねての短い帰省だったと思います。帰り着くと牛小屋へ直行しました。子牛がいた場所は空っぽになっていました。離れた場所に母牛が寝そべって日々凡々といった顔つきで食べた物を反芻しています。私がエサを用意して可愛がった子牛は少し前に売られていったと母に聞きました。まずまずの値が付いたので、私の入学費用は十分に、いやそれ以上に賄えたようでした。覚悟はしていたものの寂しさはぬぐえませんでした。

熊本で二か月ほどの間に受けたカルチャーショックにも似た経験をもとに心に決めたことがあります。親には言えないことでしたが、卒業までできるだけバイトに費やす時間を少なくして、学業や友人たちとの付き合いを中心に四年間を過ごしたいという思いでした。講義はまだ始まっていないので学業がどのようなものかはわかっていませんでしたが、これからの四年間は講義や部活など学内でしか経験できないことに、時間やエネルギーを注ぎたいという漠然とした考えでした。合格し入学するまでは、落第しない程度にアルバイトにも精を出すから、家からの仕送りはわずかでいいよと親に対して見栄を切っていた私でした。入学金や最初の教科書代等は別として、父からも年間の授業料一万二千円と毎月の仕送り一万円以外は一切出さないと宣言されていました。それだけでも嬉しかったし、またほぼその通りの四年間でしたが、無利子の奨学金が八千円（三年後には一万二千円に増額）ありました。その合計金で毎月何とかやりくりすれば、授業と日々の生活を満喫できるだろう思っていました。下宿代に奨学金相当の金が必要でしたが、それを払えば日曜以外の朝夕の食事は確保されるのです。飢えることもあるまいし、どうしても足りないときには最低限の日数のバイトをやればしのげると楽観視していました。

二、剛毅朴訥な人間になりたい

西山家での話にもどります。いよいよりっぱな客間での一人暮らしが始まりました。講義はないものの法文学部と教養部そして学生会館に毎日顔を出して状況を確認します。オリエンテーションの告知は見当たりません。しかもまだ顔なじみになった学生もいませんでした。武雄高校の同じクラスから入学したほかの三人ともなかなか顔を合わせる機会もなく、部活紹介のコーナーや実際に活動している部室巡りなどで時間をつぶしました。武雄高校時代に美術部に在籍していたこともあって、足が向くのは文化部系のサークルばかりです。武夫原に並ぶ体育系部室へは近づきませんでした。うっかり近づくと強制的な勧誘に会いそうな気がしたからです。熱心に誘われはするもののピンとくる部活にはなかなか巡り合えずに、数日、また数日と日が過ぎていきます。ところがうかつにもあるサークルの話を聞いたばかりに、毎夜のごとく下宿へ押しかけられ閉口したことがありました。宗教系のサークルで下宿のおばさんにも警戒するようにアドバイスを受けたのですが、何度断ってもあきらめずにやって来ます。結局ひと月ほど後に、ある先輩が中に立って話が着き勧誘をあきらめてくれることになりました。

それやこれやでまだ学生会館周辺を右往左往していたころ、武雄高校の先輩樋尻さんにばったり出会いました。入試のとき熊本駅のホームで、汚い幟旗を振りかざしていた先輩の一人です。熊大の法文学部法科に一年早く入学されたことは知っていました。

「ちょうどよかった。お前寮歌同好会に入れよ」

「リョーカドオーコウカイ、そいは何ですか?」

「旧制五高の寮歌を研究し、正統な寮歌と真の剛毅朴訥の精神を伝えていくための同志の集まりよ。顧問には五高出身で、法文学部名誉教授のK先生になってもらうことが決まっとる」

「正統な寮歌と剛毅朴訥をどうやって研究するとですか?」

「早い話が、K名誉教授を囲んで酒飲みながら寮歌を教えてもらうと！　覚えたらみんなで酒飲んで踊りながら竜田山か武夫原で放歌高吟するとさ！」

「そいで剛毅朴訥になれるとなら面白かごたですね、ぜひ入れてください！」

もともと旧制五高のストームや放歌高吟は我が憧れ。剛毅朴訥の精神は旧制五高時代から伝わる熊大の伝統精神であると、受験前に熊大のバンカラ度を調べていた時に何かの本に書かれていたので知っていた私です。樋尻先輩が説明する内容は、バンカラ生活がやりたくて熊大をめざした私にとっては願ってもないお誘いでした。

「これをやる、五高寮歌集ばい。これでまずは研究しとけ。そのうちに集合かけるけん」

「わかりました、始まったら毎日ですか？」

「いやK先生も忙しかけん、月に二、三回程度かな、ほかの部と掛け持ちでもかまわんよ。正式になるとそのうちに弊衣破帽に学生マント、それから肥後の駒下駄も揃えにゃいかん。バイトしとけよ、金も少しは費るぞ」

論語の「剛毅朴訥、仁に近し」に由来するという「剛毅朴訥」とは「芯が強く、それでいて口数は少なく飾らない人柄」とでもいう意味でしょうか。全寮制であった旧制第五高等学校の寄宿舎「習学寮」には、生徒心得の一つとして「剛毅朴訥の真精神を発揮すること」と掲げられていたそうです。芯は決して強くはない私でしたが、生来口下手な方でしかも入学後はしばらく学生服で通すしかないほどの田舎者です。心を鍛えれば「剛毅朴訥な人間」に近づけるのではないかと、この寮歌同好会のスタートを心待ちにしていました。しかし期待していた同好会の招集はその後一度もありませんでした。後年樋尻先輩に問いただしたら、Ｋ名誉教授の体調不良と公務の忙しさで都合がつかないことが繰り返しとなり、立ち上げは自然消滅したらしいようです。それでも手元に五高寮歌集が残ったのは幸いでした。楽譜付きのガリ版刷りでしたが、実家から持って来ていたハーモニカでメロディーをなぞるうちに、何曲かは覚えることができました。ちなみに肥後の駒下駄とは旧制五高生たちが愛用したという杉材の下駄で、当時も子飼商店街などで探すと売ってありました。私もそのうちに購入し、特に夏場は愛用するようになります。

五高寮歌を代表する歌として最も知られているのは「武夫原頭に草萌えて」です。インターネットで五高寮歌を検索するとこの歌が真っ先にヒットします。歌手の加藤登紀子さんのアルバム『日本寮歌集』にも五高寮歌からはこの歌と「椿花咲く南國の」の二曲が収録されています。「椿花咲く南國の」についてはは改めて触れることになりますが、「武夫原頭に草萌えて」は旧制五高が新制熊本大学に代わってからも、コンパを締める歌として必ず歌い継がれてきました。熊大卒業生の結婚披露宴などでも出席している卒業生は、揃って壇上に登って新郎新婦得を囲んでは歌い踊って祝う慣習がありました。そして歌い始める前には必ず誰かが巻頭言を切ります。「巻頭言！　、仰げば星斗欄干として……」と歌に勢いをつける勇ましいセリフですが、その最後に「我ら剛毅朴訥の調べを、武夫原頭に草萌えて、アイン、ツバイ、ドライ！」と歌い出しのきっかけを作ります。つまりこの寮歌は剛毅朴訥の調べであり五高以来の伝統の象徴だったのです。この寮歌継承はいつまで続いたのでしょうか。私より三十四歳の後輩となった我が娘に「武夫原頭に草萌えて」を知っているかと聞いたところ「何それ？」と言う答えが返ってきました。「寮歌なんて知らないし誰も歌っていないよ」とのこと。二十一世紀に入って間もないころのことです。この寮歌の最後の歌詞には「……生気有りてぞ日の本の、青年の名に力あり、二十世紀に光あり……」とありましたが、二十世紀が終わるとともに脈々と続いた寮歌の使命も終えたのでしょうか。

熊大伝統の剛毅朴訥の本質を知るためにも寮歌を覚えようと精を出し始めたころ、下宿の新入り歓迎コンパが開かれました。下宿にまだ落ち着く暇もないタイミングでした。

三、酒神に導かれテニス部へ

母屋の居間を開放してテーブルが並び、ほぼ全員の下宿生が揃ったようでした。大学予備校生が二人か三人下宿していたと記憶しています。参加したのは女性が二人か三人、あとは男性が五人か六人でした。下宿の部屋数は私の客間も含めて十部屋はあり、かなり大きな下宿屋でした。賄いつきなので、浪人生の入居者もたまにはあったようです。

コンパはおばさんの挨拶から始まります。楽しい学生生活を過ごして欲しいこと、そのためには翌月の下宿代を月末までに必ず払うこと、食事代はよそよりも安く抑えているので料理に文句を言わないこと、決まった時間までに食べ終えないと料理は処分してしまうこと、部屋に友達が来るときは事前に伝えておくこと、部屋では大騒ぎしないこと、部屋に絶対異性を連れ込まないこと。このような挨拶だったと思います。続いて新入りから自己紹介をするよう幹事が促します。自己紹介がすむと若いがゆえに急速に気持ちもほぐれ、しばらく飲んだり食べたりしているうちに一人の先輩と話が盛り上がりました。その先輩は硬式庭球部の方でした。名前は河原さん。練習から戻って急いで銭湯で汗を流して来たと言って、ちょっと遅れて洗面器とタオルを持ったままの駆け込み参加でした。(以下出身地は先輩が山口県下関市、内園は宮崎県小林市、私は佐賀県武雄市。方言は省略します)

「松尾君と内園君だったたっけ、硬式庭球部に入らんか?」

「え~テニスですか?」

「テニスなんて女のスポーツじゃないですか、軟派なクラブみたいでいやだなぁ」

「何をもって軟派と決めつける?」

「女と毎日イチャイチャしているイメージがありますよ」

「我が部では部内恋愛はご法度だよ」

「ご法度?本当ですか?それもちょっと」

「そもそもテニスに公式と非公式があるのがねぇ」

「その公式じゃない、硬い球を使う硬式」

「へぇ野球みたいにですか？」

「そうだ、我が硬式庭球部は旧制五高時代からの伝統を……ああ面倒くせぇ、どうだい俺と勝負しないか？」

旧制五高以来のという言葉にピクンと心が動いた私は
「なんの勝負ですか？」と思わず反応します。

「酒の飲み比べ！　俺が勝ったら二人とも俺の部に入る。もちろん二対一でいいよ」

「じゃあ私たちが勝ったら？」

「その時は二人に五車堂を奢ろう」

「ゴシャドウって何ですか？」

「下通にある洋食屋さ、あそこのランチは豪華でうまいぞ」

私は高校時代から親に隠れて時々仲間たちと酒を飲んでいたので、いささか自信がありました。内園君を見たらその勝負に乗るという顔です。

「本当に二対一でいいんですね」

「おう、お互い男に二言は無い。いいよな？」

「もちろんです。五車堂にかけて二言はありません」

そこから日本酒熱燗のやり取りが始まりました。はじめは猪口でしたがそのうちに茶碗に変わりました。我々は一人一人が交代で飲み干すと先輩に注ぎ、また酒を受けるというやり取りの繰り返しでした。我々はだんだん酔いが効いてきます。我々の倍は飲んでいる先輩を見ると平然としています。先輩は、お前たちは酒が強いなぁとおだてながら話題をいろいろと変え、ときどきほかの下宿人に話を振って盛り上げ、また思い出したように我々に酒を注いできます。とうとう内園が先にダウンしました。追いかけて私もダウンし、ついにその場に横になります。

「あれ、もう飲めんのか?」

「参りました、もう飲めません」

「じゃあ俺の勝ちやな、お前たちは明日から熊大硬式庭球部員や、忘れるなよ」

先輩の最後の声は聞こえていたかどうか、私はすぐに寝込んでしまいました。おばさんに自分の部屋で寝るように起こされた時には、コンパは終わって部屋の片づけも済んでいました。

翌朝二日酔いの冴えない頭で食堂へ行くと、先輩を前にして内園がしょんぼりとみそ汁をすすっていました。先輩は河原という名であったことを思い出しました。ほかの下宿人もニヤニヤして見ています。

「おう、松尾おはよう。どうや?気分は。忘れていないだろうな、お前たち二人は今から熊大硬式庭球部員だぞ。本日午後四時から練習参加や、新入部員はその前三十分にコートへ来て準備を手伝え」

「え〜っ、本気だったんですか」

「男に二言は無いと約束したはずや、内園は承諾したぞ」

確かにそんな約束をしたことを二日酔いの頭でも思い出しました。もうすっかり河原さんはテニス部の先輩顔になっています。内園を見ると断り切れなかったのか、むすっとして勝負に負けたのだから仕方ないだろうという顔つきです。私としてはもう少し時間をかけてクラブ選択をするつもりでいました。体育会系クラブは選択肢になかったのですが、男に二言は無いと言われると返す言葉もありませんでした。

「詳しいことはコートで話す。体育の服装で三時半までに工学部コートに来るように」

と言い残して河原先輩は先に食堂を出ました。残った内園と話をして、約束は約束やとりあえず言われた通りコートへ行って様子でも見てみようということになりました。

下宿から工学部コートへは、東門から北キャンパスへ入り桜並木のサインカーブを抜けて正門である赤門へ向かいます。赤門を出ると熊大キャンパスを二分している国道五十七号線です。国道を渡ると工学部や理学部がある南キャンパスが広がっていて、その南西の一角に通称工学部テニスコートがありました。現在は新しい工学部のビルが立ち並んでいて昔の面影は全くありません。

コートの向うには熊本市内中央を流れる白川の河原が広がっていました。六面のコートがほぼ南北に並んでいます。東四面を硬式庭球部、西二面を軟式庭球部が使っているようです。すでにコート整備が始まっていました。大きなブラシでコートをならしたり、箒でラインの上を掃いたりしている男女の部員がいます。コート入り口あたりで内園君と立ち並んでいると、反対側の部室の前から怒鳴る声がします。河原先輩でした。

「そこの新入部員二人！　ボーッとしとらんで、早くコートに入らんか！」

慌てて部室の方へ向かうと、居並ぶ先輩諸氏に我々を紹介します。

「同じ下宿の、松尾と内園。今日からうちの部員や」

「主将の岩尾です、よろしく」

背が高く美男子で優しそうな人。

「サブキャップ、副将の北町だ」

ぎょろりと睨まれたら怖そうな眼玉の人。

「同じくサブキャップの柳中です。かわいそうに河原に騙されたな」

ニヤリとしてそう言ったのはがっちりした体格の顎が特徴の人。

「え、騙す」

と思わずつばを飲み込む我々二人。

「アゴちゃん、新人ばそげんビビらしたらいかんよ」

ニコニコして、みるからにやんちゃそうな人は
「会計の丸山です」

と名乗ります。

「以上が現幹部だ、私は主務、つまりプレイイングマネージャーの河原、部員には後で紹介します。すぐにコート整備を手伝いなさい」

下宿の河原先輩は硬式庭球部の幹部だったのです。道理で勧誘に熱心なわけだったのです。ただサブキャップの「かわいそうに、騙された」の言葉が気になりましたが、右も左もわからないままテニスコートの熱気の中に引き込まれてしまいました。大学紛争中であり講義が再開されていないため、早めにコートに集まっていたようです。大学紛争に積極的にかかわっている部員も少なくはなく彼らはいなかったのですが、我々はまだそうした事情は分かりませんでした。見渡すとかなりの部員がコート内にいます。我々二人もコートの隅に立たされてボール拾いを命じられました。転がってきたボールを手にして驚いたのは、思った以上の硬さと全体が産毛のような毛に覆われていたことです。ボールを何気なく、練習中の先輩にダイレクトに投げ返すと怒られました。返球は相手がとりやすい位置にワンバウンドさせて返すこと。最初に教わったことはボールの返球の仕方でした。コートの端に立って近くに来たボールを拾い、ワンバウンドで先輩へ投げ返すことの繰り返しがテニス部の初日でした。

「全面、ラストーッ！」

サブキャップの声で練習終了の声がかかり、下級生たちがブラシを引いてコート整備を済ませるやコート中央にその日の部員が勢揃いします。クーリングダウンの整理体操を終えると、サブキャップから我々に自己紹介を促されました。私と内園は、名前のほかにこれまでテニスの経験はまったくないことと在籍する学部学科、出身高校を言って自己紹介を終わります。岩尾キャプテンは私と同じ学科で、内園の高校の先輩であることがわかりました。キャプテンが二人に優しい声で話しかけてくれたのですこしは楽な気分になりました。すでに数名の新人が入部を済ませており、解散後に寄ってきて挨拶をしてくれます。ほとんどが硬式テニスか軟式テニスの経験者でしたが、集まって一杯やろうよとさっそく発案してきたのは地元私立高校出身で三年間硬式テニスをやってきた谷川君でした。

高校生のころまではテニスに硬式と軟式の違いがある事さえ知らず、ましてや自分が硬式テニス部に入るなどとは百パーセント夢にも思わなかった私に、酒の女神がもたらしたいたずらでした。入学してそれほど時をかけずにこの日からたちまち部員の友人たちができたので、テニス部に入ったのも悪くはないなと思い始めたころでした。

四、インチキ勝負露見する

講義が開始される目途もわからず、同じ下宿にテニス部幹部の河原先輩がいることもあってテニスコート通いが続いていたある日のことです。遅れて一人で朝食をとっていると、下宿のおばさんから話しかけられました。

「じんなほー、とうとうテニス部に入ったとね?」

「じんなほー」とは熊本弁で「あなたはさぁ」という意味です。

「河原さんとの賭けに負けたけん、しかたなかです」

「あの夜の酒勝負、二人がかりでも河原さんにはかなわなかったでしょう。どうしてかわからんと？」

「あんなに酒が強い人だとは思いませんでした」

「違うとよ、河原さんがズルしてたのに全く気づかんやったでしょう」

「ズルってどぎゃんこと、おばさん！」

「テーブルの下に風呂上りの洗面器ば置いとったのよ。飲むふりをして、すきを見ては洗面器にこぼしていたわけ。話題をほかの人たちに振っては、じんたちの気をそらしてこっそりこぼしょったのに。気づかんじんたちもじんたちやけどね、ほとんど河原さん飲んどらんとよ、だいたい酒は弱かごたる」


私はショックを受け内園の部屋を訪ねました。中庭を挟んだ向かいの二階の彼の部屋からは、合格祝いに買ってもらったというステレオが発するオースティン・レディングの『ドッグ・オブ・ザ・ベイ』が聞こえていたので在室はわかっていました。当時彼が持っていたレコードはこの曲とピンキーとキラーズの『恋の季節』の二枚だけで、部屋にいる間はしつこいほど交互に聞いていました。ボリュームが高いので、外へ漏れ出る歌を何度も聞いているうちに田舎者の私もいつの間にかオースティンのファンになっていました。

内園におばさんから聞いた話をすると、「エッ」と驚き、「許せん」と一言。河原先輩は下宿にはいなかったので練習の時にテニスコートで問い詰めることにしました。

「なんだ？いまごろ気づいたのか？だったらどうした。勝負には負けたんだろうが」
「あんな勝負、インチキです」
「お前たち負けを認めただろう？じゃあ辞めるの？でも収めた部費は部則で返せないよ」
「はあ？」ともめているうちに
「まあ、まあ、まあ酒の勝負は酒で返せばよかろう」
と割って入ったのは初日の挨拶の時に「かわいそうに、騙されたな」とつぶやいた柳中サブキャップでした。
その夜、我が下宿二階の河原先輩の部屋に内園と私が呼ばれ酒盛りが始まりました。優しい顔の岩尾キャプテン、目玉の北町サブキャップ、やんちゃそうな会計の丸山さんもいます。先に幹部会が行われて終了後に私たちが呼ばれたようでした。柳中サブキャップが三人に先ずビールを注ぎます。そして
「さあ、飲め、お前たち二人は河原と正々堂々と勝負せい。俺たちは立会人たい。飲みながら見届けてやるぞ」
河原先輩と形だけコップを合わせると飲み始めました。しかしいくらも飲まないうちに河原主務の顔が真っ赤になってきます。おばさんから聞いていた酒に強くないという話は本当だったようです。ほどなく
「すまん、俺が悪かった。もうよか、退部したいなら許す、部費も返す」

「河原、自業自得たい、ちゃんと勝負せんか」

けしかけるニコニコ顔の丸山先輩。

「松尾、内園、もっと河原に飲ませい」

北町サブキャップの目玉がぎょろりと睨みつけます。

「酒の足らんごたるなぁ、丸山もっと買ってけぇよ」

柳中先輩がけしかけると、すぐに丸山先輩が買い出しに出かけます。その時に階段の下で
「おばちゃんごめんね、今夜は飲み会やけ少し騒ぐけど許してぇ」

と声をかけています。

タダ酒が飲めるとあって、私と内園は張り切って河原主務と対峙します。

「河原先輩、さ、さ、どうぞ」

「先輩、遠慮せんと」

茶碗で冷酒勝負でした。相手が酒は弱いと知った以上、立場は逆転です。ついに
「頼む、もうこれ以上は勘弁してくれ」

河原先輩がギブアップすると
「内園、松尾、もう許してやらんか」

岩尾キャプテンの優しい声がかかりました。ここまでくると私にはインチキ勝負のことがどうでもよくなりました。内園を見ると彼も赤い顔にわだかまりが解けたような表情を浮かばせています。

「じゃあ五車堂ランチ奢りということで水に流します。いいやろう?内園も」

河原先輩の言質が取れたので勝負に決着が付きました。

それからは、酔っぱらってひっくり返った河原先輩をほったらかして宴会が続きます。ただ岩尾キャプテンも酒は弱いらしく話にだけ参加して楽しそうにしています。真っ先につぶれた河原さんと買い出しに行った丸山さんは法文学部の法科、岩尾キャプテンと私は法文学部文科、北園サブキャップは工学部土木科、柳中さんは医学部、そして内園は薬学部と学部学科はバラバラです。飲めば飲むほど話せば話すほど先輩たちの人柄に触れ、居心地のよさに引き込まれ、私はいつの間にか北杜夫の『ドクトルマンボウ青春記』に描かれたようなおおらかな学生生活を楽しんでいたのです。

「で、二人とも明日からも練習には来るんだろう?」

眼鏡をハンカチで拭いながら、酔眼の細い目で柳中サブキャップが聞きます。

「もちろんです!」

と我々二人。この夜から私は完全に熊大硬式庭球部にとりこまれてしまったようです。ちなみに熊大硬式庭球部が旧制五高時代からの伝統を受け継ぐ部であるのかどうか、後年のことですが「旧制第五高等学校」に関する公式資料に目を通してみました。確かに五高時代にもテニス部は存在していました。外人教師が持ち込んだもののようで、硬式テニスのラケットを使ってサーブをする当時の選手の写真もありました。そのテニス部が熊大硬式庭球部へ脈々と引き継がれて、私が入った部として続いていたのかどうかはわかりませんでした。

五、春歌の洗礼を受ける

入学して最初のひと月はコンパの嵐です。数十人の大がかりなものから四、五人程度のミニコンパまで連日のように続きました。大学現役入学生は当然のこととして未成年なのですが、当時は大学生ともなるともう大人であり、飲み会の席で少しは酒が飲めないと子ども扱いを受けるような風潮がありました。入学して知る大人の仲間入りをしたようなコンパの楽しさを、存分に満喫したいという背伸びした気持ちにも駆られていたと思います。あるいは講義がなかなか始まらないのでどこかに不安を感じて、きっかけさえあればメダカみたいに群れようとしていたのかもしれません。無い金は補い合い家から送ってきた食べ物などを持ち合って、毎週どこかの誰かの下宿に集まっては飲み、そして朝方まで語らいあっていました。

下宿コンパの後にあったのが武雄高校の歓迎コンパです。当時熊大には二十数名の武雄高校卒業生が在籍していました。すべての学部に先輩たちが居たように思います。当時もっとも先輩が多かったのは工学部でした。そして医学部、法文学部、理学部、薬学部の順でした。武高生で小中学校の教師を志す者は、大半が佐賀大教育学部をめざし熊大教育学部には滅多には入学しません。この年には珍しく一浪した先輩が教育学部に我々と同期入学していました。昭和四十四年は入学後も大学紛争が続きます。武高卒業生は大半がノンポリのようでしたが、ピークのころに紛争に関わった人たちも次第に熱が冷めていくようでした。中には毅然として続けている人がいたことも知っています。それでもコンパとなると多くの在学生が集まり主義主張でもめることもなく、武高卒の先輩後輩として和やかな酒盛りとなりました。

このコンパで初めて経験したこともあります（このコンパに女性の参加者が無かったからかもしれませんが）。若い男なら興味津々のセクシュアルな関心事へのご指導も堂々とやってもらったということです。武高の先輩方には後輩の面倒見がよい人が多く、田舎から出てきたばかりの若者たちが、遥かな熊本の地で恥をかかなくていいようにとの思いやりだったのでしょうか。それともこういう機会には先輩として率先して範を示さなければならないとの熱意と責任感があったのでしょうか。先ず紹介するのは、当時の学生の宴会には付きものの宴会専用歌があったということです。現代のようなカラオケ機器やカラオケ専門店はないので、酒が回り始めると酒宴を盛り上げるために「若い者から、歌え！」と先輩の檄が飛びます。新入生はその場にふさわしい歌をとっさに判断ができません。それでもせかされるので、しかたなく武雄高校校歌や応援歌を歌いだすと、「まだはや〜い！」とストップの声。出身高校の校歌は締めのころに歌うのだと相場が決まっているようです。慌てて出身中学の校歌を歌うと、「つ・ま・ら〜〜ん、やめ〜い！」とダメ出しが入ります。おろおろしながらはやりのフォークソングや「月光仮面」だの「ハリマオ」だの懐かしのテレビ主題歌を歌いだすと、これには先輩たちも

声を合わせて歌ってくれます。しかしころ合いを見てある先輩に長老格の先輩から指示がでると、さっそく歌いだしたのが

♬ちんころまんころ～講義をさぼって下通へゆけ～ば
以下先輩たちの合唱。
♬○△屋のね～ちゃんが横目でにら～む、あ、やりたいな
♬やりたい、やりたい、やりたいな
♬○△屋のね～ちゃんと、お勉強やりたいな

続けて○△部分の歌詞が即興的に変わっていき延々とこの歌が続きます。こんな歌を聞くのも歌うのも初めてで、しかも覚えやすくノリがいいので新入生たちはすぐにはまるのです。この歌は全国各地の学校でもアレンジされて歌われていたようですが内容的にはまだまだ低レベルで、宴会が盛り上がるとともにしだいに意味深の歌が登場しました。

いちいち歌詞を記載するのは憚れますので、タイトルらしきものを上げてみます。正式なタイトルは覚えておりません。

「ヒタチの歌」……猥褻な行為を連想させる歌詞の後、一転して「～それがヒタチのジュサーさ」などとすべてヒタチ製品で受ける歌。そのひねりは感心するほどよくできていました。

「坊やよく聞け……」……童謡「めんこい仔馬」の替え歌。

「変な虫の歌」……「軍隊小唄」の替え歌。

「そこで電気は芥子の花」……同じく「軍隊小唄」の替え歌。

「青いパンティー」……「青い山脈」の替え歌。

「エンヤラヤ節」……元歌不明。

まだまだあったように思いますが記憶が戻りません。

圧巻は古山先輩の一人芸「武蔵とお通」。同じ宿のひとつ部屋に泊まることになった宮本武蔵とお通の一夜のやり取りを、衝立を境にして一人二役で熱演します。拒絶するお通と「拙者とて武士、そなたの言うようなことは決していたさぬが、もし……」とお通の言い分を認めながらもしつこくお通に迫っていく武蔵のやり取り。初めて耳目にした時にはあまりにも面白く、酒を飲むのも忘れて抱腹絶倒となりました。こうした春歌の類はいったいいつごろに創られて歌い続けられてきたのでしょうか。コンパのたびに歌わされていると一年生の間に一通りは歌えるようになるのです。「武蔵とお通」は別格として。

しかし初めのころこそ春歌も面白いのですが、何度も歌っているうちに飽きてきます。歌うのも新入りに教える二年生までぐらいでした。何より女性の前で歌わされると、女性たちの軽蔑のまなざしが気になります。今ならさしずめセクハラ問題で大騒ぎになることでしょう。それに時代はすでにフォークソング全盛時代に入っており、飲み会にフォークギターを持ち込む者も出てきます。流れは春歌から舶来フォークそして和製フォークへと変遷していくころでもあり、春歌はしだいに歌われなくなりました。大学紛争を経験することで普段の学生生活にも新旧交代の波が満ちてきていたようです。

さて武高コンパは、ひととおり春歌も出尽くして酒がなくなりかけるころに武雄高校校歌となります。親元を離れて暮らしていると同窓意識が強まり校歌がいい歌に思えてきます。そしていよいよコンパの締めくくりは旧制第五高等学校寮歌「武夫原頭に草萌えて」。先ず先輩が「仰げば星斗欄干として…‥」と寮歌の巻頭言を切り「アイン、ツバイ、ドライ！」の掛け声で全員肩を組み歌い踊って終わりです。私も練習の甲斐あってほぼ歌えるようにはなっていました。

かくして武雄高校新入生歓迎コンパの一次会は終わりました。これで解散とはならず二次会へと流れます。数名の先輩は用事を理由に抜けていきました。我々新入生は熊本の街にもまだ不案内で、はぐれないように黙ってついていくだけです。ある先輩曰く

「これから連れて行く店は、ボラれたり、怖～い兄ちゃんに因縁を吹っ掛けられたりする心配のない良心的な店だから、いちおう教えておく」

と言います。一軒ぐらいは先輩たちのお墨付きの店を知っているのも悪くないかなと、どんな店へ行くのかわからないままついていくと、賑やかな大通りから入り込んだ細い路地奥の小さな店へと入って行きました。地理不案内な私には一度行ったくらいでは覚えられないような場所にありました。前もって連絡してあったようで、女性複数の歓迎の声があがり二階へと案内されます。料金を先輩がまとめて払って店の数人の女性も一緒に上がります。六畳はあろうかと思うほどの部屋で、天井から無造作にぶら下がった小さな裸電球は赤色に塗られており、部屋全体を怪しげな赤暗い色に包んでいました。私のおぼろげな記憶では電気炬燵が二つぐらい置いてあったような気がします。そのころ私

はまだ私服をあつらえていなかったので、ひとり学生服を着たままでした。ぼーっと立っていると、遅れて飲み物とグラスを持って上がってきた一番若い女性から声をかけられました。

「あんた新入生？こんな店初めてやろう？」

「はい」

「私も天草から出てきたばかり、店に出るのは今夜が初めてよ、あんたを私の最初のお客さんにする。姉さんたちよかでしょ？」

と他の女性たちの同意を得ようとします。

「絶対に私が相手するからちょっと待っててね、下の用事を済ませて上がって来るから、ね？」

「え？はい」

声や言葉使いからして私と年齢に差がないようにも思える若い女性は、私に念を押すと一階へ降りていきました。けっしてカマトトぶるのではなく私はその時に、この部屋でこれから一体何が始まるのかまだ理解できずにいました。二次会へ向かうときの予想とは全く違って、ただなんとなくいかがわしくも心がときめくようなことが始まりそうな予感は本能的に胸によぎりましたが、先輩たちはそれぞれに座り酒を飲み始めます。隣に付く女性がいない私だけは少し離れて酒を飲み始めます。ほどなく赤い裸電球が消え真っ暗になりました。先輩たちがそこかしこでもぞもぞと動き始めたことは気配で分かります。しかし、私に「待っとってね」と言った女性はなかなか戻って来ません。最初に注いでもらった酒を飲み干したものの暗くて継ぎ足すこともできず、手にしたコップを持て余しながらじっと座っていました。私に付くのは下へ降りて行った女性以外にはいないらしくひとり黙って待ったまま時間が過ぎていきます。おそらく三十分近く経ったころに先輩の一人が
「さあ、帰ろうか」

と声を発しました。

再び赤い裸電球に灯がともります。先輩たちは立ち上がりぞろぞろと階段へ向かいます。私は空のコップをテーブルに置くと後に続きました。下へ降りて出口へ向かっていると、私に声をかけた女性が走ってきました。奥のキッチンで洗い物をしていたようです。エプロンで手を拭きながら
「待っとって、て言うたでしょう。どうして帰るとね」

と腕を引きます。

「いや、もう時間だから先輩たちが帰ると言んしゃるけん」

「まだいいとよ一人残っても、やっと雑用が終わったけん、ね残って、ね」

私は彼女の言わんとする言外の意味を即断できるほどの経験と理解力をまだ持ち合わせてはおらず、また初めての店に一人で残るほどの度胸も金もなく彼女の腕を振り払って先輩たちを追いかけました。追いついてしばらく歩いてから先輩の一人に尋ねました。若い女性に引き留められたいきさつと、いったいあそこは何の店だったのかと。

「お前、なあんもせんかったとか?そげんな話ができとったとなら、なんで残らんかったとか馬鹿かお前は、せっかく連れて行ったのに」

とひどく怒られて結局それ以上は聞けずじまいでした。その後テニス部の先輩にこのことを話すと詳しく教えてくれましたが、

「松尾、入学早々もう行ったとか！　ばってんもったいないことしたなあ、じんなぁほんのこっ馬っ鹿やねぇ」

赤線が廃止されてほぼ十年、形を変えた様々な風俗店がまだ残っていた時代でした。私は、仕組みをよくしらなかったとはいえ、あの若い女性と約束を破ってしまったようなほのかな後ろめたさを感じて二度と近づくことはできませんでした……うそです。そんなきれいごとではなく毎月の生活費とテニス部関わりの行動費を賄うと、親からの精いっぱいの仕送りや不定期のわずかなバイト代では月半ばには財布が軽薄になり、卒業まで毎月ぎりぎりの状態に追いまくられ放しでした。かといって質草になるような品もなければ余分な金を捻出できる知恵もなく行く気さえおこらなかったのが本当の理由です。やがてその店があった一帯は再開発対象地区になったらしく、私が卒業する前に消えてしまったようでした。めったにない出来事であったのかもしれませんが、私に残ったのは、なんとなく切なさが尾を引く記憶だけでした。

六、級友再会

テニスの練習から戻り夕食を済ませると銭湯へ出かけます。練習では大量に汗をかくので銭湯へ行くのは楽しみの一つでした。下宿からは数分の竜田山登山道沿いに銭湯がありました。竜宮温泉という名前でしたがもちろん温泉ではなく普通の銭湯です。当時の黒髪町熊大キャンパス周辺には行きつけの湯が休みになっても、それほど遠くない場所に何か所かの銭湯がありました。田舎では銭湯経験がめったになかったこともあって、近場が休みの時には洗面器に道具一式をいれて散歩がてらに出かけました。たまには違う銭湯を巡るのも楽しみだったのです。

その日も風呂上がりの体に心地よい晩春の風を受けながらくつろいでいると、下宿の塀の向うから聞き覚えのある声が飛びこんできました。歩いたり立ち止まったりしながら話に夢中な二人のうちの一人の声が、武雄高校三年五組の級友の声にそっくりなのです。私は急いで外へ出てみました。遠ざからないうちにと、暗がりから声をかけました。

「おい、井下じゃなかや？」

「誰か、お前は？」

「おいたい、松尾たい！」

「松尾？おお松尾か！　なんしょっとか、こぎゃんとこで？」

「わいこそなんしょっとか、こぎゃんとこで」

イノケンこと井下健二君は希望の大学に合格できず浪人したとの話を聞いていましたが、まさか熊本のしかも私の下宿の前で彼の特徴ある大声に接するとは思ってもいなかったので、驚くとともに懐かしさが込み上げてきたのでした。

「そうか、松尾は熊大やったなあ。こっけ住んどっとか！　おいもその先に引っ越してきたとばい！」

その夜は連れと用事があるらしく、近いうちに必ず訪ねてくるからと約束をして暗がりの中で別れました。しかし彼が私の部屋を訪ねて来る前にすぐに意外な場所で出会います。その出来事は後ほど語りますが約束通りに私の部屋を訪ねて来たのは、私が客間から二階の部屋へ引っ越してすぐのころでした。

彼によれば、家庭の事情が変わったために熊本で浪人することとなり、予備校に通いやすくしかも下宿の多い黒髪町に引っ越してきたと言います。卒業してまだ二か月も経っていないのに、私より大人びた口のきき方をするようになっていました。私の部屋をざっと見まわすと
「なんやぁ、本がすくなかぁ、大学生ならもっと本ば読まんか」

いきなり説教です。お前になんか言われたくないと思ったのですが、事実そうだったので反論はできません。落ち着く間もなく熊大紛争や学生運動についての議論を仕掛けてくるのですが、いかんせん私はその方面にはなかなか関心が高まらず、どうしていつまでも学生と大学は揉めないといけないのか不思議に思っていたので、闘争用語やセクトの違いや安保反対運動の歴史もよくわからずイノケ

ンとは議論になりません。

「そんなことでいいのか！」

彼は一人で熱くなります。少々頭にきた私は
「お前はまだ予備校生だろう？なんでそこまで熱くなる？」

と反論しました。これには返す言葉もないらしく
「そうなんじゃ、こんなことに燃えてる場合じゃないのよ俺は、大学に受からんことには」

急にしおらしくなります。

「ところで、三年五組から入学したほかの連中はどうしとる？」

私も入学後はまだ彼らとはじっくりと会っていなかったので、一人が大学の学生寮に入り他の二人は私と同じように下宿住まいをしていると答えるしかできませんでした。

「冷たかなあ、お前たちは」

心にささる言葉を残してイノケンは帰って行きました。

入学式の日に互いの住所の交換はしていたので訪ねようと思えば行けないことはなかったのですが、思い立たないままにひと月以上が過ぎていたのでした。そういえば熊本へ立つ前に三年五組の担任だった北浦先生に挨拶に伺うと
「四人は同じ三年五組の出身なのだから、熊本では仲良くしろよ」

と念を押されていたことを思い出しました。急に級友たちに会いたくなります。テニスの練習を終

えたある夜にさっそく一番近い宇良君から訪ねてみました。黒髪キャンパスを挟んで私の下宿とは反対の西側に住んでいるはずでした。すぐに見つかりましたが管理人も常駐していない長屋形式の下宿でした。部屋もわかりましたが真っ暗です。次の日も同様で不在でした。仕方がないので訪ねてきたことをメモに残して帰りました。数日後に法科の藤岡君の下宿を訪ねることにしました。彼には地図を描いてもらっていたので場所はわかるのですが、通常の道をたどると教育学部の裏通りを通りさらに濟々黌高校の北側を抜けるかなりの回り道になります。近道も描いてあったのですが、それは目的地への直線的な小峰墓地を抜けるルートでした。

熊本市営小峰墓地は私の下宿に近く、竜田山登山道の左側にあります。道を挟んで右手にある「リデル・ライト記念館」のちょうど反対側になりますが、小高い丘全体が墓地でした。勤王の志士宮部鼎蔵や神風連副隊長の墓などもあり、丘の上には西南の役に参加した熊本隊の戦死者を慰霊する祈念塔もありました。旧制五高の教官を務めた小泉八雲（ラフカディオ・ハーン）のエッセイ集『東の国から』にも出てくる墓地で、彼はこの墓地で見つけた蓮の華の上に座って五高の敷地を半眼で眺め降ろしている仏像のことを書き残しています。それを読んでいた私はやがて小峰墓地も昼間の散歩コースにするのですが、さすがに夜その墓地を横断して藤岡君の下宿を訪ねるには勇気が必要でした。

それでも行かねばならぬと墓地の敷地に恐々と入ります。見渡すと教わった近道らしきルートは、所どころで淡く光っている夜灯に導かれて続いているようです。覚悟を決めて不気味さを吹き飛ばすために声高に歌いながら墓地を抜けることにしました。手始めに寮歌『武夫原頭に草萌えて』を大声で歌って景気をつけます。そして当時大ヒット中の由紀さおり『夜明けのスキャット』。「♪ル〜ルルルル〜」と口ずさみ始めたのですが、この歌はかえって不気味さが募るように感じたのですぐにやめてピンキーとキラーズの『恋の季節』に切り替えます。この曲はパンチのある感じですが歌詞が「♬死ぬまで私を一人にしないと」あたりになると、背中がゾクゾクッとするようで夜道の墓地歩きには向かない気がしてくるのです。結局賑やかな歌は習ったばかりの春歌しか思いつかなくなり、コンパの練習だと思うことにして誰に憚ることなく高らかに歌いながら歩き続けました。しかし自分で歌っていながらその歌詞のエロチックさには、墓で眠っている壮士たちが不謹慎だと怒って出て来はしないだろうかと不安になり、口をつぐんで駆け抜けることにしました。幸い墓地の地下の主たちに迷わされることなく近道を抜けきり、藤岡君の下宿の部屋の明かりが見える道に出ることができました。

彼は下宿の仲間二人と、トランプのセブンブリッジを楽しんでいる最中でした。紹介してもらうと同学年の法文学部生で一人は私と同じ文科でした。セブンブリッジは四人でやった方が面白いと私を誘います。やったことのないゲームでしたが始めてみれば面白く、失敗を繰り返して負けることばかりでしたが、他県出身の方言が遠慮なく飛び交ううちにすっかり仲よくなっていました。夜が明けるのも知らず、というより夜中の墓地を帰るのがいやでゲームに夢中になっていたようです。そのうちに外がすっかり明るくなったので、近いうちに宇良君を誘って竜田寮の福畑君を訪ねる約束をして墓地の道を戻りました。

数日後の夕方、酒やつまみを持参した三人は熊大学生寮「竜田寮」へと出かけました。藤岡君を訪ねてほどなくメモに残した指示のように、宇良君が昼飯を食べに学食へやって来ました。彼はそのころ夜ごとバイトに出かけていたそうで、下通りにあるクラブのドアボーイをしていたのだそうです。授業料以外は親からの援助を受けないと決めて熊本へやって来た宇良君は、講義が始まらないこの時期こそバイトのチャンスと夜の巷へ出かけていたのでした。私とは心がけが全く違う宇良君でした。三人の都合が良い日を福畑君へ連絡して竜田寮訪問が実現しました。

黒髪キャンパスから竜田寮へは国道五十七号線沿いに阿蘇方面へ歩けばわかりやすいのですが、その日は交通量の多い国道を避け裏道を通ることにしました。桜山中学校に連なる下宿街と竜田山の間に国道とほぼ平行に続く道で、下宿街を抜けると畑が広がる丘の道に出ます。阿蘇方面に向かって右手下を国道五十七号が走り、さらに道沿いの右下に火山灰台地をえぐりながら白川が有明海をめざして流れ下っています。この畑が連なっていた丘一帯は今では住宅地になっているようですが、当時は竜田山の山麓までを見渡せる丘陵地でした。そののどかな夕景の道を竜田寮めざして急ぎました。

福畑君の部屋は寮の一階だったか二階だったか今では思い出せません。私が受験前から入寮を憧れていた学生寮らしいバンカラな雰囲気の中で彼は我々を歓迎してくれました。飲み始める前に寮の全施設や生活ルールを紹介してくれます。五高伝統のバンカラ精神は全寮にしみついていて当時も脈々と受け継がれているように思えました。しかし私の心の中には変化が起き始めていたようです。私は、福畑君に説明を受けた後、早くこの寮へ引っ越して来たいという衝動が湧かなくなっていたのです。私は、福畑ほんのひと月余りの硬式庭球部における日々の活動を通じて、期待していた学生生活の一部の何かが満たされつつあるのを感じ始めていたのだと思います。それはまだはっきりとはつかめない何かでした。竜田寮での初めてにして最後の宴会をすっかり楽しんだ私たちは心底酩酊し、その夜は雑魚寝で福畑君の部屋に泊まりました。

七、機動隊学内に入る

イノケンこと井下君が我が下宿を訪ねてくる前の日々に戻ります。二階の部屋へ移る前でまだ客間住まいです。当時の資料を読むと昭和四十四年五月十日午前二時過ぎのこととなっています。真夜中に生協の広報車が大学周辺を走り回りました。

「工学部構内に県警機動隊が突入しました、学生の皆さんは至急工学部本館前に集結してください！」

と繰り返し叫んでいるようでした。私は布団から跳ね起きるとパジャマの上からジーンズとセーターを着こみました。すると襖が開いて寝間着姿のおばさんが顔を出します。

「松尾さん、行っちゃいかん！　行っちゃいかん！　行ったら巻き込まれるよ！」

しかし私は止めるおばさんを振り切って部屋を飛び出しました。機動隊が許せないとか、機動隊を引き入れた大学がけしからんとか、それほどの大それた理由ではなく現場をこの目で見てみたいという好奇心が強かったからです。国道五十七号に面した工学部本館前の正門はしっかりと閉ざされて入れません。周囲を土手で囲まれた工学部構内の本館前は機動隊の投光機で煌々と照らされ、学生たちの怒号と機動隊が拡声器で発する警告とが入り混じって異様な騒音の塊となって伝わってきます。しかし中の様子は全く見えません。国道沿いに続々と学生たちが集まり次々と土手を乗り越えて工学部構内へと入って行きます。何事かとやって来た周辺住民も立ち尽くして、事態を飲み込もうと眺めています。

私は〈これが機動隊突入の生の迫力か〉と、工学部本館前のその周辺だけが輝く異様な明るさに見入ってたたずんでいました。ニュースで見た東大安田講堂攻防戦よりは、はるかにスケールは小さく放水車も見えませんでしたが、熱気だけはテレビで見るよりも強く伝わってきます。

「うわぁ、すごかあ〜、中はどうなっとるんやろ。入って見たかな俺いも」

聞き覚えのある声が横の薄暗い人ごみの中から聞こえてきます。その声の方をのぞき込むとやはり熊本で浪人中の武雄高校同級生イノケンでした。近づいて私が声をかけると

「松尾、なんばしよっとか、はよ突入せんか！」

と怒ります。

「う〜ん、今飛び込むのはなぁ」

「馬鹿かお前は、目の前でお前の大学が国家権力に蹂躙されよっとぞ！　はよ行け！　はよ飛びこ

まんか！」

「う〜ん、俺いは工学部生じゃなかし」

「ああじれったか、俺いが飛びこもうごたっぞ、お前の代わりに」

「わかったよ、お前が入って行くのは変なかたい。俺が行って様子を見てくる」

「そうせい、行って来て様子ば教えろ！」

構内の状況を見てみたいという好奇心も高まって来たので、国道を渡り土手を乗り越えて工学部敷地に入りました。

予想以上に多くの学生たちが投光機の光の中にあふれています。私は全体の様子をつかみたいと思い投光機に照らされている舞台表と薄暗い舞台裏の境あたりに立ち、しばらくあたりを見回しました。バリケード封鎖個所前で角材を持ったヘルメット姿の学生たちと機動隊員が機動隊車両を囲んで押し合いをしています。機動隊はバリケード封鎖を排除して中で軟禁状態の工学部教官たちを救出しようとし、学生たちはそれを実力で阻止しようとしていたのだと後で知ります。それは大学側の言い分ではありましたが。そしてそのもみ合う学生たちの中には、バリケード粉砕を叫び角材を振りかざして機動隊より先にバリケードへ突撃する学生たちがいたことも。ヘルメットのデザインは全共闘のそれとは反対に染め抜いた「反全共闘」となっていたはずです。その学生たちの中には我がテニス部元主将の工学部川石先輩や、後に友人となる法文学部文科の角岡君もいました。そのときには知るはずもなく私は迫力に押されながらただ眺めていました。

その過激な渦の中心を囲むように、いくつものデモ隊がスクラムを組んで「機動隊帰れ！」と叫びながらジグザクに動き回っていました。よく見るとデモの隊列を構成しているのは大半が女子学生のようです。機動隊とぶつかり合っているのは男子学生のようですが、蠢いているデモ隊は予想以上に多くの女子学生がスクラムを組んでいるのです。工学部にはこれほどの数の女子学生はいないはずで、様々な学部から駆け付けていたようでした。列の前で一つの隊を指揮する女子学生は全共闘のヘルメットを被っています。

投光機が照射する光のはずれにたたずんで機動隊と学生の衝突を眺めている私の前に、ジグザグ行進中のデモの一隊がやって来ました。その女子学生が指揮する隊でした。

「君、何やってんの！　さっさとスクラムに入りなさい！」

先頭で誘導していたヘルメット女子に叱られました。自分の後ろの隊に指示を出し私が入るスペースを開けさせます。前から二列目に私を押し込みました。私がすぐに逃げだすとでも思ったのか女性二人に挟まれて組み込まれました。どうも私は女性から上から目線で物を言われると、安易に一度は受け入れてしまう性格のようです。女子学生に挟まれる格好で遠慮がちにスクラムを組み。小走りのジグザク運動を始めました。機動隊に接近するときには思わずのけぞりたくなります。

「一緒に叫ぶのよっ、機動隊帰れ～！」

と促され

「機動隊帰れ」

私も小声で叫びます。

「君、新入生？声がちっさい！」

「はい」

「もっと強くスクラムを組みなさいよ！」

左右から両腕をグイッと引っ張られ両サイドから矢継ぎ早に文句を言われるのですが、スクラムを強く組むと嫌でも私の両肘が彼女たちの胸のふくらみに触れてしまうのです。緊張して思わず脇を引き締めると声は小さくなります。すると両方からまた肘を強く引っ張られて声を出せと怒られます。目前の機動隊も迫力があるのですが、両隣の先輩女子たちも度胸がありました。〈俺のせいじゃないよな、肘が触れるのは〉と割り切ると、声は自然に大きくなりました。大声を出せば両肘に注意がいかなくなり気にならないのです。下宿を飛び出すときに〈行ったらいかん、行ったら巻き込まれるよ！〉とおばさんが止めたのはこういう事態を予測してのことだったのでしょうか。しかし巻き込まれてしまっている私でした。ジグザグ行進を続けているうちに、敷地の外で内部の様子を知りたくて待っているイノケンのことを思い出しましたが、この状況では抜け出すわけにはいきません。〈イノケンすまん〉と内心思いつつもデモを続けました。

夜が明けてきて投光機の光がしだいに周囲の景色の中に溶け込んできました。そのころの様子は、眠気に負けていたのかスローモーションのような印象がわずかに残っているだけです。はっきりとは覚えていませんが、夜が完全に明けたころデモの隊列は解散になったのではないかと思います。どういう理由で解散になったのかも覚えていません。両サイドの先輩女子学生の顔も記憶にないのですが、お互いにお疲れ様と言って別れたような気はします。その後の情報では工学部のバリケード封鎖が機動隊に突破され、午前五時ごろに中で軟禁状態にあった工学部の教官たちが救出されたそうです。それをもって構内のデモも解散になったのかもしれません。イノケンと別れた場所に行って見ましたがもちろん彼はいません。国道沿いの人混みはまだ少し残っていたようでしたが、私は眠くてたまらず下宿にたどり着くとすぐに布団に潜り込みました。私が帰って来たのを知っておばさんは安心したようでした。

機動隊はその後もしばらく工学部構内に留まり、たびたびデモ隊と小競り合いを繰り返していたようです。私がデモに参加することはもう二度とありませんでした。駐留している機動隊の横を通って工学部テニスコートへと通う毎日が続きました。ある日のことです。テニスコートで練習をしているときにデモ隊と機動隊の衝突が起こりました。テニスコートのすぐそばでの出来事だったので見に行きました。指揮車の司令塔に立っていた隊長が指揮棒でさっと一人のヘルメット姿の学生を指しました。タオルで顔を覆いデモ隊に交じっている学生でしたが、それに気づいたヘルメット学生は一目散に逃げだします。同時に彼を追いかけて数名の機動隊員が走り出しました。韋駄天のように勝手知ったる構内を巧妙に駆け抜けて行った学生を私は知っていました。武雄高校の先輩で医学部の人でした。コンパの時には優しく私にも話しかけてくれた頭の切れそうな人でしたが、熊大紛争の先頭的な立場にいる人だとも聞いていました。すでに機動隊にマークされていたのです。無事に逃げおおせて欲しいと思わず願いました。幸いその時には逮捕されることはなかったようです。

しばらくして法文学部の学生と学部との団体交渉があると聞き、その場所へ出向いたことがあります。いつになったらこの紛争は収束するのだろうという目途を探りに行った気がします。会場では寮歌同好会に誘ってくれた樋尻先輩と顔を合わせました。横に座れよと言われるままに並んで参加しました。ヘルメットを被った学生たちが壇上の席にずらりと並んでいます。対する法文学部の当事者は磯田学部長ただ一人でした。先にヘルメット学生が意見を声高々と発します。それを聞いている学生たちが「異議なーし!」と吠えて答えます。しばらくして学生が学部長に返答を迫ります。学部長は居並ぶ学生団交メンバーと参集した学生たち全員に語りかけるように一人で朗々と意見を述べます。それを聞いていた学生たちは、学部長の声をわざと遮るように「ナンセンス!」と一斉砲火のように同じ言葉を何度も浴びせます。

下で聞いている私には学部長の話の何がナンセンスなのかさっぱりわからず、磯田学部長の話を懸命に聞き取ろうとしていました。学生たちの「ナンセンス!」砲撃にひるむことなく学部長は一人で語りかけます。堂々と明朗に。一言一言を聞き取ろうと耳を傾けていた私には、しだいに学部長の話にこそ誠意があると思えてきて、あるところでは学部長の意見に思わず拍手をしてしまいました。すると周囲の学生たちが
「なんだ! 貴様は!」

と私に集中攻撃です。横の先輩も

「松尾、お前はなんだ！」

と怒りをぶつけてきました。拍手ぐらいしてなぜいけないのだろうと率直に思いました。しかし私の些細な疑問など圧殺するような会場の雰囲気です。

この団交はいったい何のために行われているのだろう。何について交渉しているのだろう。ディベートではなく、数の力で先生を吊るし上げて狼狽するかもしれない先生の無様な姿を嘲笑い、権威を失墜させることだけが目的で行われているのではないかと、猜疑心と悲しい気持ちが湧き上がって来ました。入学したばかりの学生にさえ伝わらないような団交をするようでは壇上の連中も大した先輩たちではない。高熱にうなされたわごとのように「ナンセンス！」だけを叫ぶ周囲の学生たちも根は同じ病を患っているように思え、この日から熊大紛争には全く関心が失せてしまいました。こんな状況が続くようでは、せっかく入学したのにどこに意義を見出せばよいのかますますわからなくなりかけましたが、壇上で狼狽することも立ち往生することもなく、毅然として孤軍奮闘されていた磯田学部長にわずかな光を感じることができたことが救いでした。磯田法文学部長は哲学科の教授でした。

八、壮絶なる新人歓迎コンパ

工学部の機動隊騒ぎが沈静化しつつあった五月二十七日、ようやく我々新入部員を歓迎する硬式庭球部歓迎コンパが開催されました。場所は熊本城近くの教職員共済施設宴会場でした。コンパ終了後の記念写真には顧問の工学部T教授以下総勢六十名ほどの部員が写っています。熊大硬式庭球部は全学クラブで、各学部の学生が入部していました。写真の私を見ると私服なので、気温も上がりようやく学生服に別れを告げたころのようです。私はテニス未経験でいきなり入部したため、テニスウエアはもとよりラケットを購入する金も余裕もない清貧学生でした。同じような事情の入部者はほかにもいたようですが、幹部から申し渡されたのは、捻挫防止のためにテニスシューズだけはすぐ買うようにとのこと。ほかの必要品はそのうちに何とかなると言います。シューズを買う金ぐらいは親戚などからもらっていた入学祝い金で賄えるので、先ずは専用のテニスシューズを購入しました。ほかの用具は「そのうち何とかなる」とクレージーキャッツみたいな無責任なことを言う幹部たちだとあきれていたら、まさにその通りに上下のウエア、ソックス、ラケットまで先輩たちのおさがりが日を追って次々と回って来ました。

私と体格がほぼ同じ先輩たちも何人かいるようで、着てみるとピッタリ合います。

「ソックスや短パンは、水虫やインキンがうつるかもしれないぞ」

「しっかり洗濯して着用すること。それが嫌ならバイトして買え」

「ラケットは高いので、自分に合うサイズや好みをしっかり見極めて選んだほうがよい。それまでおさがりで感覚をつかむように」

と幹部たちから、全くの初心者に対しても誠に優しい配慮がありました。ちなみに私がラケットを初めて購入したのは入部して二か月近く経ってからのことで、幹部の河原さんと丸山さんに同行してもらい上通の玉名スポーツで購入したと日記に書き残しています。一割引で三千七百八十円。私にとっては高い買い物です。先輩から譲ってもらった古いラケットが湿気で歪みだし、まともなストロークができなくなったからでした。

さて歓迎コンパの話に戻ります。あまりテニスコートに顔を出していなかった部員もこのときばかりはと集まります。この時期は大学紛争の解決がまだ見えていないころで、紛争を大義名分としてコートから遠ざかっている先輩たちも多く、大学紛争でぎくしゃくしていた部員間の感情をなんとかまとめようと幹部が配慮したこともあったようです。下座に低い舞台がしつらえてある和室の大宴会場でした。スタートすると新入部員はその舞台の上に勢揃いさせられます。男女合わせて十六、七人ではなかったかと思います。卒業まで続けたのは半数ほどでしたが、その年のコンパでは男性は全く酒を飲めない者を除いて、日本酒のどんぶり酒を一気飲みしてから自己紹介することを強要されました。そして席に着くと、新入部員は早めに先輩全員の席へ酌をしながら挨拶に回るように幹事の声が飛びます。その際に男性はすべての先輩から必ずコップで返杯を受けるように、うるさいほどの指示が繰り返されます。とんでもないクラブに迷い込んだものだと困惑しましたが、どんぶり酒が急に体を回り始めたちまち気宇壮大な心持となって、〈やってやろうじゃないの〉と先輩たちの席を下座から回り始めました。

先ずこちらからお銚子で小さな盃に熱燗を注ぎます。先輩はコップに日本酒で返杯します。たいていの男子先輩はコップに六分目ぐらい、意地悪な先輩はあふれんばかりに注いで、さあ一気に飲み干せと急かします。四割が女性の先輩だった記憶していますが、女性の先輩は皆さん優しくて

「無理したらいかんよ」

とグラスの底に三分目程度に注ぐか注ぐふりをして全く注がない人もいました。しかしいじわるな男性先輩に見つかると、

「そこの〇〇さん、ちゃんとグラスに注ぐように！」

鋭いダメ出しが飛び交います。現在なら男性先輩全員が犯罪行為に抵触するような飲酒強要です。部屋いっぱいに部員が詰め合って座っているので、正座したまま横移動して酌をし返杯を受けることを続けました。ほぼ全先輩と改めて自己紹介をして回り終えたころには座が大いに盛り上がっており

「松尾！　寮歌を歌うぞ！」

上機嫌に酔っぱらった先輩が声をかけてきました。入部して驚いたのですが、私と姓も名もまったく同じ漢字の松尾先輩でした。一つ上の薬学部でしたが、彼は私が寮歌を独自に練習していて歌えることを知っていたのです。

「はいっ！　やります」

舞台へ向かおうとしたとき、体の異変に気付きました。

九、これが急性アルコール中毒か

立ち上がろうとしたのに腰が立たないのです。正座を続けていたから足が痺れたのかと思いましたが違っていました。全く腰に力が入らず踏ん張れないのです。つまり食べ物もろくに摂らず飲み続けたために、急激な酔いのせいで腰が完全に抜けてしまったのでした。そして猛烈に目が回りだし気分が悪くなりました。ひどい吐き気が襲ってきたので、堪えながら這ってトイレをめざします。トイレにはすでに先客がいました。同じ新入生で便器にしがみついて嘔吐しています。私も立てないので這ったまま隣の便器に猛烈に吐きました。同輩か先輩かそれほど酔ってない者が一人、幹部から指示を受けてトイレで介助役として見守っていたような気もします。トイレから這って座敷へと戻り隅に横たわるしか能がありません。横たわってもすぐに再び猛烈な吐き気が襲ってきます。そして這ってトイレへ行き戻ってはまたトイレへと、往復行為を何度かするうちに目が見えなくなってきました。目が見えず気分はものすごく悪いのですが、耳だけはよく聞こえ意識も薄れているわけではなく周囲がなんとなく理解できるのです。声の様子から、医学部の最年長先輩が私のそばに来て診察をしてくれたようです。

「手足が冷たくなってきているぞ、誰かこいつの手と足をマッサージしてくれ」

すぐに誰かが私の手足をもみ始めます。

「おい、キャプテン、そことあそこにもう二人つぶれているだろう、三人は、いやこの松尾だけでも救急車を呼んで病院へ運んだほうがいいかもしれんぞ、急性アル中や」

宴会の騒ぎは相変わらず続いているのですが、目も見えずぐったりとして耳だけよく聞こえる私に物騒な会話が飛びこんできます。〈俺はそんなにひどいのか〉と思いつつも酔いのせいか気分は高揚しており、不安な気持ちは起こりませんでした。

「先輩、救急車だけは勘弁してください。タクシーをすぐ呼びますから」

答えるキャプテンの言葉には、あの優しい岩尾キャプテンにしては案外冷たいなと、もはや吐き出す物も胃の中にはないのに、それでも湧き上がる猛烈な吐き気に耐えながらなぜか冷静に思う私でした。

北町サブキャップが「全面ラスト!」とコンパの閉会を叫んでいるようでしたが、六十人を超える部員やOBたちがあちらこちらで吠える騒音にかき消され、盛り上がり最高潮の宴会の火は全く衰える気配がありません。隅でつぶれている新入部員のことなど大半の部員は気がついてもいないのです。

〈ああ、俺はこのまま死ぬのか。嫌だなあ飲みすぎで死ぬなんて、早く病院へ連れっててくれよ〉と思うのですが声に出ないのです。

「全面ラスト〜！」

「全面ラストオ〜！」

ついに業を煮やしたアゴの柳中サブキャップが、足元のテーブルでも蹴散らすような音を立てて、怒鳴り散らしながら何度も閉会を宣言します。練習でもコンパでも終了するときは「全面ラスト！」と叫ぶのが熊大硬式庭球部の伝統でした。その声がかかると何をさておいても、ただちに中止する決まりでした。ようやく静まりかかると

「記念撮影するからただちに舞台前に全員集合！」

と幹事が叫んでいます。

〈え、これから記念撮影かよ、もぅダメだ〉と私は意識では思ぅものの、気分は高揚したままなのが不思議でした。記念撮影のスタンバイに、酔っ払いどもがめいめい勝手な行動をとりやたらと手間取っているのが目は見えずとも気配でわかります。そんな時に

「松尾、大丈夫だ、大丈夫、もうタクシーが来るからすぐ病院へ連れてってやるぞ」

いつの間にか私を抱いて絶えず体をさすり、優しく話しかけてくれる人がいます。後日コンパの記念写真を見ると、総勢の最前列真ん中に私は工学部の荒井大先輩に抱かれて目を閉じ、ぐったりと手足を投げ出している姿がありました。同じように伸びている二人が近くにいました。そして冷たくなりかけた私の手足をマッサージしてくれたのは、この荒井先輩ともう一人医学部最上級学年の川田大

先輩であったと知りました。荒井先輩は工業高校を卒業して一度就職し、再び熊大工学部へ入学してきた文字通りの大先輩でした。それゆえに大騒ぎの中でも客観視できる余裕を持っておられたのかもしれません。ようやく記念撮影が終わると、私を診察していた医学部の大先輩がキャプテンに指示を出しています。

「上通り横の○▽病院救急搬入口へタクシーで乗り付けろ。今夜の当直医は◇■先輩だから話はちゃんとつけてある」

というわけでやっと病院へ向かうタクシーへ。

「松尾、もう大丈夫、すぐ病院へ着くから」

と私に付き添って乗り込んできた岩尾キャプテンが言います。タクシーの中でも吐き気は続くのですが口に当ててたハンカチには何も出てきません。キャプテンに抱きかかえられてタクシーを降り、病院の救急搬入口から入ると当直医のテニス部OBが待っていて

「またお前たちは、強引に飲ませたんだろう、大概にせんか! 三人も連れ込みやがって、そいつを早くそこの手術台に寝かせろ」

キャプテンを怒鳴りながら私を診察します。

「よし点滴を打つ。胃の洗浄までは必要なさそうだ。向こうの二人はこいつよりは軽いから、そのうちに自分の足で帰れるだろう」

手術台に仰向けになって、無影灯の光を眩しく感じるもののまだ目は見えません。私への点滴の準

備が始まりました。先に着いて隣に寝ているのは同じ新入部員の二人でした。キャプテンが話しかけるのに答える声で誰だかわかりました。一人はコンパ会場トイレの便器にしがみついていた同級生でした。もう一人は教育学部の仲間でした。先に二人を連れてきた先輩はＯＢのドクターにお願いすると二次会へ出かけたようです。

「岩尾よ、こいつだけは四時間後ぐらいに迎えに来い。残りの二人は自分の足で帰れると思うが念のために二時間後ぐらいに誰か迎えによこせ、ちゃんと見ておくから」

当直医の先輩にお礼を述べるとキャプテンは私の耳元で

「点滴が終わるころに迎えに来るからな、じゃあ二次会へ行ってくる」

と囁いて去っていきました。私にとっては初めてのとんでもない経験でしたが、熊大テニス部にとっては時おりあることだったのでしょうか。先輩ドクターもキャプテンも冷静に事を進めているように感じました。

点滴を打ち始めても気分の悪さは治まらないものの、安心感からか眠気が襲ってきました。しばらくして誰かが私の顔を覗いたような気がしました。私以外の二人を連れに来た幹部のようでした。うとうとしながら聞いていましたが、サブキャップの北町先輩だったような気はするもののまた眠ってしまったようです。

「松尾、松尾、大丈夫か、帰るぞ」

揺り動かされて目を開けると岩尾キャプテンの顔があります。眠っている間に目が回復していました。どうやら失明はせずに済んだようです。

「立てるか?歩けるか?」

「今何時ですか?」

「夜中の二時過ぎだ、ここに連れてきてから四時間以上経った」

「すみませんキャプテン、立ちます」

しかし立とうとしたものの無理でした。眩暈が続いておりふらふらとして体に力が入らないのです。すぐに空吐きに襲われます。胃の中はすっかり空になっているのに。

「よし、背負って帰るぞ。すまんがタクシー代がないんじゃ。二次会、三次会と付き合っているうちに金がなくなった」

あまり飲めないキャプテンなのに、最後まで付き合って有り金をはたいてきたようです。当時の私もタクシーを使うなどの考えは最初からなく、余分の金など持ち合わせてもいなかったはずです。学生にとって上通や下通からなら歩いて帰るのが当たり前の時代でした。普通に歩けば、上通から下宿まで三十分。背負われていても、繰り返し吐き気がやって来ます。そのたびにキャプテンの肩を叩いて背中から降り、胃液さえ出ない空吐きで時間を費やします。キャプテンは毎回のように私の背中をさすってくれます。

「すみませんキャプテン、申し訳なかです」

「なんば言うか、気にせんちゃよか」

この会話の繰り返しを一時間ほど続けて、ようやく黒髪町の我が下宿にたどり着きました。先輩が中庭のガラス戸を開け我が部屋の電気をつけます。布団を敷いて私を寝かせ枕元にいつ吐いてもいいように洗面器を用意していると、隣の部屋の襖が開きおばさんが顔を出しました。すぐに状況に気づいたようです。

「おばさん申し訳なかです、松尾がひどく酔ってしまいました。病院へ連れていったのでもうだいぶ回復してますが、朝まで吐き続けて迷惑かけるかもしれません」

おばさんは、後は私が気をかけて様子を見るから大丈夫よ、と先輩には帰るように言いました。もう朝が近い時間でした。

ダウンしていたために残念ながらコンパの詳細な乱れ様はあまり記憶に残っていませんが、例年にない乱痴気騒ぎだったようです。その理由はおそらく大学紛争で溜まった鬱憤のはけ口にコンパがなってしまったからだと思います。憂さ晴らしの場となった宴会場とのこまごまとした交渉事と清算、そして我々が世話になった病院への後始末には、日を置かずに主務の河原先輩そして会計の丸山先輩が出向いたそうです。しかし私が在学中は、二度とこの施設が熊大硬式庭球部の宴会場として使われることはありませんでした。たぶん出入り禁止になったのだと思います。その後は上通裏路地にあった「旅館安心荘」がコンパの定例会場となります。こうして我々新入部員を歓迎する大コンパは終わったのでした。私にとってはとんでもない歓迎ぶりでした。下宿に帰り着いたその日から、二日酔いみたいな不愉快な気分が長く続きました。完全な食欲の回復にも時間がかかり、三週間にわたって酒はおろかコーラなどの炭酸飲料の匂いを嗅ぐだけで吐き気を催すほどでした。医学を志す先輩たちに介護してもらえたからこの程度で済んだのかもしれません。酒の怖さを身にしみて味わった歓迎コンパでした。この年の我々新入部員騒動をきっかけに次のコンパからは、伝統的なしきたりだった酒の無理強いは次第に弱まっていきました。怪我の功名です。

（三）遠きふるさと懐かしみ青き哀傷を恋ふるとき

旧制第五高等学校寮歌「椿花咲く南國の」より

一、部屋を替わる

ある日のおばさんとの会話です。

「松尾さん、じんなほー、ホームシックになっとらんか心配でねぇ。夜中にこそっと襖を開けて、布団の中で泣いちゃおらんか様子ば見よっとよ」

「えっ！　やめてください、そげんこと」

「ばってん、じんが部屋探しに緒崎さんに連れられてきたときも、入学式にお父さんと一緒に来たときも、まあ、子ども子どもしとって、一人で暮らしていけるとやろうかと心配やったとたい」

やばい、やばい。テニスの練習で疲れ果てて熟睡していたからでしょうが、おばさんの行為には全く気付かない私でした。これは一日でも早く部屋を移らねばと焦りだしたものの、入居シーズンからひと月しか経っていないころではすぐに部屋が空くわけでもなく、講義は全く始まる気配もないのでテニス部活動に専念するしかありませんでした。

夜になると二階の河原先輩の部屋では、頻繁に幹部連中が集まって討議を重ねているようでした。

「お〜い松尾〜、生きとるか〜」

歓迎コンパの急性アル中事件以来、幹部の先輩たちが河原主務の部屋を訪れるときには、決まって冷やかし半分に敷地外から大声をかけながらやって来て私の部屋を覗くようになりました。そして

「おっ、生きとるな、よしよし」

絶滅危惧種でも眺めるようにして二階へ上がって行くようになりました。こんなに頻繁に会合があるということは何か事情があるのでしょうが、私たち新入部員には教えてくれるはずもありません。ただ幹部会が終わると、決まって内園と私の二人が河原先輩の部屋に呼ばれるのでした。それは毎回のように声がかかりました。酒やつまみの買い出しとコップなどをそろえて飲み会の準備をする雑用係のためです。この幹部会には、たまに参考意見を伺うために元幹部の長老的先輩方も招かれたりします。当然のこととして後の飲み会にも参加します。この飲み会のことが知れ渡ると幹部会が終わるころを見計らって、差し入れ持参で顔を出す先輩たちもでてきます。私と内園がいつも対応できるとも限らないので、同期入部の他の新人も雑用係として呼ばれるうちに、しだいに宴会参加者が増えていきました。

おばさんからは、「遅くまで飲まない、騒がない」と釘を刺されていましたが、テニス部のこの飲み

会は大目に見てもらっていたようです。とはいえドンチャン騒ぎはしなくても、賑やかな談笑は薄い壁一枚で隔てられた近くの部屋には筒抜けです。河原先輩の斜め前の部屋は入試勉強中の予備校生でした。そして最初に西山下宿を引っ越していったのはこの予備校生です。予備校の近くにいい部屋が見つかったという理由だったようですが、たぶん河原先輩の部屋での飲み会に原因があったのであろうと思います。かわいそうなことをしました。だからと言っておばさんから我々にクレームがあったわけでもなく、その空いた部屋へ私が移るように勧めてくれました。

かくして私はひと月ほどで、完全に仕切られた自分の部屋に移ることができました。三畳の小部屋です。仕切られているとはいえ放屁しても隣にばれるほどの壁の薄さです。しかも西向きに大きな窓と南向きに小さな窓があり、午前中は陽が差しません。折から季節は初夏へと向かい夕方の陽は厳しさを増すばかりです。廊下を挟んで斜め向いの部屋には、下級生から鬼のマネージャーとも陰口をたたかれる河原主務がいます。大学学生課や体育会本部との交渉並びに連携、熊本テニス連盟との窓口、他大学硬式庭球部との交流実行そして大所帯の行事や雑務一切を仕切って部を運営していく役目です。対外的にはキャプテンが偉いのですが、部内ではキャプテンを立てつつも劣らぬ権限を任されており部の方針も主務がノーと言えば決定できません。実際の年間運営計画を立てるのも主務のメイン任務であり日々の活動現場でも頑固で厳しい一面を見せる先輩でしたが、腹を割って付き合うと甘いものが好きで顔に似合わず面倒見のよい人で情にもろい一面もありました。同じ下宿の私と内園とはインチキ勝負の一件以来の付き合いでしたので物を言いやすい関係ができつつありました。斜め前の部屋に移ったので、事あるごとに「松尾、ちょっと来てくれ」と大声で呼ばれるようになりました。河原主務の秘書兼雑用係です。

すぐにまた予備校生が退居しました。やはりテニス部メンバーが頻繁に酒を飲むのでうるさくて出て行ったに違いないと思いました。三畳の小部屋は熱気が逃げず日ましにあまりにも暑くなるので、退去した予備校生の後に直ちに移ることにしました。この部屋も西向きでしたが四畳半で窓も大きく、西日さえしのげば数段に快適です。私の北隣の部屋には、何学部の人であったかは思い出せませんが体格の良い女性が住んでいました。食事の時にたまたま顔を合わせると軽く挨拶を交わす程度でした。ところが部屋を替わってしばらくすると、深夜、その女性の部屋に男性が訪ねて来るようになります。下宿人法度「許可なく異性を部屋に入れるべからず」の掟破りです。しかしおばさんの寝室からは離れていたし、もう寝ている時間のことではありました。ある夜のこと、あろうことか訪ねてきた男性が女性に迫るのです。聞き耳を立てていたわけでは決してありませんでしたが、壁があまりにも薄いので迫る男性の声も拒否する女性の声も明瞭に聞こえるのです。

「やめて、あなたは私のこと本気で愛していないでしょ」

はっきりと強く二度目が聞こえたとき、ほぼ同時に三方の隣部屋から壁を叩く音がしました。その一つは私が、もう一つは内園が叩いた音でした。瞬時に声が止みました。私は女性が襲われているのではと思って叩いたのでした。なぜなら、周囲に筒抜けの環境の中でこのような事態をあえて招く女性などおるまいと思ったからです。

翌朝食堂に行くと、その女性はいませんでしたが居合わせた男の住居人が顔を見合わせて「聞いたやろ？」と確認しあいます。おばさんにバレないように密かな声で。うなずいたのはたぶんあのときに壁を叩いた三人だったと思います。その日の夕食のときか翌日か、突然おばさんから彼女には出て行ってもらったと説明がありました。だれかが告げ口してバレたのか、あるいは周囲の住人にバレてしまったので住みづらくなって彼女から申し出たのか真相は不明のままでしたが、おばさんは入居時の約束は必ず守ってもらうからと強く念を押しました。

「異性を無断で連れ込んだら即退去、ね」

私の顔を見たような気がしたのは錯覚だったのでしょうか。

その出来事をのぞけば気兼ねのない一人部屋暮らしが始まりました。一階の客間暮らしの時と違って知り合った友人たちを招いたり、時間を気にすることなく外出しては戻って来たりと一人生活を謳歌し始めたのです。背中に鬼主務が住んでいることを気にしなければの話ですが。

二、九州インカレ

熊大公式庭球部昭和四十四年入部の主な顔ぶれは、内園のほかには九州学院で高校から硬式テニスをやってきた法文学部法科の谷川君、軟式テニス経験者で工学部の榎田君、女性では薬学部の河町さん、同じく薬学部の迫末さん、教育学部の家利さんなどで入学早々には二十名近い新入部員がいましたが、卒業まで残ったのは半数に近い十名ほどです。入部してすぐのころには名前と顔が一致しないのですが、練習に顔を出し部の行事にもまじめに参加する者同士が打ち解けあうのも早く、しだいに仲よくなっていきます。なかなか講義が始まらないので、一年時の学部クラスメイトよりもテニス部仲間と親密になるスピードが速かったようにも思えます。我々同期入部の者も、まじめに練習に来るというよりはバイトに精を出すわけでもなくほかにこれと言ってすることもない者がコートに顔を出す頻度が多く、結局練習が終わると誰が誘うわけでもなく誰かの部屋に集合する機会が増え、仲よくなる時間が早かったようです。

幹部たちが河原主務の部屋によく集まり、会議をしていた理由がわかりました。その年の九州インターカレッジテニス部門の当番校に我が部が当たっていたのです。開催日は確か六月のある土日の二日間ではなかったかと思います。最初のころ我々新入部員には詳細は伝えられず状況が分からなかったのですが、だんだん事情が呑み込めてきました。大学紛争の最中だからインカレどころではない、当番校を辞退すべきだという反対派と、熊大紛争は他の大学のテニス部には関係がないことだから紛争中であれ引き受けた責任は果たすべきだ、という実施派に部内が割れていたようでした。幹部世代である三年生は責任もあり実施派が主流で、二年生部員たちは大学紛争への思いがまだ熱くインカレボイコット主張派でした。結局決まったことは試合には参加しないが大会運営の責任は果たすという方針のようでした。

　テニス部の慣例により幹部の指示に従い運営の現場を担うのは、テニスのことがわかっている二年生部員が中心となるはずでしたが、二年生部員の総意として運営もボイコットする行動に出たようです。その結果、幹部世代の三年生と我々新入部員の一年生だけで大会運営をこなさなければならなくなりました。不慣れな一年生に大役が回って来たのです。熊大硬式テニス部のルールでは部の運営に関わる重要なことは部の総会を開いてそこで討議し決まったことには従うことになっていました。しかしこれは建前であり決まったことに従わない人も多かったのが実情でした。大学紛争中でもあり、この時に総会を開くことができたのかどうかは記憶にありません。新入部員に伝えられた内容は、二年生部員がボイコットしたので三年生と一年生で何が何でも実施するという伝達でした。九州インカレには、九州に存在する大学の硬式庭球部なら申請すればどこでも参加できる大会です。参加校も多く滅多には回ってこない当番機会がこの年だったようです。それでも二年生が拒否する正当な理由をよく呑み込めない新入部員の我々は大会が近づくにつれて不安も増し、何度か幹部に異議申し立てをしたような気がします。しかし決定したことだからと、異議申し立ては却下されるだけでした。溜飲が下がらない一年部員数名で二年生部員の代表的な人に、二年生全員がボイコットせず可能な人だけでも大会運営に参加すべきだと申し入れたこともありました。

　返ってきた返答は、

「一年坊主の君たちには熊大紛争の重要性はわからんよ」

にべもないただこれだけの言葉でした。この返答には新入部員の我々も頭に血が上り、

「二年野郎は頼るに足らず、一年だけでなんとかやりぬこう」

と逆に一致団結へと全員の気が引き締まります。大学紛争の発端や紛糾していく過程に直面しなかった我々と、入学以来新入学生として純粋な気持ちで紛争に対峙せざるを得なかった一つ上の先輩たちとの、本質的に分かち合えない気持ちがぶつかり合った結果でした。我々も若かったのです。かくして六月のある土日、九州インカレは熊大工学部コートで開催されました。前日に本部テント張りやコート整備などを済ませ、その日は早朝から試合進行表張り出し、そして受付、試合球の管理、戦績の確認と記録など新入部員にとっては大半が慣れない作業ばかりです。事前に手順のレクチャーは受けていたものの幹部から矢継ぎ早に指示や怒声が飛ぶので、気が抜けない天手古舞の二日間ではありました。それでも幹部以外の三年生先輩たち数名の応援を受け、我々と一緒になって応対してくれたので、なんとか大きな失敗もなく大会を終えることができました。

面白いこともありました。武高出身で九州内の私立大学に進学していた同期生二人が試合に参加していたのです。驚いたのは、唯一のテニスクラブであった武高軟式庭球部にすら所属していなかった二人が、レギュラーとして大学代表で出場しいたことでした。話を聞くと歴史の浅い硬式庭球部ゆえに部員数が少なく、君もすぐレギュラーだと勧誘され硬式テニスの基本もろくに習得しないうちにインカレに参加して来たようでした。しかし当然と言えば当然のことで、戦績は全く振るわず一回戦で早々と完敗してしまいました。それでも落ち込むこともなく、まだまだ練習が足りんと言い聞かせる

ように熊本見物に出かけて行きました。方やレギュラー、方や不満をくすぶらせるコートボーイ。そのギャップが面白かったことが記憶に残っています。慌ただしかった九州インカレが無事に終わりました。しかし大学紛争を理由に大会運営をボイコットした二年生への不満は、我々一年坊主の胸の内にわだかまり続けます。

九州インカレを一緒になって運営した同期入部の者は、大会の前後を経て急速に意気投合していきます。毎夜のように誰かの部屋へ集まるようになりました。インカレが終わると河原主務の部屋での幹部会もめっきりと減り、飲み会の世話に呼ばれることも少なくなったのです。その反面、講義も再開されていないので夜が手持無沙汰となった一年の同期生は、練習でへとへとになるまで鍛えられているにもかかわらず晩飯を食べてひと風呂浴びると急に元気を取り戻すのです。その当時の一年生の基本練習と言えば、男女区別なく毎日竜田山にある水源地までのランニングでした。幹部か二年生の誰かに引率されて走るのです。コートを出発すると国道を渡り赤門からサインカーブを走って教養部の校舎の間を抜け、吉田商店の前へ出る小さな東門まで走ります。東門を出ると竜田山への登り道が延々と続きます。

機動隊が工学部に入って以来、学園紛争はやや熱が下がり始めたようには見えましたがいたるところでくすぶり続けていました。教養部の教室では一年生の有志が集まってクラス討論会とやらを不定期的に開いていました。紛争について真剣に考えようとの呼びかけで始まったようです。その当時の「真剣に考えよう」とは「紛争を拡大しょう」と同じ意味にしか私には聞こえません。一年一組だった私にも当然クラスのメンバーから誘いがありました。しかし興味を失っていた私は背中を向けたままでした。

その日も教養部の教室棟の間を竜田山へ向かって走り抜けていた我々に、どこかの教室から非難の声を浴びせてきました。見上げると見覚えのある顔が並んでいます。私のクラスの学生たちのようです。なかでも一番強く非難を発しているのは一人の女子学生です。

「こんな大事な時に！　呑気にランニングなんかやってる場合じゃないでしょ！」

いかにも自分たちだけが正しい行動をしているような発言だったと思います。この日ランニングを引率していたのはいささか短気な幹部の丸山先輩。突然ランニングのコースを変更して教室に近づくと、

「お前ら、下まで降りてけぇ！　喧嘩売るなら受けて立つ！　昨日今日のお前らと違って、俺は紛争の最初から関わって来とるんじゃ、文句あるなら降りてきて言え」

とすごい剣幕で仁王立ちです。私は同じクラスのメンバーとややこしくなるのは避けたいところです。ほかの部員も面倒くさがっているようでした。目くばせしてみんなを誘い東門へ走り始めました。

「丸山さん、急ぎますよ！」

声をかけると振り向いた先輩は後ろに誰もいないのに気づいて、あわてて追いかけて来ます。その後ろ姿に非難の声を浴びせられながら。

竜田山ランニングは硬式庭球部の悪名高いトレーニングでした。雨がひどいとき以外は毎日走らね

ばなりません。時には足腰が弱って来たかなと思う先輩諸氏も、飛び入りで参加して体力確認のために走ります。東門を出るといきなり登り坂になるのですが、それでも肥後藩主細川家の菩提寺泰勝寺入口にある「下馬」の石柱のところまではたいした勾配ではありません。石柱から右は泰勝寺、左は急こう配の竜田山登山道です。登山道の両脇には熊大生の下宿屋が上へ上へと続いていました。その坂を走り登るのです。勾配は登るほどに険しくなっていきます。走るスピードが鈍くなります。坂道がひときわ厳しくなりかけたあたりで下宿屋が途切れ、代わって山らしい樹木の多い情景が続きます。もう足が上がらず走っているのか歩いているのかわからない苦痛のさなか、ようやく左手に平らな広場が現れてきます。竜田山水源地の公園です。通常のランニングの場合はその公園が目的地でした。

ただ月に一度ほど、たまたま機嫌の悪い先輩が引率の時や、やたらとランニング好きの大先輩が伴走する時などに、今日は展望所まで走れと檄が飛びます。展望所は竜田山の中腹にありそこへ着くと眺めだけは天国のように素晴らしいのですが、走る者にとっては地獄の坂道試練にすぎません。水源地入り口からさらに厳しい坂となり、だらだらと見晴らしのきかない灌木の間をカーブが続くのです。吐き気を催しながら登った記憶が残っています。いつもの水源地広場では柔軟体操や車座になっての談笑などで呼吸を整えます。しかし機嫌の悪い引率先輩が、奥の墓地にある長い石段まで連れて行き兎跳びを命じることもありました。兎跳びが終わると膝はガクガク、太ももはわなわなと萎えて歩くこともできなくなります。広場にひっくり返って回復するのを待ちテニスコートまで帰りました。帰りもランニングですが、登りよりははるかに楽でした。こうして二年間の義務であった竜田山ランニングに耐え抜くと、知らぬ間に太ももには隆々たる筋肉が備わり、コートで球を追いかけるときに自分でも驚くほどの瞬発力を発揮できるようになるのでした。

三、フランシーヌの場合は

九州インカレテニス大会の開催をなんとか工学部コートで乗り切り、熊大紛争に対する一般学生の熱が冷めかけて膠着状態に入りかけたころ。ラジオから頻繁にこの歌が流れるようになりました。新谷のり子が歌うフォークソング『フランシーヌの場合は』です。この年の春、ベトナム戦争やビアフラの飢餓に心を痛めたパリの女性が焼身自殺しました。その事件を基に日本で生まれた反戦フォークで、折からの大学紛争や七十年安保改定反対運動へと向かう社会のなかで若者たちの気分にマッチしたのか、主義主張にあまり関係なく瞬く間に日本中でヒットしていったように思います。講義開始の目途が立たず暇つぶしにフォークギターを覚え始めていた新人学生たちは、何とはなしにこの曲をマスターし歌っていました。私もラジオから流れてくる歌詞を書き写していちはやく歌えるように努力したことを思い出します。

晴れ間が見えぬ梅雨の鬱陶しさが熊大キャンパスを包み込むように、講義開始がいつまでたっても不明であることへのじれったさが私の心を湿らせていきます。この年の六月十六日、熊大学生会館の大ホールで九州内各大学の全共闘構成組織メンバーが集結し、何らかの決起大会が開かれました。学生会館周辺に立ち並ぶ立て看を見て知ったのですが、正確な目的までは覚えていません。この日は雨でテニスの練習が中止だったのか、私はどれほどの学生たちが集まっているのか急に興味が湧いて二階のホール入り口まで昇ってみました。ホールをあふれるほどの学生たちが出入りしています。多くがヘルメットを被り、またその大半が口や鼻までをタオルで覆っていました。ヘルメットには所属する大学名と全共闘の文字が書きこまれ、中にはセクト名まで明示したヘルメットも散見されます。私はホールの中まで入る気にはなれず、自分がノンポリ学生であることを自覚するとホールを離れようとしました。

その時でした。

「おい、松尾」

突然呼び止める声がします。振り向くと、九大に続けて名高いセクト名が書かれたヘルメットを被り、顔を覆ったタオルの中から目だけが親しそうに私を見ています。

「俺たい」

と言いながらタオルを外します。

「……」

私は声が出ませんでした。予想もしなかった旧知の顔が笑いかけていたのです。

「よかったぁ、会えたのがお前で。今夜泊めてくれ」

もちろん了解したのですが、集会が終わるまでは話す時間もあまりないと言います。終わるころを見計らって迎えに来るよとひとまず別れました。その夜は一緒に食事に出かけ、銭湯へも行って西山下宿の私の部屋に泊めました。たまたま私に会えたから幸運だったと言います。熊大には知り合いが四、五人はいるはずだけど、そのうちの誰かを見かけたら声をかけようかどうしようかと迷っているところへ、私が顔を見せたと言います。

そんなことよりも私にとっての関心事は、彼がなぜ学生運動をするようになったのか、しかも名高いセクトにまで入ってという疑問でした。本来ノンポリの定義をそのまま実践するような性格の彼であったはずで、過去の彼に関する記憶からはこの日の姿を導き出すことができなかったからです。その夜二人だけで酒を汲み交わしました。

「大丈夫か？セクト活動にのめりこんで」

「のめりこんではいないよ。よくわからずに先輩に誘われるままついて行ったら抜けられん。軽率だった。今日だって強制的な動員だよ。知っている奴に会いたい気分と会いたくない気分の半々でやって来た」

「親は知っているのか？」

「知られてしまった。抜けてくれと泣かれたよ。どうやって抜けようかと悩んでいる」

九大のある学部を目ざしてひたすら受験勉強に邁進してきた彼は首尾よく現役で合格し、安定した就職先へ望み通りにチャレンジできるスタートラインに立てたのだと思っていたので、この日の姿に声も出ないほどに驚いた私だったのです。講義開始がいまだに見えずもやもやする気持ちをテニス部で発散している私の学生生活の様子を話すと、お前はまだいいよ、試行錯誤しながらでも自分の足で確かめながら歩めるからと答えが返ってきました。

翌朝、ほかのメンバーと合流するからと、互いの連絡法を確認して別れて行きました。その前年、大学構内に米空軍ファントムが墜落して以来、彼の大学では学生運動が激化していたように記憶しています。米国と北朝鮮の関係がプエブロ号事件を発端に急に生臭くなり、沖縄を離れて九大へも飛び火したように思えました。熊大以上に広がりを見せる政治的なテーマでの運動の中へ、入学までは無関心で過ごせた彼もついうっかりと取り込まれてしまっていたようです。彼の場合の悩みの深刻さと私の場合のもやもや感とでは次元が全く違うものではありましたが、悩む彼の姿に以前とは異なる親近感を覚えて別れました。

余談です。一年後か二年後の夏だったか、九大のテニスコートで実施される試合に参加するために遠征し、彼の部屋に一晩泊めてもらったことがありました。会うとすぐに彼はなんとかセクトを抜けることができたよと安堵した表情で話しだしました。セクト活動には深くのめりこんでいなかったことや家族の支援もあり、きっぱりと縁を切れたのだそうです。望んでいた学生生活を心から満喫している様子が、手に入れたばかりのステレオセットを見てすぐに伝わりました。

四、部誌「Ａｃｅ」の編集員となる

ある日、主務の河原幹部から「Ａｃｅ」の編集委員になれと命じられました。「Ａｃｅ」は熊大硬式庭球部の部誌であることを、既刊誌を手渡して説明してくれます。部誌があることなど想像もしていなかったので、手にした初号は簡易印刷ながらりっぱなものに思えました。ページをめくると日ごろの練習の様子からは似つかわしくないタイトルの文章を誰もが寄せています。

「なぜ私なのですか？」

「新入部員で文学的な匂いのする者はお前しかいないだろう」

とおだてます。

確かに同期で私だけが法文学部文科の在籍でした。断ることもできたのですが手にした冊子が貴重なものに思えて、なんとんなく編集委員を引き受けてしまいました。その後すぐに同期教育学部女子の家利さんも委員を押し付けられていました。携わって見てわかったのは、発刊が終わるごとに編集委員の半分が下級生に交代していくシステムなので、文学的センスの有無は編集委員基準でも何でもなく誰かが引き受けねばならなかったのです。私は第二号と第三号の発刊に関わりました。

初号が発刊されたのが昭和四十三（１９６８）年の夏。毎年夏に発刊予定でスタートしたものの、第二号発刊は熊大紛争勃発で遅れに遅れているようでした。結局翌四十四年の夏には発刊できず、紛争の沈静化とともに私たちが編集委員になって編集作業再開に取り組むことになりました。初号を発刊してみてわかった課題は、予想以上に経費が嵩むこと。編集会議の最初のテーマは「少ない経費でいかに立派な部誌を作るか」という内容であったような気がします。原則的に全部員に投稿の義務があり全て掲載する建前です。また卒業した先輩諸氏への寄稿もお願いする傍ら現役の活動報告も兼ねていたので、対外試合レポートなど是非物の内容も多く大胆なページ数削減はできません。鬼の河原主務から経費抑制を申し付けられていた代表編集委員の松上先輩は頭を悩ましていました。結局対策は二つ、卒業生を会員とした後援会への協力を徹底して要請し徴収会費を増すこと。次に編集委員で広告を募集して経費の一部に充てることとなりました。

思い返せばこの部誌発刊の活動は、卒業後に紆余曲折を経て広告会社勤務を人生の仕事として選択することになった私にとっての、予兆的な出来事であったのかもしれません。むろんその当時は夢にも思わなかったことでした。広告募集は手始めに大学周辺の食堂や喫茶店、飲み屋、雀荘などへ営業に行くのですがなかなか付き合ってはくれません。さまざまな理由で広告を求める熊大生が多く、どこへ行っても警戒してまともには相手してくれないのです。編集部員の私はいつのまにか練習の合間に広告募集にも動かねばならなくなりました。編集会議で出てくるアイデアは、テニス道具の購入や修理を依頼するスポーツ用品店に、また毎年新人歓迎コンパや卒業生追い出しコンパに利用する宴会場にスポンサーになってもらうことぐらいです。動き回って交渉した結果は、目標額には程遠い金額でした。

足りない分は大先輩たちを頼り、行きつけの飲み屋に話を付けてくれるよう頼むことでした。大学に在籍年数が長い医学部の大先輩ほど懇意にしている店があるもので、私は池内大先輩に紹介してもらうことができました。

「テニス部の松尾が来るからと、すでに話は付けてある」

ありがたい言葉です。その店へ時間を見計らって何度か訪ねました。確かカウンターだけのバーで、マスター一人で経営しています。最初の訪問では、

「ああ池内さんね、聞いているよ。今日は忙しいから出直して」

さらに別の日は

「わかってるよ、池内さんの顔をつぶすようなことはしないからさ、しばらくして来て」

また出直しです。そういうことを何日か繰り返して最後に、

「ちゃんとつきあうからさぁ、たまには飲んで帰りなよ」

と誘われます。なけなしの金で一杯頼むと、池内先輩のことをどれほど大切に思っているかたっぷり聞かされて、ようやく広告内容の話を詰めることができました。

しかしこれで終わりではなく、部誌が出来上がって広告費を回収しなければなりません。相手をしてもらえそうな開店直後を狙って、刷り上がった「Ａｃｅ」を掲載証拠品として出向くのですが

「月末じゃないと支払えないよ、また来て」

門前払いです。約束の月末に行けば、確かに支払ってはもらえたのですが

「なんだい、きょう最初の客かと思えば集金だけの空客かい?」

強引に一杯勧められます。そうなると酒が嫌いじゃない私はついカウンターに腰を下ろしてしまうのです。もちろん自腹です。学生が創る部誌なので広告募集の営業費などはありません。もっとも池内先輩にはテニスの練習が終わった後にたびたび飲食に誘われ奢ってもらっていたので、これくらいの自腹切りは当然のことでもありました。こんな経験の甲斐もあって「Ａｃｅ」第二号は昭和四十五年の年が明けて間もなく発刊にこぎつけました。

私が編集委員として関わったのは第三号まででしたが、今なお保存している初号から八号までの「Ａｃｅ」を見るとそれなりの多様な協賛社が集まっており、当時のテニス部員たちがどうやって広告を集めたのか、中には不思議な広告主もあり苦労の跡が窺えます。当時を物語る興味深いものをいくつか紹介すると
「学生二割引・女子半額ビリヤードこかい」

「各種ラケット・ウエア大量入荷コクラスポーツ新装開店」

「大小宴会・会合に一階酒蔵丁半・二階鍋料理丁半」

「スペイン語で希望の家と言う意味ですスーパークラブカサ・デエスペランサ」……スーパークラブに行けるようなテニス部員はいなかったはずなのですが……。

「行きに寄ろうか帰りに寄ろうか。え〜い、ままよ、行きも帰りもスナックスタンド窓」

「お気軽にどうぞ親切モットーのクラブ麻雀クラブ東・東」

「土・日曜バンド演奏もありますコーフィー&ミュージック赤トンボ」

「天下に誇る串焼きとジンフィズ憩いの穴場ぐるっぺ」

串焼きとジンフィズの組み合わせがユニークなお店です。私も何度か先輩に連れられて行きました。

「お嬢様グラスをどうぞ若人のアイドルマンモススナックスリーキュー」

「新入社員から一等重役まで、格安のお値段で最高のムードクラーク・スナックモンシェルトントン」

新入社員も重役も同じターゲットというのも不思議ですが、テニス部員相手の店ではないような気がします。社会人となった大先輩の紹介で広告を付き合ってもらったのでしょうか。

「各クラブコンパにご利用ください旅館安心荘」

コンパの会場として毎年なにかとお世話になりました。

「みどりデス、青信号だ、それ行け全員集合新台入れ替え子飼娯楽センター」

私もお世話になったパチンコ屋さんでした、確か子飼交差点の向こうにありました。

「華麗でダイナミックなプレーをタマナ運動具店」

などなど懐かしい店名もあれば、思わず微笑むような広告もあるのが部誌「Ａｃｅ」らしさです。

またいま改めて掲載されている部員の作品を読むと、さすがは熊大硬式庭球部部員だと思えるような個性的な文章ばかりです。テニスばかりではなく学業や趣味にも余裕のある学生生活を過ごしていたことが窺える内容です。テニス上達論や専攻する学問のことは当然として、読んだばかりの小説批評、好きな映画や音楽の解釈論、麻雀について、初恋の思い出、親友論など日ごろの練習風景からは思いつかないような発想や着眼が見えてきます。ちなみに私の最初の投稿文は「葉隠れの恋」という恋愛論でした。恋愛と呼べる経験はそれまで全くない私が書いたものですから、高校の国語の時間に教師から聞いた「葉隠れの恋とは忍ぶ恋である」という受け売りのテーマを、私なりに拡大解釈した純愛論っぽい稚拙な文章でした。今読み返してみると恥ずかしくてたまらないので、これ以上は触れずにおきます。

部誌「Ａｃｅ」の役割は、熊大硬式庭球部のモットーとして先輩たちから言い聞かされてきた「文武両道」、「テニス馬鹿にだけはなるな」の考えを、少しでも日々の生活のなかで実践させようとする先輩方の知恵の現れだったのかもしれません。毎年初夏になって「Ａｃｅ」の原稿締め切るが迫ると、「原稿もう書いたか？」と部員間で挨拶代わりに言葉を交わし、練習の厳しさをしばし忘れて今年のテーマは何にしようかと悩みながらも、誰もが楽しそうだったのがその理由です。下宿コンパでのインチキ勝負で入部した硬式庭球部でしたが、後悔をするようなこともなく私は次第にテニス部生活に深く染まっていきました。

古の赤レンガの学び舎を抜け
葉桜のサインカーブを歩く
マンドリンの合奏が聞こえくる昼下がり

ラケットの素振り二度三度と
赤門の青信号を待つもどかしさよ
木立の奥のテニスコートに
恋しき人はまだおらずとも

五、寅さんに会いに行こう

下宿の河原主務の部屋で開かれる飲み会が、テレビ番組鑑賞会に変わる夜がありました。その番組は『男はつらいよ』。映画化される前に連続テレビドラマとして、フジテレビ系列で放映されていました。改めて調べてみると東京キー局では昭和四十三年の十月に放送を開始し、翌年三月に最終回が放映されたとあります。熊本のフジ系テレビは昭和四十四年四月一日開局だったので実際のキー局放送より遅れて放送されたようです。そのおかげで入学してから河原主務の部屋に呼ばれるようになって、タイミングが合った時にわずかな回数ではありましたがテレビ版「寅さん」を見ることができました。武雄の実家にいるときには、フジテレビ系列を放送するいわゆるU局佐賀テレビはまだ開局していません。熊本のＴＫＵと同じ開局日でした。キー局のまともな放送タイミングであれば熊大入学前に終了しており見ることもなかったのですが、熊本では遅れての放送であったために河原主務の部屋の小さなモノクロテレビで数回見たように思います。ただキー局と同じように半年間にわたる週一の放映ではなく、短期集中放映であったのではないかと考えられる面もあります。熊本でのテレビ放映が終わってほどなく映画版『男はつらいよ』が封切られたからです。

テレビ版で印象に残っているのは、最終話で寅さんが奄美大島にハブ取りに出かけてハブに噛まれて死ぬシーンです。わずかな回数しか見るチャンスはなかったのですが、先輩たちの影響で「男はつらいよ」を見なきゃ男じゃないと吹聴されて真剣に見た記憶があります。当時何かにつけ物事がうまく運ばなかった時に愚痴をこぼすと、柳中サブキャップや河原主務から「サッチ・イズ・ライフ、それが人生よ」と慰められました。このセリフは、ドラマの寅さんの中学の恩師で英語教師であった坪内散歩先生の口癖でした。しかし奄美大島での寅さんのあっけない死には「これで終わりなの？」、「馬っ鹿だね〜寅は」と消化不良の感想だけが残りました。ところが思いもよらぬほど早く、その年昭和四十四年の八月下旬に映画版『男はつらいよ』が全国で上映されることになったのです。その理由はどうであれ嬉しい映画化でした。否が応でも見に行くぞと先輩たちと話題になりました。熊本では封切館ではなく、浄行寺のテアトル系映画館で公開となりました。ヒットするとは思われていなかったのでしょうか。

この年は大学紛争の影響で夏休み恒例の合宿は中止。しかし遅れていた講義が八月中には始まるとのことでもあり、お盆帰省まで熊本でアルバイトに精を出すと故郷へ帰りました。久しぶりの実家暮らしも記憶に残らないほど慌ただしく過ごし、旧盆過ぎには熊本に戻っていました。講義開始を待つ間もテニスコートに顔を出しては汗を流したり木陰で昼寝をしたり、なんとなくコートのそばにいたような気がします。そんな時に映画『男はつらいよ』がやって来たのです。たちまち幹部の一人が「よし今日は練習を切り上げて『男はつらいよ』を見に行こう」と言い出しました。夏休みの自主練習みたいなものでしたからその場にいた五、六人の意見はすぐにまとまり、テニスコートから近い浄行寺の映画館「テアトル電気」へと自転車やランニングで駆けつけたのです。

見終わるとみな席を動けないほどの感動に襲われました。テレビ版モノクロとは比較できない映画ならではの迫力でした。寅さんの型破りの生き方がテレビドラマを圧倒する新しいパワーで迫ってきたのです。熊大紛争は下火となっていましたが、全国的には七十年安保改定に向けての全共闘運動が盛んであった時代です。学生たちの気持ちの底には、既成概念打破の共通する思いが揺らめいていたと思います。柴又に帰ってきた寅さんが、ハチャメチャな行動でそれまでの因習をぶち壊していくストーリーに、心の中で喝采を叫んだのだろうと思います。後に「一人の同じ主役が演じる最も長いシリーズ映画」としてギネスブックに登録される一方で、内容がマンネリとの批判も浴びせられるようになりました。私は偉大なるマンネリだと全作品を喜んで見続けましたが第一作封切からしばらくは、既成の価値観変革を叫ぶ全共闘世代にも熱狂的に支持された映画だったと記憶しています。

出演者がテレビ版とは大きく変わったことも新鮮な魅力のひとつでした。さくら役は長山藍子さんから倍賞千恵子さんへ、おばちゃんは杉山とく子さんから三崎千恵子さんへ、さくらの夫となる諏訪博士役は井川比佐志さんから前田吟さんへ、しかも博士の職業は医師から小さな印刷工場の職人に、佐藤蛾次郎さんは寅の腹違いの弟役から柴又帝釈天題経寺に住む寺男にと、レギュラーメンバーやその設定がほぼ一新していました。舞台となる柴又帝釈天界隈が映画ならではのスケール感で描かれていたのも作品にリアリティを与え、本当に帝釈天参道には寅さんの実家「とらや」が存在するような錯覚を覚えたものです。映画を見終えた私たちはすっかり寅さんのファンになってしまいました。

なかでも寅さんが唄う映画の挿入歌には痺れました。♬殺したいほど惚れてはいたが、指も触れずに別れたぜ……元歌は昭和三十九年に公開された加藤泰監督の東映映画『車夫遊侠伝喧嘩辰』の主題歌で、デビューして間もないころの北島三郎が歌っていました。加藤泰は藤純子演じる緋牡丹お竜の『緋牡丹博徒』シリーズなどで有名な監督です。映画の喧嘩辰こと車夫辰五郎には内田良平、辰が惚れる芸者喜美奴には桜町弘子と、往年の東映仁侠映画の美男美女スターが出演しています。二枚目の辰五郎と三枚目の寅さんでは比較にはならないのですが、寅さんが辰五郎になり切ったつもりで唄うから挿入歌の効果が出ていたのだと思います。この歌をことさらに気に入ったのがサブキャップの柳中さんでした。この歌を覚えて教えろと私に命じます。私も気に入っていたのですぐに調べて練習し、フルコーラスを歌えるようになりました。そういう事情もあってテニス部の寅さんファンが集まる飲み会では、座が盛り上がると柳中サブキャップから私に指名がかかって歌わされる場面が何度もありました。以来私はこの歌が、主題歌「男はつらいよ」とともにカラオケの持ち歌の十八番となり、渥美清さんがこの世を去るまで映画もすべてを見続けました。

六、大地と湧水と月世界

硬式庭球部に入って以来、先輩たちに脅かされていたのは夏の合宿の厳しさでした。熊本の真夏はことさら暑いのに、その炎天下で容赦なく鍛えられる地獄の合宿である。過去には合宿中に倒れて死亡した部員が出たので、その後の合宿からは、体力的に問題が無いという医者の診断書を添えなければならない決まりになっている。よほどの理由がない限りは全員参加が義務だから逃げられはしない……などと酒席で誇張話がでるのです。でも私の心配事は、炎天下の過酷な合宿練習よりもその合宿費を捻出できるかどうかでした。十日間で八千円と言う金額はひと月分の奨学金貸与額と同額であり、その間の食費は不要になるのですが私にとっては大金です。同期生たちはみな仕送りで何とかなるとの考えの持ち主ばかりでしたが、私はアルバイトで稼ぐしかないと思い、早めに友人たちを介してアルバイト口を探し始めました。

その効果は以外にも早く出ました。法文学部のある先輩から声がかかったのです。例年夏休みにアルバイトをしている小さな土建屋さんの人数確保を頼まれているらしく、是非に来ないかというものでした。日当を聞くと土建業にしては予想を下回る金額でしたが、ほかには当てもなく、雰囲気のよい働きやすい職場であるとの説得に乗ることにしました。賃金が低いので、必要人数が集まらなくて困っている風でもありました。一週間も連続して働けば合宿費は十分に賄えるとひと安心していると、幹部から今年の合宿は中止となったと告げられます。理由は大学紛争が尾を引いており合宿実施は時期尚早との声や、強行しても合宿運営に必要な総経費を賄えるだけの参加者数が集まらないことが理由のようでした。

合宿は中止になっても紹介してくれた先輩の立場もあり、アルバイトを中止するわけにはいきません。せめて夏休みの間ぐらいは働いて金を貯めようという私の思いもあります。梅雨が明け熊本を猛暑が包み込み始めたころ、帰省する先輩に借りた自転車で水前寺近くの事務所まで出かけました。事務所に着くまでに汗が吹き出すような暑さです。事務員の奥さんに名前を届けるとすぐに大型のバンに乗せられて出発です。行先は教えられるのですが、まだ熊本の地理に不慣れの私にはピンとこない場所でした。車中で仕事は誰にでもできる単純な肉体作業と伝えられて気が楽になりました。車は水前寺からさらに東へと走ります。市街電車の終点である健軍電停を過ぎてもまだ東へ向かいます。商店街や住宅街が消え周囲に畑が広々と展開する農村のとある場所で、バンは左へそれ畑道へと乗り入れます。百メートルほど走って、現場監督ほか私たち四、五名を小さな農業小屋の前に降ろすと、また来るからと言い残して来た道を戻り去りました。

見渡す限り平坦な畑が炎天下に広がっています。一体我々はここで何をするのだろうといぶかしげに現場監督の方を見ると、指をさしてこの先から一直線に溝を掘れと言います。よく見るとバンが乗り入れてきた農道に沿って、我々が立っている場所までは溝が掘られています。同じような溝を掘らねばならないことがわかりました。これから掘る溝の幅を示す杭が地面に延々と北へ、つまり阿蘇山の方角へ打ち込まれていました。途方もない距離のように思えます。どれくらい掘るのかと聞けば、ざっと四百メートルはあると監督が答えます。いつまでにと聞けば一日百メートルは掘れとの答え。四人で分担すると一人二十五メートル。それくらいの長さなら何とかなりそうに思えました。掘るための道具は農具小屋にありました。農家に断りを入れ使用させてもらっているようでした。ある程度掘ったら掘るべき溝の形を示す逆台形の木枠を当てて、深さと幅が統一された溝にしろと言います。その木枠を渡すや現場監督は小屋の日陰に座りこんで我々を監視し始めました。痩せて陰気な、肉体労働にはとても向かないような体形の現場監督でした。

炎天下の台地は乾いて固く、なかなかツルハシやクワが突き刺さりません。予想していたよりも難作業でした。深さは太ももぐらいまで、幅は半間（90センチ）程度だったと記憶しています。日陰のない農道の脇を黙々と掘り続けなければならない仕事でした。作業ははかどらないのに汗は遠慮なく流れ出します。濡れたシャツが肌にまとわりついて気持ちが悪く、誰もが上半身裸で作業を続けます。私は帽子と補給水を持ってこなかったことをすぐに後悔しました。帽子の変わりは持ってきた手拭いで代用しましたが、のどの渇きだけはなんとも我慢ができません。ほかの仲間も同様でした。十時ごろの中休みに監督のいる小屋の日陰に集まると、現場監督だけが水筒持参でした。我々の視線がその水筒に集まると、みんなに分けるほどの量はないから我慢しろと言います。私をバイトに誘った先輩がこのままじゃ熱射病になるから、飲み物を買いに行かせてくれと頼みます。自動販売機などまだ普及していなかった時代です。あったとしても田舎の広い畑地に置く業者などいるはずもありませんが。

監督の話では県道沿いにある一番近い店までは何百メートルもあり、休憩時間に往復は無理だ。昼ごろに会社の車が来るからそれまで待てと言い放つのです。確かにここへ来る途中、近場に店など存在しなかったことは我々も感じていました。

我々の不満が募るのを感じ取ったのか、現場監督は近くの畑を指さして

「あの畑に取り残しのスイカが転がっているだろう、あれを食べて水分補給をしろ」

「勝手に食べていいわけないでしょう?泥棒になりますよ」

「かまわん、畑の持ち主とは顔見知りだから、後で俺が話を付ける」

そこまで言われたら矢も楯もたまらず、畑へ駆け込みました。

農家出身の私には、転がっているスイカを一目見てわかりました。売り物になるスイカを収穫し終わった残り物が放置されているのです。蔓枯れで十分に熟さないまま原型をとどめているのはまだいい方で、割れて腐れかかり虫がたかっているもの、カラスに突かれたのか大きな穴が開いて腐敗しているもの、熱射で発酵し強烈なすえた匂いを発しているようなもの、そうした置き去りスイカばかりでした。そのうちに耕運機で実も蔓も何もかもを一緒に耕して畑の栄養にしようと思っているのでしょう。私はよく見渡して、蔓枯れで完全に成長しないまま原形をとどめているものを探します。未熟でも中は腐っていないはずだからです。手で触って皮が固いものをもぎ取って膝小僧に打ち付けて割りました。ズボンに汁や砕けた果実が散っていくのですがおかまいなしです。中身は熟していないので色はピンクがかった薄赤色です。のどの渇きに耐えられずむしゃぶりつきました。お湯のような熱い

汁と煮えかかったような甘味のない果肉が、口中に広がりのどを勢いよく通過していきます。口の周りにも汁や果肉がまとわりつきます。ほぼ一個をがむしゃらに食べつくすと、のどの渇きも収まりました。甘さはなくても乾いたのどを潤すには十分な水分量でした。まだ物色している仲間にも、食べられるスイカの見分け方を教えてやりました。

休息を終えると日陰も何もない暑さの中に出て作業を開始しました。暑さにもうろうとしていたせいなのかその後のことは記憶がはっきりしません。誰も倒れなかったことから考えると何とか頑張りぬいたのだろうと思います。昼休みの間は農業小屋の日陰でぶっ倒れるように昼寝をしたかすかな記憶があります。たぶん会社は飲み物とパンなどの食事を届けてくれたのだと思います。若い力で炎天下の作業も何とかノルマに近い距離を掘り進んだころ、会社のバンが戻ってきました。運転していた若くて恰幅のよい幹部社員が作業の状況を確認します。

「よう頑張ったのう。今日はここまでで終わろう。車に乗れ、帰るぞ」

と予定より一時間ほど早く引き上げの指示を出しました。動き出したバンは県道へ出ると事務所のある熊本市街地とは正反対のさらに東へとスピードを上げ始めます。誰かがいぶかしがって運転している幹部に訪ねると

「みんな日に焼けて体が火照っているやろ。それに泥だらけの体を何とかせんとな」

幹部曰く、まだ会社へ戻るには早すぎるので、近くにある湧水池まで泳ぎにつれて行ってくれるらしいのです。

着いた所は、湧水で満たされた透明度の高い小さな池が点在する集落地でした。鎮守の森があり、防風林と農家と畑と水田が美しく調和しています。阿蘇山系伏流の湧水池を大事にしている古い集落であることが一目でわかります。ある池のそばに車を止めると、さあこの池で泳げと幹部が促し、自分も真っ先に素裸なって水に入りました。水辺に興味が強かった私は、池に目が釘付けになりました。底までくっきりと透き通っています。水草が豊富で池全体が深くて濃いグリーンの小宇宙であるかのような気がしました。まるで私の夢の中の理想郷に存在するような池が目の前に点在しているのです。その宇宙をフナや鯉に交じって、まだ知らないような小さな淡水魚が無数に泳ぎまわっています。これほどの美しい池に工事で汚れた身を沈めたら、池の精が怒って出てくるのではないか、それでなくてもこの池を利用している集落の人にひどく怒られるような気がしました。ためらっている私にはかまわずにほかのみんなも裸になって泳ぎ始めました。

「何ばしょっとか、お前も入らんか」

と幹部が督促します。

「いいんですか?こんなきれいな池で泳いで」

「お前らが何十人泳いでも、この池は濁ったりはせん。俺はここの出じゃ、ガキの頃からスッポンポンで泳いどったたからのう」

なんとここは幹部社員の出身地だったのです。道理で遠慮がないはずです。私も汗まみれの衣類を脱ぎすて池に入りました。まるで小学生に戻った気分です。まず池が見た目よりも深いのに驚きました。そして水はびっくりするほど冷たいのです。その冷たい水が背中に触れるとひりひりと痛みます。振り向くと、日に焼けた肩には火ぶくれができており、それが破けて冷水の刺激に痛みが増幅されたようでした。肩だけではなく一日中太陽にさらした背中は、真っ赤に火傷状態になって火ぶくれがいくつもできていたのでした。冷水に身を沈めていると日焼けた皮膚も内から火照った体もしだいに楽になるようでした。童心に帰り池の中で騒いでいると近所の人が様子を見に出てきました。幹部社員を見つけると、「おう、帰ってきとったんか」と声をかけます。間違いなく幹部の出身地であるようでした。

十五分も湧水池に入っていると寒く感じてきます。幹部の指示で水から上がると、誰に憚ることなく直にズボンを履き、パンツは近くの洗濯場できれいに洗いました。さっぱりした気分になって事務所へ帰るのです。幹部は自分の洗ったパンツをカーラジオのアンテナに干してなびかせながら来た道を走ります。帰り着くと、ほらもう乾いとると無邪気にパンツを見せていました。

私たちに事務所の中から社長が声をかけます。

「暑かっただろ今日は、お疲れさん。テレビを見てみろすごいぞ！」

声に誘われ事務所をのぞき込むと、特別番組を放送中でした。

「とうとう月まで人間が行った」

社長の感嘆するつぶやきに、アポロが月面着陸を行う日であったことを思い出しました。アメリカの有人宇宙船アポロ十一号が月を周回して着陸船を月面へ送り込み、人類が初めて月面に立つ挑戦の日でした。１９６９年日本時間の七月二十一日昼前、我々がのどの渇きと闘いながら半ばもうろうとして熊本郊外の台地と闘っていたころに、アームストロング船長が月面の台地へ第一歩を踏み出したのです。月から直接送られてきた映像をもとに特別番組が組まれていたのだと思います。人類が初めて地球以外の宇宙の大地に足跡を残した記念すべき映像は、熊本の知らない田舎で宇宙のように美しい湧水に出会えた喜びとともに、私にとっては忘れられない記憶となりました。

七、講義は始まったけれど

法文学部教養課程の講義が始まったのは昭和四十四年八月下旬か九月初旬か、記憶が定かではありません。私は第二外国語にドイツ語を選択した一年一組ＬＬクラスでした。ランゲージラボラトリーつまりＬＬという当時最新の語学教育システムを使ってドイツ語の講義を受けるコースだったようですが、その意味もよくわからずに希望していたようです。教養課程担任はドイツ語学科の栗前教授でした。待望の講義が始まると少々緊張して指定の教室へ出かけました。初めてクラス全員が顔を合わせたその教室でいきなり、大学紛争はまだ終わっていないのだからこの場をクラス討論会に切り替えるべきだ、と強く主張するクラスメンバーがいました。私は正直なところうんざりした気分になったのですが、同調する者もいたようです。しかし温厚そうな教授が顔を真っ赤にして怒り出し、言い出しっぺの学生とやりあいました。結局賛同者は少なくクラス討論会の場にはならなかったので内心ほっとした初日でした。

かくして例年よりはるかに遅れて新学期が始まりました。それまでの遅れを取り戻さねばならず、ハードなカリキュラムであったような記憶が残っています。一年次で大半の教養課程単位を取得しておいたがよいとの先輩のアドバイスを聞き、めいっぱい受講を申請していたからかもしれません。いよいよ始まった大学の講義ということで緊張して出席しノートもまじめに取っていた私ですが、しだいに先輩や友人から余計な情報が入ってくるようになります。あの先生の講義は毎回出席しなくてもレポートだけで単位がもらえるとか、あの教授の講義は毎年試験問題が同じなのでそれさえ事前に勉強しておけば楽勝であるなどの単位取得裏技を教えてくれるのです。卒業必要単位取得のためにあまり興味がわかない講義も受講する必要があったので、そうした講義については先輩や友人の情報をうのみにして楽な方向に走ってしまうようになります。

結論から言えば申請した全講義中二科目において不可でした。その分を二年次でカバーすることにさらに一年次から二年次へ進むときに、私にとっては想定外の事態に直面します。大学入試前に調べた情報では、法文学部文科の学科専攻は二年次に進級する際に本人が希望するコースへ誰でも進めるものと理解していました。熊大へ進路決定の頃に漠然と抱いていたのは、英文学を専攻して英語の教師になるかジャーナリズム関係へ就職するということでした。親のすねかじりは四年間が父との約束です。入学するや大学紛争による講義の開始が遅れ、自由な時間を過ごしているうちに英文学専攻以外の興味も広がっていきます。講義開始が遅れて良かった点の一つは、専攻学科のことを予め調べることができたことでしょうか。当時は「水俣病」が社会問題化していた時期であり、原因究明に熊大医学部とともに熊大法文学部社会学科もその一役を担っていました。社会学専攻の先輩に話を伺う機会もあり、フィールドワークの様子などを聞くにつれしだいに社会学専攻に関心が深まっていきました。もう一つには私の出身地である武雄市若木町が「日本社会学の父」とも呼ばれていた元京都大学教授の高田保馬博士の御母堂の出身地であったところから、少年期から社会学についての拙い知識があったからです。

ところがその年の専攻希望提出時期には社会学専攻を希望する学生が急増し、定員を大幅にオーバーしてしまうので足切りが行われることになったのです。環境問題に対する国民的関心の高まりから水俣病は注目を集めていました。そうした背景も社会学専攻希望者の増加原因になったようです。私もその一人で英文学専攻から心変わりしたのだと思いますが例年になく女子学生の希望者が増加したように聞きました。専攻希望は主任教授の面談結果と教養課程一年間の総合成績によって決定されることになり、結論から言えば私は進めませんでした。あきらめずに専攻するには一年留年して再度希望を出すしかありません。そうなると四年間で卒業する目標が崩れてしまいます。悩んでいるときに、どうしても社会学の勉強をしたければ他の学科専攻者でもいくつかの社会学科の講義を受けることは可能だと教えてくれる人がいました。私も学究者として一生社会学に携わりたいという考えより、マスコミ分野へ就職するうえでの勉強という気持ちの方が強かったので、あきらめて別の学科を専攻し四年間で卒業することを優先する道を選びました。

専攻科についてもう少し整理をしておきます。現在は法学部と文学部がそれぞれ独立していますが、当時は法学科と文学科が一緒になって法文学部と呼ばれていました。文学科には文学科国文学専攻、同英文学専攻、同独文学専攻。歴史学科に日本史専攻、西洋史専攻、東洋史専攻。哲学科に哲学専攻、倫理学専攻、社会学専攻というそれぞれのコースがありました。つまり私は哲学科の社会学専攻に進めなかったわけです。とはいっても持ち前の性格上、深刻に悩んだわけではありません。社会学が専攻できないならどうするのか。その時に浮かんだのが磯田法文学部長の顔でした。法文学部の団体交渉の場は多勢に無勢、衆寡敵せずの状況にありながら、ひるむことなく堂々と振舞っておられるように見えた磯田教授の顔を思い出したのです。その時以来好感を持った磯田教授は、哲学科の教授であると思いだしました。あの教授のいらっしゃるところなら卒業までに何か得ることが多いような気がしたのです。そこで専攻希望はためらわずに哲学科哲学専攻と書いて出しました。デカルトやヘーゲルやカントやハイデガーの思想の違いがどのようなものかさえ知らずに。

いよいよ二年次に進級して四年次までに取得すべき専攻学科のカリキュラムを調べていると何か変だと思い始めます。磯田教授は倫理学専攻科の主任教授だったのです。いつのまに代わられたのかと思ったものの私の単純な勘違いだったようであり、先輩諸氏に話を聞くと、磯田教授の講義やゼミも哲学科専攻生であればほぼ自由に選択できるとのこと。それならいいかと初期設定の軌道修正をしないままに哲学科哲学専攻の学生になりました。本来ならば学部事務局へ申し出て哲学科倫理学専攻へと軌道修正をすべきだったのです。そのことが四年次に入ってすぐの卒論テーマ面談で大きな問題を引き起こすことになるとは夢にも思っていない呑気な私でした。

八、ホームシックになる

講義とクラブ活動を両立しながら熊本での生活を楽しんでいるうちに竜田山の秋が逝き、白川両岸の葦が枯れ早霧が川面を覆うようになります。テニスコート一面に霜が降るようになると、霜解けでぬかるみ状態となりコートが使えない日が多くなるオフシーズンがやって来ました。霜が解けないうちにコートを何度も往復して重いローラーを引き回します。霜で浮いたコートの表土を圧縮するのです。そして日がさしてコートがぬかるみ始める寸前までの短い時間を利用して練習をするのです。霜が降りた朝はローラーの鉄の引き柄が冷え切って、素手ではつかめないほどに凍っていました。このつらい作業は下級生に任された役目でした。陽がさしわたり気温が上昇し始めたころに、寸暇を惜しんで練習をしようと先輩部員がコートにやって来ます。その時までにローラー引きが終わっていないと怒られるのは下級生部員でした。連日のようにひどい霜が降りローラー引きの効果もあまり役立たなくなると、幹部の指導のもとローラーで固めたコートにニガリを撒きます。ニガリにはコートを固く引き締める効能がありました。しかしひとたびニガリを撒いてしまうとしばらくはコートを使用できなくなります。ニガリ撒きは、冬休みに入り大半の部員たちが里帰りを始める直前に行うことになっていました。

実家を出て初めての正月が近づいてきました。しかも大学紛争で休講が長かったため、学部掲示板には、正月明け早々に学科ごとの都合で講義が始まるので早めに戻り確認するようにと告知が張り出されていました。例年よりもそうとう短い冬休みのようでした。予定されていた講義が十二月の下旬までに終わる頃にはテニス部も休部を迎えます。特にやることもなく漫然と熊本で過ごせば、それだけ金も浪費することになるので餅つきや大掃除ぐらいは手伝おうとすぐに帰省しました。久々に戻った故郷での年末年始は楽しい短いひと時で、たちまち熊本に戻らねばなりません。

これがホームシックというものかと、感情をコントロールできないほどに寂しい気持ちに襲われたのは、正月を実家で迎えて熊本に戻った直後でした。熊本での生活が楽しくてたまらなかった私が、まさかホームシックになるとは想像すらしていなかったのですがそれは突然の変調でした。熊本に戻る前日、中学校時代の仲間が同窓会を開いてくれました。正月休みで帰省していた連中が集まったのです。翌朝熊本に向かう私を見送りにみんなが武雄駅まで来てくれました。大学紛争のために不足していた講義時間の遅れを取り戻すために、始まる講義に備えて正月三ヶ日が過ぎるとすぐに戻らなければならなかったからです。下宿に戻ったのは私ともう一人、テニス部の内園だけでした。

下宿はまだ食事を再開してくれず大学生協の食堂も開いていませんでした。外食するにも近所の食堂はみな正月休みです。先ず困ったのは空腹対策でした。そして寒さ対策。熊本の底冷えがどんなものかも知らず、初めての冬に備えて私はまだ暖房器具を用意できていなかったのです。炬燵を買う費用は親からもらっていたのに買い求めるタイミングが悪かったのです。温もりが欲しくせめて銭湯が開いていればと思い出かけたら、学生がほとんどいない正月期間のため休業中です。唯一の食料はインスタントラーメンだけ。部誌「Ａｃｅ」の編集委員を労うために卒業生が送ってくれたものでした。幸いなことに数袋だけ残っていました。電気コンロに鍋をかけお湯を沸かして半分だけ割って食べます。コンビニなど存在しなかった当時は近所の小さなスーパーも正月休みで、学食が開業するまでの三日間ほどの空腹を、このインスタントラーメンでまぎらわすしかないと覚悟を決めたからでした。母から正月餅を持っていくように言われたのに重いからと断ったことが悔やまれます。

遅めの夕食に残り半分のラーメンを食べ終えると布団にくるまります。電気コンロの熱だけでは寒さに耐えられないのです。布団にもぐっていると、午前中に武雄駅で別れた若木の仲間たちの顔が浮かんできます。実家に残って働いている者、大工になった者、就職先の遠くから正月帰省していた者、みんな中卒か高卒で働いていました。同窓会の私の会費は、まだ親のすねかじりだからと言ってかたくなに受け取らずみんなで分担してくれました。武雄駅の改札口では、自分たちの分も大学でしっかり勉強してくれよと声をかけて手を振り見送ってくれた仲間でした。一人一人の顔を思い出していると、ふいに涙があふれだし寂しさを抑えられなくなりました。嗚咽が止まらなくなり、とうとう布団にくるまって泣き出しました。内園の部屋からはピンキーとキラーズの歌声が何度も響いています。あいつは寂しくないのだろうかと憎らしく思いながら悟られないように泣きました。このまま泣き続けていたら内園にばれてしまいそうで、それだけは避けたいと、私は持っている服のほとんどを着込むと冷え込んでいる下宿の外へ出ました。下宿街は真っ暗です。まじめに戻って来ていたのは私と内園だけかもしれないと思うほどに静寂に包まれていました。誰に出会うこともなく泣きながら歩いた足は私を小峰墓地へ誘います。なぜ小峰墓地だったのか理由はわかりません。ただその場所ならどれほど泣こうと叫ぼうと人にはバレないと思えました。不気味さも寒さも寂しさを超えることはなかったようで、小峰墓地の小さな仏像の下に座ると、遠慮することもなく大声で思い切り泣き通しました。かの小泉八雲のエッセイに出てくる仏像の下です。一時間近くも泣いていたのでしょうか、急に寒さを感じ体が震えだしました。寒さを痛感し始めると寂しさが薄らいでいることに気づきました。誰に憚ることなく思い切り泣いたことで、ホームシックを追い払ったようでした。

部屋に戻り布団にくるまっているうちに冷静になりました。もうひどい寂しさが戻って来る心配はなさそうでした。そして浮かんで来たことは、私は中学校まで育った若木でのあたたかい体験から未だに卒業しきれないでいるのではないかという思いでした。私はまだ幼いのだ。下宿のおばさんが心配してくれていたように、いつホームシックになっても不思議ではない幼い不安定な気配がどこかに潜んでいて、ときおり顔に出るのをおばさんに見抜かれていたのだろう。であれば中学校までの若木と一度は早く決別しなければ、わが青春を先へと進められないような気がしてきたのです。翌朝は落ち着きが戻っていました。わずかに寂しさの余韻は残っているものの、なぜ昨夜はあんなに泣き通したのか不思議に思えるほどでした。

その日は内園と食事をしに出掛けました。昨夜の我が号泣を気づかれてはいなかったかと気にはなりましたが、いつもの無口な内園の横顔に変わりはありません。ひょっとしたら彼もピンキーとキラーズの『恋の季節』を繰り返し聞きながら、寂しさに耐えていたのではないだろうかという思いが突然浮かびました。玄関を出るときに挨拶を交わしたおばさんもいつもと同じ表情でした。近くの学生相手の食堂はどこもまだ休みだったので、子飼商店街まで足を延ばします。商店街には正月セールの賑わいがありました。人出も多く学生街の静けさとは全く異なっていました。食事を済ませいくらかの食料を買い込んで下宿へ戻ると、何人かの下宿生が戻って来ています。学部掲示板を見に行って確認をすると私の講義は翌日から始まるようでした。

講義が再開されたころから、学生街もしだいにいつものざわめきを取り戻していきました。気持ちが落ち着くと、暖房のことが気になります。中古の炬燵を買いに行きたいと思っていた質屋の「からたち」もようやく店を開けました。青春をこの町で過ごして去った学生が卒業時に質入れした炬燵が狙いでした。冬場は在庫があまり無いのだと言う店主が出してきた炬燵は、頑丈そうだけどかなり古びた電気炬燵です。おそらく何人もの学生たちが使っては質入れし、また別の学生が買い求めて質入れを繰り返してきた炬燵だったのでしょう。布団付きの価格でも親にもらった費用の三分の一程度で手に入る値段でした。店主は、炬燵も布団もちゃんと手入れはしてあるよとスイッチを入れて見せてくれます。炬燵の熱源が赤く発熱するのを確認すると購入しました。
質屋まで同行してくれたテニス部の藤崎君が下宿まで運ぶのを手伝ってくれました。四畳半の部屋のど真ん中にその炬燵を置きます。古びた炬燵布団の絵柄でも、独り住まいの寂しさになんとはなしにぬくもりと華やかさを添えてくれるものです。夜になって使ってみると、強烈に熱くなるかわずかに暖を感じるほどにぬるいかの極端な熱加減です。それでも炬燵の暖かさにはホームシックに泣いたことを馬鹿々々しく思わせるほどの魔力がありました。一人専用の電気こたつなんて実家では味わえない贅沢です。新品を買うと言って質流れの中古にしてしまった後ろめたさも、思い切り伸ばした足に伝わる熱すぎるほどの幸せにはかすんでしまうのでした。その炬燵で私は大学ノートを広げて若木と決別する思いを、詩や雑文の形で手当たり次第に書き留めていきました。そのころに書いた詩らしきものを大学ノートから一つだけ。

なつかしい人

八幡おろしが吹き込む教室を
ていねいにたんねんに
雑巾がけしていたしもやけの指

赤い花柄のアルマイトの弁当箱を
いつも堂々と広げて
おいしそうに口に運んでいた箸づかい

ドッジボールの敵陣で後ずさりしながら
しっかりとボールを受け止めた赤い鉢巻の小さな口元

久しぶりの夏休みの登校日
すれちがいざまにかすかにほほ笑んだ日焼け顔

クラス会の料理を作る白い割烹着が
一番輝いていたなつかしい人
作ってくれたライスカレーの味は
もう思い出せない

乾いた木の匂いのする学び舎で

窓越しに見かけた小走りに廊下をゆく横顔
背伸びを始めた向日葵にたっぷり水をやる
真っ白な半袖シャツのうつむき顔

語らいながら校庭の
薔薇園のそばを歩く級友のなかに
ひとりふり向き微笑んだ人

サンダース軍曹の切り抜き写真を
内庭の窓から「はい」と手渡して
可笑しそうに駆けて行った人

水を汲むわれの横に来て
パレットを洗ったなつかしい人
流れ去る色水を見送るわれに
語りかけた言葉はもう思い出せない

遠きふるさとを懐かしみ青き哀傷を恋う私のホームシックから、ようやく立ち直れた冬でした。

（四）あえかに若き美酒（うまざけ）にわななき踊る魂（たま）の鳥

旧制第五高等学校寮歌「憧憬湛ふ（あこがれたと）」より

一、二度目の春のころ

変則的だった一年次も終わり、春休みを利用して一週間ほど若木の実家へ帰りました。ホームシックを乗り越えてみると、帰省しても早く熊本へ戻りたくなります。若木にいる友人たちも春は数が少ないのです。適当に実家の農作業を手伝い、明日戻るか明後日にするか、それとももう少し残って親孝行でもするかと揺れ動く気持ちでごろ寝をしていたところへ来客がありました。ホンダカブに乗って来たのは初めて見るおばさんでした。目的は私に会うことのようでした。

私が熊大生であることを確認すると、永野の緒崎先生の家へ伺ったら
「あなたが帰省しているかもしれないので訪ねて相談してみたら」

と言われて立ち寄ったとのこと。緒崎先生とは熊大入学の時に私を熊本へエスコートしてくれた緒崎先輩の父上のことです。

「あなたが家にいてよかった、息子が熊本で浪人生活をしたいと言っているので面倒を見てくれんですか」

突然のことで面食らう私を前にしておばさんは続けます。

「熊大工学部に入りたいので、熊本の予備校で勉強したいと言ってきかんとです。松尾さんと同じ下宿なら安心できそうやけん、同じ下宿に住めるよう手配してくれんですか」

どうやらその息子は熊大工学部土木工学科に在籍していた緒崎先輩が目標のようでした。やる気さえあれば、武雄で浪人しても同じだろうと思ったのですが、子を思う親の情にほだされた私は
「もうすぐ熊本へ戻るので、部屋に空きがあるかどうか確認して連絡します。まあ、一人ぐらいは何とかなるでしょう」

「いいえ、友達と二人で浪人すると言いよります。二部屋何とかなりませんかね?」

「ふたり?同じ武雄高校生ですか?」

「ええ、一緒に熊大ば目ざすと言うけんですねぇ」

予備校生が二部屋となると早く下宿に戻っておばさんに談判しないといかんなと、私の気持ちの中

では熊本戻りは明日と決まってしまいました。

結果がわかり次第連絡する約束を交わすと、おばさんはホンダカブで隣町まで砂利道を帰って行きました。熊本で浪人したいと言っているのは隣町に住む武雄高校の後輩だったのです。ところがこのおばさんとは、十二年後に思わぬ場所で再会します。社会人となって我が伴侶となる人の実家へ結納に行ったときに、私にお茶を出しながら、

「松尾さん、お久しぶりです」

と声をかけるご婦人がいます。顔を見てもどこかで会ったような記憶はあるものの思い出せません。

「ほら、いつか話した従弟の信ちゃんのお母さんよ」と伴侶となる人がささやきます。

「アッ、あのときの」

瞬時に十二年前の情景を思い出しました。

十二年後のことはさておき、急きょ熊本へ戻ると言い出した私は、お土産に持って帰る「ぼた餅」を作ってくれと母に頼みます。母が持たせてくれるぼた餅は下宿で大好評だったのです。下宿のおばさんに帰ってきたことを告げると
「お帰り、持ってきたな？ぼた餅は？」

とすぐに催促するほどのお気に入りで、母が忙しくて作ってくれなかったと言えば、顔に出してがっかりするほどでした。河原先輩も母のぼた餅の大ファンで、

「松尾、このぼた餅の中身はぜ～んぶもち米やないか」

「え？それが当たり前でしょ？」

「馬鹿をいえ、こんな贅沢なぼた餅は我が家ではめったに作らんぜ、半分もち米、半分は普通のご飯の混ぜ合わせや。うまいなあ」

お酒に弱く甘いものに目がない河原主務も相好を崩し夢中で食べるのです。下関の風習ではぼた餅の作り方からして違うのか、いったいどんな味のぼた餅だろうと、私は河原主務の顔をまじまじと見つめました。

二年次になるときに下宿の住人にも変化がありました。卒業で退去する人、別の下宿へと出ていく人、そして新たに入居してくる人です。卒業生にはおばさんからお祝いが贈られます。途中で退去する学生にとっては冷ややかな感じの日々がしばらく続きます。テニス部の内園が一年で引っ越しました。元来無口な内園は詳しい理由を言いません。私が気づかないうちに出て行っていました。新しい住まいがわかったのは、テニス練習の後で案内してくれたからでした。大学の北キャンパスを挟んで反対の西側の子飼橋近くにある小さなアパートでした。薬学部に近いほうが何かと便利なのだろうと勝手に解釈をしていましたが、仕送りしてくれる金を飯付きの下宿代としてまとめて払うよりは、もっと自由に使いたかったからだと教えてくれたのは四十数年後に同窓会で会ったときのことでした。

「松尾さんは、出て行かんやろ？」

「はい、おります」

「じんな卒業までずっとここに住んではいよ、ね」

おばさんがいつになく優しい声をかけてくれます。たぶんおふくろのぼた餅と別れたくないのだろうなと意地悪に思う私でした。河原先輩は相変わらず同じ部屋に残っています。

やがて我が下宿で浪人生活を過ごすために、武雄高校の後輩二人がやって来ました。

「熊大生が多く、なかには酒飲んで騒ぐ人もいるので、その人たちの部屋からは少しでも遠い部屋にしてもらった。来年の春に泣かずに済むようがんばれよ」

先輩らしい忠告をして歓迎しましたが、酒を飲んで騒ぐことが多いのは、河原先輩の部屋か私の部屋だとはあえて言いませんでした。

そのころになるとテニス部の同期部員とはすっかり親しくなって、頻繁に行き来する仲間が増えています。なかでも藤崎や榎田はほぼ同じころに入部したよしみで、内園同様によく集まりました。実家から通学していた谷川もいつのまにか我々の下宿の近くに引っ越して来ました。私と一番行き来したのは教育学部の裏に住んでいた藤崎でした。二浪して工学部資源工学科に入学できた年長者でしたが、下宿が近く両親が佐賀の出身ということもあり内園の次に親しくなった友人でした。同じ同期工学部年長者の榎田はちゃんと勉強をしている様子でしたが、藤崎はあまり勉強するほうではなく、いつ行っても暇そうでコーヒーや紅茶を切らさずに用意していました。私の部屋へもよく来ましたが、どちらかといえば私から押し掛けることが多かったように思います。熊大に合格するまで、後に親不孝通りと呼ばれる福岡市内の繁華街にある予備校で二年間も浪人生活をしており、山奥から出てきた私なんかよりは流行りの映画や音楽にも詳しく何かと教わることばかりでした。

映画雑誌の「スクリーン」や「キネマ旬報」などを読み、実際に映画もよく見ていたらしく話題作の内容を聞かせてくれたのは藤崎です。それまで私が見てきた映画は、小中学校の講堂を暗幕で締め切って上映してくれる教育的な色合いの濃い日本映画の名作、例えば『次郎物語』『路傍の石』『にあんちゃん』『名もなく貧しく美しく』みたいなものばかりでした。彼に話を聞くうちに、いわゆる往年の名画といわれる洋画とそのテーマ曲がいかに素晴らしいのか吹き込まれてしまい、それらの映画を見たくてたまらなくなるのです。ベンチャーズやビートルズぐらいの名前は私も知っていましたが、『ベンハー』『太陽がいっぱい』『ひまわり』『慕情』『雨に唄えば』『エデンの東』などなど、思いつくまま手当たりしだいに彼の口からタイトルと内容、そしてテーマ曲のメロディーが出てきます。私には曲と映画のタイトルがなかなか一致しません。予備校生時代にこれほどの映画通になるのなら、二浪でもしないと熊大工学部合格は無理であっただろうなと納得する私でした。

これらの名作が熊本でリバイバル上映されると聞けば昼食を抜いてでも出かけました。テレビで放送されるときも、下宿のおばさんに頼み込んで見せてもらいます。藤崎の知識には早く追い付きたいという思いからでした。彼のおかげで次第に世界の名作の話題にもついていけるようになっていくのでした。

インカレ事件以来仲が良くなったテニス部同期生と頻繁に集まるようになり酒が入ると、やはりメッツエンの話題になります。ドイツ語で女性を意味するメッツエンは、五高寮歌の裏巻頭言に「ハインソサエティのメッツエンと恋をするのが真の恋であって、下町の娘と恋をするのは真の恋ではないと誰が言えようか！」と叫ぶ一節があり、コンパの終わりにはたいがいその巻頭言を誰かが吠えて寮歌を歌い出すので真っ先に覚えたドイツ語なのです。硬式庭球部員の半数近くは女性だったので数が多く、球拾いばかりさせられていた最初の一年間では全女性の顔と名前が正確には一致せず、また何学部に所属し出身高校はどこなのか詳しい情報がつかめませんでした。こうした情報収集にたけていたのは藤崎と谷川でした。雨で練習が休みになった昼下がりなどにも、誰かの下宿に汗臭い男どもが三々五々に集まってはメッツエン談義「雨の日の品定め」になります。それはすぐに学年ごとのマドンナ選出などという不躾な話題に発展するのでした。

一年次の半ばごろのこと、誰かが言いだして同学年だけでの初コンパをやりました。当時は熊大北キャンパス内に教職員の宿泊施設「知命堂」がありました。宿泊者がいないときには低料金でコンパの宴会もひきうけてくれるのです。この知命堂で最初の同学年コンパをやったのは一年次の講義が始まって間もない秋のころでした。急性アル中事件以来、酒に対するトラウマができて控えめにしていた私でしたがこのころには次第に飲酒力も回復しており、座が和むと庭園に面した縁側に座り、一人の女性と酒を酌み交わしておりました。満月がきれいな夜だったことを覚えています。

口数も少なく月を眺めながら酒を酌み交わしているうちに、ピアノが趣味だという彼女と音楽の話になったのですが、私はピアノ演奏にふさわしい楽曲などに詳しくはなく、ただ彼女の話を一方的に聞きながら注がれる日本酒を飲み干しておりました。彼女にも注ぐと少しは飲めるのよと受けてくれます。当時私が好きだったマイナーなアメリカ民謡『マギー若き日の歌を』を知っているかと尋ねると、もちろん知っているしピアノでも弾けると答えます。そして口ずさみ始めました。マイナーな楽曲であり他人には話したこともなかった歌を知っている人がいたと、私は急に嬉しくなり茶碗酒を飲み干して満月を仰ぎました。すると突然その満月がゆらぎだし、私の頭の中もぐちゃぐちゃになって縁側にひっくり返ってしまいました。あの急性アル中状態がぶり返したような、ものすごく不快な気分になってしまったのです。彼女の前で庭に何度も嘔吐し、びっくりした彼女には世話をかけるし、仲間からは

「いかん！　松尾がまた急性アル中になったぞ！」

と騒がれて下宿に担ぎ込まれる始末でした。幸いただの飲み過ぎでした。

翌日の練習の時に彼女に迷惑をかけたことを詫びると、

「松尾さんは、もっとお酒が強いのかと思っていた。どうして勧めるままに飲んだの？私は鹿児島育ちだから薩摩焼酎で鍛えられた家系のせいか、少々の酒では酔わないのよ」

〈そのことは飲み始める前に言って欲しかったし、私は、貴女の話を聞くのが楽しくてついつい度を越して飲んでしまったのです〉と言えるほどには異性との会話力をまだ修得しておらず、見苦しい迷惑をかけたことをただ謝るだけでした。

二、若き哲学徒の悩み

哲学科を専攻はしたものの、どんな研究テーマが見つかるのか、全く当てのない二年次の講義が始まりました。二年目の一年間を真面目に講義に取り組めば自ずとやりたいテーマが見えてくるだろう。その程度の考えで講義には積極的に出始めました。後に就職時に取り寄せた卒業時の成績証明書に単位取得履歴が残っていたので確認してみると、一年次で取り終えるべき一般教育課程はいい加減に講義を受けていたのであろうとしか思えない成績です。しかも二、三科目は一年次に不可をもらい、二年次になってようやく単位取得ができた講義もあったことを覚えています。ところが二年次以降の専門課程単位取得履歴を改めて見てみると、当時の記憶にそれほどの実感はなかったのですが意外にも健闘している成績なのです。社会学概論、哲学概論、倫理学概論の講義内容は全く覚えてはいませんが、絞るべきテーマの方向性を探ろうと真面目に講義に出ていたのかもしれません。

講義以外では、テニスの練習時間が迫るまで学生たちの居場所でもあった哲学研究室にたむろしていました。教授はじめ教官や先輩たちが入れ違いに頻繁に顔を出して、自由闊達に意見を交わせる雰囲気がありました。時には教授の研究室へ誘われて話しに乗っていただけることもありました。学問の話だけに終始せず、当時の世界情勢から大学キャンパス内に咲いている花のことまで、教官や先輩たちと臆せずに意見を交えることは知性をくすぐられて気分のいいものでもありました。しかし学生の中には一風変わった人も多かったのが哲学科でした。髪も髭も伸ばし放題でひたすら寡黙なのに、ひとたび酒が入ると豹変する同期生。大学紛争にはまり込んでめったに講義には顔を出さない名もよく知らない奴。浴衣姿で学内を闊歩し、出会うといつも酒の匂いを放っている先輩。どの角度から眺めても真面目そうなお坊ちゃん風で勉強好きが顔にありありと出ている先輩。学内ではどこかの良家のお嬢様然としているけれど、コンパの酒席になると大いに飲み騒ぎ豪放磊落な素顔を見せる女性の哲学徒。教授、助教授、講師の教官方もユニークな人柄をお持ちの方ばかりで、コンパの宴席は毎回楽しくて待ち遠しいほどでした。

親しくなった何人かの先輩からは下宿へ遊びに来るように誘われます。哲学のいかなるテーマをどのようにして研究しているのか知りたくて、誘われれば断ることなく訪ねるようにしていました。ただ先輩たちの話は自分の研究がいかにユニークで着眼点がいいかを吹聴するか、名著や参考文献を揃えるために手間や金をかけていることの苦労や自慢話で、議論ができるほどに読書もしていない私には聞き続けることが苦痛になります。私は、訪ねた先輩の本棚にはどのような書籍が揃っているのか、いつか借りる必要が生じたときに備えて記憶のリストに写し終えると、退散する口実を急いで考えていました。

酒好きの先輩とはこんな出来事もありました。入部したばかりのテニス部の後輩たちを引き連れて、竜田山までランニングしていた途中のことです。キャンパスの東門を出て緩やかな坂道にさしかかると、竜宮温泉前付近の道路に人が浴衣姿で寝転がっています。近寄ると哲学科の先輩でした。焼酎の匂いが強烈に漂い、徳利形状の球磨焼酎ボトルの紐に腕を通しています。当時の球磨焼酎には今ほどに癖が消えた飲みやすい銘柄はなく、どれを飲んでも匂いが強いコクのある焼酎であったように記憶しています。先輩は酩酊状態です。車がよく通る道でもあるし放っておくわけにもいかず

「先輩大丈夫ですか？」

と声をかけると

「おう、松尾じゃないか、いささか飲みすぎて下宿の階段を登れんのじゃ。悪いが二階まで連れて行ってくれ」

ランニングの引率を後輩に頼むと、しなだれかかって来る先輩を二階へと連れて上がろうとします。しかし階段は急で一緒に転げ落ちないように登るのは一苦労でした。

「汝の悩みが悩みなら、トンボもチョウチョも鳥のうち」

私に肩を預けて先輩は焼酎臭い口で、こんな言葉を繰り返しつぶやいています。ようやく部屋へ押し込むと、万年床の上に寝かせて去ろうとしました。ふと部屋の中を見回すと、本棚には入りきれないほどの書籍がいっぱいです。では戻りますと声をかけると

「熊本には何の未練もなかが、この球磨焼酎だけとは別れられんのよ」

手首にぶら下げた徳利を振って礼を言う先輩でした。

「汝の悩みが悩みなら、トンボもチョウチョも鳥のうち」

この言葉が私の頭に侵入し、反芻しながらランニング仲間を追いかけました。哲学科研究室での交

流には参加しても、たまに先輩の部屋へ誘われること以外には同じ学科の同期生と親しくなるまでには時間がかかりました。やはり下宿を行き交って付き合うのは、テニス部仲間が中心の学生生活が続きました。

哲学科の講義で困ったのは隔年でしか受講できない必須科目の哲学演習で、発表の当番としてドイツ語の原書を読み込んで授業に参加しないといけない時でした。辞書を片手に半徹夜で原書を直訳するのが精いっぱいで、その原書を著した哲学者の考える用語の概念の理解まではおぼつかないのです。同じ哲学科に相談できるような付き合いの人はまだいませんでした。それでもめげずに講義に出ると、教授から私の直訳した文章に対して鋭い突っ込みが入ります。立ち往生する私に比べて、先輩や研究生は著者の考える概念を踏まえて個人の見解まで発表するのです。余談ですが後年広告業界で働くようになって企画書に常用するコンセプトという言葉を初めて知ったのは、哲学用語として英語の原書で出会ったときでした。

この哲学演習は一年おきにしか受講できずしかも必須科目なので、単位を取れなければ改めて四年次に再受講しなければならなくなります。私は前途に暗雲が立ち込めるような悩みに陥りました。果たして卒業できるまでの単位を取ることができるのかと。そんなときに浮かんだのは四六時中酔っぱらっているように見えるのに、一応は進級している球磨焼酎が大好きな先輩の顔です。〈汝の悩みが悩みなら、トンボもチョウチョも鳥のうち……お前の悩みはまだ悩みのうちには入らない。全ての哲学科学生が最初からスラスラとドイツ語を理解できるはずがあるまい。もっと悩め、しかし迷路に入り込むな、大局から悩め〉そう諭してくれたわけではありませんが、たどり着いた私の答えは原書の邦訳研究書数冊に当たり、自分の直訳と比較しながら自分の考えを整理することでした。こうして何とか講義について行けるようになりました。されど哲学を勉強することの面白さに目覚めたわけではなく、常に頭のどこかに自分は何を研究したいのだろうという漠とした不安が付きまとうのです。

哲学科の学生たちと一気に打ち解けあう機会がありました。六月に入ってすぐ「哲学科新入科生歓迎ハイキング」が行われ阿蘇登山をすることになったのです。国鉄豊肥線の列車で阿蘇宮地駅まで行き、仙酔峡のミヤマキリシマを見ながら火口東展望所を目ざすルートであった思います。ふる里での山登り以外には体験したことが無かった私は登山シューズなど持ち合わせておらず、不覚にも革靴を履いて参加していました。ロープウエイで簡単に山頂まで行けるからとそれだけを鵜呑みにしていたのです。ところが宮地駅から仙酔峡までもかなりの距離があります。革靴でようやく着いた仙酔峡一帯は深い霧が立ち込めていました。ロープウエイの駅あたりにはミヤマキリシマもあまり咲いていなかったように記憶しています。山頂の駅も霧の中です。

ロープウエイの運賃は私にとっては馬鹿にならない価格でした。高い金を払ってもミヤマキリシマの美しさが霧の中では元を取れないような気がしてきました。何人かは、登山に来たのだから火口東コースの登山道を登るべしと最初から歩くようです。彼らはそれなりに登山の準備をして来ていました。私も一緒に歩くことにしました。登山道だから革靴でもなんとかなると思ったのです。しかしコースは溶岩の中を続く急な岩道でした。せめてテニスシューズにすれば良かったと後悔しても間に合いません。霧の中をメンバーに後れを取らないように懸命に登ります。テニス部のランニングで鍛えた足腰が物を言い、なんとかみんなと一緒に登り切りましたが、往復した後の革靴は無残な状態になっていました。一緒に登った一人に安畑君がいます。熊大体育会弓道部の所属でした。以来、卒業後も友となる哲学科仲間の数少ない一人です。体育会系のクラブに所属はしていても考え方が柔軟で、悩める若き哲学徒であった私とときおり酒を飲む仲間になっていきます。

別れもありました。赤門に続くサインカーブの桜並木が桜花からすっかり若葉に代わったころ、ハガキが届きました。熊本で浪人生活を過ごしていた武雄高校の友人イノケンからでした。「島根大学文理学部に合格し、向うで下宿生活を始めるために熊本を離れるが元気でな」とだけ書かれていました。時流はまさに、「七十年安保闘争」と呼ばれる日米安保条約阻止の運動がピークを迎えていたころです。前年の熊大紛争工学部機動隊騒ぎの時でさえ、騒乱の工学部構内へ飛び込みたくてうずうずしていた彼のことです。晴れて大学生となった今は、山陰に落ち着くことに我慢できず、東京の国会前へでも押しかけようとしているのではないかと心配になりました。ほどほどにしとけよと念じていたのですが、とうとう落ち着き先からは何の連絡もありませんでした。

三、家庭教師となる

一年次も終わりに近づいたころテニスの練習に参加したある日、

「松尾、家庭教師の口を探していたよな？やってみんか、紹介するぞ」

声をかけてくれたのは私と全く同じ漢字で同姓同名の薬学部の先輩でした。彼の実家は大学近くの竜神橋を渡った住宅街でラーメン屋を営んでいました。その実家近くの中学生を教えてみないかという話でした。私にとっては初めての家庭教師の話です。

「しかし謝礼は安いぞ、やる気があるなら一度会って料金交渉をしてみんか」

その言葉にのってさっそく募集している家を訪ねました。熊本市街を貫いて流れる白川の近くに、地図で教えてもらった住宅はありました。母親と、もうすぐ中学三年生になるという息子と面談しました。もっとも息子の方は無口で全く口もきかず目も合わせません。初めての家庭教師なのにこの子をちゃんと教えられるだろうかと心配になりましたが、降ってわいたアルバイトのチャンスを逃すわけにはいきません。母親の話をじっくり聞くことにしました。

「根は優しいおとなしい子なのですが、全く勉強をやろうとしないし話も聞いてくれないのです。担任の先生からもこのままじゃ受かる高校はどこにもないぞと本気で心配されていて……」

「学校が終わったら普段はどう過ごしているのですか？」

「勉強しなさいという私の意見も上の空で、暇さえあれば近くの白川へ釣りに出かけているんですよ、宿題もやり遂げないで釣りばっかり。釣りに熱中する半分の気持ちでも教科書に向ければいいのに」

釣り好きと聞いてこの少年にちょっと興味が湧いてきました。

「おかあさん、しばらく彼と二人きりで話をさせてくれませんか？できれば彼の部屋で」

二人きりになっても少年は口を開きません。学校のことや好きな学科のこと、進学の希望に友人のことなど視点を変えて話をかけても一言も発しないのです。彼の部屋の中を見回すと魚の図鑑や釣りに関する本がいくつか並んでいます。川釣りが好きなようでした。話題に尽きた私は、川遊びに明け暮れた自分の少年時代の話をぽつりぽつりと始めました。すると目をそらしていた彼の顔が私を見るようになりました。熊本市内を有明海へと注ぐ白川と、玄界灘へそそぐ私のふる里の松浦川の違いや、松浦川に棲む魚類の話を始めたら、初めての反応がありました。

「その魚は、白川にもいる、釣ったことがある」

短い言葉でしたが、私の話をきちんと聞いていたようです。

「魚が好きなんだね、いや魚釣りかな？」

「どっちも」

「そうか、僕も君くらいのころまでは魚取りや釣りに夢中になっていたよ」

私も小学低学年から中学卒業の頃までは、学校で過ごすよりは川へ出かける時間が好きな生活を過ごしてきたので、この少年との話題には事欠かない自信がありました。

「魚の話はまた次回に続くということで、来週も来ていいかな？」

と問うと、かすかにうなずきました。

「じゃあお母さんからの頼みもあるので、来週も僕が来られるように学校から出ている宿題をやっておいてよ。解けるところだけでいいよ、わからない問題はパスしてかまわんからね。前半に宿題を片付けて、後半は魚や釣りの話をしよう」

彼はまたかすかにうなずいてくれました。

母親と二人きりになるとこう切り出しました。

「少しだけ、心を開いてくれたようです。来週も来ていいと認めてくれました」

「そうですか、ありがとうございます。一年後には高校受験です。決して高望みはしません、とにかく市内の公立高校でなくてもいいから進学してくれたら上出来です。ぜひ引き受けてください」

「では、おりいって話があります。家庭教師代を上げてくれませんか？今の相場は週一回なら月額五千円から七千円です。できる限り頑張りますので、五千円にはなりませんか」

「ラーメン屋の松尾さんには三千円でお願いしていたはずですが、我が家にも事情がありまして」

「そこをなんとかなりませんか？」

「困ったわね……じゃあ毎回晩御飯付きということでは？家族と同じ料理ですけど、ご飯のお代わりも自由です」

「う〜ん」

バイトが終わって下宿に戻れば冷めてはいても、夕飯はあるしいまいち気が動かない私。

「松尾さん、お酒は飲めますよね？主人はあまり飲みませんので、晩御飯にビール一本付けるのはどうです？」

私の頭の中で目まぐるしく計算機が動き出しました。〈ビール一瓶付けて定食を食堂で頼むと五百円から七百円にはなるな、平均月四・五回の家庭教師をこなせば五千円以上に相当するから相場感としては悪くない〉〈下宿の夕飯にビールは付かんし、もういい加減飽きてきた。テニスの練習から直行して家庭教師を終え、極限に近い空腹で味わうビール付き食事は……〉心の中でニンマリすると
「わかりました、その条件でお受けしましょう」

かくして私は週一回の家庭教師を、休まずに続けることになりました。

我が人生の後年には少年時代の川遊びに関する本を一冊上梓するくらいに、魚取りや釣りにのめりこんでいた私です。家庭教師に行くたびに少年との話は深まります。しかし約束していた課題に真面目に取り組んでいなかった時には、その課題が終わるまでは川の話題に移ることはしませんでした。約束を守らないと魚の話をする時間が短くなることを悟った少年は、行くと済ませた課題を催促せずとも広げるようになります。解けないままの課題を多く残していることもありました。その時には難しくてわからなかったと正直に喋るようにもなりました。私にとっては彼の苦手な個所が把握できて教えやすくなりました。しかも不思議なもので課題の正解率が徐々に高まってきたのです。誉めてあ

げるとだんだんわかるようになってきたと小さな声で答えます。
ある日のこと、母親から応接室に招かれました。父親もいます。何事かと緊張すると
「今日は学校で父兄面談の日でした。二年生の期末テストの結果を見せられました。なんといきなり学年で十二番も成績順位が上がっていました。初めてのことです。担任が驚いていました。ありがとうございます」
公務員の無口な父親はわずかに微笑んだだけでしたが
「彼は、もともとその力を潜めていただけです。やる気が出はじめたからですよ」
「松尾先生、高校入試までよろしくお願いします。担任の先生からもこの調子で頑張れば、入れる高校が見えてくると励まされました」
正直なところ、ひと月余りで十二番も一気に上昇するとは、川遊びの話にそれほどの威力があるとは思ってもいないことでした。その夜の食事にビールが付いたのはもちろんのことでいつもより御馳走でした。おまけに帰りがけに母親から
「これはお土産です。自転車ではあまり酔っては帰れないでしょうから、下宿でたっぷり飲んでください」
渡された風呂敷包みには巨大なビール瓶が入っています。当時我々学生の間で「ドカーン」の愛称で呼ばれていたサッポロジャイアントという特大ビール瓶でした。確か二リットルほど入っている飲みがいのあるビール瓶でした。自転車のハンドルにぶら下げてほろ酔い気分で竜神橋を渡ります。白川

を噴き上げてくる冷たい川風が気にならないほど私はいい気分でした。特大ビール瓶の重さにハンドルを少々取られながら帰りを急ぎます。そのころ好きだった森山良子の歌を口ずさみながら。

♬禁じられても～飲～みたいの～見～えない糸にひっ～かれ～るのォ～酒は命と同じ～

下宿へ着くと仲間を集め夜更けの酒盛りとなりました。一人で飲み干せる量ではなかったからです。

中学三年生になっても少年の成績はテストのたびに少しずつ上昇していきました。上がった順位より下がることはありません。テストの結果がわかるたびに「ドカーン」がお土産に付くようになりました。少年の学年成績順位はいつの間にか三十位以上も上がり、私立高校の合格圏内にいることのお墨付きは担任から出ていたようです。それでも母親からは

「最後まで気を抜かずに指導してくださいね」と念押しをもらいました。

無事に少年の希望校への合格を見届けてから、彼の家庭教師は終わりました。一年余り少年と白川の魚の話ができたことは、私にとっても収穫になっていました。最後の日に母親から、少年の従弟が来年高校受験なのでその子の家庭教師も引き受けないか、話は伝えてあると紹介がありました。不思議なもので一度家庭教師を引き受けると縁が舞い込んでくるものです。結局大学四年まで三人の中学生の家庭教師を続けることができました。ただ謝礼の少なさは三人とも同じで、週一回教えて月三千円の食事付きでした。

いや最後のケースは食事ではなく、母娘で経営している熊本中心街のスナックに招待されて飲み放題という条件付きでした。月末に近い私の都合の良い日に店を訪ねる約束で、行くと夕食代わりに寿

司やお好み焼きなどを出前させ棚に並んでいる好きな洋酒を飲むように勧めてくれるのです。学生には場違いと思えるような品の良い雰囲気のお店でした。

「せっかくだから、店一番の高いお酒から飲みなさいよ」

母親であるママが進めます。私はこの店で、サントリー角瓶やブラックニッカよりもはるかに高額のブランデー、コニャック、スコッチ、アイリッシュ、バーボン、ウオッカ、そして様々なカクテルなどが存在することを知り、貧乏学生には高値の花のような高級酒を次々と味わう体験をすることができました。ハードボイルド小説に出てくる知ったばかりの名前のウイスキーも、告げるとすぐに飲ませてくれます。映画で見たような名前も知らないカクテルもブルーハワイ、マティーニ、ブラッディーマリー、ソルティドッグ、ダイキリなどお店に行くたびに

「一度は味わってみれば、先生」

カクテル作りの練習にもなるからとママが勧めてくれます。ただ酔うためだけの酒しか知らず奥深い知識に乏しい私を、教育してくれるかのような月に一度の素敵な時間でした。私も、高い酒ほど味が良い程度の違いは分かるようになります。さらに何より一緒に店をやっている少年の姉が、ぽっちゃりとして笑顔が素敵な美人だったのです。それだけでも思いもよらない美酒に巡り会えたような気分になる私でしたが、彼女は私を練習相手にしてカクテル作ってくれるのです。客が少ない時には母娘して、田舎出の私の話し相手になってくれました。話題が豊富な女性二人との会話は、私にとっては物おじせずに異性と会話を楽しむ訓練の場となったのかもしれません。結局アルバイトとしての家庭教

師代は私の学生生活を楽にするほどの収入にはなりませんでしたが、この時代にしか得られない人生のささやかな潤いにはなったような気がします。

四、仏法僧の夏

国道五十七号線を挟んだ熊大南キャンパスには工学部と理学部があります。現在のような高いビルディングの学部棟はまだなく、視界を遮るものも少なくて、講義棟や実習棟が広々とした空き地に点在しているような印象がありました。昼休みなどにソフトボールを楽しむ教官や学生たちの姿がよく見られました。我らが工学部テニスコートはそのキャンバスの南西端にあり、白川の河原に面して六面が並んでいました。テニスコートの北側から東側にかけて広いキャンパスに配置された校舎の間には、おそらく旧制五高時代から存在してきたであろうと思える楠や欅の巨木が林立し、夏ともなれば涼しい木陰をいたるところに作り出します。森の都とも呼ばれている熊本にふさわしい巨樹緑樹が、目に潤いを与えてくれる学内景観を私はとても気に入っていました。昭和四十五（１９７０）年夏、前年のインカレ開催時には大学紛争を理由に協力をボイコットした一つ上の学年が順当に熊大庭球部の幹部となり、半年以上も過ぎたころです。テニス部もすっかり落ち着きを取り戻していました。新一年部員も続々と入り若々しい活気が増すとともに、大学紛争の影響は鳴りを潜めていきました。

梅雨が明け熊本独特の蒸し暑い陽ざしがいっきに勢力を強めるころ、テニスコート近くの大樹の梢から奇妙な鳴き声が聞こえてきます。ゲッゲッと怪しげな鳴き声を発し、時おり枝から飛び立ってはまた元の枝に戻る行動を繰り返す鳥でした。テニスコートの隅に立って新入部員の球拾いをサポートしているときに見つけました。気になって見ていると、ハトより大きくカラスよりは小さい青黒い色をしています。紅いくちばしが目立つ鳥です。アブラゼミやクマゼミが木々から飛び立つとそれを目がけて追いかけ、空中キャッチして餌にしていることがわかりました。新入部員の夏にも見かけた記憶を思い出したのですが、当時は慣れぬコートでの球拾いに集中せざるを得ず見たことをすぐに忘れていたようです。しっかりと見たのは初めてで、この鳥は夏になると飛来するようだと推測ができました。数日後、図書館に調べに行きました。どうやら仏法僧（ぶっぽうそう）という南国からの渡り鳥らしいことが判明しました。決め手はセミを追いかけて飛びまわるときに、羽の下に白い斑紋が目立つことです。一見地味に見えるのですが、羽の色も光の当たり具合ではメタリックな輝きの青色や緑色に変化し、くちばしや足は紅く南方系の派手さを備えていました。そして地元新聞にも熊本の夏の風物詩として「ブッポウソウ」を紹介する記事が載りました。毎年夏になると熊本市街の大きな木々のある場所に飛来して営巣し、秋には去っていくと書いてあったように記憶しています。鳴き声が「ブッポウソウ（仏法僧）」と聞こえるいわゆる声のブッポウソウはコノハズクのことで、長い間誤解されてきたとも。

大学が夏休みに入るころ、今年は合宿を再開するから耐えられるように体調を整えておくこと、原則全員参加だと幹部から話がありました。やがて合宿までテニス部も自由練習の夏休みに入りました。私は合宿費を稼ぐ必要があり、帰省までの十日間ほどを昨年も働いた土建屋さんで世話になることにしました。指示された現場は熊本城二ノ丸公園の端で、西出丸との間にある空堀に面した土手でした。大雨で崩れた土手を修復する工事です。学生数名が専門の職人の指示の下で働きます。大好きな熊本城を眺めながらの仕事だからと前向きな気持ちで出かけたのですが、夏草が茂り直射日光が照りつける斜面は蒸し暑さも加わって想像以上に重労働です。これに耐えればテニスの合宿なんて、と休まずに出かけました。

現場監督は土建屋社長の父でたたき上げの頑固者風です。二ノ丸公園空堀脇の大樹の緑陰に陣取り、学生の動きが悪かったりすると叱咤します。その頑固爺さんから私に上がって来いと声がかかりました。出向くと金を渡され、近くの酒屋を探して焼酎を買って来いとの命令です。銘柄は全国ブランドの甲類焼酎でした。ポケットサイズの小瓶です。届けると

「こう暑いと焼酎でもチビリチビリ飲まんとやっとられん、飲むと体が冷えるからの」

焼酎にそのような効用があるとは知らず、後日調べると確かに体を冷ます効用もあるため、俳句では焼酎は夏の季語とあります。当時私はまだ焼酎をほとんど飲んでいなかったので実感はありませんでしたが、頑固爺さんのおかげで物知りになりました。休憩時間に緑陰に寝そべっていると、対岸の森から聞き覚えのある鳴き声がします。仏法僧がここにもいました。セミが飛び立つと追いかけます。セミも必死で紅いくちばしをかわします。失敗すると仏法僧はいったん元の枝まで戻り、再びチャンス

を待ちます。そして蝉の移動を追いかけ、ホバリングでセミを捕まえようとします。そのときに羽ばたく翼の裏に鮮やかな白紋が見えるのです。仏法僧の狩りの様子を眺めていると、休み時間はあっという間に終わりです。

ある日の休憩時間にも緑陰で横になって対岸の樹木に仏法僧がいないか探しました。その日は近くの樹木には見当たりません。土手には多くの大樹が森を作るように連なっています。少し遠くの樹木に目をやると根元に目が釘付けになりました。私の場所からはかなり離れています。そこにはバラック小屋があることを知っていましたが、まさか人が住んでいるとは思ってもいませんでした。その小屋から老人と見える男がバケツのような容器を持ってなんどか出入りするのです。外の板囲いの中へ水を運び入れているように見えました。その後すぐにひとりの女性が着替えを持つようにして板囲いの向うに隠れました。板囲いの端から一瞬白い背中の一部が見えたような気がしました。アルバイト仲間に目を向けると、みんな疲れ果てたのか帽子で顔を覆って眠りこけています。声をかける間もなく短い休憩時間は終わりました。

頑固爺さんに促されて持ち場に戻るとバラック小屋は樹木の陰になり見えなくなりました。作業が終わり引き上げようとするころ、その小屋の付近から派手目の洋装に日傘をさした若く見える女性が現れて、対岸の細い土手道を登り西出丸の塀の向うに消えました。反対岸にいる私たちには気づいてはいないようでした。私には夜の仕事を生業としているように見えます。下通の繁華街までは遠くもない距離で、私にはその女性が仏法僧の化身のように思えました。悩ましい紅い口紅を塗り、ネオンや看板の灯りにつられて集まる雄ゼミどもをキャッチしては、老いた父親を養っている雌鳥の仮の姿に違いないと思えました。

五、ダンプの助手になる

翌日も持ち場で作業をしていると頑固爺さんに呼び出されました。また焼酎買いに行けとでも言うのかと近づけば、近くに体格のいい強面の男が立っています。工事の資材を運んでくるダンプの運ちゃんでした。現場監督が今からこの人のダンプに乗って手伝ってくれと命じます。言われるがまま助手席に座り出かけました。ほんのしばらくでも暑い工事斜面を離れられるのなら助かると思ったからです。どこへ行くのかは教えてくれません。怖そうな運ちゃんでしたが、意外にもおしゃべりで運転しながら話しかけてきます。

「熊大生か?女にもてるやろ」

「いえ、そんなことはありません、私の場合は」

「嘘つけ、もてそうな顔しとるぞ女の四、五人は右から左だろ、一人ぐらい回せよ」

「そんな、本当にもてませんよ」

「ハハァお前、女の口説き方を知らんのやろ、近ごろの若い女にはな、やりたくてたまらんのがゴロゴロしとるとぞ、栄養状態がええし」

「栄養状態が関係あるんですか？」

「栄養状態がいいとな、マセるのも早いちゅうわけたい。ばってん、女にはな難しい話なんかしたらいかんぞ、お前は熊大で何を勉強しとるんや？」

「哲学です」

「テツガクゥ？なんじゃそりゃ」

「私も、哲学を選んだばかりに悩んでいるんですよ、じつは」

「お前な、女を口説くのは簡単やぞ」

「どう簡単なんですか？」

「そりゃあ簡単よ、あんたとやりたい、おまえとしたい、と訴えるように言い続けるだけよ」

「ハァァ、それで通じるんですか？」

「うん、十人中、うまく行きゃ三人ぐらいは何とかなるな」

この運ちゃんの「もてる」意味と私の考えとは微妙に違うようです。

「兄さんには奥さんはいないんですか？」

「いるよ、子供も二人な」

「じゃあ浮気じゃないですか、奥さん怒らんのですか？」

「女遊びは男の甲斐性たい、ばれんようにやっとる。さて今から俺の家へ行って昼飯食うぞ」

いったい私は何のために、このダンプの助手席に乗っているのだろうかとわからなくなりましたが、熊本市内はずれのまだ来たこともない町の住宅街へとダンプは着きました。

ダンプの運ちゃんはいつも自宅で昼食をとっているようで、支度はしてあったようです。

「おい、この学生さんの分も用意してくれ」

運ちゃんが言うと

「あら、ちょっと待ってね、何か作るから」

驚く風でもなく奥さんが用意してくれます。

「この熊大さんはな、自分でもわからんような難しい勉強をしとるそうじゃが、女の口説き方もよう知らんのよ、かわいそうに」

「失礼なことを言いなさんな、男はみんなあんたと同じとは限らんとよ」

「馬鹿言え、男の本心は誰でも一緒たい、なんが違おうか」

昼食がすむとほんの少し飲んだビールが効いて眠くなります。一時間ほど一緒に昼寝をすると再びダンプに乗り出かけました。着いたところは工事現場で使う特殊車両置き場でした。運ちゃんとそこの事務所の人とで長々と世間話を続けます。私はただ黙って出された冷茶をすするだけです。ようやく話が終わると、運ちゃんはダンプにブルドーザーを積み込み始めました。ブル前部のブレードを高く上げて、ダンプの運転席上部にすれすれに被さるように上手に積み込みます。固定状態を確認すると出発です。ダンプを運ぶ目的地は私の現場とは違う場所でした。ブルを載せているのであまりスピードを出さずに進みます。途中でダンプが大きくバウンドすると、その瞬間、運転席の天井へブルのブレードがガーンと当たりました。これには運ちゃんも驚き

「おい熊大、窓から荷台へ移って運転席の屋根がへこんどらんか見てくれ」

「えっ、走っているのにですか、無理ですよ」

「お前は体が小作りやから大丈夫、移れる。はよせい、スピードを落とすから」

まるでアクション映画のようなことを要求する運ちゃんです。助手席のウインドウを下すと身を乗り出して荷台の取っ手をつかみ、無事に移ることができました。ダンプの屋根には目に付くようなへこみができたり傷ついたりはしていません。身を乗り出して大声でそのことを報告すると

「よし、はよう助手席へ戻れ！」と怒鳴ります。

「このまま荷台に居ます！」

「そこは暑いやろ戻れ」

「いえ、我慢します」

「俺には話し相手が必要たい、つべこべ言わずに戻れ！」

助手席への戻りは不安だったのですが、昼飯を食べさせてもらった恩義もあり、しぶしぶ移動を開始しました。幸い落ちることもなく窓から無事に滑り込みました。

目的地にブルドーザーを届けると、もう夕方の五時近くになっていました。今から熊本城二ノ丸の

私の現場へ送ると言って運ちゃんはダンプ走らせます。彼の今日の仕事はブルを運ぶだけだったようです。助手が必要な仕事でもなかったのになぜ私を乗せて現場を離れたのか、不思議に思って問いかけました。運ちゃん曰く、何度か資材を運んできたときに、くそ真面目に働いて汗を流し要領の悪そうな一人に目がとまったそうです。そこで息抜きをさせてやろうと、現場監督に言って強引に私を引き抜いたのだそうです。

この運ちゃんとの会話は私にとってはカルチャーショックでもありました。私の憧れの恋愛像は、そのころ流行っていたはしだのりひことクライマックスのフォークソング『花嫁』の世界だったからです。ふるさとの丘に咲いていた野菊の花束を花嫁衣裳として鞄に詰め込み、夜汽車に乗って好きな人の元へ駆け落ちしていく花嫁のおおらかで積極的な姿でした。もっとも我が現実とはあまりにもかけ離れ過ぎた歌の世界ではありましたが。

ともあれ私は、熱暑の熊本城二の丸公園空堀修復工事を十日間ほど勤めて合宿費用を稼ぐことができました。これで安心して実家へ帰ることができます。お盆帰省から熊本へ戻るとすぐに合宿です。熊大硬式庭球部伝統の合宿の話は別の機会に譲りますが、暑い日のアルバイトを体験した効果だったのか、厳しい暑さの合宿にもへばることなく楽しむことができました。アルバイト期間に、少しは要領よくやれよとダンプの運ちゃんに教わったことを一つ実行しました。合宿ではどんなにのどが渇いても、休憩時間以外では決して水を飲んではならぬと厳命されていました。しかし私はちょっと頭を働かせて、練習中もばれないように水分補給を欠かさずに実行していたのです。

六、麻雀と失恋の季節

河原先輩が西山下宿を去りました。その年の合宿前の急な引っ越しでした。熊大北キャンパスの西側にある一軒家を岩尾前キャプテンと一緒に借りるようになったと言います。その下宿は、学生街のなかでも大学にすごく近い便利な場所に広い敷地を有する農家が営んでいました。敷地内には古い母屋に面して畑があり、息子夫婦が住む一軒家と河原先輩が引っ越した一軒家、それに三棟の長屋がありました。その大きな屋敷は村里家と言い、河原先輩が住むことになった一軒家は玄関に便所、そして縁側もある昔づくりの平屋でした。岩尾前キャップは高校の先輩でもあった池内大先輩と、その戸建てをシェアして住んでいたのですが、池内先輩が医学部を卒業され勤務の都合で去ることになり、河原先輩に誘いがきたようでした。河原先輩は、元幹部仲間で気心が知れている岩尾先輩と、は卒業を控えた法文学部の同じ四年生です。無事に卒業できるように、残りの学生生活ぐらいは真面目に勉学にいそしむのだと話して出て行きましたが、なにより下宿代が安いことが魅力だったような気もします。河原先輩は六畳和室を岩尾先輩は四畳半の和室を借りていました。二人の部屋をつなぐのは南側に面した縁側で陽がよく当たります。初めて訪れたとき、ふる里の親戚の家に来たような親近感を覚えました。

内園に続いて河原先輩も西山下宿を退去したので、私は寂しい気分になりました。河原先輩にはなにかと用事を頼まれ使われていたのですが、いつでも話せる相手がそばにいるとそれなりにありがたかったのです。いつしか私や藤崎は前主将と前主務が住む村里下宿に頻繁に押しかけるようになりました。谷川もいつの間にか常連になっていました。そして丸山先輩や柳中先輩も。両先輩は自宅からの通学でしたが、それぞれの講義が終わると村里下宿に立ち寄り、インスタントのコーヒーやラーメンを所望して一服すると、揃ってテニスコートに顔を出すようになります。練習が終わるとまた立ち寄って談笑しているうちに飲み会が始まったりします。こうして新たな溜まり場がいつの間にか誕生してしまったのですが、岩尾先輩は卒論に取り組み、河原先輩も取得不足の単位を何が何でも取らねばと頑張っている風ではありました。しかし昼夜かまわずに押しかけてそばでだべることが多かった私たちに、とうとう河原先輩はお前らが来ると勉強にならんと怒りだしました。我々も気を使って遠慮するようになり、暇な夜は同期生の部屋を交互に訪ねて過ごすようになります。

麻雀を覚えたのもこのころです。我々に麻雀を教えたのは、一年次の後半にテニス部へ入って来た楠木でした。彼は一浪して私と同じ法文学部文科に入学した八代出身者でしたが、根はすごく真面目なのにわざと遊び人を気取るところがあり、麻雀も浪人時代に覚えたと自慢していました。結局私も、藤崎も、谷川も、内園も、主な同期生は麻雀にはまってしまうのですが、麻雀を覚えると毎日欠かさずにやりたくなります。しかし常に面子が揃うとは限らず、麻雀ができる河原先輩の部屋へとつい足が向いてしまうのです。河原先輩を麻雀に誘うと最初は嫌がるのですが、結局は

「半チャン二回だけだぞ、それ以上はだめだ」

と強く念を押します。しかし若い学生が半チャン二回で止められるはずもなく、半徹夜になることが毎回でした。麻雀は人を呼び込みます。誰が誘うわけでもないのに、河原先輩の部屋にはテニス部の麻雀好きが顔を出すようになりました。北町前サブキャップ、三年先輩の医学部山上さん、教育学部の五年生谷川先輩、この人は同期の谷川君の兄さんで実家から通学していました。谷川先輩が来ると実家へ帰る最終バスの時間までに麻雀が終わるわけもなく、

「今夜は帰らん、ここに止めてくれ河原」

始めるときから徹満宣言です。

「またですか、勘弁してくださいよ、勉強する時間が無くなるじゃないですか」

しかし河原先輩も一年上の谷川先輩には逆らえません。言葉とは裏腹にやる気満々の表情でパイをかき混ぜ積み並べていきます。かくして河原さんの部屋が雀荘に変わることがたびたびでした。徹満になると夜中に買い出しに行かされるのが下級生の我々の役目です。子飼橋の屋台まで夜食のおでんやおにぎりを買いに行くのです。馴染みになった屋台のおばさんには、たまにはおまけしてもらえるようにもなりました。

医学部の先輩山上さんは雀荘で半プロのような雀士たちとも付き合いのある人で、同期の楠木よりはレベルが数段上の腕前を持っていましたが、我々のヘボ麻雀の遊び相手になり手ほどきをしてくれる人でもありました。いつのまにか自分の下宿にはあまり帰らなくなり、村里下宿にたむろすることが多くなります。このようになぜ急に村里下宿に麻雀好きの連中が集まるようになったのか。それに

は理由があります。池内大先輩が村里下宿を退去されたからです。池内先輩はテニスに厳しい人で、入部以来私たち同期の若輩者は言葉を交わすのも緊張するほどで、麻雀しているところを見つかりでもすれば、たとえ夜であっても、そんな暇があったら庭に出てラケットの素振りをやり続けろと言いかねない人でした。テニスも強く、体格も大きく、大きな目で言葉少なに睨まれたら私や藤川なぞはたちまち縮み上がって、麻雀牌を片付け始めるほどの威厳と威圧を感じてしまうのでした。その池内先輩がいなくなり、もともと開放的な作りの一軒家だったからこそ、テニスも麻雀も大好きな連中が入り浸るようになったのだと思えます。河原先輩や岩尾先輩は麻雀に対してはうるさくありませんでした。

麻雀が盛んになるころ、村里下宿に岩尾先輩の顔はあまり見えなかったように思います。そのころの岩尾先輩には恋人がいると聞いていたのでデートで忙しいのかなと、さほど気には留めていませんでした。たまに下宿にいるときには、私を部屋へ招き自分が読んだ本の話や、私の専攻のことなどを穏やかな表情で聞いてくれる優しい先輩でした。その岩尾さんが体調を崩して入院しているらしいと聞きました。河原先輩に確かめると間違いありません。このことはあえて公にはしていなかったようです。十二指腸潰瘍の治療のためだということでした。岩尾先輩は歳上の女性と交際をしていたらしいのですが、結局失恋をしてそれが原因で十二指腸潰瘍になったらしいというのが、同期で一番の耳年増藤崎が聞きこんだ裏話でした。疑わしい情報ではあったのですが、岩尾先輩ほどの優しくて背が高くカッコいいスポーツマンでもフラれることがあるのかと、もてない私や藤崎には信じられない出来事でした。岩尾先輩は例えれば当時女性たちに人気の漫画『小さな恋の物語』の主人公チッチとサリーのサリーみたいに私には思える人です。羨ましいスタイルとマスクを持っていました。二人の恋愛の状況を何も知らないのに、ましてや先輩を袖にしたという女性の人柄も知らないのに、その人が悪女ででもあるかのようにゲスの勘繰りで酒の話題にする我々下級生でありました。本当のところは、たとえ岩尾先輩のように病むことになったとしても、熱烈な恋をしてフラれてみたいものだと羨ましがっていただけのようです。

「俺は、惚れた女のためだったらテニスも捨てられる」

「俺は、酒をやめてねと言われたら即やめるよ！」

「俺は……まじめに勉強してと言われたら、留年した分なんかすぐ取り戻すね」

なんとも青臭い我々でありましたが、そのころ私がよく口ずさんでいた歌はグリーメンの『恋したら』です。私にとっては非現実的な歌詞の世界に憧れていたようです。

同じころ河原先輩にも付き合っている女性がいるらしいと聞いた私たちは、驚くとともにいつもの麻雀メンツで囲い込んでその話を根掘り葉掘り聞いたことがあります。口が堅い先輩でしたが酒を飲ませて迫ったところ、彼女は熊本市内の短大に通う女性で、先輩の一人から紹介されて付き合い始めたらしいのですが、しばらく付き合った後にもう別れたと言います。サイモンとガーファンクルの「明日に架ける橋」が好きだったそうで、ときおり河原先輩がいい歌だよなと口ずさむのがその曲だったので、滅多に歌わない人にしては変だなと思っていた疑問が解けました。なぜ別れたのか、まさか先輩がふったのではあるまいと、たたみかけるように問いただしてもいくら酒を飲ませても白状しません。

河原先輩に恋人がいた。そのことを知ったことでちょっとショックを受け、失恋するにしても卒業までには彼女の一人ぐらい作りたいと、またもや羨む我々でした。

さらに話せば、もう一人の親しい幹部先輩にも付き合っていた人がいたことを私は知っていました。あえてその名は出しませんが私が新入りのころ、あるテニス部の女性の下宿へ同行するように頼まれて一緒に訪ねたことがありましたが、実はその女性と付き合っていたのです。その後先輩と二人だけで飲んだときに、酔った勢いで付き合っていることを話し出しました。「いい娘だろ?松尾、お前もそう思うやろ?」と、何度も同意を求められ私も何度も素直にうなずいたのですが、先輩が四年生になるころ、彼女の話が酒の席でも出なくなったので尋ねると、もう終わったとだけ答えが返ってきました。なぜか別れたいきさつは教えてもらえず聞きにくい雰囲気だったのでそれ以上は触れませんでした。不思議なことに、四年生になった先輩たちに失恋の季節が巡って来ていたようです。

村里下宿のもう一人の住人である岩尾先輩はなかなか病院から退院して来ません。一度だけ、体調がいいからと病院を抜け出して練習に参加されたことがありました。短い練習試合を楽しまれ、長身を生かしたジャンピングスマッシュをビシッビシッと何発も決める姿に、部員誰もが見惚れて拍手を送りました。その時は、元気になられたようだから回復も早いだろうと思っていたのです。

七、迷想の小径

講義に出る時とバイトに行くとき以外は、日々テニスか酒か女の話か麻雀で明け暮れていたような回想話になってきました。大半はそうであったことを認めますが、大学に学ぶことの意味を真剣に考えながら答えを見いだせずに迷い悩んでいた日々でもありました。そのころラジオから流れていた加藤登紀子が歌う『知床旅情』の「飲んで騒いで丘に登れば、はるか国後に白夜は明ける」の歌詞を聞くと、飲んで騒いでばかりいるうちに学生生活が明けてしまいそうな不安にかられてもいたのです。二年次から卒業までの三年間に取り組むべき研究テーマを見いだせずに、友人たちとの楽しい時間にただ身を任せてしまっているような後ろめたい気持ちがときおり起きるのです。テニス部仲間と練習時間以外まで顔を合わせることが鬱陶しい気分になる日もあり、そういうときには一人で出かける場所がありました。西山下宿から歩いて十分ほどの竜田山の麓にその場所はありました。正式名称は「竜田自然公園」ですが横にある熊本肥後藩主細川家菩提寺「泰勝寺跡（たいしょうじ）」の名が有名で、当時は自然公園も含めて一帯を「泰勝寺」と呼び馴らしていたように記憶しています。入学後しばらくして初めて訪れたときには入園料を払って中へ。鬱蒼と繁る古樹や竹林に囲まれた古い池を巡る散策道が、田舎育ちの私には気に入りました。野鳥の鳴き声以外は葉擦れの音しか聞こえては来ず、池にそそぐ小さな流れで産卵するオニヤンマの姿を見つけて懐かしい思いに浸りました。それ以来、一人になりたいときにはときどき訪れるようになります。

そのときは文庫本一冊を持って門をくぐりました。入園料は学食の定食代以下ではなかったかと思います。その定食一回もやりくりすることが多かった私は、二度目に行ったときにためらいながら受付の女性に頼んでみました。

「中で座って本を読みたいだけなのです。無料では入れませんか」

「いいですよ、いつでもどうぞ」

意外や係の若い女性は、微笑んで入れてくれたのです。こうして私は一人になりたいときには竜田自然公園に逃避していました。さすがにここまでは麻雀に誘いに来る悪友もおりません。古池に面したベンチに座りひたすら読書の時間に没頭しようとしていました。そのころの私は、何を学びたいのか暗中模索の状態でした。手当たり次第に哲学関係の入門書や岩波文庫の名著などを読み始めるのですが、自分の求めるものとは何か違うような気がして完読することもなく頓挫してしまうのです。手に取る本は哲学関係の領域から逸脱し、素直に心が入り込める本を探すようになっていました。……我が行くべき道の入り口には辿り着けるや否や……本を閉じると、答えが見つからない不安を抱え池のほとりを迷想しつつ一周して下宿へ戻ることが続きました。

好きになった竜田自然公園でしたが冬の寒さにはかないません。そういう季節には自然と足が遠のきます。そして久しぶりに訪ねたある日、受付の若い女性は見えず初めて見るおばさんが座っています。これまでのことを話して中へ入れてくださいと頼むと、規則は規則だから入園料を払ってくれと拒否されてしまいました。仕方がないので手前にある泰勝寺の境内跡に座り本を広げるのですが、何となく落ち着かず長続きがしません。かくして私の迷想の小径は閉ざされてしまいました。大学の図書館に行ってみると私には雰囲気がアカデミック過ぎするのか、他の学生たちのように長時間机に座ることに我慢ができません。結局読書は自分の部屋で夜没頭するに限るという結論に達し、仲間たちとの楽しい時間を制限することを自らに課しました。とは言え我が心のうちを知らず私の部屋へと押しかけてくる友人もいます。その対策として「鬱期につき面会謝絶」の張り紙をドアに掲げ、内鍵をかけて誰も入れないようにしました。友達付き合いが鬱陶しい気分にあることを告げる張り紙のつもりで、北杜夫の著作にヒントを得た遊び心でしたが、

「中に居るんだろ？せっかく来たんだから開けろよ」

とドアをこじ開けようとする友人もいます。あえて黙って無視していると、文句を言いながらも引き返していきました。そのうちに、訪ねて来ても

「なんじゃ、また鬱期か」

とあきらめて退散していくようになりました。こうして読書時間を確保することはできるようになりましたが、しだいに夜型の生活パターンが定着していくようになりました。

読書量が増えるにつれ、意図していたわけでもなくいつのまにか民俗学に関する本に興味を覚えるようになっていきます。読み始めたきっかけは忘れましたが、日本人としての思想の流れみたいなテーマの小論に触れ、やがてもっと身近な祖先からの伝承としての道徳感やタブー視がどうして生まれ

たのかなどへと興味は深まっていきました。もちろん卒業単位取得講義に必要なテキスト本や参考文献なども読み込む必要があり、第三外国語としてラテン語も選択しなければなりません。しかし講義の中心である西洋哲学関連テーマへは興味が深まらないのです。専攻の講義は単位取得に必要な範囲で努力することにして、許せる読書時間は極力自分の気持ちが馴染むテーマ探しに向っていました。

活字を貪る定食を掻き込むように
難語を呑み込む原酒を呷るように
されど知性は肥らず我が身は細る

このころ私は西山下宿の部屋が空くと聞けばすぐに替わりたくなり、三度の移動を実行しました。最後が増築別棟の四畳半の部屋です。この部屋はかつて内園が住んでいた二階の一番奥にありました。東に面し洗濯干し場が一階屋根上に設けてありました。この部屋からなら窓越えで使える便利さが気に入っての移動でした。しかも別棟なので母屋の玄関を通らずに気兼ねなく出入りができます。食堂へは一階の奥から通じており好都合でした。この部屋に住むようになって「鬱期につき面会謝絶」を張り出すようになります。窓の向こうには「リデル・ライトの森」も見えていました。初夏に窓を開けていると、実家で聞き馴染んでいた懐かしいアオバズクの鳴き声が聞こえてきます。夜中には鳴き渡るホトトギスの声も。どうやらその鳴き声は「リデル・ライトの森」の方角から届いていたことを知りました。

西山下宿ではようやく落ち着ける部屋へとたどり着いた気がしました。もちろん内鍵をかけ籠る日は毎日ではありません。読書に没頭したい時や迷想時間が欲しくなる時だけでした。私にも一年下の後輩ができたまには訪ねてくることがあります。後輩たちの訪問は可能な限り受け入れ、話を交わす時間を作っていたように思います。中には裕福な家庭の子もいて里帰りすると、黙って父の酒を持って来ましたと当時は高級酒のサントリーリザーブに土地の名物を添えて訪ねてくる後輩もいます。滅多に飲めない高い酒なので他の後輩たちを誘い酒盛りとなります。そんな時には先輩の話を聞くのもいいだろうと、一階で浪人受験勉強中の武雄高校の後輩にも声を掛けました。もちろん酒は勧めません。先輩たちの合格談を聞かせながら息抜き時間になればと思ってのことでした。

龍田自然公園の「迷想の小径」へは足が遠のいても、「リデル・ライトの森」や小峰墓地さらには熊本営林局の林業試験場林を抜けて泰勝寺までへの散策は欠かしませんでした。「リデル・ライトの森」とは、リデルとライト両女子を顕彰する「リデル・ライト記念館」周辺のたたずまいを私がかってにそう呼んでいただけで、今は社会福祉法人の老人ホーム「リデル・ライトホーム」に代わっています。同記念館の資料によれば、明治時代に英国宣教師として熊本に派遣されたリデル女史は、目の当たりに見たハンセン病患者に寄り添って救済活動を続けようとします。周囲の猛反対にあってもこの地に「熊本回春病院」を創設しハンセン病患者救済に尽くしたそうです。リデルの姪ライトも来日し、リデルを助けリデル没後はライト女史が院長となり運営に携わります。やがて太平洋戦争が始まるとライトはスパイ容疑をかけられ、回春病院は強制的に閉鎖されてライトは国外追放同然の扱いを受けます。終戦後七十八歳になったライトは患者たちに会いたいと来日し熊本を訪れますが、回春病院を再興することはかなわずこの地で亡くなります。二人の遺骨は記念館のそばの納骨堂に安置されているそうです。当時の私はここまで詳しくリデルとライトのことを知っていたのではありません。下宿のそばに存在する「リデル・ライト」という名前が珍しかったので下宿のおばさんにそのいわれを尋ねたのですが、詳しく触れたがらなかったことだけは覚えています。両女史がハンセン病患者に関りがあったらしいことだけは教えてくれました。

熊本営林局林業試験場は、「リデル・ライトの森」と竜田自然公園のほぼ中間に位置しています。実物を初めて見るメタセコイアの並木道に魅かれるように試験場構内を一周しました。子供のころにメタセコイアは生きた化石だと紹介されていたのを何かで読んだ記憶が蘇ったからです。この樹木の道もお気に入りでしたが夜の小峰墓地へも出かけました。小泉八雲（ラフカディオハーン）の行動を真似てのつもりです。さらには

「女幽霊出ろ！　この貧相なる哲学徒を取って食え！」

と高村光太郎の詩をもじって粋がって歩くのですが、随所を夜灯が照らす夜の墓地は、いつのまにかそれほど怖くはない場所になっていました。テニス部の仲間と熱く付き合う傍らで、自分だけのわずかな時間を確保して迷想のひとときを大切にしようと無意識に行動していたのかもしれません。昼に夜に小さな径で迷える時間を持てたことが、後にささやかな自分なりのテーマへの入り口へ近づけ

る近道になったようでした。

八、急変した岩尾前キャプテン

昭和四十五年十一月二十五日。その日の正午過ぎ、教育学部五回生の谷川先輩と私は学生会館ロビーのテレビ生中継画面に見入っていました。中継されていたのは、三島由紀夫が盾の会メンバーと陸上自衛隊市ヶ谷駐屯地総監室を占拠し割腹自決した事件でした。たまたま谷川先輩と昼食に行った食堂の前でテレビの中継に遭遇したのです。昼飯を食べるのも忘れ二人で画面に見入っていました。大変な事件が起こったことは、ノンポリを自認する私にさえもショックとして伝わりました。谷川先輩も口数も少なく食い入るように生中継を見ています。二人のこの光景だけが記憶に強く刻まれており、その日の前後の行動のことは全く思い出せません。

この事件の少し前、二年次も大半が過ぎた秋半ばのこと、我々の学年が次の熊大テニス部幹部として交代準備中のころです。河原先輩の部屋へ集合するように連絡がありました。駆けつけると柳中先輩、北町先輩、丸山先輩の前幹部が揃っていました。池内大先輩もいます。同期では近くに住んでいる藤崎、谷川、内園も呼ばれていました。大学病院に勤務していた池内先輩から話がありました。岩尾前キャプテンは十二指腸潰瘍の手術を受けていたのですが、術後の縫合不全で出血を繰り返しており適宜輸血が必要な状況にあるとのことでした。すぐにでも熊大附属病院へ転院するが病院だけでは輸血対応が不十分になるので、至急O型輸血提供者を探し輸血体制を作るようにとの指示がありました。先ずはテニス部員で対応し、それだけでは不足が明白なので、手分けして知り合いなどのO型血液者を前もって探しておこうということになりました。直ちに必要な分はテニス部員が輸血に行き、O型ではない私たちも他の病院の保管血液との交換融通のために提供しておくことになりました。

そして前幹部から私へ指示されたのは、熊大体育会所属運動部在籍の全O型血液部員をもれなくリストアップするようにとのことでした。幸い体育会本部の委員長が硬庭出身で岩尾先輩と同期の秋星先輩です。相談すると体育会本部に速やかに根回しをしてくれました。しかし体育会本部にはまだ会員の血液型リストがありません。本部から協力要請は徹底するが強制はできないので、協力者のリストアップはそれぞれの部を回って私に作成するようにとのことでした。武夫原に並ぶ部室を中心に一つ一つ訪問しました。連絡が行き届きすでに提供者のリストアップができている部、話が伝わっておらずゼロから説明をして再度出直す必要がある部、何度か出向いても話のわかる幹部が不在の部など様々でしたが、最終的には協力拒否の部は皆無となり、この血液型リストを共有して対応ができるようになりました。このことがきっかけとなって、熊大体育会本部では所属全部員の血液型登録制度がスタートしたと思います。

岩尾先輩が大学病院のベッド空き待ちの状態で近くの民間病院に入院中、先輩の父上からお礼を言いたいと呼ばれ、内園と二人で父上と岩尾先輩に面会したことがありました。池内先輩の配慮でしたが、ベッドに横たわる先輩の表情には精悍なスポーツマンの面影はすっかり失せており、

「松尾、内園ありがとう。迷惑かけてすまないな」

弱弱しい声を絞り出すように漏らします。その後大学病院へ転院した先輩には、緊急輸血の必要な事態が度々発生しました。その都度、西山下宿の私へも呼び出しがかかります。急いで河原先輩のいる村里下宿へ駆けつけて、集まった何人かでその夜にお願いする提供者をリストに基づいて決めるとその住所を訪ねます。首尾よく協力者を確保できるとタクシーで病院へ連れて行くことになっていました。病院からの輸血者要請等の緊急連絡は村里下宿の電話に入ります。その対応を下宿のおばさんが快く引き受けてくれたからです。協力者の結果連絡を取り合うにも村里下宿を介することになっていました。現在のように携帯電話のない時代のことで、公衆電話を利用するにしても不便極まりなく中継地点が必要だったのです。それでも協力者を大学病院へ案内するまでには時間を要することでした。不思議なことに、その緊急連絡が病院から入るのは、ほぼ毎週のように火曜日の夜になってからでした。私や藤崎そして谷川などは、火曜日の夜は村里下宿の河原さんの部屋で待機するようになります。

こんなこともありました。十二月も半ばを過ぎた火曜日のこと、その夜は十一時ごろになっても大学病院から連絡が入りません。もう要請もないだろうと河原先輩の部屋でくつろぎ始めたころに、下宿のおばさんから「池内さんから電話よ！」と呼び出しがかかります。私が出ると、至急三人か四人を集めてくれとの指示でした。待機している者で、土地勘があり住所がすぐわかる提供者を受け持ちま

す。その夜は急いでくれとの指示だったので、めいめいがタクシーで大学病院へ直行することにしました。私は第一候補者として、西山下宿に近いバレーボール部の女子学生にお願いに行くことになりました。先にタクシーを確保して女子学生の下宿へ向かいます。見つけた下宿屋は小さなお店でした。空き部屋をわずかな下宿生に貸しているのでしょうか。雨戸は閉まり家全体が寝静まっているように見えます。緊急を要することです。もし不在だったら次の候補者へ回らねばならず、迷ってはいられませんでした。思い切って雨戸を叩きます。しばらく叩いていると

「誰だ、こんな真夜中に」

いぶかしがる男性の声が雨戸越しに聞こえてきます。

「すみません、お宅に下宿している○△さんに会わせてください」

すると雨戸が少し開いて

「なんだと、真夜中の十二時近くに若い女性を出せだと！」

年配の親父がものすごい剣幕で怒り出しました。怪しい男がその女性に恋心でも募らせて押し掛けたとでも思われたようです。私は先輩が生きるか死ぬかの瀬戸際にあることを伝えて輸血をお願いにきたのだと懸命に訴えました。

「ならん、非常識だ！　親御さんから大事に預かっている娘さんをこんな真夜中に外出はさせせん！」

「お願いします。会わせてください」

すがる思いで懇願していると

「おじさん、私その人と行きます」

突然その女性が怒る親父の後ろに姿を出しました。振り向いてそれでも引き留めようとする親父に向かって
「輸血の話は聞いていました。いつでも協力するつもりでいましたから」

と、さっさと靴を履き始めます。おそらく寝ていたのでしょう。ジャージの上から綿入れ袢纏を羽織った彼女はすっぴんのようでした。私には彼女が女神のように見えました。

「おじさん、帰りもちゃんと送り届けますから」

「当たり前だ、なんかあったら承知せんぞ！」

怒鳴られながらタクシーに乗り込みます。

「ごめんなさい、根はすごく優しいおじさんなので悪く思わないでください」

頑固親父をかばう彼女の心根に触れた気がして、清々しい気持ちがこみ上げてきました。協力者リストでは、この女性は私より年長学年です。タクシーの中では先輩の病状やテニス部のキャプテンとして活躍したことなどを一方的にずっと話したのではないかと思います。その夜に送り帰してからは二度と彼女の姿を見かける機会はありませんでした。お互いの下宿は近かったのに、改めてお礼を言う機会もなかったのは私がその後の慌ただしさに追われることになったのと、この女性が翌春にはもう卒業して熊本を去ったからではなかったかと思います。

なんどか輸血協力者を大学病院へ連れて行っていると、岩尾先輩の主治医と話す機会もあります。

主治医は、輸血提供者を頻繁に連れて来てくれるので助かっていることと、その協力への感謝を述べ岩尾先輩の病状を説明してくれます。話から察すると病状はあまり思わしくないことだけは伝わってきました。主治医から私に伝えられたことがありました。名前は忘れましたが痩せて小柄な先生でした。

「松尾君、患者が同じテニス部の先輩だからとは言え、これほどまでに協力してくれる仲間たちを僕はいままで知らない。心から感謝している」

私は諸先輩から指示されたままに動いているだけで、同じクラブの仲間として当たり前だという気持ちしかなかったのでそう答えました。

「主治医として、これまでの協力へのお礼に君に約束するよ。もし病気になった時は、直接僕に言いなさい。必ず力になるから」

「先生、ありがとうございます。でも幸い僕はたまに風邪をひくくらいで至って元気です」

「いや、君も男だからね、そのうちに人には言いにくい病気になったりすることもあるだろう。そんな時には直接僕を頼りなさい」

「そんな病気ってなんですかね?」

「いや、ほら、淋しい病気とか梅の病気とかさ、元気な男ならついうっかりかかったりすることがあるでしょ?他人にはなかなか言えないし、病院へ行くのも勇気が必要となる病気ってあるでしょ?」

そこまで言っていただくと私にも理解できました。

「あ、ありがとうございます。もしそうなったら直接先生に電話していいのですね？」

先生はもちろんと言って名刺を渡してくれました。

幸いにも先生の名刺が必要になるような病気になることはありませんでした。卒業してからもずっと。しかしこの先生は私が卒業するとほどなく若くして逝ってしまいます。同じ大学病院に勤務していた池内先輩から聞いて知ったのですが癌だったそうです。その話を聞いて、人生なんてちょっと先のことさえわからないものだとつくづく思いました。正月が近づいて岩尾先輩も小康状態となり、我々帰省組にはふる里で正月を迎えるように柳中先輩から指示が出ました。輸血が必要な事態になったら、熊本在住者で対応するからとのことでした。私は若木で正月を過ごすべく西山下宿を後にしました。

九、ビートルズ&ダンパでサヨウナラ

実家での正月三が日を酒浸りで終えた昭和四十六年一月四日。未明三時過ぎに実家の玄関を叩く音で目が覚めました。電報配達でした。私宛で「イワオシススグモドラレタシヤギナカ」とあります。驚いて起き出した両親に熊本へすぐ戻ると伝えました。しかし一番のバスに乗り行き当たりばったりで佐世保線、長崎本線、鹿児島本線と列車を乗り継いでも、いつも利用する急行「ちくご」の到着時間と

はそれほど差があるまいと思い、夜が明けるまで一眠りして朝食をすませると準備に取り掛かりました。米と餅をバッグに詰めます。下宿の食事も周辺の食堂もまだ休みであることを、昨年体験し身にしみていたからです。一年前は大学紛争で遅れていた講義が冬休みを短縮して始まることとなり、正月帰省気分もろくに楽しむこともなくあわてて熊本へ戻りました。中学時代の友人たちとの旧交を十分に温めることなく大学へ戻らねばならず、ホームシックの引き金になってしまいました。しかし一年後のこのときは、電報を読んだ瞬間に心は熊本へ飛んでいて、その後の葬儀参列のことなどを冷静に考えて自宅を離れる余裕もありました。

前年秋、岩尾先輩の容態が悪化するころが幹部交代の時期でした。

「新幹部の主務候補は松尾だ、岩尾の輸血の件はお前が中心になってやれ」

と指示されて動き、推されて結果的に主務を引き受けた経緯もあり、覚悟の上の帰省だったからです。テニス部の幹部は二年次秋に交代し、それから一年間を務めます。三年次も終盤になると就職活動準備や、卒業論文・卒業実験の準備などに忙しくなるため、文武両道の考えに沿った交代だったのかもしれません。二年次の夏合宿も終わると、我々の代から出すテニス部幹部人選の準備にかかります。前幹部からそれとなく幹部候補をほのめかされたり、同世代の部員で話し合ったりして候補案を絞ります。前幹部の後押しを得るためにも事前に了承を取り付けて現幹部に提示するのですが、前幹部に推薦されたとしても、慣例的に最終承認権は現幹部にありました。現幹部の先輩たちと私はインカレの件以来あまり親しくはなっていなかったこともあり、私の主務就任案は現幹部には承認されないだろうと思っていました。ただ急性アル中事件で一方ならぬ世話になり、普段から敬愛していた岩尾先輩のためなら何が何でも力にならねばと、輸血の件では藤崎や谷川たちと時間を惜しまずに動いてはいました。また前主務河原先輩とは同じ西山下宿で生活し、先輩の主務としての采配ぶりや忙しさをよく見ていた私は、とても主務の役割を果たせる器は自分に備わってないと冷静に分析していたつもりでした。一方で、性格的におだてられ上手な面があり、先輩たちの期待に応えようと振舞っていたのだと思います。そして岩尾先輩が急変するころには我々新幹部へのバトンタッチが終わっていました。

熊本へ戻り着くとタクシーで大学病院へ駆けつけました。何度も輸血協力者を連れて行き勝手がわかっていた病棟へ直行します。居合わせたナースに確認すると、岩尾先輩の遺体は医学部へ運ばれて解剖中だと告げられました。ひとまず荷物を置きに我が下宿へ戻り、すぐに村里下宿の河原さんの部屋へ向かいました。いつのまにかそこが岩尾先輩に関する連絡場所のようになっていたからです。予想していた通り、柳中先輩、河原先輩、丸中先輩がいます。やがて鹿児島から北町先輩も駆けつけ、岩尾さんの同期の元幹部の顔ぶれが揃いました。そして我々同期の新幹部数名と藤崎も。遺体は医学部で処置をした後に実家のある宮崎県の小林へ帰ることになっているらしく、高校の先輩でもある池内さんがずっと付き添っているとの話でした。小林での葬儀に合わせるように、熊本で熊大硬式庭球部主催のお別れ式を行うことになりました。同席していた村里下宿のおばさんに頼んで、河原先輩と岩尾先輩が借りていた一軒家を会場にすることをその場で決めます。

備忘メモを見るとお別れの会は一月六日でした。六畳の河原先輩の部屋に祭壇をしつらえました。

岩尾先輩の笑顔の写真を真ん中に据え、回りにラケットやテニスボールも。喪主ならぬ主催者の役割を果たしたのは、岩尾前キャプテンと同期の元幹部の人たち、それに我々新幹部だったように思います。ただ宗派はわからないので僧侶を招くことはせず、読経の代わりに岩尾先輩が好きだったビートルズの曲を流し続けることになりました。そのレコード担当は私でした。

真っ先に弔問に見えたのは村里下宿のおばさんとおじさんです。テニス部員も続々と詰めかけ部屋に陣取ります。やがて熊本大学体育会本部の委員長や役員、そして熊本女子大学硬式庭球部の皆さん、岩尾さんとは好敵手だった熊本商科大学の硬式庭球部レギュラーの皆さん、熊本市内のテニス連盟関係者など式場には入りきれないほどの人がお別れに来てくれました。折しも霜がひどい寒い日で、霜解けでぬかるんだ中庭にも参列者が立ち並びました。私は一枚しかなかったビートルズのＬＰレコードに、何度も何度も繰り返して針をそっと載せました。収録されているメロディーをほぼ覚えたころには、弔問客の数も次第に減ってお別れの会は自然閉会となりました。最後まで残ったメンバーは、誰が言い出すでもなく弔い酒を酌み交わし始めます。その日だけは全員で思い出に浸り、急性アル中になって岩尾キャプテンに迷惑をかけた日のことなどを語って酌み交わした私でしたが、心のどこかで気になることが離れないお別れの会の一日でした。

会を終えてほどなく一月十五日は私の成人式の日です。前年の昭和四十五年五月に二十歳になったのですが、当時成人式は満年齢の二十歳の時の一月十五日を祝日として定めてありました。熊本市民会館で行われた市主催の成人式に形だけ顔を出すと、急いで熊本城そばにあったダンスパーティ会場へ駆けつけます。成人式を祝うダンスパーティではなく、熊大硬式庭球部主催のダンパでした。主務としてダンパの実施運営を取り仕切ることになっていた私は、初めての経験に岩尾先輩お別れ式以来重い責任だけを感じて会場へ向かいました。成人式だからといってほかの成人者のように晴れ着を用意できるはずもなく、普段着のジャケット姿での出席でした。

そもそもなぜこのタイミングでテニス部主催のダンパを実施する必要があったのかを説明します。前年秋から岩尾先輩に緊急の輸血が必要になり、突発的な要請に対応するための輸血協力者をそのつどタクシーで運びました。その頻度は予想以上の回数に及び、タクシー代を賄っていたテニス部の有り金がみるみるうちに底をつき始めます。もともと潤沢な予算運営のできる部ではなく、月々の収入源である個人の部費も大した額ではありません。なかには滞納したままのうのうとしている先輩たちもいます。運営を引き継いだ我々新幹部は引継ぎ予算の少なさに驚き悩みました。輸血協力者を病院へ連れて行く費用もほどなく払底しそうでした。同情した元幹部先輩たちが考え出したのが、不足分補填をダンスパーティの収益金で穴埋めするという案でした。なるべく早く収入を図らねばならず、会場の都合などを考慮して成人式の日のダンスパーティになったのです。しかし岩尾先輩の急逝は想定外でした。結果的には先輩の追悼ダンパ的な意味合いになるのですが、我々幹部は感傷に浸っている暇はなく慌ただしくダンパの準備に奔走した記憶があります。

部の不足金は一回のダンパで穴埋めできるものではありませんでしたが、あわよくば大半を回収させようと先輩たちは部員にチケット販売のノルマを課すように強制的なアドバイスを行います。一人当たりの責任枚数は忘れましたが、私も開催準備をする傍らノルマ達成に頭を痛めました。恥ずかしながら、大学生になって一度もダンスパーティには参加したことがなく、それよりなにより全く踊ったことがなかったのです。中学高校の体育祭で経験したフォークダンスでさえも、女子と手をつなぐのに勇気がいる私でした。ダンパと聞いて藤崎は、ジルバは、ルンバは、そしてチークはこうよと足運びなどの講釈を垂れつつ、ダンスがうまいという先輩のあの女性を誘ってみようなどとはしゃいでいました。浪人二年もやってよくダンスを覚える暇があったなとあきれる私でしたが、かくなるうえは裏方に徹して踊りの会場へは一歩も出まいと覚悟を決めました。それゆえに踊れない自分がダンパ券を売りさばくのも苦痛でした。

そんなある日、上通を歩いていると見覚えのある顔に出会います。女性三人連れの一人で、家庭教師をやっている魚少年の姉さんとそのグループでした。私より一歳下の短大生であることは知っていました。家庭教師に行ってもたまたま顔を合わせたときに挨拶するくらいでしたが、思い切って声をかけ喫茶店へ誘います。ダンパ券を学内で売って欲しいと頼み込むのが狙いでした。我ながら驚く勇気ある行動でした。幸い誘いに乗ってくれます。四、五枚ならとチケットを預かってくれることになりました。数日後、家庭教師に出向くといきなり少年の母親から、主人が松尾先生に話があるらしいので応接室へどうぞと案内されます。苦笑いを浮かべた顔でした。その父親が話し始めるのですが、どこか機嫌が悪そうです。持って回った言い方で、私に何を言いたいのかよくわかりません。よくよく聞いているうちに私に説教をしているらしいことに気がつきました。要約すれば「うちの娘をダンスパーティなんかに誘う不良みたいなことはするな」とのお小言だったようです。言い訳はせず以後気を付けますと素直に謝って家庭教師を始めました。預けたチケットは引き取らないといけないのかなと気にしていると、帰り際に玄関まで送ってきた母親からそっと告げられました。

「ごめんなさい。気を悪くしないでね、主人は堅物だから。今どきの若い人ならダンパぐらい当たり前なのにね。娘は声をかけられて驚いたそうだけど楽しそうに話していましたよ」

魚少年以上に親父の方が難しいぞと思いつつ帰りましたが、娘さんは約束通りに預かったチケットを全部売ってくれました。残りはテニス部以外の先輩や友人が引き受けてくれたので我がノルマは達成です。

ダンパはひとまず成功でした。部費の不足を埋めるには足りませんでしたが。会場へ来ている人たちはみな、私とは違ってそれなりにおしゃれな服装をして来ています。私は最初から音響ルームに陣取って、見下ろす窓から進行していくダンパの様子を眺めることに決めていました。しかしホールにいる他の幹部や運営スタッフの後輩たちが頻繁にやって来て私に指示を仰ぎます。その都度会場の中へ入って行かねばならないことが多く、何度か出入りしているうちに私のチケットを買ってくれた家庭教師少年のお姉さんグループが壁の花のように立ちすくんでいるのに気づきました。さすがにエスコートしなければと思い近づこうとしますが、踊れない私が誘うわけにはいきません。踊れる先輩たちに事情を話し、相手になってくれるように頼むしかないのです。

「今日は来てくれてありがとう。僕は全く踊れないので、先輩を紹介するから、楽しんで帰ってね」

「いえ、ここで見ているだけでいいです。初めてなので雰囲気だけでも」

あの少年のお姉さんだけは遠慮しましたが、なんとか先輩相手に踊ってもらいました。他にも私の付き合いで来てくれた友人たちが数名いることがわかり、楽しんで帰ってくれるように声を掛けようと壁際から様子を眺めていると

「松尾君、踊ろう」

と誘いに来たのは、藤崎が話していた踊り上手のスリムな女先輩でした。

「先輩、私はダンパも初めてなら、全く踊れませんからいいですよ」

「誰だって最初はうまく踊れないわよ。意外と簡単よ、教えてあげるから私の言うとおりにやりなさい」

と手を引いて会場の中央へ進みます。やはり私は、上から目線での女性の物言いには抵抗できない性格のようです。言われるままに体を動かしましたが、コツをつかむ前に緊張で汗をびっしょりかきました。せっかく教わったダンスの基本も、その後の学生時代に生かす機会は全くなく、それほど臆せず踊るようになったのは社会人になってしばらく経ってからのことで、今なおダンスは下手なままです。踊りも運営も初めてのダンスパーティはかくして無事に終了しました。岩尾先輩がいなくなった熊大テニス部も悲しみを超えて一歩前進して行くようでした。

踊れぬ女(ひと)を気にする踊れぬ我が身の情けなさ

踊れる女に誘われ躍る踊れぬ我の恥ずかしさ
下手も上手も手を取りて交差するダンパの夜

十、伝統の初戦敗退芸術鑑賞

熊大硬式庭球部の一部の男子にだけ伝わってきた慣例です。私が現役のころまでは確かに伝えられていましたが、その後のことは聞き及んでいません。福岡遠征で初戦敗退した者だけが経験できる特権のことです。そのころテニスの全九州個人戦はほとんどが福岡で開催されました。九州大学、西南学院大学、福岡大学のほぼ全コートに分散して試合が開催されるのです。私が初めて遠征したのは一年次終わりの春休みか二年次の夏休みであったと思います。清く貧しい学生生活を送っていた私には、全ての個人戦に遠征するほどの費用は捻出できません。全く参加しないと幹部や先輩に怒られるので、バイトで金を溜め三回だけ遠征した記憶があります。初陣ともう一回は九大のオンボロ田島寮に泊まり、あと一回は九大の学生だった友人の下宿に泊めてもらいました。この記憶たどりは、初めて遠征した時のことです。

田島寮に着くと時間に余裕があったので、翌日のシングルス会場である西南大コートを下見に行きました。初めて訪ねる当時の西南大コートは百道浜の海岸近くにありました。最寄りの電停から松原の残るキャンパスへ歩いたような気がします。しかし往復して田島寮に戻っても、我がダブルスペアの内園がまだ着いていません。遅れて行くから先に出発してくれと確認していたので間違いなく来ると信じて夕食を済ませましたが、結局寝るまでには顔を見せませんでした。翌朝早く熊本を出て来るのだろうと試合会場へ行くと、やはり姿はありません。受付のエントリー名簿に名前はあるのにまだチェックインしていないのです。やがて試合が進行し始めます。とうとう内園は姿を見せず時間切れでデフォ敗退となりました。私の試合になりましたが、私も粘りが及ばず初戦敗退です。内園の動向が気になります。連絡を取るにも内園の下宿には電話を取り次いでくれる管理人がいないのです。おそらく旅費を工面できなかったに違いないと踏んだ私は、池内先輩に電話を入れました。

「すみませんが、内園に金を貸してやってください。たぶん旅費が無くて遠征して来ないのだと思います。試合に間に合うよう福岡へ行けと言っていただけませんか」

大先輩に対して厚かましいお願いをしたものです。新しい内園の下宿はご存じなかったのですが、場所を説明すると快く引き受けてくれました。私の狙いは、高校の大先輩でもある怖い池内先輩が下宿に訪ねてくれれば絶対に内園は逆らえないだろうと思ったからです。それに費用を捻出して何とか遠征してきた私も、ダブルスをデフォしてシングルス初戦敗退だけで熊本に帰るには忍びない思いがしたのです。

数時間後に再び池内先輩に電話をすると

「内園に会えたよ、旅費が工面できず松尾への連絡方法も思い浮かばなかったらしい。明日の朝一番の列車で向かうそうだ」

私は池内先輩にお礼を言って、内園が試合に間に合うことを祈りながら田島寮の黴臭い布団で眠りに就きます。約束通り試合前の朝のテニスコートに内園が姿を見せました。

「ごめん、旅費を作れんかった」

と謝ります。しかしダブルスの試合は芳しくなく、せっかく内園が出てきたのに甲斐のない試合結果に終わりました。悔しく情けない気持ちでいっぱいになりましたが、内園がやって来ずにデフォ敗退するよりは気持ちの収まり方が違います。お互いに日ごろの有り金に余裕が無くてもテニス部活動を続けている者同士に通じる気心でした。敗者審判を私が引き受けます。試合に負けると同じコートの次の試合の審判を務めるのが慣例だったのです。終わると私は福大で戦っている部員たちの応援に行くことにしましたが、内園とは西南大コートで別れました。私とのダブルス戦の約束を果たすためにやって来た内園でした。部誌「Ａｃｅ」を読み返すと、その後年の戦評の中にダブルスペアが現れずデフォ敗退との記述があるので、似たような事情は繰り返されていたようです。

福大コートへ着くと山上先輩がいます。私たちの全九州初陣だから応援に来るとは聞いていたのですが、試合コートを確認せずに福大コートへ来てしまったようでした。私の試合結果や内園とのいきさつを聞き、

「そうか、シングルスも初戦敗退か残念やったな、応援できず申し訳ない」

と慰めてくれます。福大コートでは二人でしばらく他の部員たちの応援をしてすごしましたが、気持ちが落ち込んでいた私は、もう一晩田島寮に泊まってまで勝ち残っている部員を応援する気はおきません。そろそろ熊本へ戻りますと告げると、じゃあ一緒に帰るから途中で例の「芸術鑑賞」へ行くかと誘ってくれました。私を慰労してくれる気持ちからの発言のようです。「芸術鑑賞」とは、初めて福岡へ遠征に来て初戦敗退しすぐに帰らざるを得ない部員を、先輩の奢りで鼓舞してくれるという噂の慣例でした。体験したことのある数名の先輩から話には聞いていたものの、私にこのチャンスが巡って来るとは思ってもいませんでした。というのも初戦敗退者の大半は連れ立ってすごすごと帰ることが多く、勝ち残ることが多い先輩は帰路まで同行することは滅多にありませんでした。休み期間中の遠征なので、たまには余裕のある先輩たちが応援に駆けつけてくれることもあり、私の場合のようにほぼ偶然の出来事として山上先輩が一緒に帰るチャンスもありました。

福大コートからの帰路、山上先輩が私に問います。

「どこにするや、どこで見たい？」

「私は、学割が効くという東洋ショー劇場の名前しか聞いたことがありませんが」

「東洋ショー劇ね、場所は天神やな、確かに学割五百円と安いけど、初めての松尾のためや別の劇場ものぞいてみるか」

「そんなにあるんですか？」

「博多駅にもあることはあるが、中洲のニューハリウッドや川丈もいい踊子が出演するらしいぞ、博多駅にも近いし」

私は黙って山上さんについて行くしかありません。賑やかな中洲歓楽街のネオンが灯り始めるころ、目ざす劇場に着きました。両劇場の入り口で案内看板を見比べていた山上さんは、ニューハリウッドに決めようと言います。山上さんの奢りなので私に異存などあるはずがありません。料金表を見ると東洋ショー劇場の学割よりは高かったことを覚えています。

「松尾、ちょっとここで待っとれ。すぐに電話を済ませてくるから」

と公衆電話を探しに離れて行きました。しかしなかなか戻って来ません。テニスラケットを提げたまま入口脇に立っている私を、横目で見ながら次々と客が入っていきます。

「ごめん、ごめん、話が長くなった」

戻って来るや入場券を購入する山上さんは、

「学生一人」

と言って金を払います。そしてその入場券を私に手渡すと
「急な用ができた、すまん一人で見て帰ってくれ」

「えっ、どうしてですか。じゃあ私も見ません」

入場券を戻そうとする私に、

「チケットも買ったし一人で見ろ、子供じゃあるまいし」

と命じながら一緒に鑑賞できなくなった理由を話してくれました。私はその理由にしぶしぶ納得は

したものの、なぜかその内容については最近記憶喪失になったようで覚えていないのです。結局山上さんは黄昏の雑踏の中へ小走りで消えて行きました。一人で入る勇気がわかず、どうしょうかとしばらくチケットを見つめていると、

「兄ちゃん、そろそろ始まるよ」

もぎりの男に声をかけられ意を決し中へ入ります。薄暗い通路を進むといきなり舞台が明るくなり、突然圧倒するボリュウムでアニマルズの『朝日の当たる家』が流れ始めました。曲名は知っていたものの想像もしていなかった歌が脳内を犯すように入ってきたので戸惑っていると、スポットライトが舞台の袖を急に照らしました。満を持してスタイルの良いほぼ全裸の女性がライトの中に登場しました。客席からやんややんやの喝采と口笛が飛び交います。目を奪われそのまま立ちすくんでいると、後ろの客から邪魔だから座れと怒鳴られて、思わず舞台近くの空き席に座りました。この踊り子さんによる我が憧れの夢想世界をいきなり破り捨てるような超リアルかつ刺激的なショーが終わると、その後は入れ代わり立ち代わりに新たな踊り子さんたちが登場し、それぞれの芸術的ショーをご披露します。初めて鑑賞する私は登場する踊り子さんによる皆同じ口調の

「はい、どうぞ」

「はい、どうぞ」

と、それまで未確認領域であった世界へと巧みに誘いながらぐいぐいと迫る仕草に圧倒され続けます。はたして何人の踊り子さんが登壇しその芸術作品の核心的違いがどこにあったのか、終演までを

鑑賞したはずなのですがほとんど記憶にありません。ただ最初のアニマルズの「朝日の当たる家」の曲だけは私の頭を洗脳してしまいました。今でもこの曲を聞くと、あの日の眩しい舞台がおぼろげながら蘇ってくるのです。

初めて鑑賞した想像を超越する芸術ショーに脳天を撃破された私は、終演後どうやって博多駅までたどり着いたのかも覚えていません。とにかくひとり鈍行列車に乗ると夜遅く熊本に帰り着きました。硬い座席に座り続ける頭の中では、いつまでも繰り返し『朝日の当たる家』がけたたましく鳴り響いていました。それまでの清く貧しい私の学生生活における比類のない鮮烈なできごとでした。

（五）見よや竜南竜は伏し鉄腕撫する健児あり

旧制第五高等学校寮歌「易水流れ寒うして」より

一、西山下宿を退去する

三度目の春がやって来ました。西山下宿で浪人をしていた武雄高校の後輩二名のうち一人が熊大工学部へ合格しました。一年前、帰省中に世話を頼まれた後輩本人でした。名前を宮本と言います。頼みに来られたお母さんの手前、本人が受かってくれたので責任の一端を果たせたような気がしてホッとしました。本人曰く

「残念ながら第一志望の土木工学科は落ちました。第二志望の資源工学科には受かりました。不本意ですが、二期校で受けた土木も落ちたので熊大資源に入学するしかありません」

ついては、我が熊大硬式庭球部にぜひ入部したいと言います。理由を尋ねると

「先輩のところに来るテニス部の人たちは誰もがユニークで、いつも面白そうなことばかりやって

いるようだからです」

「そうか好きにせい、来る者拒まずたい」

この報告を受ける少し前に西山下宿を退居した私の気がかりがこの後輩でしたが、ともあれ熊大工学部に合格してくれたので心おきなく新たな下宿生活を楽しむことができます。

引っ越した理由です。岩尾先輩が亡くなり河原先輩も卒業するので、村里下宿の一軒家がまるまる空くことになります。家賃も安く家主さんもすごくいい人で、これほど居心地のよい下宿をみすみすテニス部以外の者に明け渡す必要はない、という池内大先輩の意向を受けて、藤崎と松尾で伝統を引き継げという河原先輩の強制的な発言があったからでした。藤崎も私も異存はなく藤崎は、善は急げとばかりに早々と前年秋には移り住み河原先輩と同居していました。私は岩尾先輩が住んでいた四畳半を借りることにしました。もう一つの引っ越し理由は、新幹部の主務になって、幹部や部員たちを頻繁に我が部屋に召集する機会が増えたからでした。それには西山下宿の部屋では手狭だったのです。

我々の代の幹部選出の経緯を私の記憶を頼りに書き残します。谷川主将と松尾主務を軸に榎田副将、内園会計の四人が新幹部になりました。高校生の時から硬式庭球部のレギュラーとして頑張ってきた谷川、人一倍練習熱心で学業もおろそかにしない榎田、口数は少ないが真面目に練習に顔を出していた内園、それに私です。協議を重ねて出した我が代の案ではこの四名に藤崎副将を加えた五名体制を上申しました。藤崎には、先輩の受けがよく練習熱心で後輩連中の面倒見も良いという長所がありましたが難点もありました。テニスの遠征などを優先するあまりに留年してしまったのです。後見役である前幹部の了承は得ていましたが、実際に承認権のある現幹部の理解は得られませんでした。理由は、文武両道を伝統的に標榜する熊大テニス部で留年者が幹部になるとは前代未聞の珍事であり、絶対に認められないというものでした。正論です。部への貢献期待度よりも部活も学問も学生の本分を両立させている者を選ぶのが伝統であり本質的に譲れない一線である、前例無き幹部人事はあり得ないと拒否されました。留年するなどもってのほかで、学問と両立できない者は部を去るぐらいの覚悟を持つべきだとまで強く反対され、我々の案は引き下げざるを得ませんでした。四人の幹部のほかには、女子部員の取りまとめ役として河町さん、また熊本五大学庭球部連盟役員と熊大体育会本部役員を送り込む必要があり、その人選の了承を得て晩秋からの新体制スタートに臨みます。

しかし私の主務就任案がすんなり通ったことで、私には大きな不安がのしかかってきます。幹部を経験してしまえばそれほどの難事ではなかったと思えるのですが、キャンパスも離れている医学部や薬学部など全ての学部の学生が参加している大所帯を内から取りまとめていくなど、私の器量ではできそうにないと真剣に思っていたのです。しかし岩尾先輩の輸血対応などを経ておだてられ上手な性格を発揮しているうちに、主務候補に祭り上げられており、そのまま決定してしまいました。私には引け目がありました。テニスの技術的向上にそれほど熱心ではなかったからです。

テニス部内の人間関係を大切にする気持ちは人一倍濃かったつもりですが、プレイヤーとしてレギュラーを目ざす貪欲さは人よりも薄かったと思います。先輩との賭け（インチキ勝負でしたが）に負け、不本意に入部したことも一因だったと思いますが、運動神経に自信がなかったことも負い目で、テニス部での活動は体力作りでよいと思い込んでいたからでもあります。主務を引き受けるとなると、幹部として文武両道の範たらねばならないのですが、主務の仕事を優先的に完遂するとなれば何かを捨てねば学業がおろそかになり卒業はできないのではないかと悩みました。結局、努力を続けて自分なりに納得のいくレベルまでに会得したいと思っていたテニス技術の向上はいったん脇において、幹部が終わってからの一年余の時間をテニス練習に精進するのもいいのではないかと思いきることで、肩の荷が軽くなったことを覚えています。

ところが、この割り切り方で幹部として部の運営に携わっていると、池内先輩から厳しい忠告を受けて悩んでしまいます。

「最近テニスに対する情熱が感じられない。クラブ運営に対する犠牲的な情熱の前に、テニスに対する個人の情熱を忘れるな」

私の心に深く突き刺さる言葉でした。

「幹部たる者の心得として、技量では劣っていてもテニスに対する情熱が人一倍強い者が幹部には適している。下級生、特に入部したばかりの一年生たちは、そういう幹部の姿に同調して着いて来るものだ。それが先々のクラブ運営のためにはよいことだ」

と諭されて私は何も反論できないのでした。結局卒業まで、いや卒業してからも右膝の半月板を痛めてしまうまで下手なりにテニスを続けられたのは、この時の池内先輩の説教が潜在意識の中に住み着いてしまったからではないかと思います。

赤門に通じるサインカーブの桜並木のつぼみが膨らみ始めるころ、西山下宿のおばさんの声掛けが始まりました。下宿に残るのか出ていくのか、その確認です。空いた部屋は新入生向けの募集案内を出して補充しなければなりません。

「松尾さん、あなたは残るわよね」

当然のように声をかけられました。私はいつ言おうかと迷っていたこともあり渡りに船とばかりに返答します。

「おばさん、ごめん。二月いっぱいで出ます。二年間お世話になりました」

「え、あなたもね、あなただけはずっとうちにいてくれると信じていたのに」

とぼやかれて困りましたが、おばさんも知っている岩尾先輩の死を理由にさせてもらいました。一番の不満はお袋が作るぼた餅をもう食べられなくなることではなかったかとも思えました。二月末の引っ越しの手伝いは、同居することになる藤崎と合格発表待ちの宮本です。大学の事務所からリヤカーを借り二度の往復で済む簡単な引っ越しでした。転居先に残っていた岩尾先輩の荷物はその前にあらかた処分してありましたが、先輩の形見分けとして数冊の本とフォークギターをもらいました。荷物の整理が終わるとかねてから考えていたことを実行に移します。

世話にはなったおばさんなれど
友との情のさらに熱く深まれば

たった一言のお礼で部屋を去る
リヤカー二杯の思い出を連れて

二、『飄々庵』誕生

用意していた厚めの板に「飄々庵」と墨書し縁側に掲げました。裏側には「鬱期に付き面会謝絶」とも。入学したらバンカラな学生寮生活を謳歌するのだと憧れていた私が、硬式庭球部という夢想すらしていなかった世界にどっぷり足を踏み込むようになって、流れるままにたどり着いたのがこの村里下宿の一軒家住まいでした。引っ越したら、学生寮生活とは一味違う大学生活の後半を謳歌しようという考えを持っての引っ越しでした。なぜ「飄々庵」なのか。私は飄々という言葉の意味を「世俗にとらわれず自分流に生きていく姿」と、実際の自己の生活スタイルとは真反対の生き方に憧れて定義していました。ひょっとしたらボブディランの『風に吹かれて』にも影響を受けていたのかもしれません。あまりにも小さな悩みに煩わされることが多かった私の、日々への反省からうまれた命名でもありました。それゆえに来客が多くなり人との接触が鬱陶しくなったら、この看板をひっくり返して部屋に籠り、誰がどんな誘惑を持ちかけようと、自分の領域だけは確立したいという虫のよい甘い考えも併せて持っていたようです。

藤崎が呆れて看板を見つめます。

「おい、ここは俺になるのかよ」

いや俺の部屋だけだよと答えたのですが、この一軒家全体が飄々庵と呼ばれるようになるまでに時間はかかりませんでした。新しい下宿で荷物の整理もそこそこに、縁側の陽だまりに座っていると気持ちが素直にのんびりしてきます。おばさんが乳飲み子の孫を背負って様子見に来ました。

「松尾さんありがとう住んでくれて、こんな古い家でも良かったと？」

「私は農家の育ちです。こんな縁側のある家に住めるなんて思ってもいなかったです」

「ありゃ、お父さんやお母さんはまだ百姓を？」

「はい、狭い田んぼや畑で農業と農閑期の型枠大工をしながら仕送りをしてくれています」

「そりゃ一生懸命に勉強せんといかんたいね。沢庵漬けや高菜漬けならいつでもあげるよ。取りにおいで」

「ありがとうございます」

おばさんは田舎特有の人の好い農婦の典型みたいな人で、大学のすぐそばの下宿屋のおばさんには見えません。私もつい親戚のおばさんみたいな気がしてきて甘えてしまいます。こうした私や藤崎とおばさんのざっくばらんな関係を見ていたテニス部の面々は、しだいに遠慮することを忘れて頻繁に訪ねてくるようになり、思っていた通りにたちまち千客万来の飄々庵になるのです。最初に住むようになった池内大先輩へのおばさんの信頼の厚さが、そのまま私たちをも贔屓目に見てくれる関係へと繋がっていたようです。

村里下宿について、記憶の許す限り書き残しておきます。熊大西門を出てすぐの場所に、伝統を感じさせるＹＭＣＡ熊本花陵会の古い学生寮が今も建っています。そのほぼ西側の一角に目測四百坪近くはあろうかと思える広い屋敷がありました。熊大西門までは徒歩わずか二分の近さで南北に長い敷地でした。もともとは農家の家屋敷で、当時私が住んだころもかなり離れた場所に広い水田を所有し、わずかに自作する以外は耕作希望の農家に土地を貸しているという話でした。その敷地西側の路地（この路地を北へ直進すると熊本の名門校の一つ濟々黌高校にぶつかります）に村里家の正門があり、敷地のほぼ対角線上に北へ向かって母屋への道が続いていました。母屋は平屋で土間や上がり框のある農家づくりです。熊本の伝統的な田舎の古民家であったのだろうと思います。正門を入り母屋に向かって右手には敷地の四分の一ほどを占める畑がありました。その畑では春夏秋冬の野菜、例えば白菜、キャベツ、大根、豌豆、空豆、生姜、茗荷、西瓜、茄子、長葱、人参などがこまめに栽培されていました。その雰囲気は農家育ちの私には心地よい風景として目に映り、この下宿を気に入ったもう一つの理由となっていました。

敷地全体の南側に広がる畑の奥は横Ｌ字形に生垣で区切られ、その向こうには三部屋の長屋が生垣に沿って建っていました。居住人のほとんどが留年生だったので、南長屋とは呼ばず我々は留年長屋と呼ぶようになります。母屋への通路の左手には若夫婦の一軒家があり、母屋とこの一軒家の間を抜けると北側路地に沿って左手に我らが飄々庵、右手に三部屋の長屋が配置されています。北長屋です。若夫婦用の戸建てと同様に、飄々庵も完全に独立した作りでそもそもは小作人の住まいではなかったかと想像したりしました。一つの敷地に母屋以外にも二軒の戸建てがある農家であれば、おそらくは終戦後の農地解放までは豪農であったろうと勝手に思ったりしました。下宿のおばさんもおじさんも、見るからに農婦と農夫の夫婦らしく見えます。ただどうみてもおばさんは肝っ玉が据わっているようで、いわゆる肥後の猛婦とはおばさんのようなご婦人のことではないかと想像してしまいました。おじさんは酒好きの好々爺然としていて、会うときはいつもニコニコ笑っている人でした。

三、飄々庵のこと村里下宿のこと

飄々庵と名付けた一軒家は、西に使用しないガラス戸の玄関があり、入ると板張りの三畳間、その奥にも四畳半の板張りの居間らしき部屋がありました。板張りの続き間と並んで南側には六畳と四畳半の和室が続き、その六畳間を藤崎が四畳半を私が主な住まいとして暮らすことになります。四畳半の居間を出ると土間があり小さな流しが付いています。その昔には調理場として使っていたのでしょうが、私たちは洗顔とたまに米を研ぐとき以外には、せいぜいコーヒーかインスタントラーメン用の水を汲むときにしか利用しません。流しの横には路地への裏木戸があり、大学へ行くにはここからの出入りが便利でした。

助かったのは、その流しの水道から水を引いて洗濯機が使えることになっていたことです。一回につき十円の水道電気代を払う必要はありましたが、まともに払っていた記憶はありません。前に住んでいた西村下宿では、洗濯は手洗いだったので大助かりです。特にテニス部の練習では大汗が出るので洗濯する回数が多く、天国と地獄の違いだと喜びました。縁側は雨戸付きでしたが普段は使わずに開放していました。狭いながらも庭もあります。板塀を挟んで向う側は若夫婦の一軒家です。庭は細長くても日当たりは良く、しかも長いロープを張り渡せるので洗濯物を干すには格好の庭でした。縁側の西奥には専用のポッチントイレも付いています。しかしすぐ横の長屋に水洗トイレができたので、もっぱらそちらを利用するようになります。そもそも村里下宿と熊大テニス部の縁が始まったのは、池内先輩が熊大医学部に入学したころに始まります。私が移り住む七年前のことでした。なぜか村里下宿のこの一軒家を池内先輩が借り、テニス部の教育学部稲杜先輩と住むようになったのです。さらに岩尾先輩、河原先輩へと引き継がれ、藤崎と私が跡を継いだのですがテニス部では由緒ある下宿という伝説が生まれました。

かくして一軒家を借りて住むという、熊大をめざしたころには思いもつかない学生生活が始まりました。食事は学生会館の食堂を中心とした外食なのですが、先輩たちが残していった電気炊飯器や電気コンロにフライパン、もちろん鍋や茶わん類も一通り揃っていました。しかし藤崎も私も料理をするような器用人ではありません。せいぜい有り金が乏しくなったころに実家から持ち帰ったコメを炊飯器で炊いて、インスタントラーメンや缶詰などをおかずに空腹をしのぐ程度でした。母屋のおばさん自慢の沢庵漬や高菜漬はいつでももらえるし、米さえあれば飢えで悩むことはあるまいと気楽なものでした。畑の野菜もねだればいただけるのですが、野菜を使った料理に挑もうと思う心意気はありません。大学に隣接した学生街の真ん中に堂々と存在する農家の広い敷地の一角「瓢々庵」で、新しい学生生活を謳歌しようと春風を深呼吸する私でした。

村田下宿でもコンパが開かれたことがあります。日曜日の午後、まだ日が明るいうちに始まるコンパでした。その日は朝からすでに酒の匂いを漂わせているおじさんが、下宿人の部屋を訪ねては告げて回ります。素面の時は無口なおじさんなのですが、

「きょうはコンパじゃ、三時から始めるけんのう」

すでに上機嫌です。おばさんは嫁さんや娘さんに手伝ってもらいながら準備に大わらわです。わずかな会費を払えば、下宿持ちの御馳走と酒がたらふく味わえるのです。まるで子供のころに田舎で経験した隣保班あげての祭りの宴席準備に雰囲気が似ています。漂ってくる料理の匂いを嗅ぐと、子供のころの気分に戻ったみたいで妙にわくわくしている私でした。

「きょうはコンパじゃ、三時から始めるけんのう」

お昼前になると、先ほどよりさらに酒が入ったおじさんが各部屋に触れ回ります。コンパを一番楽

しみにしているのはどうやらおじさんのようです。

「松さん……わかっとるのう、コンパやけん。三時から、のぅ……」

と午後二時過ぎ三度目にやって来た時には、呂律が回らず足元もおぼつかないヨロヨロのおじさんになっていました。コンパを楽しみしていたおじさんは、朝から焼酎を飲み始めたようでコンパが始まる前にはすっかり酩酊状態でした。午後三時には全ての下宿生が座り村里下宿のコンパが始まりました。酔っぱらってしまったおじさんは座敷の片隅に大いびきで寝ています。料理は村里家伝来の農家料理を中心にした手作りで、まさに私にとっては田舎の祭りの宴を彷彿とさせるご馳走です。総勢十名ほどの下宿生はみな朝から、いや人によっては前日から三度の食事を抜いて参加しています。すきっ腹に酒が効いてあっという間に大賑わいの宴会となりました。おばさんも飲む、おじさんは負けじと鼾をかく、留年下宿人の春歌は次々とエスカレートし変な踊りは出るやらで、豪放ハチャメチャな村里下宿ならではのコンパが夜まで続くのでした。

私にとっては自己紹介の場でもあり、下宿人仲間を知る機会でもありました。しかし今思い出せるのは、テニス部関係者以外では交響楽団のトランペットかサックス奏者を夢見て練習に明け暮れ留年を繰り返していた工学部の平田先輩。彼は同じ工学部後輩の藤崎とは仲もよく、人の面倒ばかり見て自分は進級できずにいるようにも見えました。もう一人が昼間はほとんど下宿で酒を飲んで寝ているような印象の玖珠さん。大学へは行っていないようで、夜は近くの貸本屋でアルバイトをしていました。銭湯帰りにコミック本を借りに行くと応対がいつも不愛想なのです。玖珠さんは素面だと陰気な面持ちなのですが、酒が入ると一転して陽気になります。しかし今が何回生なのかは不明でした。玖珠さんは長屋の部屋が空くと転々と移っていましたが、彼が留年長屋に住んでいたときのこと。旗日でもないのに部屋の前に日の丸が掲げてあります。何事かと近づいたら旗竿に小さな紙切れが張り付けてあり、「本日メデタク童貞ウシナイマシタ。玖珠」と書かれていました。親しい先輩下宿人から、お相手は意外やクラブAのネエチャンらしいぞと教えてもらい驚きました。

ほかの下宿生とは会ったときに挨拶を交わす程度の付き合いでしたが、飄々庵で生活を続けているうちに、その下宿人や過去に居た伝説的下宿人のうわさも伝わってきます。ある人は夜な夜な、塀の向こうの家に向かって「こらぁそこの女、俺に惚れても無駄だぁ！」と叫ぶ変な癖があって、村里のおばさんに隣家からクレームがたびたび来ていたらしいとか、大学へはあまり行かずに、雀を捕まえようと敷地の畑に罠を仕掛けて生垣の隙間から紐を引っ張るチャンスを窺ってばかりいる人がいたとか、学業よりも田んぼへ出かけて村里家の農作業を熱心に手伝っていた人がいたとか、先輩諸氏やおばさんに聞いた村里下宿伝説です。こう書き連ねると伝統的に勉強嫌いの不真面目な学生ばかりが集まって来る下宿みたいだと誤解されるかもしれませんので、村里家の名誉のためにちゃんとした卒業生もいたことにも触れておきます。

熊本市役所へ入り局長まで出世した人、テニス部関係では国立熊本病院の院長先生になった先輩、大学院受験から院生時代を村里下宿で過ごし熊大工学部教授になった先輩、世界を舞台にする大手の鉱山会社に入り常務まで出世した後輩なども村里下宿にはお世話になりました。また玖珠さんの名誉のためにも補足すれば（後日おばさんに聞いた話です）、私が卒業した直後に彼の母親が訪ねてきて、性根を入れ替えさせようと強制的に実家へ連れ戻したそうです。すると一切口をきかなくなったので、もてあまして再び村里下宿へ戻し、七回生で工学部を卒業させるべく知恵を絞られたとか。それは、酒を断ち学業に専念して卒業すれば、この女性と結婚させてあげるとの見合い作戦でした。おばさんもその相手の写真を見せてもらったそうですが、女性でも息をのむほどの美女が映っていたとか。玖珠さんはたちまち心を入れ替え酒もやめて学業に励み無事に卒業して、出身地の市役所に就職も決まります。そしてめでたくその女性と結婚して酒も飲まずにまじめに働いているとの話でした。酒断ちの話も美女の話もにわかには信じられなかったのですが、村里下宿へも嫁さんを連れて挨拶に来たとおばさんが相好を崩して太鼓判を押します。私は漫画の世界みたいな人生を送る男もいるものだと感心するとともに、放校処分をぎりぎりに回避して卒業し、美人と一緒になれた玖珠さんに心の中で喝采を送りました。

私が主務となった関係で、飄々庵では幹部たちが集まって硬式庭球部の運営会議などを頻繁に開くようになります。また自宅通勤の先輩たちのなかには講義と練習の合間のちょうどよいつなぎの場所として藤川の部屋を利用する人たちもいました。それを知った後輩たちも集まりだして練習の前後にちょっとしたサロンみたいな雰囲気が生まれてきます。昼間はインスタントコーヒー夜の酒と、誰が持ち寄るでもなく賑やかな集いの部屋になってしまうのです。医学部山上先輩にいたっては、白川向こうの自分の下宿から布団まで藤崎の部屋に持ち込んで、頻繁に泊まるようになりました。川向こうまで帰るのが面倒くさいとの理由でした。講義が終わっても瓢々庵へ顔を出すことが多く、自分の部屋へは実家からの送金受け取りに行くときぐらいになります。もっとも行きつけの雀荘が瓢々庵には近いことも一つの理由のようではありました。もともとテニスコート横には小さな部室があるのですが、そこは着替えと用具置き場にしか使えないので、瓢々庵が実質的にはコミュニケーションを深めるための部室の役割を担うようになっていくのです。

幹部でもない藤崎は人が集うことを嫌がることもなく先輩や後輩たちを迎え、ときには「瓢々庵には女っ気が足りないんだよ」と、後輩たちに女性部員を誘うように命じます。後輩たちはしだいに忠実に誘ってくるようになります。冬枯れの野に春が近づき少しずつ花が咲くように、瓢々庵にも一輪一輪と可憐な花が見られるようになりました。常連のように出入りする先輩後輩たちはおばさんときちんと挨拶を交わし、顔と名前を覚えてもらい気軽に出入りできるようになります。あまりにもオープンな構造の下宿屋であったせいか、村里のおばさんは夜更けでもない限り異性が訪ねてくることを細かく注意することはありません。もちろん「女性を泊めたらだめよ」と釘を刺されていましたが。テニス部員が新たに入居するときにはおばさんに絶大なる信用のある池内大先輩が、その都度おばさんに一声かけてくれるのです。そのお墨付きをもらったテニス部の下宿生を訪ねて来る面々をも、すっかり信用してくれるようでした。初顔が来るときには、おばさんに会ったら自らまずテニス部何回生の何者だと自己紹介するように指導していましたが、その機会がなかったとしてもおばさんから「あの人は誰、何学部の人」と聞いてきます。教えると大抵の者の顔をすぐに認識して、出入りを大目に見てくれるようになるのです。

四、幹部の仕事

夕方六時を過ぎてもコートを飛び交う白球を十分に認識できる春四月。我々幹部の采配も板についてきます。西の金峰山に陽が落ちるころ、私は、練習の全体状況を眺めながら榎田サブキャップに練習終了の号令をかけるように告げるタイミングを見極めます。レギュラー部員や先輩たちのゲーム形式の練習に区切りがつくのを待つのです。終わりそうにないときには近づいて行き、こう告げます。

「これをラストゲームにしてください」

いかなる先輩部員であれ幹部からこの言葉を告げられたら、素直に従うのが熊大硬式庭球部の伝統でした。キャプテンやサブキャップが練習中の時は主務である私が号令をかけることになっていました。

「全面ラスト〜！」

コートの隅々まで届くように大声を発します。たちまち四面のコート上で動きが停止していきます。この瞬間こそが幹部を引き受けた責任を自覚する一瞬でもありました。直ちに一年部員が走りながらコートブラシをかけ始め、その後を追うように箒を持った部員がラインを掃いて土を除いて行きます。

作業が終わるとコート中央にその日の全部員が集まりクーリングダウンの体操を始めます。ラジオ体操第一を指名された下級生が声を出してやり始めますが、コート上の雰囲気は緊張が解け和気あいあいとしたムードに変わっています。キャプテンもしくはサブキャップから短い訓示があり、主務である私は伝達事項がある場合のみ話しかけます。それが終わるとキャプテンか主務の私が「解散!」を発します。西に目を向けると、金峰山の裏側に沈んだ太陽に照らされた夕映えのなかに峰々のシルエットがくっきりと浮かび上がっており、その光景を見ながら練習を終えることができると、責任感の重さが和らぐような気持ちになりました。できることなら、黄金色から色褪せてしだいに薄暗くなっていく西の空をそのまま眺めていたい衝動に駆られるのですが、次の用事が待ち受けており急いで下宿へ戻らねばなりません。

コートを出るころには疲労に空腹が重なって足取りも重く、飄々庵に着く前に夕食を摂らないと貧血を起こしそうな気がしてきます。練習が終わるころにはすでに料金が安い学生会館の食堂は閉まっており、帰り道にある国道五十七号線沿いのいつもの食堂に立ち寄ります。懐具合と相談しながらどの定食にするか毎回のように悩むのですが、頼める品は限られていました。

「とんかつ定食、ご飯大盛り」

と叫びたいのを、

「ハンバーグ定食、ご飯普通」

小さな声で注文します。ハンバーグの名前ではありますが、実際は、直径十センチ程度の薄い魚肉ハンバーグが二枚、野菜と一緒に同じ皿に乗っているだけです。みそ汁は豚カツ定食と同じなのに代金は百円以上も違います。二十歳前後の胃袋は猛烈に不満を訴えるのですが、脳味噌は意外と冷静で奨学金が入るまであと三日は我慢しろと胃袋に言い聞かせてくれます。仕送りの多い藤崎は私に遠慮なんかしません。食べたいものを注文します。二人はぺろりと平らげると飄々庵へ戻り、すばやく「吉田湯」へと汗を流しに出かけます。私の部屋で八時からの幹部会を済ませて、翌日の学業の準備に取りかからないといけないのであまり時間はありません。吉田湯は同じ国道沿いにある銭湯でした。風呂から上がって外に出ると道の反対側のラーメン屋「黄河」から、うまそうなラーメンの匂いが漂ってきます。風呂前に食べた「ハンバーグ定食」など、もう胃袋が忘れてしまっているのです。

幹部には何かと打合せや確認すべき事項が多く、頻繁に幹部会を開いていた記憶があります。このころはすっかり慣れて来たころでした。幹部になりたての最初の幹部会のことを思い出します。幹部全員が揃い、藤崎にもオブザーバーとして参加してもらいました。司会進行は主務の役割で、先ず谷川主将に年間の練習基本指針の考えを述べるように振ります。主将曰く、

「昨年度の南九州王座は熊本商科大に苦杯をなめさせられた。来春の我々の代で王座をぜひ奪還したい。そのために日ごろの練習には全力を尽くす」

キャプテンらしく強い熊大庭球部を目ざしたいと決意を述べます。

南九州王座決定戦とは、全日本王座南九州予選のことで、熊大、熊本商科大、長崎大、宮崎大、大分

大、それに鹿児島大と鹿児島経済大の七つの大学の硬式庭球部が団体戦で戦い、優勝校が南九州の王座として一年間の栄誉に輝き秋の九州王座をかけて福岡代表と戦う権利を得ます。男子の南九州王座には長らく熊大庭球部が君臨していたのですが、前の年は熊本商科大に決勝で敗れ初めてその座を失っていました。女子は王座に輝いたり失ったりを繰り返していたようです。男子が敗れたときの戦評を読むと、不慮の事故があり、ドロー（対戦相手組み合わせ）の読みも外れたことをほのめかしてあります。福岡県には九大、西南大、福大の強豪テニス部が存在し別格の扱いを受けていました。それゆえ福岡県を除く六つの県の大学で南九州王座を争っていたのです。

谷川キャプテンの方針に対して副将はじめ異存は全くなく、レギュラー選手の強化と若手の育成をいかにして達成していくかが我々幹部の重要なミッションとなりました。主務の責務としては主将方針に応えるべく部を安定して運営していく手腕を問われます。わかりやすく言えば、レギュラー選手たちが日常の練習に専念できる環境をうまく整えられるか、新入りの増員を図りレギュラー候補生を確保し合わせて部費の増加を図れるか、全員参加の夏の合宿実施とレギュラーおよび準レギュラーだけが参加する春の強化合宿費用を捻出できるか、実施日が決まっている個人の対外試合により多くの部員をいかにして参加させ経験を積ませるか、入部したての若い部員が辞めないようにテニス部活動に前向きに興味を深めさせるにはどうするか等々です。どの課題を実施するにしても先立つもの、つまり部の予算の担保が先決でした。部の予算は、部員から集める部費と体育会本部を経由して大学から支給される補助金がベースとなります。主務の役割としては、補助金を削られないように大学事務局に対して詳しい活動報告を提出し、大学の持ち物であるテニスコートの維持に積極的に取り組む姿勢を示すためにも必要な資材の提供交渉、また体育会本部と連携をスムーズに行うために本部主催のイベント協力や本部役員の派遣など、全方位の気配りが必要でもありました。

初めての幹部会では次に年間行事のあらましを私が説明し、会計担当の内園に部費がどれだけ残っているかを報告してもらいます。預金通帳を示しながら話す内園の残高説明を聞くと暗澹たる思いにかられました。予想以上に引き継いだ部費が少ないのです。岩尾先輩の件で出費が嵩んでおりさらに出費は増える見通しでした。急きょ穴埋め対策を考案しなければ、運営が立ち行かなくなります。これでは日々の練習の必需品であるニューボールの購入にも事欠きそうでした。ニューボールよりもはるかに廉価な使用済み球の購入も手配しないといけないようです。使用済み球とは公式戦などで一、二度だけ使用されたニューボールのお古のことです。新古車みたいなもので、レギュラーによる公式戦直前の練習試合にはニューボールを使って試合感覚をつかんでもらう必要がありますが、普段の練習には使用済み球で我慢してもらうしかないのです。それすら使い古すと白球の毛がすり減って汚れたツルツルのボールになります。

そのボールが一年部員の練習球になります。毛が少なくなった玉は滑りやすく、未熟な初心者には扱いにくさが増すのです。しかしたまにではありましたが熱心に球拾いをしていて上級生レギュラーの目に留まると、例えば

「おい、そこの一年坊主、名前は?」

「ハイ、松尾です」

「よし松尾、ラケットを持ってコートに入れ」

と声をかけてもらえるのです。あまり汚れていない使用済み球で相手をしてもらうときの緊張感とボールにまだ毛がいっぱいの手触り感が嬉しくて、わずか五分程度のラリー練習にすぎないのですが、「全面ラスト！」の後もしばらくは感激が持続し充実した一日に思えたりするのでした。テニスを始めたばかりの我々にとってはこうした経験がテニス好きになるきっかけとなります。初心者の心理をわかっている先輩たちの心遣いでした。

五、全面ラストで陽は落ちて

再び会議の話です。私が受け継ぎ管理していたニューボールの在庫は残り少ないものでした。取り急ぎ内園の了解を得てニュー缶一ダースを発注することに。ひと缶に四個のニューボールが入っていますが、一度にあまり多く購入しても、ボールの空気が自然と抜けて適度な硬さを維持できなくなるのです。ちなみに当時の硬式庭球のボールは全て白球でカラーボールはまだ登場していません。来るテニス部総会では滞納部費の督促を徹底することも確認しあいました。

熊大硬式庭球部として一年間にどのような行事に参加していたのか、当時の部誌「Ａｃｅ」に拾ってみます。公式対外団体戦には先に上げた南九州王座決定戦のほかに、熊本商科大学対抗戦、五大学連盟対抗戦、医学部メンバーだけによる九州山口医科歯科大対抗戦などがありました。個人戦では、春季九州学生選手権、九州学生新進トーナメント、熊本学制選手権大会、熊本オープン、部内行事のヘルプレストーナメント、同じくハンディキャップ大会などを見ることができます。レギュラーが部の予算で参加できる対外団体戦はともかく、主要な個人戦は福岡で開催されることが多く、個人戦すべてに参加遠征するには個人負担は重すぎました。参加する者は年によって参加する試合を選択し、ただ同然で泊まれる九州大学学生寮の田島寮を予約して利用します。しかしその寮室たるや想像を絶するオンボロで、畳は朽ちてうっかり踏み込むとへこんでしまいます。場所によっては床板まで腐りかけていたようで、いたるところに黴が生えゴキブリが徘徊していました。それでも目的は試合に勝つことなので野宿よりはましと割り切って、比較的ましな畳を選んで寝ることにしていました。熊大生だけではなく他大学のテニス部員も利用していたようです。

一日一日と陽が長くなっていくテニスコートで、「全面ラスト！」の声が響く日が続きます。しかし新入部員の数は思うように増えません。私や内園が入部したようなインチキ酒勝負で新人をひっかけるわけにもいかず、急遽部員募集のポスターを作成することにしました。飄々庵で後輩たちに手伝わせて数枚を作り上げ、学生会館の庭に机を持ち込むと臨時受付所として、二年生、三年生部員たちに交代で呼び込みをさせます。私は体育会本部が開催するクラブ説明会に赴き硬式庭球部の魅力を語ります。一方で地元出身の谷川キャプテンに頼み、あらゆる伝を使い熊本出身合格者のなかで硬式庭球部経験者がいないかリストアップを試みます。こうした努力が少しは実ったのか、徐々に入部者が増えてきました。なかには飛んで火にいる夏の虫のように、黙っていても入部を希望する我が武雄高校後輩の宮本もいました。宮本は私を追いかけるように西山下宿を出て、村里下宿の長屋に引っ越して来ていました。私を慕ってというより、西山下宿で触れた硬式庭球部の人間関係の面白さに魅かれてふらふらとついて来たような感じでした。

またある日には関西弁丸出しのおっさんみたいな男が入部希望でやって来ました。話を聞くと私と同年、つまり二浪して工学部に入学したつわものです。テニスの経験があると言います。対話中に一年前に入部していた大阪出身の部員安原が近寄り、

「中山さんではありませんか？」

と尋ねます。間違いないことがわかると、関西地方の高校テニス界ではかなり名の売れたプレイヤーであると尊敬する面持ちで私に紹介します。すぐにレギュラーとして使える新人が入部してきた瞬間でした。さらに地元熊本の経験者たちも入部してきました。谷川キャプテンが伝を活かし声かけ回った成果でした。岩尾先輩が亡くなり、河原、丸山、北町先輩たちの年代が卒業して淋しくなった工学部コートにも、五月の連休を前になんとか募集目標に届いた若者たちの顔ぶれが揃いました。白川岸の葦の緑が色濃くなり、はや初夏を感じさせる風を運んできます。コートいっぱいに広がる部員たちの姿を見ると、主務として半分ほどの道のりを超えたような安堵を覚えました。西に目を向けると、規

定の練習時間を終えるころになっても陽はなかなか金峰山に沈まなくなっていました。

山の端にまだ届きそうにもない太陽を、強引に引きずり落とそうとするかのような榎田サブキャップの吠える声が響き渡ります。

「全面～ラスト～！」

しかし終礼後の解散を告げてもまだ明るい工学部コートには、罰としてのテニスコート周回ランニングや居残りの自主練習を続ける若手部員の姿が増えています。周回ランニングとは、例えばコートネットのセンターバンドの高さ設定が不正確であったり、練習中にミスが多かったりすると上級生から
「終わってテニスコート三周！」「今すぐ一周！」

などと与えられる罰なのです。コートの場外を走り終えると罰を与えた先輩に報告しなければならず、練習後の周回なら先輩が帰る前に急いで走らねばなりません。うっかり忘れて走らずに帰れば翌日倍の罰が与えられます。またレギュラーでもない若手部員は、普段の練習時間内では十分にコートを使えず欲求不満がたまります。解散後に自主練習するしか欲求不満解消はできないのです。そのときは後輩から先輩へ逆指名で練習指導を申しこむこともできるので、日ごろ罰を与える先輩への意趣返しもできるのです。ほかにも後輩部員をポテチンで鍛えようと虎視眈々の先輩も残ります。ポテチンとは、ネット中央に立つ先輩がバックラインぎりぎりに落ちるように上げたロビングを、後輩たちがネット中央から必死に追いかけ相手コートの奥深くへ確実に返球する練習です。薄暗くなってもで

きるメニューでした。先輩に指名された若い部員たちは帰るのをあきらめ、先輩が待ち構えるコートに集合するしかありません。ロビングのボールは左中右の三方向へでたらめに上がります。相手コートへ深く返すまで何球も続き、瞬発力を要求されるので、若い部員はすぐにへとへとになる恐怖の練習でした。

やがて太陽は金峰山の後ろに姿を消し、高く上がったロビングボールも夕闇に溶け込んで見えなくなります。若者たちが発する気合い入れの声も、いつの間にか初夏の闇に飲み込まれてコートは静寂に包まれます。

全面ラストの声が響き渡る
ほっとして、空腹に頭は鈍る
金峰山の浮雲は豚カツの姿
はっとして、金欠に身が縮む
友よ共に貧しき夕餉の席へ
りんとして、空腹を鎮めよう
されど胃袋は紳士にあらず
ぐうと鳴き、ひもじさを笑う

六、夏季合宿

夏の合宿は、八月下旬に行われるのが恒例でした。日中の暑さは凄まじいものの、旧盆を過ぎて夜ともなれば涼しさが戻り熊本盆地特有の蒸し暑さも和らいで、幾分は眠りやすくなるからではなかったかと思います。というのも合宿所として利用する施設は古い熊大武道館で、この建物には冷暖房装置などはもともとなく、シャワールームはあったものの温水はおろか水さえもろくに出ないほどの旧式でした。幸いすぐ近くには竜宮温泉という銭湯があり、全員で利用できるので助かりました。トイレにいたっては男性の小用便器以外は誰も使いたがらず、近くの法文学部の建物や学生会館のトイレを利用していました。

この古い木造武道館は北キャンパスの東門の近くにあり、通路向いの庭園の中には教職員宿泊施設兼宴会所の「知命堂」があります。武道館は大学の施設なので利用料が極めて安く、テニス部全員が寝泊まりできるスペースを確保できるのも得がたい魅力でした。広い板張りの道場に男性部員が寝泊まりし、仕切られたバックヤードを利用して女子部員が寝泊まりできるスペースを確保できました。お盆過ぎで多少は涼しくなるとはいえ、窓という窓を開け放って外気を入れないと耐えられない温度になります。そうすると日ごろから汗臭い連中をめざして藪蚊が遠慮会釈なく進入してきます。広い部屋なので蚊帳を吊ることもできず、蚊取り線香をいたるところで焚いて眠るのです。板張りに敷く布団と腹にかけるタオルケット程度は各自持ち込みでした。

この年の私の合宿参加費用は設計事務所のアルバイトで稼ぎました。武雄高校古山先輩が工学部土木科から建築科へ転籍し、修行を兼ねて働いていた設計事務所の手伝いに誘われたからでした。前年までの土建屋さんの現場バイトと違い、屋内で扇風機が回っている涼しい事務所勤めです。設計図を青焼きし図面集として製本することが主な仕事でした。江津湖南の出水町にある事務所まで飄々庵からは自転車で通いました。合宿費用に目途がつくと急いで帰省し、故郷では短日を過ごしただけで熊本へ戻ります。幹部としての任期後半の最大行事である合宿を成功させるための、様々な準備が待っているからでした。主務として仕切る全員参加の合宿です。気になることだらけでした。

合宿期間中の練習メニューは主将と副将任せなのですが、合宿をスタートさせ無事に運営していく裏準備は私と内園の役割です。朝昼夜の三食は学生会館の生協に委託することで話は付いていました。ただ牛乳やフルーツなど通常の定食に付加する食品、食べ放題で対応してもらうご飯のこと、朝食時間を通常の営業時間よりも早めてもらうことなどの確認が残っています。我々よりも先に武道館を利用している他の部の合宿が終わるのを待って、施設のチェックも必要です。合宿中にコートの前に張るテントは約束通りに借りられるのか、休憩時間の水分補給用ミニタンクや氷の手配は間違いないか、使用するボールの数は足りるのか、合宿解散後の打ち上げ場所の確認などなど、気にしだしたら次々と懸念が湧き上がり実家に落ち着いてはいられないのです。幹部たちも早めに下宿に戻って来ます。

布団類を前日までに合宿所に持ち込み終えて、開始当日は朝八時少し前までにテニスコート合宿テントに集合です。この年は総勢五十名ほどが参加していました。早朝から情け容赦なく照り付ける太陽が、これからの一週間を乗り切れるのかと、居並ぶ部員たちを挑発しているようでした。夏季合宿の目的は個々の技術向上よりも過酷な炎天下での合同練習を全員で耐え抜き、熊大テニス部員としての連帯感と達成感を味わうことで、結果的には強いテニス部をめざす絆の育成を狙う点にあるようでした。先輩による陰湿なイジメのようなしごきもありません。若い部員自らが自発的に向上心を高めるような指導が行われ、それに応えようとする伝統が継承されていたように思えます。普段の練習時間では指導が行き届かない素振りやフォア・バックなどの基本フォームのチェックはもちろんのこと、ネットの正式な高さチェックからアンパイアチェアに座っての英語によるジャッジとゲーム進行のやり方まで、合宿中に一年部員も一通りマスターできるようにメニューには組み込まれていました。

主務と会計は午前中の練習メニューが完了する少し前に学生会館の食堂へ向かいます。時間通りに食事を開始できるようにチェックするためです。チェックが終わるころ、練習を終えた部員が空腹に後押しされるかのように駆けつけてきます。全員が揃うと、頃合いを見て先輩の誰かが歌い始めます。食事の歌です。

♬　おいら岬の～灯台も～り～は～、つ～まとふたり～で、沖行くふ～ね～の～

映画『喜びも悲しみも幾年月』のテーマソングです。いつのころからかは不明ですが、なぜか「熊大硬式庭球部合宿食事の歌・おいら岬」として歌い継がれていました。三度の食事のたびに一番だけを歌い終わって「いただきま～す」を唱え、一斉に食べ始めるのです。食堂にいるテニス部以外の学生たちは怪訝な様子で眺めます。私も初めて歌うときは照れ臭かったのですが、合宿が終わるころにはすっかり馴染んでいました。この歌を知らない後輩たちも、ひと夏の合宿で覚えてしまうようでした。食後一時間は休息時間です。私は食堂から近い飄々庵へ戻り、午後の合宿の要点を確認すると三十分程度の午睡を取ることにしていました。いつの間にか飄々庵をたまり場にしている先輩たちも昼寝に集まっています。

八月も下旬ともなれば陽が落ちるのも早くなっています。夕食までの合宿メニューが終わった後に居残り練習をする時間はほとんどなく、手や顔を洗うと食堂へ一目散に集まって完食。幹部たちは翌日のスケジュールや練習内容の軌道修正等の確認が終わると銭湯へ出かけます。竜宮温泉にはすでに部員たちが入浴しており、あたかもテニス部の貸切り湯のような状況です。中にはひどいインキンで仲間には見られたくない者もいて、合宿所の水があまり出ないシャワーをこっそりと浴びている者もいました。部員の体調を把握しておくのも主務の役目なのです。夏場のテニス練習にインキンタムシはつきもので、風呂場やシャワーで股間の汗をしっかりと流して乾かし、きちんと洗濯した下着にこまめに替えないといつの間にかタムシ菌に住み着かれてしまうのです。ひと風呂浴びたら合宿所で短いながらもくつろぎのひとときとなります。洗濯をする者、床に集まってギター演奏を囲みフォークを唄う者、先輩の武勇伝に聞き入る者など様々ですが、合宿中は禁酒が徹底されているのでこの時間に騒ぐものはまだいません。風通しを良くするために窓という窓は開け放ち、寝るまでは大きな玄関戸も開放します。当然蚊や虫がやたらと飛びこんでくるので、蚊取り線香が絶対必需品となり、窓のそばはもちろんのことそこら中に焚いて燻します。

七、夜の合宿

九時をもって消灯となり玄関戸が閉まると、全員が板張りに敷いた布団に横になります。ここで先輩から指名を受けたノリのよい後輩が進行役を仰せ付けられ、夜の合宿こと「別名深夜放送」タイムとなります。進行役にはアシスタントも付いたりして賑やかに進行しますが、夜の合宿は無礼講で進行役は好き放題に話題を振りまくことができるのです。日ごろは怖い先輩をわざと指名して歌わせることだってできるのです。歌を渋る先輩へは全部員のブーイングが続き、歌わずにはいられない雰囲気になるのです。十日間の合宿期間中には主な上級生のほとんどに歌のリクエストがかかり、その反応を聞いているうちに意外な人柄に触れたりもします。リクエストは女性の部屋へも飛びます。壁を通して返歌があれば大喝采。また誰かが進行役をそそのかし先輩の秘密の暴露を仕掛けることもあります。こんな風に、

「〇〇先輩質問があります」

「なんか？」

とその○○先輩。

「先輩の彼女は△△さんですか？」

ストレートに尋ねます。

「打たるっぞ（ぶん殴るぞ）貴様！　俺の布団へ来〜い！」

と先輩、すると進行役はすかさずひときわ大きい声で、

「△△せんぱ〜い、本当でしょうか？」

壁向うの女子部屋に聞こえるように叫びます。

「おぼえておきなさ〜い、ただじゃすまないわよ〜！」

女性の声でうっかり認めてしまう返事があったりして、暗闇の合宿所は大騒ぎとなります。

かくして夜の十時半ごろには横になったままでの騒ぎも最高潮に達します。

こんなこともありました。真っ暗な中で騒いでいた時、閉めていた武道館入り口が開くと懐中電灯の光がさしこみ、誰かが叫んでいます。

入口に近い場所で寝ころんでいた後輩が
「静かに〜、誰かが来てますよ！」

と繰り返します。一瞬静かになった部屋の中へ
「責任者は出て来なさい！」

懐中電灯の光と一緒に高圧的な声が飛び込んできました。こんな場合の責任者は主務である私です。

布団を出て入口へ近づくと二名の警官が立っていました。

「君が責任者か？　いったいここでなにを騒いでいる？」

「はあ、テニス部の合宿中です」

「近所から通報があった。毎晩毎晩うるさくてかなわないと」

もう一人の警官が
「合宿なら合宿らしく、もっと静かにしてくれないと問題になるよ」

中の様子を懐中電灯で探りながら言います。

「わかりました、以後気を付けます、全員静かに就寝！」

と叫んで谷川主将と一緒に平身低頭で玄関の外へ警官を送りに出ると、東門の外に一台のパトカーが赤色灯を点滅させながら駐車していました。さすがにサイレンは鳴らさずにやって来たようでした。警官といえどもキャンパス内へのパトカー立入りは遠慮したようです。パトカーが帰るのを見届けて戻ると、

「諸君！　十時を過ぎればもっとボリュームを落として騒ぐように」

と注意はしましたが、こんな楽しい伝統的行事をおとなしく寝てすごすような連中ではありません。

相変わらずバカ騒ぎが続いていたその二、三日後
「あっ、パトカーが来た！」

窓際の後輩が叫びます。構内を囲む土手の外を明滅しながら近づいてくる赤色灯に、いちはやく気

づいたようです。騒いでいる部員たちも敏感に反応します。

「全員就寝！　一言もしゃべるな！」

瞬時に静まり返り、なかにはわざとらしく鼾をかく者もいます。近づいてきた懐中電灯の明かりが合宿所の中を照らしました。しかしだれ一人ひと声も発しません。しばらく様子を窺っていた警官も、現行犯ではないので去っていきます。その後は合宿終了まで警官が来ることはありませんでした。このような夜のバカ騒ぎも十一時頃になると自然に収まり、合宿所の中からは鼾ばかりが聞こえだします。昼間の体力消耗と夜のバカ騒ぎで、暑い夜でも翌朝六時の起床号令まではだれもが熟睡するのでした。

一人の脱落者もなく合宿最終日となりました。下級者が覚えるべきコートマナーに基本練習メニュー、上級者の技術アップメニューなど予定通りに前日までに終えて、この日のほとんどの練習は試合形式で進行します。入部以来ボール拾いばかりさせられてきた新入り初心者たちも、この合宿でまがりなりにも試合を行えるようには成長するのです。紅白に分かれての対抗試合い形式で、ベテランと初心者が組んで戦うダブルスもあり、楽しい和気あいあいとした最終日となります。そして午後は早めに練習を終了し、合宿所である武道館に集合します。各自の荷物を整え一斉に掃除を終えると、その場で谷川主将から合宿終了解散の短い訓示があって十日間の合宿は終わりです。

夜は六時から予約しておいた居酒屋で打ち上げとなるのですが、私はその日午後から体が重く、合宿所に集合した時には発熱をはっきりと自覚するほどに不調となってしまいました。元来発熱には弱い体質で、打ち上げに参加できるような気分ではなくなりました。打ち上げの対応を内園に頼むと飄々庵へ引き上げます。持ち帰った布団を敷くとそのまま寝込んでしまいました。翌日も熱は下がらず立ち上がれません。合宿最終日、無事に終える目途が立った時に緊張の糸が切れたのか夏風邪を引いたようです。荷が重いと思いつつ引き受けた主務の労苦が私には堪えたようでした。思いのほか体長は回復せず、気管支が弱い私は咳にも悩まされました。三、四日は横になっていた記憶があります。同じ下宿の藤崎ばかりではなく、池内大先輩や河町さんはじめ幹部連中が入れ替わりに見舞って世話をしてくれました。そして村里下宿のおばさんは毎日声をかけに来て、おかゆなどを作って元気づけてくれます。おそらく池内先輩がおばさんに頼んでくれたのであろうと思います。

一週間ほどして私が元気になったようだからと、池内先輩が同期の河町さんや後輩の小泉さんそして中山を誘って阿蘇へドライブに連れて行ってくれました。合宿の打ち上げにも参加できなかった私の慰労会だと言って、弁当を準備して初秋の阿蘇を訪ねたのです。しかし私はひどい車酔いになり、ドライブをぶち壊してしまいます。前夜に中山と痛飲していたことが引き金となり、中山も私と同様に車酔いになります。阿蘇の草千里に着いても車の中でぐったりして押し寄せる吐き気に悩まされ、景色を楽しむどころか弁当さえ口にはできません。ほうほうの体で下宿へ戻るとまた二、三日寝込む始末でした。一度酔った状態になるとすぐには治らないこの症状は私の持病みたいなもので、もともと三半規管が弱い私は疲れや寝不足の時に眩暈を起こしてひどい車酔いに似た状態になります。人生の後半になって判明したのですが突発性頭位眩暈と呼ぶものらしく、子供のころから青年期を経て壮年期になっても治ることはなく、その状態を引き起こさないように注意しつつも今なおうっかり発症すると、一晩熟睡しないと症状は軽くならず、年に一回や二回はこの気分の悪さと戦っています。さて私が主務として裏方を担当した夏季合宿は、かくして何とか無事に終えることができました。発熱によるダウンで落伍する醜態を、終了ぎりぎりに回避できてホッとしたのが実感です。

八、徹麻レギュラー選手

おそらく主務であった私と当事者か知らない、いや当事者ももう忘れてしまったかもしれない裏話を書きとどめておきます。

医学部山上先輩の話です。確か、熊本商科大との定期対抗戦の日であったと思います。工学部コートに早めに集合して幹部とレギュラー選手で、相手の商科大とのドローを最終検討していた時のことです。ドローとは相手チーム選手との試合の組み合わせのことですが、この商科大対抗戦でのドローの場合はダブルス三試合シングルス四試合の出場選手名を試合直前に交換して、渡した通りの順序の組み合わせで戦うことを正々堂々と誓う約束みたいなものです。ただし相手より実力において圧倒的に優位な場合はあまり意識せずに強いもの順で書いて渡しますが、実力が拮抗しているときなどは必勝のために真剣に相手の出方を読みます。つまり一番強い相手の選手に当方の一番弱い者を当ててリスクを軽減しておくと残りのゲームの勝率が上がります。一番手に誰が来るか二番手は誰か、そしてその次はと過去のドローや相手の癖などを考慮してぎりぎりまで考え抜くのです。読みが当たれば楽勝となることもあり、当方のドロー原案は谷川キャプテンが数日悩みぬいて用意しました。そして試合前に先輩レギュラーたちと話し合って最終決定することになっていました。当然レギュラーに選ばれている以上は学業や家族のやむを得ない事情がないかぎり、公式戦には必ず出場する責務があるので試合当日は遅れないようにコートに集合します。キャプテンも前日の練習時までにその旨を念押しはします。

さてその朝、集合時間になってもやって来ないレギュラーがいました。山上先輩です。ドローではダブルス、シングルスどちらでもキーマンになっています。ダブルスでナンバーワンペアを組む相方の柳中先輩に聞いても、遅れる事情は聞いていないと言います。不吉な空気がメンバーの間に流れました。柳中先輩が私に問います。

「山上の居場所はわかるか？」

「たぶん、きのうの流れからすれば雀荘ではないかと」

「くそっあのバカが、徹マンか。松尾、雀荘へ行って連れて来い。少しは時間を稼ぐ、急げ」

「はい。谷川、間に合わなかったときは代案を交換してくれ」

互いの選手が揃えばコートに整列してドローを交換し、予定時間には試合を始めなければなりません。選手が揃っていないからと、長くは待たせられないのです。私は近くにあった自転車で雀荘へ飛ばします。暇なときには雀荘で麻雀を打つのが山上さんのスタイルであることを知っていました。しかし、私が知っている雀荘に居ればいいのですが、私が知らない行きつけの雀荘もあると聞いていたので、可能性は五分五分でした。

大学に近い国道沿いの建物の二階にあった雀荘入口へ着き、自転車を放るように立てかけると駆けあがりました。

一組だけ麻雀をやっている卓があります。卓の周りを煙草の煙がよどんで立ち込めています。私が息も切れ切れにドアを勢いよく開けて駆け込んだので、煙の中から四人が一斉に私を見ています。いましたその中に山上先輩も。

「山上さん、試合！　商大戦！　急がんとデフォになります！」

と叫ぶと、山上先輩は一瞬はっとしたようでした。おそらく徹マンの流れのなかで対抗戦のことを忘れていたのだと思いました。しかし山上先輩はなぜかニヒルな表情になり、

「俺の代わりはテニス部にいくらでもおろうが。麻雀は四人おらんとできんとぞ」

私が想像もしていなかった滅茶苦茶な言い訳をします。

「柳中さんが怒ってますよ」

「戻って柳中に言え、お前だったら俺以外の者と組んでも勝てるて」

私は呆れて怒り心頭に発し、

「先輩が一緒にコートへ行くまで、ここを離れません！」

私が山上さんを睨んで横に立つと、ゲームを続けていた麻雀仲間の人たちが次々と口にし始めました。

「山上、もういいテニスに行ってやれよ、こいつが睨んでいたら集中できんやないか」

「そうたい、白けてしまったぞ」

「山上、お前の試合が終わるまで待つ、しばらく休憩、休憩」

結局麻雀は中断となり、山上先輩はぶつぶつ文句を言いながら、私の後を雀荘から降りてきます。

「私に文句を言う暇があったら、この自転車でコートまで走ってください。急げばまだ間に合いますから」

いつまでも文句を言いながら自転車を漕ぐ先輩の後を、私は走りながら急き立てましたが、途中でなんだか走るのが馬鹿らしくなり、結局歩いてコートへ戻りました。

コートに着くとドロー交換は無事に終わったようで、試合が始まりかけていました。山上先輩もダブルスの試合に入っています。先輩のテニス用具一式は飄々庵に預けてあったので、毎度のことのように藤崎が気を利かして持ち込んでいたようです。ドローがうまく当たったのか山上・柳中ペアはそれほど苦戦もせずに勝ちました。問題は山上先輩のシングルスです。徹マンで寝ていないうえに食事もろくには取っていないはずです。案の定、試合が始まると押されっ放しのように見えます。しかしゲームポイントが不利になっても、足運びがヨロヨロしているようには見えても、コーナー深くに鋭く打ち込まれたボールに追いついて、しぶとくサイドラインぎりぎりに、相手のベースライン近くへとヒョロヒョロ球を巧みに打ち返すのです。

山上先輩の真価は相手の動きを読む勘が鋭いところにあると私は思っていました。試合巧者ほど相手がどこへボールを返すか、その心理をいち早く読んで対応するのですが、山上さんは麻雀で鍛えた勘なのか、その鋭さは抜け出ていたように私には思えました。勘が外れれば潔く見送って追いません。当時は今よりもガット面が狭いウッドラケット全盛の時代で、狭いスイートスポットで的確にボールをとらえないとボールコントロールが難しいのです。もちろん現代のようなパワーテニスなどできないラケットでしたから、鋭いクロスを打ち込んだ相手は、もうほぼ仕留めたと思い返球も来るまいと、ネットに詰めたままヒョロヒョロボールを見送るだけでした。その後も攻められ続けても、山上先輩はなんとかカバーしヒョロヒョロ球を効果的に打ち返していたようでした。そのうちに敢然と攻め続けているはずの相手がミスを連発するようになります。ゲームカウントもいつのまにか逆転していきます。結局、試合が終わってみると山上先輩の際どい勝利でした。敗者のようにうなだれ疲れ果てた表情で引き揚げてきた山上先輩は、自分の責任は果たしたと言わんばかりにちらりと私を見ると、部室でそそくさと私服に着替え

「松尾、じゃあな」

と雀荘へ戻って行きました。他のレギュラーの目などを気にすることもなく。もちろん対抗戦の結果は熊大の勝利でした。

九、村里下宿隣家火事

昭和四十六年四月四日。春の強化合宿中の出来事でした。我々幹部年度の部の予算が極端に少なかったことは前に話した通りです。どんなにやり繰りしても強化合宿参加者数を例年より絞らざるを得ませんでした。次のレギュラー候補生を育てる意味もあるので若手部員は優先することにして、前代未聞ではありましたが主務である私も留守番役をすることとなりました。夏季合宿に比べて参加人数もはるかに少なく、合宿メニューさえきちんと立てておけば、合宿の運営など幹部レギュラーに任せても大丈夫との判断になったからです。合宿場所である大牟田市のM東圧化学大牟田工場のコートへは、事前に出向いて使用願いや諸々の手続きを終え、食費を節約するために市内の給食センターへメニュー確認と料金交渉にも行って来ました。あとは様子を見るために合宿の中日に自費で行けばいいだろうとの判断でした。

晴天が続く暖かい日の昼下がりでした。北長屋に引っ越してきたばかりの武雄高校後輩宮本は、熊本で浪人生活を始めるという同じ高校の後輩を迎えに熊本駅へ出かけて留守です。藤崎は大牟田の合宿に参加中。同期の楠木が部誌打ち合わせで来ていましたが、私は下宿母屋の玄関前で孫を背負ったおばさんとたまたま立ち話中でした。若夫婦は揃って仕事に出ているようでした。塀を隔てた東隣のYMCA花陵会学生寮の庭で焚火が始まったようです。始めたのは学生ではなく庭掃除をしていた大人のようでしたが、おばさんと会話を中断しその煙を眺めました。学生寮は古い木造二階建てで、好天続きの乾燥している日でもあり気になったのです。

「おばさん、あんな軒下近くで火を焚いて大丈夫かね？」

「煙がよう昇りよるね」

「あっ、炎が立ち昇った。危ないよ、注意しましょう」

「松尾さん、言うてハイよ」

私が声を掛けようと塀際へ近寄ろうとしたときに、寮の二階の板壁にちょろちょろと火が付きました。

「お隣さん、火事になるよ、早く消さんと」

私が叫ぶと、塀の向こうでも消火しようとあわてている様子が伝わってきました。しかし下からではバケツの水も届かない二階部分の壁が燃え出しています。

「松尾さん、消防、消防！」

「電話借ります！」

母屋に駆け込んだ私は一一九番を何度もダイヤルするのですが通じません。

「おばさん、電話が故障しとる。近くの公衆電話でかけてくる」

と飛び出しました。すぐ近くに公衆電話はあったのですが、これも通じません。おかしいなと思ったときに、一一九番へ他からも電話が重なっているのだと納得し引き返しました。

下宿へ戻る途中、天に向かって黒い煙が広がりながら立ち上るのが見えます。村里下宿敷地の外から見ても、学生寮の火勢はもはや手が付けられない状態にまで燃え広がっているのがわかりました。

下宿へ急いで戻ると、おばさんは孫を背負ったまま敷地内を
「火事！　火事！」

下宿中に知らせるように叫びながら走り回っています。

「おばさん、母屋に燃え移るかもしれんから、大事なものを運び出そう」

私が言うとおばさんは、孫を負ぶったまま座敷へ駆けあがると仏間からお位牌を抱えて来ます。そして土間へ降り、土間にあった籠の中へ納めると上から座布団をかぶせ
「これでよし」とつぶやきました。

「おばさん、そこではだめよ、外に出さんと」

「ああ、そうやね」

いつもはどっしりと構えているおばさんも、相当動揺しているようでした。離れている若夫婦の家へお位牌を移すと次に何を運び出すかおばさんに問いかけます。しかし火は村里下宿の母屋の座敷側ではなく納戸がある裏の方へ燃え移りそうな気配です。

「あっ、松尾さん池内さんの荷物を早く出して、早く早く！」

池内先輩は勤務先が変わったのか、村里下宿の納戸に引っ越して来て荷物だけを預けると、大牟田の合宿へ自主参加していました。その荷物を置いてある納戸へ燃え移りそうになり、おばさんが急に

思い出して慌てだしたのです。

納戸に近い裏庭へ向かいかけると、楠木が飄々庵から飛び出して来ました。

「松尾、マツオ！　何から運び出せばいいんか？」

私の指示を仰ぎます。私もとっさには判断できず
「とにかく、金目の物から先に出してくれ」

私が叫び返すと彼は飄々庵へ舞い戻ります。

中庭の奥を見やると、まさに燃え移らんばかりの炎が迫っていました。その激しい火炎に向かって小さなバケツ二個で水をかけている下宿人がいます。玖珠さんでした。飲んだくれのいつもの眠ったような表情とは違い、鋭いまなざしの必死な形相です。

「松尾、燃え移るぞ！　これで水をかけろ！　急げ！」

とバケツ一個を渡すのです。バケツでは意味もなかろうとためらったのですが、顔の迫力に押されて
「み、水は、どこで汲むんですか！」

「母屋の五右衛門風呂に溜まっとる！」

水を汲みに母屋へ入りかけると、楠木が手ぶらでオロオロと火の勢いを確認しては驚き、飄々庵を出たり入ったりしているのが目の端に止まりました。私は必死でバケツ片手に走り回っており、楠木に声をかける余裕はありません。後で思えば私の部屋にも藤崎の部屋にも金目の物など何もなかった

ので、一体何を持ち出せばいいのか見当がつかずに、私に確認したくて出たり入ったりしていたのかもしれません。

二人で何往復かしてバケツで水をかけました。しかしあまりにも熱くて火に水が届くところまでは接近できません。風呂の水すべてをバケツでかけたところで何の消火効果もないことは、文字通り火を見るより明らかな火勢です。とうとう納戸の裏の壁と北長屋の壁がほぼ同時に燻り始めました。北長屋は板壁がむき出しで今にも燃え出しそうな状況です。

「玖珠さんもう無駄よ、燃え移る前に荷物を運び出しましょう！」

ちょうどその時に二人の男性が飄々庵の前に飛び込んできました。見ると顔見知りの熊本商科大テニス部の男子部員でした。まさに天の助けです。北長屋東端の今にも室内にまで炎が移りそうな宮本の部屋から運び出さねばと思ったときでした。彼ら二人は阿吽の呼吸でその部屋から荷物を運び出し始めました。楠木も合流しました。瞬く間に宮本の荷物の大半を飄々庵の縁側の方へ運び移すと、私は納戸のガラス戸を開け池内さんの荷物を運び出しにかかりました。外壁からは炎が上がっています。荷物を一つ飄々庵まで運び出して戻ったときに、燃え移った炎めがけて敷地の外からものすごい水圧の放水が突き刺さりました。北長屋の壁にも水しぶきを激しく散らしながら放水しています。ようやく消防が駆けつけたようです。壁をも突き破るような注水の迫力に、思わず目を奪われ手を止めてしまいました。あっという間に火炎が吹き飛び延焼の火は消えましたが、放水はこれでもかこれでもかと壁に突き刺さります。北長屋の板壁は瞬時に鎮火しました。しかし納戸の土壁は中からしぶとく燻って煙が出ています。
玖珠さんも、宮本の隣の自分の部屋から荷物を運び出し始めていましたが、放水の音に中庭へ出て私と並んで呆然として炎が消滅する様を見つめました。その威力たるやバケツの掛け水とは話になりません。当然のことながらしぶとく注水された納戸は水圧で水が壁を突き抜け水浸しになりました。池内さんの荷物はまだ解かれてはいなかったのですが、荷造りされたままびしょ濡れになってしまいました。玖珠さんはいつものように昼間から酒を飲んで寝込んでいたそうです。バリバリとすごい音がするので目が覚め外に出たら、目の前に猛火が迫ってきたので一瞬にして酔いがさめ、母屋の風呂場に飛び込んでそこにあったバケツ二個に水を汲み消火に当たったと話しました。玖珠さんの真剣な素面の顔を初めて見ました。酒が完全に抜けると、案外いい顔をしているなと思いました。
鎮火すると村里下宿の周辺へも押しかける野次馬が次第に増えてきましたが、ほとんど知らない顔ぶれです。しかし中からひとりテニス部の後輩小泉さんが飄々庵に用事があったからと、何食わぬ顔でひょこひょこと顔を出しました。そして周囲を見回すと
「あれ？　火事だったんですか」
何気なくつぶやいたので、その落ち着きぶりに私も楠木も拍子抜けしてしまいました。引っ越して来て間がなく、整理整頓したばかりの荷物を手当たり次第乱雑に運び出された宮本は、火災のころには武雄から来た後輩たちをちょうど熊本城で案内している最中で、城内の物見台に登って
「俺の新しい下宿は……あそこ、ほら竜田山の麓で煙が上がっているあのあたりたい」

と呑気に教えていたそうです。しばらくして村里下宿に戻って来た彼は、火災の跡を眺めて驚いていましたが、自分の部屋の有様を見ると突然ゲラゲラと笑いだしました。かくなるうえは笑うしかないと開き直っているようにも見えました。

この火事で学生寮一棟が全焼、隣接する村里下宿の一部を焼いて鎮火しました。幸いなことに燃えた学生寮一棟はあまりにも老朽化していたために学生は誰も住んではいませんでした。ほっとして気が抜けたように飄々庵の縁側に一人で座っていると、突然西側の板塀を蹴り破って二人の男が中庭へ飛び込んで来ました。

「なんですか、あなたたちは」

思わず立ち上がると、

「すまん熊本北署の者だ、通るよ！」

と言って細い庭を走り抜けます。見るからに刑事らしい服装です。おそらく火事の現場へパトカーで急行しようとしたのでしょうが、近くの狭い道路は消防関係の車が押し寄せて塞いでいたはずです。やむなく下車して接近したものの、燻る焼け跡がそこに見えているのに村里下宿の広い敷地に阻まれて、現場へ入り込む道がわからなくなり飄々庵の板塀を壊して侵入したようです。しかし火元は隣の屋敷であり、村里下宿とは煉瓦塀で仕切られているために塀をよじ登らない限り行けません。そうなると着ているコートも服も煤混じりの泥水で台無しになります。近道を教えようかと思ったのですがやめました。私の目の前の若夫婦の住まいとの仕切り板塀に、先輩や後輩たちが持ち込んだ戦利品が無造作に掛けてあったからです。

その戦利品とは、市内各地の商店街の街路を飾る祭り提灯や七夕飾りなど装飾品の一部、それに看板類でした。夜中に酔った勢いで失敬してきたものを戦利品と称して、なぜか飄々庵になる前からの村里下宿に持ち込む悪い流行りが一時期のテニス部にはあったのです。警官に見咎められたら答えに窮します。慌てて縁側の床下に投げ込んで隠しました。間一髪、行き場を失った刑事たちが駆け戻って来ます。今度は即座に教えてあげました。横の長屋の手前に裏木戸があるので、そこを開けて外へ出ると火災現場へすぐ行けますと。上通の祭りの舞台に飾ってあった「美少年」か「瑞鷹」の薦樽（もちろん空っぽ）数個も誰かが持ち込んで置いてあったのですが、おばさんから勝手に持ってきてはダメだと説教され、漬物樽にするからと没収されていたのでばれずに助かりました。

破れた板塀からやじ馬が入って来そうだったので応急修理で塞ぎ、おばさんと下宿の被害を見て回ります。南長屋へは延焼もなく、先輩住人のマンドリンクラブ濠さんからは、二十万円もするマンドリンをいち早く抱いて逃げたと報告がありました。北長屋は宮本の部屋の外壁を焼いただけで内部までは火は通りませんでした。結局一番ひどい場所は池内さんの荷物を保管してあった納戸で、それでも一部延焼と放水による被害だけのようでした。その夜、大牟田の合宿所へ電話を入れ火事のことを知らせます。池内さんには荷物の運び出しが間に合わず、ずぶ濡れになったことを報告しましたが、合宿が終わって戻るまでそのままにしておいていいよと、あっさりとした返事でした。

十、名月や竜田の山でバカ騒ぎ

この話は半世紀も昔、まだ大学周辺の下宿街の人々が、あたたかい目で熊大生の蛮行奇行を面白がり許容してくれた時代の出来事です。今やこのようなバカ騒ぎは世間に全く通じないことを予め断っておきます。正確には飄々庵と呼ぶ少し前の村里下宿での騒ぎです。

柳中さんは飲んで愉快に騒ぐことが大好きな先輩です。私が新入部員だった時のサブキャップでしたが、この騒ぎのときは医学部の学二（入学して二年間の医進過程から学部専門課程四年間に進んで二年目という意味）だった柳中先輩たちと村里下宿の河原先輩の部屋で飲んでいたときに、旧制五高時代には五高生たちが褌ひとつになって騒ぎまわるストームというものがあったらしいとの話題になりました。

「おもしろい、松尾。現代のストームを実現せぇ」

大先輩から命じられたら、簡単には断れないのが熊大庭球部の伝統です。私が考え出した答えは、褌はもはや手に入りにくいので、飄々庵で酒盛りをやって意気が上がったら全員パンツ一枚になる。そして竜田山へ駆け登りながら、途中のテニス部員の部屋を襲い全員を合流させて竜田山でさらに飲んで踊る。決行の日は中秋の名月の夜とする。名付けて「名月竜田山ストーム」というものでした。

「名月竜田山！　名月赤城山に似てよかよか！　しかも中秋の名月、最高たい。途中には女子部員の下宿もあろうが、どうするとや?」

「私の計画にはないです」

「いや誘うべきやろ、やっぱり」

と藤崎が反論します。

「じゃあ藤崎、若いもん数人を連れてお前が急襲しろ、竜田山水源地で合流たい」

「やるぞ、こげんとつけむにゃー騒ぎは学生時代しかできん、酒は家から親父のよか酒ばちょろまかしてくっけん任せんか!」

誰よりもはしゃぎだしたのは丸山先輩でした。

かくして昭和四十五年中秋の名月の夜九月十四日、テニスの練習が終わると有志が河原先輩の部屋に集合しました。丸山先輩は約束通り家から特級酒などを持参して来ています。月が中天近くに昇るころまで飄々庵で大いに飲みひと騒ぎして、さあ出陣とパンツ一枚になります。若手数人には特級酒などの一升瓶を持たせたり、途中にある部員の下宿へ道案内をさせたりしながら十数名の一団が、奇声を発し黒髪の下宿街を駆け抜けていきます。道すがら二階の窓から何事かと顔を出す学生も数多く、ますますパンツ集団の威勢があがります。どこかの下宿からうるさいぞと叫びながら男性二人が飛び出してきましたが、我らの仲間四、五人が取り囲んで叫び返すとすごすごと中へ逃げかえります。ある先輩部員の下宿へ着くと早や就寝していた先輩を歌い踊って起こし、その先輩が合流するのを強制します。竜田山に近づくほどに参加人員を増やしながら目的地へと走りました。九月も半ばともなればパンツ一枚では肌寒い気温なのですが、酒の力は頼もしく、走るたびに酔いが回って寒さなど感じません。竜田山水源地に着くとそこでまた寮歌を放歌高吟し踊り回ります。

遅れて藤崎のメンバーが登って来ました。女子部員は一人も連れて来ていません。

「お前ら、本当に女子の下宿へ押しかけたのか！」

先輩たちが怒ります。藤崎が言うには

「行きました、でも一人目がドアを開け我々の姿を見るなり、大騒ぎになったんです」

「なんとか、なだめすかして逃げ出して来ました」

一緒に行った後輩も同調します。

「そうか、ならしょんなか。飲め！」

一升瓶に口を付けて飲み回します。名月は中天高く煌々と輝き、馬鹿者どもは羞恥心をかなぐり捨てて歌い踊り、大いに狂いました。

持ってきた酒瓶が全て空になるころ、そこに静かに忍び寄ってきたものがありました。赤色灯を消したパトカーでした。すぐそばに接近するまでパトカーとは気づきませんでした。窓を開け車内から懐中電灯を照らし始めた警官に真っ先に気づいたのは同期の楠木でした。酔眼で警官と認識した彼は向かって行って絡み始めます。酒癖があまりよくないことをこの時に知りました。怒った警官の一人に

「責任者は誰だ？」

と言われて私も警官と気づきました。絡む楠木を後輩に引き離させると、柳中先輩と一緒にパトカーに近づきます。他の部員たちもこの状況にようやく気付いてパトカーの周りに集まり始めました。

「ここで何をやっている？」

「見事な中秋の名月やけん、月を愛でながら宴会ばやりよっとたい」

とパンツ一枚の柳中先輩。

「裸で宴会か？　もう十一時を過ぎとるぞ」

「これは旧制五高の伝統を引き継いだストームちゅうもんで、裸で踊り狂うのがその伝統です」

と警官たちに解説するパンツ一枚の私。あきれた表情の警官二人。

「喧嘩じゃないんだな？　竜田山で学生たちが乱闘していると通報があったから来た」

「あまり人騒がせなことはしないでくれ」

事情が分かった警官はそれ以上詰問することもなく
「もういい加減に解散しなさい。乱闘じゃなかったと報告して我々も引き上げるから」

「わかりました」

「全員、これにて解散！」

と告げると、パトカーが去った道を小走りで飄々庵へ戻りました。しかし大半の者がパンツは履いているものの、泥酔状態で草履や靴を失くしていました。

帰り着いた飄々庵には正気の者は少なく、痛飲した若い部員ほど服を着るのももどかしいほどに酔っており、便所や縁側に這い寄ると激しく嘔吐を始めます。柳中先輩ともう一人の医学部後輩、それに私ほか元気な者少数で彼らを介抱することになりました。柳中先輩は一人一人の泥酔状態を確かめます。私が新入部員歓迎コンパで急性アル中になったほどにひどく酔っぱらっている者はいないようでした。先輩の指示に従い我々は、吐き続ける者には洗面器をあてがって嘔吐物を詰まらせないように背中を撫でてやりました。ようやく全員の寝息や鼾が聞こえだしたのは午前三時を回ったころでした。柳中先輩から後は自分一人で見ておくから松尾たちはもう眠れと促され、私も朝までぐっすり眠り込みました。柳中先輩も夜明けごろには眠ったそうです。

昼ごろまでには全員が起きだして飄々庵を去り、その日の練習には二日酔い姿の部員が集まりました。誰もがなんとも情けない表情をしています。私は二日酔いを我慢しながら、昨夜の参加者を引き連れて竜田山水源地までランニングです。水源地に着くや直ちに、土手に向かって一列に並ばせ

「今から全員で履物を探すぞ」

上から下へ、下から上へと紛失物の捜索です。昨夜の騒ぎで残した酒瓶やゴミがあればそれらも回収してテニスコートへ戻りました。

十一、屋台「かあちゃん」

金は無いが、時間だけはあった学生が過ごす毎日を思い出してみます。私はわりと真面目に朝から法文学部の講義に出て、試験やレポート提出締切りの前ではない限りテニスの練習時間には遅れずにコートへ。藤崎が真面目に工学部へ出席していたかどうかまでは把握はできなかったものの、テニスコートへは一緒に行くことが多かった日々でした。練習が終わり貧相な夕食を済ませると一緒に銭湯へ行って汗を流します。下宿へ戻るともう腹が減っており、どうしても我慢ができない夜は、無い金を出し合って子飼の屋台へ出かける算段をしていました。二人で合わせて五百円以上あれば「かあちゃん」に行こうと意見がまとまります。子飼交差点の道脇には数件の屋台が並んでいて、我々の行きつけは「かあちゃん」という古めかしい暖簾の屋台でした。名の通り我々のお袋年齢のおばちゃんが一人で切り盛りしている屋台です。ビール、日本酒、焼酎などの酒と、おでんをメインに簡単な手料理や干物類の肴がありました。藤崎は私が村里下宿へ越してくる前から一人で出入りしていたようで、暖簾をくぐり座るや否や

「おばちゃんは、俺の熊本のお袋やん、ね」

すぐに甘えるほどに親しくなっています。

「おばちゃんごめん、今夜は二人で五百円しかないとよ」

「一杯でよかけん飲ませて」

私もつい甘えます。まだ焼酎を飲めない私は、ちょっと高い日本酒なのです。

「いいよ、一杯だけじゃなくても。おでんは？　サービスするから好きなものをどうぞ」

おばちゃんも貧乏学生の我々には優しく、コップを溢れて受け枡に半分は溜まるほどたっぷりと日本酒を注いでくれるのです。

藤崎はかなりプライベートな愚痴を聞いてもらっているようで
「ほら、あの悩みはどうなったの、藤崎さん」

おばちゃんから話題を向けることもありました。私には言えないことも話していたようです。入れ替わる客が多い夜は長居をせずに帰るのですが、その夜は我々の他には客足もありません。一杯の酒でおばちゃんとの会話を肴に粘っていると、

「ちょっとお願い、三十分ぐらい店番頼んでいいかな」

子飼橋向うの自宅で用を済ませてくるからと言います。

「任せといてよ、おばちゃん」

藤崎は安請け合いをします。過去にもこういう店番をしたことが何度かあったようです。おばちゃんの姿が消えるやいなや、残ったコップの酒を一気に飲み干すと
「さ、松尾もう一杯ずつ飲もうか」

「えっ。よかとか？　勝手に飲んで。五百円分はもう飲み食いしたろうが」

私の声を無視するように藤崎はカウンターの内へ入り込むと、一升瓶を取り出し先ず私のコップに注ぎます。

「おばちゃんの店番頼みはな、休憩してくる間は勝手に飲んでいいよ、と言う合図たい」

「帰ってきたら怒られやせんのか？」

「大丈夫って。おでんは何にする？　安いのにしとこうな、とりあえず」

外から見れば藤崎が店主で私が客みたいな構図のところへ、中年のおじさんが一人で入って来ました。我々を見回すと
「おばさんは？」

と尋ねます。いきさつを話すと
「しようがないな、せっかく来たから一杯くれ」

「あては、おでんでいいですか？」

「おでんはいらん、それ以外でも頼めるか？　ニラ玉とか」

「あ、こいつが作ります。松尾、お前作れるやろ？　ご飯も炊けるし」

酔ってきた藤崎は無責任に振ります。

「エッ俺？　牛のエサなら得意やけど、ニラ玉はちょっと」

「牛のエサ？　どんな料理や？」

珍しそうに尋ねる客。

「俺、農家の息子なんです。家で牛に餌を与えていたので」

「ニラ玉、もういい」

苦笑しながら日本酒を二息で飲み干すと、お釣りは要らないからと五百円札一枚を置いて帰りました。

「気前のよい客やったな、儲かったからもう一杯ずつ飲もうか」

「今の人よっぽどニラ玉を食べたかったたんやろうな」

こうなると我々の店でもないのに酔った勢いでつい酒が進んでしまうのです。おばちゃんは三十分どころか一時間近く経ってようやく戻ってきました。二人はかなり酔いが回りおなかも膨らんでいたのですが
「留守番ありがとね。あらま、二人ともあんまり酔ってないね」

皮肉とも本気ともつかない笑顔でねぎらってくれます。

「おばちゃんごめん、一杯ずつご馳走になりました」

藤崎がとりあえずお礼を言います。断っておきますが、毎回こういうわけではありません。持ち金があるときは正規の飲み代をきちんと払う最低限の良識は持ち合わせていました。

なけなしの百円玉五つ
前払いしてふたり座る屋台の灯りの優しさに

厚揚げとダイコン見つめ一杯の酒を二口する
空腹に酒のぬくもりしみわたり
友の声のいつもより近く思える
しみじみとふけゆく冬の夜なり

屋台の「かあちゃん」に世話になったのは、藤崎や私だけではありませんでした。テニス部の後輩たちも私たちの知らないところで甘えていたようです。私の卒業後、誰言うとなく「かあちゃん」への感謝の気持ちを形で表そうということになったとか。それは秋の駅伝大会で「かあちゃん」ファンがチームを作り、「かあちゃん」の暖簾を掲げてリレーしながら走ろうというアイデアです。「かあちゃん」に押しかけおばちゃんの了解を得ようとするのですが、暖簾を借りる話になるとおばちゃんはためらいます。そこを何とかと押し切って借りることで話が着いたものの、いざ暖簾を幟旗みたいに仕立ててみると、思った以上に重くてこれをかついで山道を走りぬくのは無理だとわかり断念したそうです。

当時は熊大体育会本部主催の年中行事に「竜田山一周駅伝」がありました。前年に亡くなったテニス部の岩尾先輩の病気に際しては、輸血協力で体育会本部にはお世話になったと遺族から寄付があり、その寄付金を基に大きなトロフィーが作られ「岩尾修太杯竜田山一周駅伝」と呼び名も変わりました。元来この駅伝にはテニス部の俊足を選りすぐって参加させ、毎回のように陸上部に引けを取らない成績を収めていました。その年からは庭球部の先輩の名前が付いた駅伝大会となったので、部員は応援も含め原則として全員参加で盛り上げようということになり私も走ります。

標高一五二メートルの山頂まで西回りで登り、山頂から麓のリレーポイントまで下ります。その間に何か所かのリレーポイントがあります。長距離が苦手な私は山頂から下る区を選びました。一番楽だろうと思えたからです。部の名誉を担って走る選抜チームは部の名前で走り、与えられたタスキをリレーして競いますが、オープン参加みたいな我々はチーム名も自由で、いかなる格好で走ろうとルールはありませんでした。我々のチーム名は忘れましたが、私の走る区間は下り道とは言え長距離が苦手なので苦痛の継走でした。最初は颯爽と走り出したものの、ずっと下りというのは膝に思った以上の負担がかかります。やがて関節が辛抱できないほどに痛くなり、半分ほどの距離を走ったところで見苦しい足運びの姿となって、次の走者につなぐときには完全に息も上がり無様な格好で走り終えました。

ちなみに熊大が九州インカレ当番校だった昭和四十四年冬には、陸上競技の種目として熊本市内江津湖を回る「江津湖一周駅伝」が開催されます。スターターは半世紀後にＮＨＫ大河ドラマのモデルにもなる日本マラソン界の父と呼ばれていた金栗四三さんでした。玉名まで金栗さんにお願いに行ったのは、熊大テニス部先輩で体育会委員長だった秋星さんでした。

十二、蕎麦焼酎試練

医学部を卒業して大学病院勤務となっていた池内先輩は、月に一度ほど宮崎県の山奥の診療所へ数日間詰めることがありました。帰ってくると村里下宿へ顔を出します。手土産は蕎麦焼酎二升か三升と決まっていました。河原先輩がまだ卒業する前のことだったと思います。寒くもない季節のある日のテニスコートで、

「松尾、今夜は若い連中を集めてくれ、村里下宿に焼酎を置いているから」

熊本市内では得難いうまい焼酎が手に入ったから若者たちに振舞いたいとの話です。大先輩の好意を無にはできないと、期待に胸を膨らませて呑兵衛連中に声をかけました。後年の焼酎ブームになって名前が知れ渡る銘柄ではありましたが、そのころは秘境の蕎麦焼酎的存在で私たちは知る由もなく、その名の珍しさにひかれてか酒好きの四、五人が集まりました。みんな夕食抜きで集まって来ます。そして池内さんが駆けつけると酒盛り準備です。

「あのぅ……池内さん、つまみはどうしますか?」

「あ、忘れていたな、松尾、村里のおばさんに言って漬物をもらって来てくれ」

しばらくすると沢庵漬けや高菜漬けの大盛りをもっておばさんがやって来ました。

「珍しい焼酎らしいから、私も参加させてはいよ」

コップや湯飲みの前にいそいそと漬物を並べます。池内先輩は、お前たちにはもったいない焼酎なので生のままで飲めと言います。テニス部内では雲の上の怖い先輩とのイメージが刷り込まれているうえに、焼酎を飲みつけていない若い連中は生の強さも知らずに言われたままに口に運びます。同席している河原先輩や北町先輩はどんどん後輩に飲ませようとします。特に酒に弱い河原先輩は自分の分まで人に飲ませようと、命令口調で後輩一人一人に強制します。珍しいとはいえブームになる前の蕎麦焼酎はまだ癖が強く、日本酒しか飲みつけていなかった私にもきつい酒でした。生のままではなかなか飲めないので水道水で水割りにして飲むと、生よりはのどを通り過ぎやすくなります。氷なんかはありません。池内さんが宣言します。

「今夜三升とも飲み干すまで終わらんぞ」

内心えらいことになったと藤崎と顔を見合わせますが、大先輩の命令とあらば覚悟を据えるしかありません。

熊本での学生コンパの酒はビールか日本酒がメインでした。ビールは「酔う」という視点での費用対効果が悪いので贅沢だとあまり飲ませてもらえずにもっぱら日本酒でした。地元酒として名高い「美少年」や「瑞鷹」を飲むことが多かったように思います。知識として、人吉地方では米焼酎造りが昔から盛んで球磨焼酎と呼ばれる数々の銘柄があることは知っていました。焼酎好きの哲学科の先輩から進められて一口含んだものの、匂いの強さに即座に敬遠した経験はありました。入学してもしばらくの間は焼酎に甲類と乙類の種別があることさえ知らず、無味無臭の甲類は飲んだこともなかったのです。酒好きの私が焼酎も飲めるようになったのは大学四年次に進むころからです。もともと故郷の佐賀は日本酒王国で、父の話などを真に受けて焼酎は貧乏人がただ酔うために飲むものだと思い込んでおりました。そういう理由もあり金銭が日常的に不足をきたす私さえ、焼酎に手を出すことは思いもしなかったことでした。そしてこの夜は初めてその存在を知る蕎麦焼酎なのです。口にしても味を評価できるはずもありませんでした。

生の焼酎の酔進効果はすざましく、ニコニコ顔で口数も少なく飲み続ける池内先輩の前で、おばさんから説教を受けてうなだれ涙する者、好きな彼女に思いを伝えられなくていきなりその彼女の名前を叫びだす者、偉そうにテニスの持論をぶってラケットを取りだし周囲にお構いなく素振りを始める者など、座はたちまち支離滅裂に高揚していきます。しかし塩気の強い漬物だけを肴にして、空腹に焼酎を注ぎ込むと胃が悲鳴をあげるのは間違いありません。やがて胃袋が拒否権を訴え始めます。誰か一人が縁側に駆け出していきなり嘔吐を始めると、つられて吐くものが続きます。私もこらえきれずに戻しました。ところが一度吐いてしまえばまた飲めるから不思議です。そのうちにすっかり酩酊していきなり縁側に立つと、寮歌を歌いながら中庭へ向け放尿する者まで出てくる始末です。これには河原先輩も藤崎も看過できず、

「大家のおばさんの前で、なんちゅうことをするか！」

と怒鳴りました。

「かまわんよ、明日の朝その辺をスコップですくって埋めといて」

なんと、すでにおばさんも酔っていたのです。

翌朝目が覚めると、縁側や畳の上でみんな討ち死に状態です。池内先輩はいませんでしたが、私も頭が上がらないほどの二日酔いでした。その後、私が飄々庵に移って来てからも何度か池内先輩の蕎麦焼酎振る舞いがありましたが、実態を知った後輩たちは誘っても用事を理由にあまり来なくなります。私と藤崎は逃げられません。しかし二人だけで対応できる酒の量ではないので、共に討ち死にしてくれる犠牲者探しに苦労しました。

花爛漫の桜草に秘密あり
縁側の西のはしの庭隅に
群れて咲きたる桜草の花
美しく繁れるも秘密あり
酔客の放尿たび重なれば
いつの日か習わしとなり
栄養ゆきわたりて花爛漫
来る乙女らはみな感嘆す

十三、魔の空腹十日間

四年間で卒業して就職。いかに学生生活が楽しくても、入学時のこの初心を変えようとは思っていませんでした。卒業したら嫌でも働かねばならないのだから、卒業までの四年間は可能な限り親の最低限の仕送りと奨学金の範囲内で学生としての自由な時間を謳歌する。甘い考えで始めた学生生活でしたが、すぐに仕送りと奨学金だけでは基本生活費にも不十分であることがわかります。入学以来極力無駄遣いは慎んできたつもりでしたが、テニス部に入ったことで毎月の部費や部員との交流費、そして合宿費や遠征費が欠かせないことが判明するのです。合宿費や遠征費は夏休み前半にまとめてバイトで稼いでおけば何とかなりそうだとわかり、それを実行してしのぐことにしました。

問題は仕送りや奨学金が手に入るまでの金欠期間をどうやってしのぐかということです。テニス部仲間との付き合いが深まり、後輩たちが増えていくほどに切実な問題になりました。それでも賄い付きの西山下宿に居た間は毎月しのいでいたような気がしますが、瓢々庵に移ってからは「魔の空腹十日間」が襲ってくるようになりました。瓢々庵に支払う下宿代は賄い付きの西山下宿へ払うよりははるかに少ないのですが、浮いた額など月の前半の二、三回の飲み会費用で消えてしまいます。特に主務になってからは後輩たちとの飲み会が増えました。

瓢々庵での生活が始まると一つの家庭教師の口では、「魔の空腹十日間」を短縮することはできなくなります。週にもう一件の家庭教師先を願ったのですが、結局見つかりませんでした。仕方がないので魔の十日間をしのぐ方法を考え出すことにしました。

その一、実家から米をもらう……この案は、両親の反対を押し切って賄い付き下宿を出たため、米送れと手紙を出せば「それ見たことか」と言われそうで安易には頼めません。帰省のついでに持って来ることにしましたが米は重いので大量には運べないのです。しかも瓢々庵で米を炊くと相方の藤崎が一緒に食べるのは当然としても、居候みたいに必ず誰かが居るので小さな電気炊飯器はすぐに空になります。おかずは母屋にもらった漬物でも、餓鬼のような胃袋はたちまち平らげてしまうのです。持ち帰った米も三回も炊くと消えてしまいました。予定のない次の帰省では当てにはできず、魔の空腹日短縮には効果はありません。

飢えかけたころを見計らったように瓢々庵に顔を出してくれるのが池内先輩です。ふらっと顔を出して、今から下通に飲みに行くぞと私と藤崎を誘ってくれるのです。行く先はたいがい「坊ちゃん」と決まっていました。おでんとおにぎりがメインの小さな飲み屋です。品のいいおばさん二人で切り盛りしていました。そこで腹ごしらえをしてもう一軒、行きつけの飲み屋に連れて行ってくれるパターンでした。テニスに取り組む姿勢が厳しく怖い先輩ではありましたが、魔の空腹十日間に現れる池内さんは頼りがいのある神様に思えたりしたのです。数年後にも、この神様にはずいぶん助けてもらうことになる私でした。

その二、電話作戦……耐えがたき空腹非常時の作戦でした。ポケットに十円玉一枚を入れて母屋へ電話を借りに行きます。

「あ、柳中さん。今から差し入れでも持って遊びに来んですか？」

おばさんたちに聞こえるように柳中先輩へ電話を入れます。

「なんば言いよっとか、試験中やけん、遊べんって言うたろが」

「あ、そうやった、コロッと忘れとりました。じゃあまた」

「おばさん、ありがとうございました。電話代ここに置きますね」

居間を覗いて十円玉を置きます。

「松尾さん、ご飯まだやろ、よかったら食べて行かんね、な〜んもなかばってん」

「えっ、よかとですか、じゃあ遠慮なく甘えます」

柳中先輩が試験中であることも、おじさんとおばさんが二人だけで食事中であることも分かったうえでの作戦で、おばさんも私が空腹であることが分かったうえでの芝居でした。私以外の下宿生にも、空腹に耐えかねて食事をお世話になる人がいたことを知っていました。私は誘われるきっかけづくりを考えていたのです。

「遠慮せんと食べなっせ、漬けもんとおつゆしかなかばってん、腹いっぱい食べていきなっせ、な」

大盛ご飯と素朴なおかずが出てきます。池内先輩の大ファンでもあったおばさんとおじさんは、テニス部の話を聞くのが好きでした。その理由は、大酒飲みのおじさんが飲み過ぎで倒れたときに、まだ医学生だった池内先輩が背負って病院へ運び込み、辛くも大事に至らずに済んだことがあって以来のことだと聞いていました。

少し前の岩尾先輩の死も、おばさんたちにはつらい出来事でした。私は一食のお礼に、テニス部員たちの話を面白おかしく聞かせてあげてしばらく二人の相手をします。まさに田舎の親戚の家でくつろいでいる気分です。しかしこの作戦でご飯までいただくのは、さすがの私も飄々庵生活二年間でたった三回ほどしか決行はしていません。二人の夕食は古い農家ならではの極めて質素な夕餉であり、私が加わると二人のおかずが減りそうな気がしたからでもあります。私も農家育ちであり、農家の食事事情は分かっているつもりでした。

その三、一日一食で耐える……奨学金の支払日はほぼ確実に決まっていました。一方、家からの仕送りはその月の事情などでかなり誤差がありました。なかなか届かない月もあります。有り金を計算すると確実に入る奨学金支給日まで、食事を何回出来るかが計算できます。最初の十日間は三食贅沢をしても、しだいに毎日一食でも口にすることができればよくなり、一日おきに一食しか食えないような魔の金欠日が訪れることもあります。仲間たちとの飲み会の回数を抑制するともっと楽な食事頻度になるのが明白なのに、そうは問屋が卸さないのが若さゆえの軽率さです。さてその一食を何にするか。悩むのは、つらい空腹の日々のわずかな楽しみでもあります。それも食べてしまうまでのことですが。

当時の学食で最も安いのは朝食セットでした。料金は忘れましたが、ご飯だけは多めに盛ってもらい、みそ汁と副食でとりあえずおなかをいっぱいにします。一日を持たせるために、朝食の注文締め切り時間ぎりぎりに駆けつけて食べるようにしていました。朝食と同じくらいに安いのが教職員宿泊施設「知命堂」の牛めしでした。これは一杯五十円であったことを覚えています。宿泊者の食事や宴会料理を作る合間のお昼時だけに販売していました。「知命堂」キッチン脇のテーブルで食べるのですが、なぜかメニューはこの牛めしだけでした。職員の賄い飯の一品を商品化したのではないかと想像させるような、調理で使い残した細かい肉片のような牛肉を玉ねぎと煮込み、つゆたっぷりで小さめのどんぶりの白いご飯にかけてくれるのです。やや濃い味でしたがうまいので、ぺろりと平らげてしまう量が悲しかったことを覚えています。奨学金が入ったら、一度の食事でこの牛めしを三杯は食べてやると毎回思ったのですが、金が入ると飲み代に優先することの繰り返しでした。この経験は強烈な思い出として残っており、社会人となり還暦近くになって期せずして中小企業のトップになった時にも、月に一、二度は戒めのために「牛めし」ならぬ「牛丼」を食べては昔を偲ぶことにしていました。

その四、それでも飢え死にすることはないと割り切る……四年次になるときに瓢々庵四畳半を楠木に譲りました。村里下宿北長屋の小部屋に移り卒論準備に気合を入れ始めていたある日のこと。藤崎も楠木も五月の連休を利用して帰省していたのではないかと思います。昼下がりの空腹に耐えながら、部屋から濡れ縁へ足を投げ出して寝転んでいました。

「松尾はん、います?」

突然、関西訛りの中山が訪ねて来ました。独特なテニススタイルで実力派の中山は、次期キャプテンと目される工学部二年生で、二浪したために私と同い年の後輩でした。

「すんまへん、少し金貸してくれまへんか。昨日から何んにも食べてまへんのや、仕送りが届いたらすぐ返します」

「中山、すまん。俺も一文無しや。空腹でじっとしていたところや」

「同期の連中も帰省してしまったのか、誰もいまへんのや。もう俺の仕送りが届かんといかんころなんですけど」

「そうか、じゃあ、しばらくここに横になってじっとしとけ」

「え？　なんですのん？」

「果報は寝て待てと言うやろ、そのうちにきっといいことがある」

中山が訝しそうに横になって、一緒に五月晴れの空を眺めること三十分。

「松尾さん、いる？」

村里下宿の若嫁が手にいっぱいの料理を持ってやって来ました。

「どうぞ食べてください。余りものですが、おばあちゃんが持って行けと」

「わあ〜いただきます。後輩と二人で食べま〜す」

二人いると知って、若嫁は追加分まで運んで来ました。いただいた料理は巻き寿司、揚げ豆腐と野菜の煮つけ、汁物、あん餅など精進料理ではありましたが全て手作りです。

「松尾はん、えらいご馳走やないですか、料理が来るのを知ってはったんですか？」

二人で満面の笑みを浮かべながら、手当たり次第に手を付けます。お腹が落ち着くと私は果報は寝て待ての理由を話してあげました。

「今日は村里家の法事やった。お昼過ぎに会食が終わったら、きっとお裾分けがあるなと思っていたのよ」

実は朝早くおばさんから、少しだけ手伝いを頼まれました。餅つき用の餅米を蒸す人手が足りないので、竈に火をおこし羽釜に湯を沸かすことができるかと聞かれました。実家では少年のころまで竈で飯を炊き、正月餅の餅米蒸しも経験していたのでお安い御用でした。私の火焚き具合を見たおばさんは
「あんた、竈仕事が上手やね、それならいい家庭を築けるわ」

「どういうことですか、おばさん」

「昔からね、男が竈の火焚きが上手な家庭はうまくいくと言うのよ。あんた、私の娘を嫁にもろうてはいいよ」

「え、僕よりだいぶお姉さんのあの娘さんですか?」

「そうたい、よかろうもん。年上の女房は金の草鞋を履いてでも探せと言うじゃろ。ほっほっほっ冗談、冗談、冗談たい」

朝のうちにそんなことがあったから空腹を我慢して寝て待っていたのさ、と中山には説明をしてあげました。

当時の日記を読み返すと、飄々庵時代にはテニス部の女性たちからも、何度となく差し入れが届い

ていた記述があります。大量のおにぎりだったり、手作りお弁当だったり、おはぎだったり。我がテニス部には心優しい女性が多かったことを物語る証拠です。当時きちんとお礼を言えたのかどうか自信が無いので、ここに改めて感謝の気持ちを表します。

酔って騒いで歌を叫んで喉は嗄れても
星を見上げれば寂しさはまたたく
友があり酒があり独りじゃない夜を迎えても
雑魚寝の背中に寂しさは添い寝する

お茶を淹れさあどうぞとおはぎ広げるひとの目は
飢えたる男子らの心をも満たす慈母のまなざし
下宿屋の縁側にともに座ったひとの優しさは
残されたおむすびのほのかな塩のあじわい

ともあれ人間、三日食べなくても死にはしない、ひもじさを心から噛みしめる体験も自由なる行動の一つである。と、やせ我慢をしては誰かに救われていた時代でした。

十四、私の鬱勃たるパトス

テニス部幹部の任期が終わった三年次初冬から、とらえどころのない不安が忍び寄るようになりました。ひとつは、性根を入れて学問の府である大学に在籍した証をどう残すか、という焦りに似たものです。卒業に必要な単位をただ取得するのではなく、ささやかではあれ研究らしきものをまとめ残すこと。もうひとつは、将来に向け社会に自分を活かす仕事を選んで就職活動を始めねばならないこと。大学院まで進む気はもとよりありません。二つの課題が現実的なものとして迫ってくるタイミングではありました。入学以来心の赴くままに様々な馬鹿げたことまでやってはきたものの、四年間はことのほか短く思え、求めるものとのすれ違いが埋まらない気がするのです。やり残したことが多すぎる気がしていたのだと思います。考えを整理して絞り込むために、もっと集中して悩む時間を欲しいと頭の中が要求していました。北杜夫の『ドクトルマンボウ青春記』に「鬱勃たるパトス」と言う言葉が登場します。簡単に言えば若い時代に特有の、内面から湧き上がる漠とした抑えがたい情熱とでもいえばいいのでしょうか。そこまで深い熱情ではありませんでしたが、我がささやかな「鬱勃たるパトス」を、この段階でどうにかしなければと思う悩みではありました。

一方で相変わらず飄々庵には人が訪ねて来ます。「鬱期に付き面会謝絶」の看板も効果はなく、面白おかしい小さな寮生活みたいなムードが蔓延するようになりました。藤崎は飄々庵の主のような存在となり、日々和やかな生活を満喫することに慣れ、なかなか進級できずにいました。正確なところ二年生になったのか、私にもはっきりとは教えてくれません。三年生ではないことだけははっきりしていました。飄々庵の常連メンバーの一人に庭球部同期の楠木がいます。私と同じ法文学部文科の学生で日本史を専攻していました。生活にメリハリをつけてテニスも講義も遊びも要領よく頑張っていました。その楠木が、同居していた姉さんの住まいを出ないといけなくなったと、藤崎の部屋に転がり込んで来ました。しばらく居候です。結局は私が四畳半の部屋を空け渡し、別部屋に移ることになりました。私の後を追うように西山下宿から村里下宿の北長屋へ移って来ていた武高後輩の宮本が、一年で引っ越すと言いだしたからです。テニス部先輩たちのそばにいるより、同期の連中たちと過ごす時間が増えることを選んだようです。私はその空き部屋へ移ることにしました。移り終えたのは年が明けて昭和四十七年春のことでした。

部屋移動より少し前、我々が幹部を退いたころに北町先輩が村里下宿へ越してきました。私が入部した時の幹部だった目玉のサブキャップです。工学部を卒業し、大阪へ就職したものの適性を見極めて辞めてきたそうです。工学部大学院を目ざすのだと、村里下宿若夫婦の一軒家隅っこにあった小部屋を借りて猛勉強に取り組むようでした。

「退路を断って、受験に挑むのでよろしく」

我々に告げるその覚悟と思い切った行動はとてもまねできないと正直に感じ、こういう生き方もあるのだと心の底では敬服の念が湧きました。その小部屋は飄々庵である私の四畳半の部屋の真ん前にありましたが、昔は鶏小屋だったそうで日当たりもあまりよくない一角でした。大学院の入試まで半年もないころに、村里下宿人としての初登場でした。現役時代はテニスも勉強も熱心な北町先輩であったことをよく知っていた我々後輩連中は、当然のごとく、仕事を辞める前から大阪で受験勉強をやってきて自信はあるのだろうと思い込んでいました。村里下宿では我々が先輩住人なのです。受験勉強を静かに見守って応援しようなどという殊勝な心がけは残念ながらありません。

飲み会には真っ先に誘うし、特に麻雀をやりたくなると執拗に声をかけて面子を揃えようとします。なにせ目の前の部屋なので、障子を閉めたままでも声ははっきりと届くのです。

「北町さん、時間ですよ～」

「・・・・・・・・」無視する先輩。

「北（ペー）がおらんと、麻雀は成り立たんでしょっ」

「・・・・・・・・」ひっそりとした気配。

「得意の国士無双北単騎待ち、見たいなア」

「・・・・・・・・」あくまでも無視する北町さん。

「勉強もやりすぎると千ずりと一緒、疲れるだけですよ～」

「うるさあ～い！」

の叫びと同時に部屋の戸が激しく開く気配がして、下駄の音が近づいてきます。しつこい誘いに怒ったのかもしれないと、緊張して待っていると飄々庵の障子がいきなり開いて

「お前たちゃ、やかましい！」

目玉がぎょろりと睨みつけました。確かにしつこく誘いすぎたかなと思った瞬間、

「半チャン二回だけぞ」

とテーブルに座り込みました。やはり北町さん、以前と性格はあまり変わっていないなと嬉しくなり、半チャンどころか存分に我々もお付き合いしました。

いちど楽しみを思い出してしまうと、苦しい禁断の掟は甘い果実の罠に変わってしまいます。徹麻こそやりませんでしたが、我々の「息抜き、息抜き」の誘いで麻雀は頻繁に楽しんでいたように記憶しています。やがて大学院入試結果の発表です。残念ながら北町先輩は落ちてしまいました。我々が受験勉強の邪魔をしたに違いないと頭を揃えて謝ると、

「短い勉強で通るほど、大学院は甘くない。最初から次が本番と思っていたさ」

胆が据わった返答だったので、我々も少しは安堵しました。次回の試験では見事に合格でした。我々も遊びに誘うのはかなり遠慮していましたが、時には先輩から「息抜き、息抜き」と麻雀を催促されることがあり、誘われた方が気を使ってしまうほどでした。

北町先輩が大学院入試に再挑戦を始めたころ、私も飄々庵から北長屋に移ります。我が「鬱勃たるパトス」をコントロールしようと、自分の卒論のテーマ選びと就職したい職業の選択に時間を割いて集中し始めました。飄々庵での騒ぎ声が少しは遠のいて聞こえるようになりました。

（六）今武夫原の春にして鬱勃の気をはらすべし

旧制第五高等学校寮歌「それ北韓の白雪に」より

一、五高寮歌「椿花咲く」雑感

本書の章扉に使わせていただいた言葉は、全て五高寮歌の歌詞の一節です。そのひとつに「椿花咲く南國の」の一番より「感激深き若き日の誇りを永遠に忘れじな」を掲げました。その前に来る歌詞は「橄欖（オリーブ）の森に火は燃えて、歌ほがらかに酒盛りの」です。歌詞を文字通りに解釈しようとした私は、かつての五高校内にはすでにオリーブの森が存在したのだろうかと思い、裏付けとなる資料等を探しました。現在でこそ小豆島をはじめ九州天草などでもオリーブが栽培されています。この寮歌が制定された昭和初期にオリーブが五高の校内に栄えていたとは思えなかったからです。しかしこの思いは私の無知なるが故の恥ずかしい勘違いであることが、五高の歴史等を調べていくうちに判明します。

学生コンパの最後に旧制五高寮歌を歌って座を閉めたのは、熊大応援団メンバーは別として、我々の少し後の世代まででしょうか。熊大五校記念館図録によると、昭和二十五（１９５０）年の春に旧制五高は幕を閉じました。最後の五高合格発表が昭和二十三年春のことで、初めて第一高女から四名の女性が入学したとあります。その翌年昭和二十四年九月には第一回熊本大学入学式が行われました。私が熊大に入学したのはさらに二十年後の昭和四十四年春です。私たちのころまではまだなんとなく旧制五高の余韻が残っており、教授にも五高出身者が健在でした。そして寮歌を覚えるのは新入生の義務みたいな伝統も残っていました。

覚えないといけない必須寮歌は「武夫原頭に草萌えて」で、興味のある者は裏巻頭言の付いた「易水流れ」までは積極的に覚えます。その他の寮歌は、その存在さえ知らない学生がほとんどであったと思います。私は幻と消えた「寮歌同好会」に入会もし、ガリ版刷りの寮歌集をもらっていたので、他に「憧憬湛ふ」「椿花咲く南國の」の二曲はハーモニカでメロディーをなぞって覚えていました。ちなみに五校記念館図録によるとこの代表的な寮歌の正式タイトルは「武夫原頭に」と「椿花咲く」と記載されています。巻頭言の語呂合わせで叫ぶには「武夫原頭に草萌えて」のほうが収まりもよく、いつのまにか今のようなタイトルになったのかもしれません。

後年、歌手の加藤登紀子さんが出したアルバム『日本寮歌集』には、「武夫原頭に草萌えて」と「椿花咲く南國の」の二曲が五高寮歌から選ばれて収録されています。このアルバムの歌を聞いていると加藤さんの歌い方やアレンジが素敵なのだからでしょうが、私には「椿花咲く南國の」の方が「武夫原頭に草萌えて」よりも心に沁みて優れたよい歌のように思えてきました。若いころには感じなかったことです。五高記念館で販売している五高寮歌集CDに、五高OBの方々が寮歌祭等で伝統的に歌っている模様を収録した「椿花咲く」もありますが、現代にも通じる曲のイメージは加藤版をお勧めします。旧制三高ボート部の唄「我は海の子」いわゆる「琵琶湖周航の歌」と比べても遜色がないような抒情に満ちた歌であると個人的には気に入っています。「武夫原頭に」と「椿花咲く」が五高寮歌の双璧だと思いますが、五高の伝統でもあった文武両道の「文」を象徴する歌が「椿花咲く」で逍遥歌風、「武」を象徴する歌が「武夫原頭に」で寮生を鼓舞する歌であるように思えます。

我々が過ごした熊大硬庭部でも文武両道の言葉が折に触れて出てきましたが、はるかに遡る五高時代の文武両道は校章に込められていると資料にあります。校章は柏（オーク）と橄欖（オリーブ）のそれぞれ三枚の葉を交互に配置した真ん中に五高の文字をあしらったものです。柏は軍神マルスの象徴であり「武」を、橄欖は知恵の女神ミネルヴァの象徴で「文」を現しています。表紙内扉に掲げた「あゝ我あるを誰か知る我が友あるを誰が知る」は、寮歌「柏葉春の色深き」の冒頭の歌詞で、柏（オーク）の葉をタイトルに用いてあります。そもそも旧制五高の校章は東大の前身である旧制一高がまだ第一中学校と呼ばれていた時に、その校章に倣って作られたとあります。確かに旧制一高の校章も、柏と橄欖それぞれ三葉をデザインしたものでよく似ています。第一中学校（後の一高）を追って五高の前身である第五中学校が創設されるときに、初代校長が一中から招聘されたので一中の制度を参考にして校章もそうなったと五高記念館図録には書かれています。新制熊本大学になるとともに校章は銀杏の葉をモチーフにしたデザインに代わりました。熊本城の別名「銀杏城」から採用したものであろうと思っていましたが、同じ年に新制大学に代わった東大の校章も銀杏の葉のデザインに代わっています。熊大の校章は一葉、東大のそれは二葉という違いはありますが、その関連についてはよくわかりません。

後年加藤登紀子さんの歌を聞いてから「椿花咲く」をいっそう好きになった私は、自分でも加藤登紀子バージョンを歌うようになり、歌詞を暗記してその意味を理解しようと努力しました。一番の歌詞の「橄欖（オリーブ）の森に火は燃えて」という個所の橄欖には前述の通り疑念が湧いて調べたのですが、たどり着いた校章のいわれを読むうちに、橄欖の森は女神ミネルヴァの森、つまり「学問の園」の意味であろうと理解することができました。椿の花が咲く情景は、熊大や龍田山周辺などを散策すると実際に目にすることができます。

「橄欖の森に火は燃えて、歌ほがらかに酒盛りの、
　　感激深き若き日の、誇りを永遠にわすれじな」

この歌詞からは、我々が工学部テニスコート脇の空き地で何度か行ったファイヤーストームの情景を思い出します。当時の工学部コートはかなり広い空き地に囲まれていました。構内を探し回ると枯れ木や放置された古い木材もたっぷりと手に入ります。それらを空き地に積み上げて五高伝統のファイヤーストームに倣って酒盛りをやり、寮歌や流行りのフォークなどを歌って騒ぎました。赤々と燃

え盛る炎は若き日特有の燃え上がる誇りであり感激そのものでした。夜空をも焦がすような炎を燃やしても、大学からクレームが来ることはありません。ときおりチェックタイマーを肩から下げた警備員が巡回に来ることはありましたが、遠目にほほえましそうに眺めては去っていくだけでした。

二、卒論に取り組む

四年次になって早々、哲学科卒論提出予定者が招集されました。哲学及び倫理学専攻の学生が教授はじめ常勤教官たちの前で卒論テーマとその概要について説明をするのです。私は主任教授が内宮先生である哲学科専攻の一人で、先ず哲学科一人一人のテーマと内容について教官たちから質問が飛びます。テーマ設定が妥当だと判断されると、指導してもらいたい教官の名前を上げるように求められ、すんなり一致することもあれば、むしろ他の教官がふさわしいのではとアドバイス受けたりします。中には

「すみません、まだ決めていません」

と堂々と開き直る女子学生もいたりして、呆れられることもありました。私の番のことです。内宮教授から指名を受け、私が決めたテーマと内容を説明しました。すると

「松尾君、他に研究してきたことは？　例えば最も影響を受けた哲学者に関する分野とか」

たしかに読んだ哲学関係の本の題ぐらいは挙げられたかもしれませんが、答えは、

「私は、ぜひこのテーマで卒論をと考えています」

「そうですか、君のテーマを否定するつもりはないのですが、哲学科卒業論文として私は指導できません」

主任教授の言葉で座が静まり返ってしまいました。その場をつなごうと声を出してくれたのは倫理学科の主任教授であった磯田教授でした。

「先生方、どなたか松尾君の指導をやってくれませんか」

他の教官たちは口を揃えて
「専門外のテーマなので、指導はできません」

いよいよもって座が冷ややかな雰囲気になります。全教官から、君は今日まで一体何のために哲学科に存在したのだと攻められているようないたたまれない気持ちになり、もはや万事休すと思いました。こうなればポピュラーな哲学者を一人選び、安易なテーマ設定にして論文締め切りまでに間に合うようお茶を濁すか、あるいは一年留年するしかないかもしれないと青ざめていました。そもそも私が選んだテーマは、おおざっぱに言えば「柳田国男の日本の祭り論や祖先考察における日本人の現代思想への影響についての、私なりの一考察」みたいな民俗学寄りの課題であり、西洋哲学主流の哲学科専攻者が設定するはずもないであろうテーマだったのです。

その時に助け船を出してくれたのが磯田教授でした。カントの研究では日本でも名高い先生でしたが、熊大では倫理学を担当されていました。しばらく私に関する資料に目を通しておられた磯田教授は

「どうでしょう。彼の単位取得内容を見れば卒業基準は満たしています。卒論テーマは倫理学的には妥当な内容であると思えますので。私が彼の卒論指導を引き受けるということではいけませんか?」

「磯田先生がそうおっしゃってくださるなら、私には異存はありません」

哲学科主任の内宮教授が口火を切られると、教官全員一致で私は磯田教授の指導を受けることになりました。私は磯田先生に感謝の言葉を伝えると、今後のことは後日打ち合わせるから研究室へ伺うようにと申し渡されました。思い起こせば、二年次への進級の際に磯田先生を慕って哲学専攻に絞ったとき、先生が倫理学科の主任教授であることを確認もせずに、倫理学科ではなく哲学科専攻で届け出て、後日間違いに気づいたときも訂正手続きをしなかったことがそもそもの原因でした。そのときの曖昧な判断がこの時の冷や汗と言う結果を招いたのでした。社会人となってからも、三十代半ばまで大学を卒業できずに焦っている夢を見ることがあったのは、この日の教官たちに囲まれて拒絶された経験がトラウマになっていたのではと思ったりしました。

こうした経緯で磯田教授の指導を受けることとなり、私は手を抜くようなことは絶対にできないプレッシャーを感じながら机に向かうことになりました。磯田教授は旧制五高から東大法学部へと進学され、法学部卒業後は続けて同大文学部哲学科を卒業されています。哲学科在学中は和辻哲郎教授に

師事されて倫理学を学ばれたそうです。私の不見識な行動から結果的には先生の不肖な教え子となりました。指導は厳しく、月に一、二回は論文の進捗状況等についての面談があります。収集して読み込んでいる柳田国男の『定本』や参考文献及び資料等の内容、そして日本を代表する倫理学者和辻哲郎著の『風土』をはじめ関連がありそうなほかの思想家のテーマまで、鋭く指摘を受けたりアドバイスをいただいたり、論文の概要を固め認めてもらうまでは先生の研究室を訪ねるたびに緊張を強いられました。

しかし私にとっての最大の障害はテニス部員たちの友情です。入れ代わり立ち代わり論文の激励と言っては友情の押し売りにやって来ます。おしゃべりならまだしも、酒の誘惑には決意がくじけそうになります。当時の日記を繰ると徹夜したことも頻繁で、朝になると下駄をつっかけて哲学研究室へ出かけていたようです。玄関は定時まで開かないので非常階段から入棟し、早めに出勤している助手の人にコーヒーや紅茶を淹れてもらいしばらくおしゃべりで頭を冷やします。そして教授たちが出勤してくるころに退散し睡眠時間を確保していたようです。

三、祭りの実地見学佐賀県の山間地へ

飄々庵隣接の長屋の一室に籠り、なんとかまじめに論文執筆に取り組んで半年余りが過ぎたころ磯田教授から話がありました。

「提出締め切りも近づいてきたけど、論文は順調かね？」

まずまずですと私が答えると、

「君の論文とは縁が深い祭りに関わりのあることだと思うが、実地見学に一緒に行かないか？」

とのお誘いでした。先生の教え子でもある九州大学M助教授が、農耕経済史の観点から長年追跡調査を実施しておられる祭りが十二月上旬に行われるとのことで、私の論文テーマのことをその助教授に話したら、ぜひ一緒にその祭りを見学しに来ないかと誘いを受けたのだそうです。私に時間的な余裕があればとのお話でした。私にしてみれば願ってもないお誘いです。論文も最終段階に入っており実地見学することで参考になるようなことを感じ取れるかもしれません。二、三日なら気分転換にもなるだろうと思い、

「ぜひご一緒させてください。ところでどこの祭りでしょうか？」

「君の出身県でもある佐賀県の山奥の小さな祭りで、江戸時代から続いていると言っていたなぁ・・」

先生が確認されたメモには多久市西多久町〇〇〇地区とありました。驚いたことにその場所は、私

の出身地の隣町で峠を一つ越えたあまりにも近い場所でした。しかし故郷のすぐ近くで、江戸時代から続く祭りが行われているなどとは知りもしないことでした。先生は地理に詳しい私に行程の段取りをつけるように指示されます。以下は私の記録に基づいた記述です。

祭は十二月六日と七日の両日にわたって行われるのですが、磯田教授と私は前日五日の長崎行き急行「ちくご」で熊本を出発し、肥前山口で乗り換えて佐世保線武雄駅で下車、M助教授と合流することにしました。「ちくご」は肥前山口駅の一つ手前の駅である「牛津」駅を通過すると牛津川鉄橋を渡ります。その川の名前と源流の一つが明日訪ねる祭りのある場所から流れ出ていることを説明すると

「牛津、オックスフォードじゃないか、ここの地名は。昔はここに牛を集めて船で運び出していたのかなあ。一度調べてみたらいいよ」

とおっしゃいます。先生のご指摘にそれまで何度も無関心で通過していた自分がいささか恥ずかしくなりました。肥前山口駅で連絡している普通列車に乗り換え、予定通りに佐世保線の武雄駅に着きました。改札口を出るとM助教授が出迎えてくれました。その夜は私の故郷にある若木温泉松風荘に一泊し、翌朝揃って祭りのある集落までタクシーで向かう予定です。

駅前発の伊万里行バスに乗り込み若木温泉入口で下車、すぐ近くの宿に着いたころには午後六時ですっかり暗くなっていました。浴衣に着替えると

「温泉に入ろうじゃないか」

教授に誘われ案内します。M助教授は就寝前入浴が希望らしく二人で向かいました。同じ町内にあ

る温泉宿なのにこの湯に入るのは私も初めてでした。浴室に向かう廊下で
「あら政信さん、風呂に入りに来たと?」

声をかけてきたのは中学時代の音楽の女先生でした。近くのお寺が住まいでお子さんたちを引き連れての入浴だったようです。温泉とは言ってもいわゆる冷泉で、源泉から汲み上げて温めた湯船に入るようになっていました。素朴な作りの浴室で濁り湯に浸りながら教授と会話が進みます。

「今時こんなひなびた旅館が残っているなんて嬉しいよ。この濁り湯を見たまえ、これこそ本当の温泉だよ。体の芯まで温まる。久々に心まで洗われるなぁ」

「ここへは、昔から農閑期になると近隣の町の農家の人たちが湯治に来ていたそうです。最近では鯉やウナギなどの川魚料理が名物で、今ならツガニ料理がおいしいですよ」

「それは楽しみだ。君も大阪へなんか就職しないで、武雄市役所とかに勤めながら故郷の民俗や歴史関係の研究をコツコツと続けたらどうだい?」

「はあ、そうもいかない事情がありまして」

私は先生に痛いところを突かれた気がしたのですが、うやむやにしたまま浴室を出ました。

部屋へ戻ると食事の用意ができていました。予想通り、鯉のあらいと鯉こく、そしてこの時期が旬のツガニがメイン料理で並んでいます。三人で食事を始めてしばらくすると、私の父が地酒を提げて挨拶にやって来ました。父は、息子が世話になっている教授へ挨拶をして十二月の仕送り金を渡したらすぐに帰ると言っていました。しかし磯田教授から

「お父さん、こちらへどうぞ、ご一緒に一杯ぜひ」

偉い大学教授だと私から吹聴されていた父は緊張して固辞します。しかし教授は
「お父さん、せっかくですから地元のお話などを是非聞かせていただけませんか」

そこまで頼まれると父も根が酒好きなので私の横に並んでしまいました。私の故郷若木町に関する歴史や風習などを根掘り葉掘り質問する磯田教授とM助教授に、酒が進んできた父はしだいに熱弁になって答えます。

「ところでお父さん、夜這いの風習はこちらでもあったのですか？」

どちらかの先生が質問しました。

「夜這いですか」

父が説明を始めようとしたそのとき、いきなり隣の部屋の襖が開きました。

隣の部屋にも客がいるらしいことは気配でわかっていました。宴会中だったらしく宴席を背にして四、五人の男性が正座して挨拶を始めました。

「私たちは近くのK中学校の教師です。ボーナスが出たので隣の部屋で宴会をやっておりました。女将から大学教授たちがお見えになっていると聞き、控え目にしておりましたが夜這いという声が聞こえてきたので、これはぜひ後学のために拝聴しなければと、無礼を承知で襖を開けさせていただきました。ぜひお願いします」

頭を下げる教師たちに向かって磯田教授が、

「いっしょにお話を聞こうじゃないですか。お父さん、いいでしょう?」

そうなると中学校の教師たちも、自分たちの盃や徳利をめいめいに持ち込んできます。挨拶代わりの田舎風の盃のやり取りが済むと、父の若いころまではあるにはあったという夜這い談議に男たちは相好を崩して酒を酌み交わし、山里の温泉宿は夜更けまで盛り上がったのでした。

翌朝出立の準備が整うと、部屋の廊下のカーテンと窓を開け放ちました。先生たちにお見せしたい眺めがあったからです。宿の北には故郷の山「八幡岳」の雄姿が、眼前に迫るように聳えていました。

「ほう、見事な姿の山じゃないか」

両先生は見ほれ
「私はこの角度で八幡岳を見るのは初めてです。祭りの場所からとは全然形が違いますね」

若木から祭りのある地区へ入るのは初めてだと言うM助教授のつぶやきでした。

「今から向かう場所は、あの山の右裾の中腹にありますよ」

私は大好きな八幡岳の姿を誉めてもらいよい気分です。そして昨日はじっくり見る余裕がなかった宿のたたずまいを眺めているうちに、迎えのタクシーが到着しました。宿から祭りの場所へは、土地の通称「女山峠」を越えると左折し八幡岳中腹へと山道を登ります。峠のつづら折りを下り続いて細い山道をタクシーはゆっくり上り始めましたが、十五分も経ずにM助教授が案内する目的地へ到着しました。

四、祭りの氏子となる

以下も私の記録に基づいた回想です。

祭りは、氏神様を祀ってある小さなお堂奥の祠から、祭りを営む家へ神様をお連れすることから始まります。氏子以外は参加できないしきたりなので、磯田教授と私は急きょ氏子になる儀式を受けなければなりません。M助教授はすでに氏子として認められていました。神様の前で低頭する二人を従えて神官役が祝詞を述べ御幣を振るって儀式は終わります。これで私たちはこの集落の一員である氏子になりました。今後はいつでも祭りに参加できる資格を認められたことになります。お堂の前に氏子が勢ぞろいして、正式な神事が始まりました。終わるといよいよご神体の移動です。小さな神輿にご神体を乗せ、供物などと一緒に祭宴の場所まで歩くのです。ご神体は銅鏡のようでした。

神輿を担ぎ前後を歩く人たちがそれぞれ衣服に凝っているので不思議に思っていたら、昔から仮装をして神様と移動する習わしなので、その伝承として最近は普段着とは異なる身近な服装で手軽に整えているとの説明がありました。例えば野球チームのユニホームや柔道着などに着替えて参列しているのです。仮装の解釈は別の機会に譲るとして、集落の中の当番の家に神様が到着すると上座の床の間に神様を鎮座させて、当番の家の家長を筆頭に地区の長老から神様に近い順に座ります。我々新参の氏子は末席に並びました。午前十一時近くにいよいよ神様と酒食を共にする直会（なおらい）が始まります。この祭りは別名「こんにゃく祭り」の異名があるそうで、料理には魚肉類を使わずにこんにゃくと野菜で工夫した献立が並びます。刺身の代わりにこんにゃくをそれらしく調理してメインの品として配膳してありました。酒だけはたっぷりと用意してあります。見渡せば赤ん坊から、この土地で生活を続けほどなく人生の終焉を迎える長老まで、老若男女誰もが平等に祭りに参加するのです。

磯田教授と私は新参氏子とは言え賓客扱いです。ホストである家長をはじめとして区長や長老たちが次々と末席へ酌をしにやって来ます。注いでもらうと返杯しなければなりません。小さな杯でのやり取りであれ、八畳と六畳の続き間に居並ぶ氏子たちを相手にしていると酔いも効いてきます。ただ夕方遅くならないうちに祭りを退去する予定であったので、酩酊するまで呑むわけにはいきません。しかし祭りの座はすっかり打ち解けて賑わいを増し、得意の歌を披露する人も現れます。大学教授と同席するのは初めての地区の人にとって、酒がすすむと気さくな人柄が出る磯田先生はいつのまにか人気者になってしまい酌人が後を絶たないのです。酌を勧めに来る氏子の中に、一風変わった六十過ぎと思える男性がいました。磯田教授の前で中腰斜めに構えると、まるで映画『男はつらいよ』のフーテンの寅が仁義を切るように右手をさし出す格好で挨拶を始めるのです。

呂律が回らなくなり始めていたその老人の挨拶を要約すると

「先生は熊本大学でしょう？　熊本大学は熊本でしょう？　熊本なら熊本の天草の唄をご存じのはずです。ひとつ先生、頼山陽の『天草の洋』をやってください。お願いします」

このような内容だったと思います。

「頼山陽の『天草の洋』？ あれは詩吟でしょ、できないなぁ、そうだ君やれよ」
「とんでもないです、詩吟はやったことがありません」
「でも、このおじさんの要請に応えて何か歌わないと悪いよ」
しかたがないので熊本の民謡『田原坂』を歌う羽目になりました。これで責任を果たせたと思ってい
たら、礼を述べて一度は去ったくだんのおじさんが、さらに酔っぱらってやって来て教授に再び『天草
の洋』をせがみます。哲学科のコンパではどんなに酒を飲もうと崩れることなく哲学の話しかしない
と聞いていた教授は、おそらく音痴なのであろうと勝手に解釈していました。そこで助け舟を出すつ
もりで五高寮歌の『椿花咲く』を歌いました。磯田先生は旧制五高出身だったので、音痴でも『椿花咲
く』ならご存じのはずで私と一緒に歌えるだろうと思ったからです。
教授はよこで口ずさみ私が歌い終わると助かったと喜んでくれましたが、さらに酔っぱらって千鳥
足でやって来たあのおじさんが、性懲りもなく先生に『天草の洋』をやってくれと絡み始めました。よ
ほどの理由があって頼山陽の『天草の洋』にこだわっているのでしょうか。幸いそのおじさんと同年配
の柔和な表情のおばさんが我々の間に割って入りました。二言三言おじさんに優しく話かけると、そ
のおじさんはすごすごと座を離れて縁側へと行ってしまいました。やれやれとは思ったのですが、衆
目を集めたその場の雰囲気を考慮すると、先生に何か歌っていただかないと収まりにくい気がします。
先生も同感だったようで
「じゃあ下手で恐縮ですが、『天草小唄』を歌います」

と立ち上がり歌いだしました。

♬　波に揺られて不知火消えりゃ朝日ほのぼの有明染める・・

初めて聞く歌でしたが味わいのある歌い方で、音痴だと決めつけていた私は恥ずかしくなりました。最初から歌ってくれたらよかったのにと思いました。後年、改めてこの歌のことを調べてみると、昭和八年にコロムビアレコードから発売されていました。しかも歌詞の三番には

♬　雲か山かと山陽が詩の灘のかなたに夕日が沈みゃ・・

と頼山陽の『天草の洋』の一部が歌いこまれていたのです。先生はその歌詞までは歌われませんでしたがご存じだったのかも知れません。教授は旧制五高を昭和十八年に卒業されているので、五高時代にこの歌を覚えられたのでしょうか。『天草小唄』は氏子の皆さんに好評を博したのですが、先生に何度も『天草の洋』をせがんだおじさんは縁側で寝転んで高鼾です。歌は全く聞いてはいなかったようでした。歌い終わった先生の周りにはますます酌人が寄って来ます。

すでに時間は午後の三時を回っていました。外便所へ用を足しに出た磯田先生が、玄関から私を手招きで呼んでいます。辞去しないといけないころだと思って先生のそばへ寄ると

「松尾君、僕はここの祭りが気に入ったよ。今夜ここに泊めてもらって、夜の祭りにも参加できないかなあ。君も一緒にどうだい、お願いしてみてくれないか。その場合のお礼とかも」

予想外の展開になり、いささか驚いたのですが

「わかりました。区長にお願いしてみます。たぶん宿代は不要だと思います」

区長はしばし戸惑いの表情を見せました。急な話で祭りのときでもあり、相手が大学教授先生ともなるとどの家でも受け入れを尻込みするだろうから個人の家へお願いするわけにはいかないが、隣の空き家が公民館になっていて寝具類も揃っている。宿屋みたいにきれいな夜具ではないが、そこでもかまわないだろうかとのこと。教授に伝えるとことのほか喜ばれて、冬日が差し込む暖かい縁側で、座布団枕に地区の老人たちとごろ寝の雑談をされていましたが、酔いが進まれたのかそのまま眠ってしまわれました。M助教授は四時ごろに地元の人が送る車で下山して行きました。

五、夜の祭りで氏子の気持ち通じる

夜の祭りは子供たちが学校から戻って参加するので、昼よりもいちだんと賑やかになります。宴席の再開で人々は座席を整えて向かい合い、目の前には料理がまた並びます。今夜はこの地に泊まるという話が知れ渡った磯田教授を眺める人々の目はいっそう和やかになり、教授も昔からの氏子であったような自然体で周囲に打ち解け、酒を酌み交わしては誰とでも雑談しています。その雰囲気の中に、昼間から目に付いてはいたのですが甲斐甲斐しく動き回っている若い女性がいました。まだ二十歳前後の年齢に見えます。

「実に気持ちのいい女性じゃないか、僕はああいう女性を見ていると嬉しくなっちゃうんだよ」

先生が私に囁きます。陽に焼けた丸顔でよく笑う目のぱっちりした女性でした。私も同感であることを返してしばらくすると、我々の席へその女性が酌をしにやって来ました。すかさず教授が話しかけます。教授は聞き上手です。いくつかのことがわかりました。この地区へ嫁いで来た新妻であること。佐賀市内の町の出身で農業は未経験であったこと。佐賀の定時制高校で知り合って嫁いできたことなどです。知った教授は落涙せんばかりに感激し
「君のご主人はどの人？　僕はすっかり嬉しくなっちゃったから君のご主人と飲みたい」

と盃を持ってその夫のそばへ座り込みました。

「おい、飲めよ。君はあんなにいい奥さんをもらって、頑張らにゃいかんよ、うん」

照れる若い夫を相手に初対面とは思えない気さくさの教授です。

「松尾君、君も嫁さんはね、佐賀の人をもらいなさい。いや熊本の女性もいいよ。そうだ佐賀か熊本の女性にしなさい。都会の女性も悪くはないが、それでもやっぱり地元の女性がいいよ」

酩酊気味の教授は、私が大阪へ就職することが決まっていることを念頭に話されているようでした。

「先生の奥様も、熊本にご縁の深い方だとうかがっていますが、熊本の女性は素敵ですか？」

「僕の家内？　家内はまあ、へへへ」

これほどまでに砕けた先生を見たことはありませんでした。

三時過ぎごろから中休みがあったとはいえ、昼前から続いている酒宴です。教授も私も酔いが相当

なレベルに達しています。私は酒攻めの場を少し離れることにしました。居間へ行って水を飲ませてもらいながら、裏方の主婦たちと雑談でもしようと思ったのです。裏方の人たちも交代で酒席に顔を出しているので挨拶は交わした人ばかりです。居間では中風で寝たきりの老人を一人の主婦が抱き起し、もう一人の主婦が祭りのご馳走を食べさせている最中でした。その周りには病人を囲んで同年配の老人たちが集まりお茶を飲んで語らい、病人と祭りのひと時を共有しているように思えました。老人たちは座を詰め合って私に中へ入れと誘ってくれます。田舎育ちの私は素直に雰囲気の中へ入り込みます。隣町ゆえに私の出身地のことを知っている人ばかりで、私が気づかないような、隣町から見た我が故郷のことを語ってくれるのです。

祭りは夜更けの十時近くまで続きました。座がお開きとなって教授と私は隣の公民館へ移動しました。数年前まで生活していた一家が離村して去り、公民館としてそのまま利用されているという古民家でした。二人分の布団が並べてあり、隅には電気炬燵が暖かくなっています。隣の部屋には長年使い続けた囲炉裏が残されており、天井の梁は囲炉裏の煤で黒光りしていました。追いかけて一人の青年が泊まりにやって来ました。普段は独身若者たちの寝泊まり用にも使われている公民館です。布団の中から教授と私はこの若者と言葉を交わしました。最近帰郷し酪農か放牧をやりたいのだが一緒にやる仲間がまだ見つからないと話してくれます。最初に教授が寝息を立て始めます。しばらくすると若者の声がしなくなったので顔を向けると彼も炬燵の中で眠りこんでいました。電気を消し私も布団をかぶりました。黴臭い布団であったのに、平気で眠れる教授を見直しました。

翌朝も氏子として朝食をいただきました。神送りの神事までまだ少し時間があるので、八幡岳まで車で登らないかと若者たちから誘いを受けました。私が大学に入った年の春から地元U局佐賀テレビの放送が始まりましたが、それに合わせるために八幡岳山頂には中継テレビ塔が建設されました。佐賀県全域を見通せる山で、その時に作られた工事用の道路は工事完了後に観光道路として山頂まで整備され、その道を軽トラック二台に分乗して登るというのです。前日の朝に若木の温泉宿から眺めた山の頂まで登るのですよ、と先生に説明すると少し驚いた表情をされたものの二つ返事で賛同されました。集落からは十五分ほどで山頂へ着きました。現在のように電波塔が乱立する前の八幡岳でした。視界を遮るものも少なく、北は壱岐や唐津湾から天山に背振山系、東は熊本方面と有明海、南は雲仙岳や多良岳、そして西には伊万里湾や平戸方面まで三百六十度視界が広がる素晴らしい眺望です。先生に眼下に広がる私の生まれ故郷の地勢を説明できたのが何よりの収穫でした。

下山すると、前日とは逆のコースで神送りの神事を済ませ昼食をいただきました。いよいよ別れの時です。集落の一人一人と名残を惜しみつつお礼を告げる先生と私です。昨夜先生が誉めそやした新妻が、国鉄唐津線多久駅まで車で送ると申し出てくれました。車が坂道を下り終えたころ時雨となりました。振り向くと集落のあったあたりから八幡岳の方角には雲がかかり見えません。

　雲か山か呉か越か

　水天髣髴青一髪

万里舟を泊す天草の洋

……

わずかに最初の部分だけを覚えている頼山陽の『天草の洋』の一節が口に浮かびます。しかし吟じることができないのが残念でした。私は予定を変更し一晩だけ実家へ顔を出すことにしました。教授の勧めもあったからです。先生とは別便になるためバスセンターで降ろしてもらいそこで別れます。熊本へ戻った私は卒論の清書を終え、十二月二十五日に法文学部事務局へ提出することができました。翌年二月十七日、冷や汗をかきながらも卒論口述試験を切り抜けて、卒業が目の前に迫って来ました。

磯田先生は私たちの卒業と同時に東京の法政大学哲学科主任教授として転任して行かれました。その後同大の図書館長も引き受けられ、同大に所蔵されたままであった先生の恩師でもある和辻哲郎の全蔵書整理を手掛けられたと聞いています。私は卒業後も先生とは手紙や葉書のやり取りを欠かさず、御著書も二冊いただきました。広告会社に再就職し長崎支社勤務も十年を過ぎた平成三年の秋に先生から、長崎大学医学部で倫理学の出張講義をすることになったので、その後にでも会わないかとお誘いの手紙をいただきました。お会いするのは十数年ぶりとなります。私は長崎に新居を構えた直後だったので、ぜひ我が家に一泊していただきたいと無理なお願いを申し出ました。その夜は久しぶりに、先生を囲んで我が家族と和やかなひと時を過ごすことができました。祭りに参加したあの日のことが話題の一つになり、先生も

「覚えているよ、あの祭り体験は最高に楽しかったなあ」

と我が家での歓談を喜んでいただいたことを思い出します。翌日は強行軍だったのですが、先生の

長崎観光のスケジュールを縫って我が家からはそう遠くはなかった外海町の隠れキリシタンの教会まで車でご案内しました。遠藤周作の小説『沈黙』の舞台になった東シナ海に面した村です。当時はまだ有名な観光地にはなっておらず長崎市街からも遠いというイメージがありました。今では『沈黙』の映画化や世界文化遺産登録の効果もありメジャーな場所になってしまいました。先生からの礼状には、「外海の隠れキリシタンの里から海を眺め、すがすがしい思いになれました」と書き添えてありました。

最後にお会いしたのはさらに十年ほど後、先生は法政大学の名誉教授でした。私が福岡本社勤務となり、某社のＣＭ制作責任者として東京に一週間ほど滞在したある日のことでした。仕事の現場が先生のご自宅の近くでもあったのでお声を聴きたくて電話を差し上げました。すると先生は、ぜひ会いたいからと吉祥寺のレストランを指定されました。たぶん先生が八十歳のころではなかったかと思います。お会いすると足腰が弱くなられたような感じでしたが、社会的好奇心は旺盛なご様子で、私の仕事内容について熱心にお尋ねになります。ご指導をいただいた卒論の研究内容とは遠い世界で働くことになった教え子の仕事のことまで、時間の許す限り真摯に理解しようとされる姿には不肖な教え子として頭が下がるばかりでした。そして先生の突然の訃報を、千葉県在住の哲学科時代の親しい仲間四水君から電話で聞いたのは二年後のことだったと思います。葬儀に駆けつける余裕もなく、福岡でご冥福をお祈りすることしかできませんでした。先生が亡くなられてからさらに十年後、私が選択して歩いてきた仕事にも少しは余裕を持てるようになりました。祭りの実地見学に行ったときに泊まった温泉宿や熊本に戻ってからも、先生に故郷の民俗や歴史の研究をこつこつと続けたらどうかと諭されたことを忘れたことはありません。教え子の一人として、還暦を過ぎてようやくそのまねごとを少しずつやり始めるようになりました。

六、初めての天草行き

九月初旬、卒論作成に大童のころ。卒論に取り組んでいる法文学部文科在籍四年の四人が夜更けに集まりました。同じ哲学科で弓道部の主務をやっていた安畑、社会学科のテニス部同期で体育会本部副委員長をやっていた吉川、テニス部同期の楠木それに私でした。たまには原稿用紙を離れて憂さ晴らしが必要だろう、武夫原で誰に憚ることなく放歌高吟して発散しようじゃないかと話がまとまったのです。焼酎を提げて行った真夜中の武夫原には当然のことながら誰もいません。広いのでどんなに騒いでも近くの下宿から苦情がくるような心配もありません。四人は焼酎の一升瓶を回し飲みして歌い踊りました。知っている限りの春歌や寮歌、それに流行りのフォークソングなどを歌い踊り「酔え！酔え！」と騒ぐのですが、みな一向に酔わないのです。すると吉川が

「かくなるうえは、全員スポンポンになって武夫原一周じゃ」

と衣服を脱ぎ始めます。安畑が同調し私が従い、最後に楠木が渋々脱ぎ始めます。四人が生まれながらの姿になって走る武夫原での最初にして最後の爽快な体験でした。一周するとさすがに酔いがまわり四人は裸のまま武夫原に大の字になって息を整え、さらに焼酎を飲み干してから解散しました。ストリーキングという裸で公衆の面前を走るパフォーマンスが世界に登場する一年前のことでした。この話を聞いたテニス部の後輩たちが、所かまわずに真似をしだしたのには閉口しました。

それから一週間も経たない九月中旬、安畑の父が不慮の事故で亡くなります。彼の父親は熊本では名のある人で新聞にも大きく取り上げられました。哲学科研究室に顔を出すと教授たち以下この話でもちきりでした。私は葬儀に参列するつもりで、誰かほかに行く人がいればと研究室へ顔を出したのです。結局私は数名の人の香典を預かり、翌日の葬儀にひとりで天草へと向います。翌朝は初秋らしい涼しい風が吹く曇り空の日でした。午後一時からの葬儀には十時のバスに乗れば間に合うのですが、安畑と言葉を交わしたかった私は熊本交通センター八時発の天草本渡行特急バスに乗り込みました。数日前からの体の不調は風邪の前兆のようだと自覚しつつ最後部座席に座ります。早起きの眠さと風邪気味のだるさで途中の港町三角に着くまで寝込んでしまいました。初めての天草行きです。天草五橋だけはしっかり眺めておこうと一号橋に目をやります。上島に入り彼岸花の咲く道をバスは進みました。

安畑との付き合いは哲学科へ進んでからの始まりです。お互い酒好きでもありコンパでは共によく飲み、哲学科学生には珍しく体育会系の部活を続けていた仲でもありました。武高同期の宇良君が同じ弓道部に所属していたこともあり話す機会も次第に増えていきます。やがて体育会本部主催の定例マネージャー会議に初めて臨んだ時に、二人とも同時期に幹部の主務になって顔を合わせました。部の運営で何かと相談しあい互いに汗をかいたことも親交を深める弾みになりました。日記を読み戻すと、彼と二人で飲みに出かけたり、飲み会の帰りに酔いすぎて自分の下宿まで戻るのがしんどいから泊めてくれと、私の部屋に泊まったりもしていました。私はテニス部幹部の役を果たせば、卒論と欲求不満が溜まっていたテニスの練習で卒業までを過ごすつもりでした。ところが幹部交代とほぼ同じ時期に決まる体育会本部委員長に、隣の軟式テニス部キャプテンだった東尾君が就任することになります。副委員長に硬式庭球部から出向していた吉川が、弓道部の安畑も幹部として引き込まれます。そしてたまたまその年は熊大が熊本五大学体育会連盟理事長を引き受ける当番の年で、理事長は決まったものの理事長を補佐する財務部長のなり手がないと私に相談がきました。その役を引き受けると学生最後の一年余が全く余裕のないことになりそうで固辞しましたが、結局は安畑と吉川に口説かれる形で引き受けてしまいます。安畑との付き合いは哲学科のみならず体育会関係でも卒業まで続くのでした。

眠気と風邪気味ではっきりしない頭のまま天草パールラインの景色を眺めているうちに終点の本渡に着きました。安畑家の葬儀は実家でもある由緒あるお寺で執り行われ、バスセンターからは送迎バスが運行されていました。葬儀会場までは歩いても十五分との案内があり、私は初めて訪れる町を探索の意味も込めて歩きだしました。今にも雨粒が落ちて来そうな肌寒い本渡の街中を、長袖シャツを着てくればよかったなと思いながらキリシタン殉教公園の坂道を登ります。展望台へ着く前に小さな雨粒が落ち始めました。初めての本渡市街や内海は小雨に霞みよく見えません。本降りになる前にと葬儀会場へ坂道を急ぎます。立派な山門を潜ると境内には雨に備えていくつものテントが張られています。開式まではまだ二時間ほど余裕がありました。安畑にあって直接言葉をかけようと庫裡へ行き来意を告げました。係が葬儀場である本堂へ案内してくれます。すでに弔問客が喪主へ列をなしています。その流れに並んで初めて私は気づきました。前後は全て喪服正装なのです。故人の社会的立場がよくわかりました。軽装のままで参列しているのは私だけだったのです。もとより喪服など持っているわけでもなく、白い半そでシャツに黒ズボンの装いでした。親族と並んで弔問を受ける彼はまだ私には気づいていません。剃髪し僧服で正座してお悔やみの言葉を受けています。私は彼の前へ少しずつ近づいて行きます。まだ私には気づいていません。一人前の僧侶のように落ち着いて対応しています。幾分顔色は青ざめているものの、お寺の次男として弔問客のお悔やみを受け、丁重な口上で返礼をしているようでした。

私の番が来ました。私は畳の上を喪主ではない彼の前へ膝行し安畑の顔を見つめます。私と目が合ったとたんに彼の顔がくしゃくしゃに崩れ、両の目に涙がたちまち溜まりました。泣くまいと堪える口元がかすかに何か言おうとしています。きつく握りしめた両の拳が膝の上で小刻みに震えていました。

「おれはもう……おれはもう……」

言おうとして後の言葉が続かないように思えました。そして黙って深々と頭を下げるだけでした。剃ったばかりの青々とした彼の頭を私はじっと見つめ、

「……たいへんやったね……」

それだけの言葉しかかけられませんでした。尊敬していた父親の急死を懸命に受け止めようとしている彼の心にかける言葉が出てこなかったのです。頭を上げた安畑の顔は、私に会う前の落ち着いた表情に戻っていました。

「こんなに早く来るには朝早く熊本を出たやろ？」

「うん、二番のバスに乗った」

「食事をしていってくれよ」

彼は突然立ち上がると私を庫裡へと案内します。歩きながら私は、内宮教授たちから香典を預かって来たこと、教授から講義のことはしばらく何も心配しなくていいと言伝があったことなどを話します。庫裡は参列客でごった返していました。安畑は私の席を何とか空けようと努力するのですが、すぐには空きそうにはありません。弔問を受けないといけない彼のために私は

「まだ腹は減ってないから、お前は本堂へ戻れよ。俺は外で東尾君が着くのを待つよ。もう話せる時間はないだろうから、じゃあな」

「すまんな、先生たちによろしく伝えてくれ」

外は本降りになっていました。テントの中の椅子に座っていると悪寒が襲ってきました。故人の生

前の読経がスピーカーから聞こえてきます。聞いているうちに葬儀が終わるまで耐えられるか急に自信が無くなります。そこへ体育会本部委員長の東尾君と弓道部の応塚さんが到着しました。私は事情を話し、先に熊本へ戻るからと山門を出ました。雨はひどくなっています。送迎バスを探す目の前でタクシーが客を降ろしました。そのタクシーに飛び乗りバスセンターへ着くと、タイミングよく十分後に熊本行特急が出るところでした。運転手に、最後部席で横になるので終点まで気にしないでくれと断って眠ろうとしました。悪寒が治まらないままうとうとしているうちに熊本へ何とか帰り着きます。その夜は高熱が出て、下宿のおばさんに水枕を借りました。咳もひどくなります。気管支炎まで患ったようです。こんな場合に近くに友人たちが住んでいるのは心強く、藤崎や楠木が代わるがわるに様子を見に来てくれたようでした。高熱で記憶も記録もありませんが、たぶん水枕を替えてくれたのはおばさんや藤崎や楠木であったと信じています。咳止めに効くからとおばさんがニンニクの黒焼きをくれました。熱が下がりかけたころ、医学部を卒業した山上先輩がひょっこり顔を出し症状を見てくれました。

「熱が下がったならいい、咳が治まるまで安静にしておけ。熱が高いなら病院へ連れて行こうと思ったけど、大丈夫だろう」

この風邪の原因は、しばらく前に安畑たちと真夜中の武夫原を素裸で走り回ったからではなかったかと思ったりしました。結局三日三晩寝込みましたが、次の日にはようやく卒論書きに戻れるまでに回復しました。

七、就職に苦戦する

卒論と並行して就職活動にも取り組んではいました。入学時に考えていた高校教師への道はとうにあきらめて教員資格の単位も取りませんでした。そして三年次の終盤にようやく就職したい分野が定まります。それは新聞社やテレビ局などのマスコミ業界でジャーナリズム関係の仕事に着きたいという想いでした。当時からすでに採用難度の高い業種でした。それでも熊大哲学科卒業の先輩諸氏には、この方面への就職者も少なくはないことがわかっていました。卒論の準備と共に就職試験に備えての勉強を始めましたが、どうしても卒論優先となり就職勉強は付け刃的になります。真剣に新聞記者を目ざしていた哲学科の同期生は早めに対策を始めて受験に臨み、失敗すると留年して再チャレンジするほどの熱意を持っていました。

私の場合は中途半端な取り組み姿勢のままに時間が過ぎ去ります。

「お前は真剣に新聞社を受ける気があっとか？　俺の友人で新聞社に入ったやつは相当な勉強をしていたぞ。お前のように夜ともなれば酒飲んでふらふらしているようでは無理ぞ」

真剣に忠告をしてくれたのは柳中先輩です。先輩の指摘の通りで振り返ってみれば、私の場合は真似事に近い就職勉強であったように思えます。とはいえ私が飲む機会の大半に柳中先輩が関わっていたことも事実でした。四年間で卒業して就職するという想いは入学時から変わりません。これ以上親の援助を受けずに済むように就職する気持ちにも全くぶれがありません。大学に残る選択肢は最初から排除しています。となれば難関の就職試験に失敗したときのことを考えて、少なくとも内定一社は決めておかねば安心して卒論にも取り組めません。せめて親がその企業名を知っているような会社の内定を得て安心させたい気持ちがありました。

最初に内定をもらったのはある大手の生命保険会社でした。しかしマスコミ各社の受験前に、すみやかに入社の意思を決めるようにとの催促文書が届きます。私は馬鹿正直に内定辞退を申し出ました。次いでテニス部幹部終了後に、名前だけの熊大体育会本部役員を引き受けていた私にチャンスが巡って来ます。熊大体育会本部枠として、業界二番手の洋酒メーカーに一名の推薦枠があるので私に受けてみないかという話でした。過去に希望した先輩たちは全員就職ができたとのこと。面接試験だけらしいからほぼ間違いないだろうとのことでした。勇躍福岡での試験に臨みました。ところがその年からは推薦枠を撤廃し、英語の試験成績を優先するとの説明です。話が違う。と私は焦りましたが、体育会的な酒が飲めるだけの人物より少しでも国際的な素養のある人物を採る方向へ転換したように思えました。私には難しい英語の試験であり一次試験で落ちてしまいます。

なんとか一社だけはと焦りかけたころ、樋尻先輩の顔が浮かびました。武雄高校の先輩で寮歌同好会に入れと誘ってくれたあの先輩です。その前年に学内で会ったとき、

「お前も来年は西邦相互銀行を受けろよ。俺はそこへ就職が決まった。将来は俺が頭取、お前が副頭取になって二人で発展させようやないか、ワハハハハ」

いかにも先輩らしい気宇壮大な大風呂敷話を思い出したのです。西邦相互銀行は相互銀行としては日本でも大手の福岡に本店のある銀行でした。申し込みは間に合うのかと法文学部事務局へ出向くとセーフです。名前だけは両親もよく知っている銀行でもあり、衝動的に申し込んだ私でした。生命保険会社も銀行も、そもそもは就職先の選択肢には入っていなかったのですが、なんとか一社だけはと焦りだした結果の行動であったようです。入社試験の結果は上々で、最終的に内定通知をもらいます。熊大同期は数名が落ちたものの四名が内定したことがわかりました。熊大硬式庭球部の主務を務めたこと、名前だけでしたが熊本大学体育会本部役員兼熊本五大学体育会連盟財務部長、という長い肩書も役に立ったことが面接試験を通じて感じられました。

ところがひと月ほどして内定取り消しの通知が届きます。腑に落ちず不思議に思っていると、突然法文学部事務局に呼び出されました。

「君はいったい何をしでかしたのだ？　いまだかつてこの銀行から内定をもらった学生で、取り消しになった者はいない。来年以降就職を希望する後輩たちに、悪影響を及ぼすようなことをやらかしてはいないだろうね？」

「はあ、私にもさっぱり事情が呑み込めないのです」

事実、私だけが内定取り消しになった理由に思い当たることが浮かびませんでした。しかしその理由らしきことがお盆帰省でわかります。こういうことでした。私が内定通知をもらった後、その銀行の関係者が実家を訪れます。父が不在で母は座敷へ上げてお茶などを出して丁重に対応していたようです。そこへ地区の集会で酒を飲んだ父が戻りました。父が応待を始めます。

「息子が銀行を受けたのですか？　それは何かの間違いではないですか」

「いえ息子さんは確かに受験されて内定が出ています」

「おかしかですね、銀行は性格的に向かんけん受けん。と息子ははっきりと言っとりました。新聞社をうけるはずですが」

とまあこんなやり取りが交わされたようです。後日すぐに今度は銀行の佐賀支店長自ら確かめに自宅を訪ねて来ます。タイミングが悪いことに、その夜も父は地区の集会とやらに参加し一杯機嫌で帰宅しました。前回と同じようなやり取りがあって支店長は引き上げて行ったそうです。父と母にその言動の理由を質すと、

「お前は銀行だけは受けんと言ってたろうが、だから俺が断ったと」

「父ちゃんがまた酔って帰って来て、私が話ばしよるのに横から馬鹿正直に断るとやもん」

これで内定取り消しの事情が分かりました。当時は内定の段階で家庭訪問が実施されていたようです。また採用側から内定を取り消されても今ほどには文句を言えない時代でした。わざわざ出向いたのに、二度までも親から就職の意思がないだろうと告げられたら、内定取り消しもやむを得ない事と思いました。一番の理由は私が銀行を受けたことを実家に報告していなかったことにあります。ちな

みに最初に辞退した生命保険会社はバブル崩壊直後に経営破綻してしまいます。西邦相互銀行へ前年に入社が決まり私にも声をかけた先輩は、合併し大きくなった銀行で副頭取まで出世しました。

マスコミ業界の就職試験も始まっていました。しかし新聞社やテレビ局を数社受けましたがことごとく一次試験で惨敗です。明らかに準備不足の実力不足です。いや一社だけ郷里の地元紙では二次の面接まで進んだのですが、その面接で人事担当者から明言されました。あなたにはコネがないからこれ以上は進めませんよと。次のテレビ局受験には父の伝でその局の重役という人に話を付けることができたらしいのですが一次試験で落ちました。数年後社会人となってわかったことは、父が知り合いを通して頼み込んだコネの人とは、そのテレビ局の派閥争いに敗れて傍系に去った人だったようです。要するにコネも含めての準備不足の一言に尽きるマスコミ業界就職挑戦でした。

落ち込んでばかりもいられず卒論に取り組んでいたとき、瓢々庵へ河原先輩が久しぶりに顔を出しました。出張のついでにリクルートを兼ねて来たと言います。

「わが社へ来ないか？　実力本位の由緒ある会社だぞ。近々採用担当者がお前を訪ねてくるから会うだけでも会ってくれ」

深い付き合いのある先輩にそう頼まれると会わないわけにはいきません。やがて訪ねて来たその若い担当者に勧誘されたものの、返事を渋っているとすぐにまた瓢々庵へやって来ました。誠意と熱意を感じる説得です。私は前向きに検討してみると返事をしました。すると三度目も間を置かずに突然訪ねて来ます。これには私も断り切れずに、正式に就職試験を受けに大阪へ出向くと約束してしまいました。同期の楠木も、その当時は難関だった教員採用試験をあきらめて同じ会社を受けることになります。ひと月もしないうちに私と楠木は大阪のその繊維商社の正式な試験を受けて入社が決まりました。創業は江戸時代という近江商人が起こした関西では暖簾と名のある会社ですが、親は知らない会社でした。就職先がひとまず決定すると卒論完成へ全力を注ぎましたが、結果的にはテニスを楽しむ余裕もない慌ただしい四年次となってしまいました。

八、焼酎指南

振り返ると、私は哲学科在籍中に講義を受けた先生方には、ずいぶんお世話になったように思います。その中からお二人の教授との思い出をたどってみます。

哲学科主任教授の内宮先生には卒論テーマ面接では厳しい指摘をいただきましたが、学生生活を悔いなく過ごすことへの姿勢みたいなことを折りに触れ教わりました。そのなかでよく覚えている一つは焼酎の味わい方のご指南です。コンパの時に、私が焼酎を飲まないことを偉そうに話したからかもしれません。ある日、私一人を先生馴染みの下通裏路地にあった小料理屋へ誘っていただき、勉強のことや世間話の後で酒の話になりました。先生は料理や酒にも詳しく、関東のご出身なのに私の出身地佐賀県名物の小城羊羹やガニ漬けのことまでもよくご存じで、しかも甘いものも辛いものも大好きだとおっしゃいます。酒の話となり熊本にはおいしい地酒もあればうまい焼酎もある。せっかくの学生時代を熊本で過ごすのだから、焼酎の味も覚えて卒業しなさいとおっしゃいます。

「蕎麦焼酎でひどい目にあったから、一生飲まなくてもかまわない酒だと思っています」

「君は、本当のところは飲まず嫌いだね、一度焼酎に心を開いてみなさい」

「どうすればいいですか？」

「じゃあ、今から二種類のお湯割りを用意してもらうから、一口ずつ飲んでごらん」

カウンターにお湯割りが入った二つのグラスが並びました。言われるままに飲みました。

「素直にどっちが好き？」

「どちらかと言えば左の方です」

「どうして？」

「なんとなく焼き芋のような香りがしたので」

「じゃあどっちが芋焼酎か米焼酎か、わかるよね」

「左が芋で、右は米ですかね」

「正解、白波と六調子だよ。じゃあ右はどんな味？」

「とにかく臭くて濃い感じです。日本酒と同じ米が原料だとは思えません」

「しばらく日本酒を飲んで、二つのお湯割りが冷えてからまた飲んでみて」

言われたように日本酒を少し楽しんでから冷えた焼酎を飲むと
「どちらも匂いがきつくてまずいです。さっきの芋は、まだいい香りがしたのに」
「そうだね、九州の焼酎はお湯割り向きかもね。無理しなくていいから飲みやすい焼酎から付き合っていきなさい。芋の香りを楽しむ感じで。それもお湯割りが覚めないうちに飲み干せるよう、最初は薄く割ってもいいから。飲みなれてきたら、芋の香りの底にある銘柄ごとの癖を受け入れられるようになるよ。人と同じように癖は個性だとわかれば付き合えるものさ。同じように球磨焼酎の味わい深さもね」

当時の地場ブランド乙類焼酎は今ほどにすっきりした味わいではなく、それぞれの銘柄が強い個性を売りにしていました。焼酎ブームとなった三十年後ごろには、学生時代の薩摩焼酎や球磨焼酎の癖を思い出せないほどにまろやかで飲みやすい味わいに洗練されていきます。当時はロックや水割りで飲む習慣もまだポピュラーではなく、焼酎はお湯割りで飲むのがスタンダードだったように思います。しかも瓶の口を開けると、焼酎とすぐわかる匂いが部屋中に充満するほど強烈な酒でした。

「君のように酒が好きな学生は、焼酎とも仲よくなった方がいい。何より経済的だし」

と先生は説きました。学生時代の日記を調べると、四年次には芋焼酎を当たり前に飲んでいたような記述が出てきます。この時の内宮教授のご指南が功を奏したからでしょうか。焼酎に対して心を開く。球磨地方や鹿児島各地で長い間に伝えられてきた地産焼酎は、それぞれの地域精神を象徴するスピリッツです。地域の人たちに自ら心を開けばその地域と心が通じ始めるように、焼酎に対してもおおらかに心を開いて地場の個性を愛しなさい、と先生は教えてくれたように思います。キリスト教徒であった内宮先生らしい御指南でした。

大学卒業後就職した会社に二年弱で挫折して熊本へ舞い戻り、生活のためにスナックのバーテンとして働き始めたころ、勤めている店へ内宮先生から直接電話がかかってきたことがあります。私は何となく後ろめたさもあり報告に伺うのをためらっていたので、遅ればせながらの電話報告になってしまいました。先生は
「再就職を考えているのなら、研究生として大学に籍を戻した方が少しでも有利になるかもしれないよ。魚前教授に話しておくから、いちど彼の研究室へ相談に出て来なさい」

再就職時の履歴書に空白が生じないようにとのとてもありがたい大人のご配慮でした。そして先生は東京の女子大へと転勤して行かれました。

平成二十六（２０１４）年秋に藤沢市内の内宮先生のご自宅を訪問しました。哲学科で教わった同期三人と哲学研究室で働いていた同期友人の奥さんも一緒でした。私は先生とは四十年ぶりの再会です。米寿に近い内宮先生自らが辻堂の駅まで迎えに来ていらっしゃいました。俳優の池部良に似た面立ちだった内宮先生の顔には往時の面影が残っておられてすぐにわかりました。先生と先生の奥様とを交えての懐かしい歓談は、学生のころに健軍町にあった公務員宿舎のご自宅に何度か招かれての歓待を思い出します。安畑たちと先生のお宅で麻雀に興じたこともありました。当時と違ったのは、もう先生はほとんど酒を召されず微笑んで我々の話を静かに聞いておられるだけでした。奥さん特性のカレー

をめいめいがお土産にいただいて帰ったことをお話しても、もはや思い出されることはできない歳月が過ぎていました。翌年、先生の奥様から内宮先生が亡くなられたことを伝えるお手紙が届きます。

九、阿蘇遠歩

魚前教授は今なお近況を交換させていただいている恩師です。卒業後ほどなく熊本に舞い戻って来てからも、公私において相談に乗ってもらいました。この話は三年次の十月に行われた哲学科のあるコンパの席上から始まります。座が盛り上がったころ

「松尾君、一生のお願いがある」

先生がにじり寄り、思い余った様子で私の手を取ります。昼間の先生は口数の少ない方でしたが酒を召されるとユニークな行動をされることもあり、私は、一体何事だと緊張しました。

「お願いだから阿蘇の遠歩に連れて行ってくれないか」

「えっ」

すぐにはお願いとやらの意味を呑み込めなかった私ですが、誰からか私が十一月一日の阿蘇遠歩に参加することをお聞きになられての行動だったようです。「阿蘇遠歩」とは、熊大開学記念日の十一月一日真夜中の十二時に阿蘇山上の草千里を出発し、ゴールの熊大赤門までおよそ六十キロを歩き通す

イベントです。平成二十五年の熊大資料に第五十回とあるところを見れば、私が参加したのは八回目だったようです。

すでに毎年開催されていたのですが、長距離でもあり親しいテニス部仲間には率先して参加するようなツワモノはいませんでした。参加をためらっているうちに三年次となり翌年は卒論の追い込みで無理だろうから出るとすればこの年がラストチャンスと思っているところへ、大分大学経済学部に在籍していた武高以来の親友土栗君から、一緒にエントリーして歩いてくれないかとの頼みが届きます。前年遊びに来たその時に阿蘇遠歩のことは大分大学でも知られていて、ぜひ参加してみたいと言っていたのです。彼が一緒なら学生時代のよき思い出作りになると決断しました。魚前教授の一生のお願いとはこんなことかと拍子抜けしたのですが、先生もかねがね一度は参加してみたいと思っておられたのにチャンスが無かったとのことでした。私としては二人より三人が楽しかろうと喜んで三人のエントリーを済ませました。

本番の数日前に最終確認のためにご自宅へ電話を入れたことがありました。教授婦人が電話を取られ、私だとわかると

「主人は年甲斐もなくあんな大変な行事に出たがって、松尾さん本当にご迷惑でしょうがどうか主人をよろしくお願いします。一体どんな装備を整えればよろしいのでしょうか？」

私は実施概要を説明しました。冬山登山のような遭難の危険はないこと、大学側や実行委員会も救護体制などのサポートをすること、落伍者は適宜回収車が収容することなどを。

「というわけで心配はいりません。夜間ハイキングのつもりで、防寒着と軽食それに飲み物は忘れないでください。私と友人の二人でゴールまでちゃんと一緒に歩きますから」

「お願いしますね。途中で主人がへたばったら遠慮なく回収車に押し込んでください」

十月末日の夜遅く、貸切りバスに分乗して熊大を出発し阿蘇山上へ。真夜中ともなれば阿蘇草千里の気温は氷点下に近い寒さです。思った以上の学生たちが集合しています。サークル単位で参加した学生たちは、自分の部をアピールしようと思い思いのサークルカラーにこだわった服装です。中でもひときわ目立ったのが応援団、紋付き袴に高下駄の応援正装の団長をはじめ団員は学ラン姿で勢揃いしています。旗持ちは姿勢を崩さずに巨大な団旗を掲げています。出発前に参加者へエールを送り寮歌で演舞を披露して送り出してくれました。冷え込む草千里を賑やかな人の群れが移動し始めます。ランニング装備でたちまち走り去る者。おしゃべりがけたたましい男女の仲良しグループ。高下駄を履き悠然とした歩みで我々を追い抜いて行く者。熊大まで完歩できるのだろうかと見送ると、向うからは馬の親子がゆっくりと歩いて来て我々とすれ違います。さすがは阿蘇草千里です。スタート早々、道脇に座り込んで酒盛りを始めた集団もいました。持参した食べ物を広げ一升瓶から酒を注いでいるのです。遠歩というより宴歩です。

その夜は晴天で、霜が降りるほどに夜空は冴え渡っていたように思います。魚前教授と土栗と私の三人は軽快に阿蘇のドライブ道路を下ります。眼下遥か遠くに大津の街灯りが美しく煌めいています。しかし先生のペースが速いことが気になりました。

「先生、大丈夫ですか？　もっと遅めのペースでかまいませんよ」

「うん、大丈夫。君たちに遅れないよう少しは訓練をしてきたから」

と、どんどん二人の先を歩きます。私たちが慌ててペースを上げ先生について行くのです。しばらくすると我々二人も先生のペースに慣れ三人並んで進みました。ときおり会話を交えながら順調に歩行距離を伸ばしていきます。予定よりやや早いペースで登山道を下り終えて阿蘇町の国道五十七号線に出ます。対向車が増えるので注意しながら、適宜に小休止をとりました。平坦な国道になったせいか先生のペースは全く落ちません。市ノ川を通り過ぎてもどんどん進んでいきます。行程表では、阿蘇谷を抜け大津へ下り始める立野がちょうど半分の三十キロチェックポイントになっていました。黒川にある数鹿流ヶ滝あたりを過ぎると、しだいに下り坂になっていきます。

立野の中間ポイントに無事に着きました。休憩ポイントの下をスイッチバックで知られる国鉄豊肥線が通り、立野駅へと小道が通じています。ここで休憩して腹ごしらえをします。所要時間を見るとほぼ五時間で到着していました。一時間で六キロのハイペースで歩いてきたことになりビックリしました。ペースメーカー魚前教授のおかげでした。エネルギーを補給して準備を再確認し、いよいよ後半戦に臨もうかという段になって教授が言い出しました。まだ夜明け前です。

「じゃあ僕は立野駅から汽車に乗って熊本にもどるから」

「え〜？　？」

「言ってなかったかな？　申し訳ない。明日は東京の学会に出張しないといけなくなったんだよ。

大事を取ってここから汽車で帰ります」

「こんなに朝早いのに、汽車は来ますかね?」

「そのうちに来るだろう。君たちは頑張って完歩してくれたまえ」

立野駅へと歩いて下る教授をぽかんとして見送る二人でした。先生のペースの速さは列車の時刻を考慮してのことだったのかもしれません。

後半の状況についての詳細は、あまり記述したくないのですが書きます。土栗は健脚らしくペースを全く落とさずに歩けたと思うのですが、私の歩みが急に鈍くなり速度が極端に落ちたのです。立野と大津の中間あたりで夜が明け、しだいに明るくなってきました。私は疲れと猛烈な眠気に襲われ歩みが止まります。

「土栗、俺にはかまわず先へ進んでくれ、しばらく休んだら追いつくから」

「いいよ、おれも休みたいから」

優しい土栗なのです。十分ほどの休憩を度々とっては先を目ざしましたが、もう我慢ができなくなりました。

「すまんが、お願いだから先へ進んでくれ。俺はそこの公園で仮眠をとって追いかけるよ」

「わかったじゃあ先へ行くよ」

彼なら好タイムでゴールできるだろうに、遅れた私にこれ以上付き合わせるのが気の毒に思えてならなかったのです。

ハッと思い腕時計を見るとわずか十分程度しか眠ってはいませんでした。立ち上がると土栗を追いかけます。私の足は前半とは全く別の足に変わったように重くなり、両足の裏が踏むたびに痛みます。豆ができ破れているようです。足元を恐々と踏みしめるようにしばらく歩いてふと前方を見ると、道路わきに腰をかけて私が追いつくのを待っている土栗がいました。

「大丈夫か？　無理しないで棄権してもよかぞ」

「いや、なんとしても歩きぬく。お前は先に行ってくれ」

落伍者を回収する大学の車は頻繁にやって来て声をかけてくれますが断ると去って行きます。一息休むとまた二人で歩き始めるのですがすぐに土栗との差が広がります。そして十五分ほど私が進むと、そこには笑顔で彼が待っているのです。戦時中の敗残兵もかくやありなんと、私ひとり惨めな気持ちで歩き続けました。

〈ようやく原水か、武蔵塚はまだまだはるか先・・〉無意識に回収車を探している私を親友の顔が認めると寄ってきて励まし、また先を歩き始めます。

〈武蔵塚よ、お前はなんと遠かったのだ、俺に恨みでもあるのか〉

愚痴事をこぼしつつ棄権すればよかったかなと、悔やみ半分で武蔵塚にたどり着きました。

「まーのぶ（私の呼び名）、ゴールまであとわずか五キロ！　頑張ろう」

武蔵塚で待っていた我が戦友が近寄って励ましてくれます。その後は私のペースに合わせて寄り添い、一緒に歩き続けてくれました。しかしあと五キロの遠いこと。

熊大赤門をくぐり学生会館前のゴールにたどり着いた時刻は、ちょうど十五時三十分。午前零時に阿蘇山を出発して十五時間半の完走タイムでした。前半に比べて二倍超の所要時間を費やした後半行程でした。後で知った最速ゴールタイムは、五時間を軽く切っていたと思います。我々が立野にいたころには熊大についていたわけです。陸上部の長距離選手が走り続けて帰り着いた記録と聞きました。我々の到着をスタッフが拍手で迎えてくれましたが、それに応える余裕は全くありません。手続きを終えてそのまま飄々庵へ帰り着くと、二人はすぐ靴を脱いで足を洗います。私は真っ先に足裏を確かめます。やはり豆は破れ血が出ていました。その後ふたりは五時間近く爆睡しました。目覚めると銭湯へ行き、ゆったりと足を伸ばしながら、私は土栗に頭を下げました。完走タイムの足を引っ張ったお詫びと、最後まで付き合って歩いてくれたことへの感謝の思いでした。土栗は

「貴重な思い出ができたよ。まーのぶ、これからことあるたびに俺から冷やかされるのを覚悟しとけよな」

と笑っていました。後日哲学研究室で、遠歩の顛末を魚前教授にお話ししました。

「そうか、途中で離脱してすまなかったね、大分大学の君の友人にもよろしく伝えてくれよ。君たちには悪かったけど、私はいい体験ができた」

と喜んでくれました。

高校三年以来の親友土栗は、大学卒業後に勤務先で通関士の資格をとり開業間もない成田の新国際空港などで働いていました。折々に彼独特のユーモラスな手紙をくれました。互いの結婚式にも出席

しあいましたが、彼は働き盛りのときに患い、その病を癒すことができずに短い闘病生活で逝ってしまいます。平成十四（２００２）年九月のことでした。私へは詳しい病状を知らせては来ず、見舞う機会も与えてくれませんでした。逝去後にしばらくしてその死を知りました。私の胸には、阿蘇遠歩の先々で待ち受けて私を励ましてくれた、若い日の飄々とした笑顔が住みついています。

十一、雪山遭難か

昭和四十七年十二月三日、安心荘で開かれた我々の硬式庭球部追い出しコンパでは、感極まってこっそり涙を流すと翌日から卒論の追い込みに。クリスマスイブも関係なく二十五日になんとか卒論の提出を終えたとき手持ちの金はわずか数百円でした。実家へ帰る旅費がありません。仲間はみなクリスマス前には帰省しており、借りる相手もいませんでした。卒論を提出したその足でバイト探しです。忙しい歳末なのですぐに見つかると思っていたのが大間違い。商店街を探して歩きましたが、私に都合のよいようなアルバイト募集は無いのです。ただひとつ子飼商店街のお肉屋さんのガラス戸に学生アルバイト募集の張り紙を見つけました。十二月三十一日までとあります。すがる思いで中へ入ると、その店を仕切っているおばあさんが、胡散臭い若者が入ってきたような目で私を見ます。

「あんたほんなごてぇ熊大生な?」

それも道理で、伸びた髪は徹夜明けでぼさぼさ、無精髭も剃らず裸足の下駄履きジーンズ姿でした。私は、やっと卒論を提出し終えたこと、佐賀の武雄へ帰る旅費がないこと、春には就職して九州を離れるので、最後の学生生活くらいは家族で正月を迎えたいことなどを口早に説明して、どうか雇って欲しいとお願いしました。それでもおばあさんは疑いの眼差しを消しません。学生証を下宿に忘れていたので証明できないのです。その時ふと、金は入っていないものの、財布にあるものを入れていたことを思い出しました。

数枚の名刺でした。学生証はありませんがと、その名刺を一枚差し出しました。

「熊本五大学連盟財務部長? 熊本大学法文学部松尾政信、なんなこれは」

とその名刺を横にいる息子に手渡します。息子夫婦が私の名刺を食い入るように見つめていました。

「お母さん、この人でもよかでしょ、財務部長さんやし、困っとらっしゃる風やから」

「はい、私も賛成です」

「しょんなか、あんた明日から来らるんな? ばってんうちは食べ物商売やけん、もうちったぁきれいな格好ばしてもらわんと」

再び全身を眺めまわされて採用となりました。不承不承に引き受けた五大学連盟財務部長の名前が、ここで役に立つとは思ってもいないことでした。わずか六日間のバイトでした。おばあさんは口やかましく厳しいけれど根は正直な人で、そのぶん息子夫婦の優しさが嬉しい仕事場でした。大晦日は実

家へ帰り着ける最終列車に間に合うように、夕方早めに辞めさせて欲しいと恐る恐る頼むと、

「一番のかき入れ時ばってん、武雄まで帰るとならしょんなかたい」

とすんなり認めてくれました。バイト最後の日、千客万来の忙しさの中で言い出せずにいると、松尾さんもう上がりなさいと五時近くに嫁さんに言われました。バイト代をいただき挨拶を済ませて出ようとすると
「ちょっと待たんな・・・こればお母さんに」

おばあさんが手際よく肉を包んで持たせてくれました。

学生最後の正月を実家で過ごして熊本に戻ると、後は卒論の口頭試験を待つのみです。その前にある体育会本部最後の行事「リーダーシップトレーニング」も、長老格として温泉旅行気分の研修参加でした。場所は九重筋湯温泉にある九州国立大学学生研修所。安畑と二人で初日の夕食には間に合うよう大分行きバスに乗り込みました。牧の戸峠バス停までは後輩が車で迎えに来る手はずです。ところが予期せぬことに阿蘇谷に入ると雨に。やまなみハイウエイを瀬の本高原へと進むうちに雪に変わりました。瀬の本高原バス停でチェーンをタイヤに装着し、引き返すこともあるとの前提でバスは動き始めました。雪が積もりかけたつづら折りの坂道を慎重運転で牧の戸峠へ進みます。窓の外は吹雪です。それでも牧の戸峠バス停へはかなり遅れて到着。積雪のバス停で下車しましたが迎えの車は見当たりません。バスは去って行きました。積雪で来るに来られないのかもと安畑と私は徒歩で筋湯まで向かいます。公衆電話なんかありません。道はわかるものの吹雪で見通しは悪くなっていました。

薄暗くなった視界の吹雪の合間に、雪を被った白い森が浮かび上がって来ます。資料ではバス停から研修所まで徒歩四十五分となっていました。しかし吹雪の中をいくら歩いても筋湯が近づく気配がしません。本能的に危険な予感がし始めるのですが道を信じて歩きます。雪山用の防寒着が必要になるとは頭から予想していませんでした。三十分近く歩いていると、下からライトを点けた車が登って来て私たちの横で止まります。思わず近寄りのぞき込むと、我々を迎えに来た体育会本部後輩の車でした。バス停で待機していたもののバスがなかなか到着しないので、この吹雪で運休になったのではと確認のために研修所へ戻り出直して来たのだと言います。よくぞ迎えに来てくれたと寒さに震える身体で礼を言いました。車の中で後輩は、我々を拾った場所は牧の戸峠バス停から研修所までの三分の一の距離にすぎないと言います。もし迎えが来なかったなら、吹雪の中を軽装であと三分の二の距離を歩けたのだろうかと恐ろしくなりました。研修所に着くとすぐに二人で温泉に入り、体の芯から温もりながら冬山の恐ろしさを噛みしめました。翌日は朝から快晴で、研修所を取り囲む山々は見事な銀世界です。近くの八丁原地熱発電所が、音を立てて水蒸気を吹き上げていました。

十二、飄々庵解散の宴

卒業前ののんびりとした時間を瓢々庵で過ごしていると、昼間から焼酎の匂いを漂わせて下宿のおじさんがふらりとやって来ました。おばさんは白内障の手術とやらで入院しています。これ幸いに昼間から飲んでいるおじさんなのでした。

「松尾さんも楠木さんも今度卒業な？」

「はい、二人は一緒に大阪へ就職します。ただ藤崎は卒業できんとですよ。一軒家に一人じゃ広すぎて淋しいので長屋の方へ移ろうかなどと話しよりました」

「そりゃ都合んよか。楠木さんが出て行ったら、この家を解体して新築に建て直すばい。だけんこの一軒家は、あんたたちが最後の住人たい。どげん荒らして散らかしたまま出て行ってもかまわんけん」

「本当ですか？　熊大テニス部にとっては大恩ある下宿やけん、盛大にお別れ会をします。できたら東京の池内さんにも連絡してみんなで集まって大騒ぎして、おじさんやおばさんそれに、瓢々庵に感謝を捧げたいです」

「池内さんにも声かける！　そりゃよか思いつきたい。もう最後やし、どうせ壊すとやけん、壊す手間のちっとでも省けるごと派手に大暴れして盛り上がらんな、わしが許す」

私の胸のうちではある企画がむずむずと盛り上がってきました。早速趣意書の作成に取り掛かります。日時は私の卒論口頭試験が終わってすぐにと決め、ただちに藤崎や楠木の賛同を得ました。幸い当時のガリ版刷り趣意書が残っていたので、以下に紹介します。あまりにも拙い文章だったので大意を変えずに、読むに耐えられない一部を修正あるいは補筆していますが、当時の瓢々庵への思いを偲ばせる内容です。最後の三行は森繁久彌の唄『青春が花ならば』の一節です。

・・・・・・・・・・・・・・・・・・・・・・・・・・

飄々庵解散の宴

時には我が熊大硬庭部の憂さ晴らし処となり、また時には我が熊大硬庭部の深淵高尚なる人生哲学のメッカとなり、かつまた我が硬庭部の金欠流浪部員諸君の寄宿舎として、その機能を最大限に発揮してきた我らが愛すべき飄々庵も時代の遷移、つまり寄る年波には勝てず、この三月をもって家屋解体の憂き目にあうこととなった。

そこで我々飄々庵愛好者は来る良き日に解散の儀式を行い、飄々庵において最後の宴を催すことと相成った。

ついては以下のごとく解散の宴を開催する。心ある方（男女不問）はこぞってはせ参じられんことを願う。

記

期日昭和四十八年二月二十四日（土）

於飄々庵

刻午後六時半

会費一、二年生二百円三年生以上は会費+ご祝儀

飄々庵に未だ一度も訪れた事なき諸嬢並びに男子諸君。残されたチャンスはもはや僅少なり。ただちに飄々庵を訪れられんことを訴える。

実行委員長藤崎雅俊
同副委員長楠木高春
同副委員長松尾政信
補佐役北町義人
顧問柳中好廣
顧問丸山利朗
名誉顧問池内慧

以上

飄々庵の沿革

今を去ること八年前、池内大先輩が諸般の事情により村里家敷地内の一家屋を借り受け入居。これ

が飄々庵の走りとなる。その後五年間に稲杜先輩、故岩尾先輩、河原先輩等と受け継がれて基礎固め。そして昭和四十五年九月飄々庵確立の為の先遣者として藤崎雅俊入居。いよいよ庵らしき様相を呈し始める。この間、山上先輩、谷川先輩等が居候。そして翌四十六年正月岩尾先輩逝く。同月六日この庵にて告別式を執り行う。商科大、女子大はじめ多くのテニス関係参列者会場よりあふれる。三月、故岩尾先輩の後に松尾政信正式に入居。「飄々庵」と命名する。飄々庵時代の幕開けなり。直ちに河原先輩卒業までしばし居候の身分となる。熊大内にて飄々庵の名、徐々に高まる。長大庭球部よりも来宿者来たりて交流を深める。四月隣の花陵会学生寮火事のため池内大先輩居室類焼、よって飄々庵居候となる。九月熊大体育会本部主催「若きホープは語る」の座談会行われる。翌四十七年二月楠木高春転がり込み居候。前後して北町先輩突然大阪より退職して舞い戻り居候。やがて向いの鶏小屋跡に移るも、居住人の急増による鬱陶しさに耐えきれず、飄々庵を離れ松尾は北長屋へ転居、ひとり「新・飄々庵」を名乗るも不評。相前後して楠木正式に飄々庵の住人となる。そして今日に至る。

今日までに飄々庵を訪れ蟠踞し居候した先輩諸氏その数あまた。飄々庵にて鯨飲されたアルコールは膨大にして江津湖を飲み干すに匹敵する量なり。酔人によって不当に持ち込まれた市中立看板類の数たるや世間に憚りてただただ恐懼せざるをえず。飄々庵を訪れし心優しきマドンナの如き女性複数あれども決して男共に心許さず、即ち飄々庵は恋愛不毛の地なり。飄々庵の居住者と見目麗しき乙女子との純愛成就話など皆無。しかれども常の日における天下国家論あるいは恋愛論の談論風発これ熊大一なり。返すがえすも惜しむらくは、飄々庵の健児等に一瞥だに与えなかった愚かなる女性の世に甚だ多きことかな……。

春の日の桜さえ風に舞い　散り急ぐ
美しい乙女らよ燃える心をかくさずに恋に命をかけてみよ
青春が花ならばいつの日か散っていく

・・・・・・・・・・・・・・・・・・・・・・・・

飄々庵が消えてなくなる。そう思うと私はじっとはしていられず、飄々庵らしい締めくくりで飄々庵に別れを告げ、そして熊本を去りたいと思ったのです。このガリ版刷り趣意書をテニス部のメンバーや関係の深かった先輩たちにもことごとく配布しました。右の文面の趣意書配布だけならまだしも、一人でも多くを集めようと、飄々庵を好きなだけぶっ壊して暴れても構わないとのお墨付きを与えて、これまで一度も来たことのない部員まで誘ったのです。東京の池内先輩へは郵送の上、忙しくて熊本へは帰れないでしょうから送金だけでもと、電話で重ねてお願いしました。この話題は瞬く間にテニス部関係者に広がりました。

十三、鬱勃たるパトスの異常なる発散

解散の宴が数日後に迫り準備も進んだころ、村里下宿のおばさんが退院してきました。そして瓢々庵にたむろしていた我々の元へやって来ました。

「長い間留守をしました。ところで、じいちゃんが勝手にこの家を壊すと言ったようだけど、そげんことはせんけんね。コンパばやるなら、騒ぐのはほどほどにしてはいよ」

庵に居た藤崎、楠木、私の三人は思わず顔を見合わせました。

「まずいな、どうする」

「みんな瓢々庵をぶっ壊せると楽しみにしているぜ、今さら中止は間に合わん」

「会費を前払いさせた者も多いし、徹底して壊してくれと若い連中を煽ったからなぁ」

「若い連中は強引にでも従わせることはできるけど、酒癖の悪い先輩たちが問題よ」

「しょんなかたい、飲み始める前に壊せなくなったとしっかり釘を刺そう」

その後おじさんに話が違いますよと念押しをすると、もごもごと口を濁して逃げるように去って行きました。三人は覚悟を決めて、実際に瓢々庵は後継者がいなくなるのだから、あくまでも乱暴狼藉厳禁で別れを惜しむ瓢々庵解散式に徹することで実行を確認しました。

いよいよ「瓢々庵解散の宴」当日です。手伝いの後輩たちを招集して早くから準備を始めました。開

始二時間ほど前に、ひょっこり池内先輩が東京から顔を出します。驚く我々に
「金を送るだけでは面白くないから、休みを取って来たよ」

心遣いに恐縮しながらも事情が変わったことを告げると、自分も協力してみんなを抑えるから大丈夫と頼もしいお言葉です。開始定刻少し前から続々と参加者がやって来ます。飄々庵は初めてという部員も少なからずいて席不足が心配になりましたが、六畳と四畳半の仕切り襖を外した部屋は満杯になります。定刻前に来た酒癖が不安な先輩や後輩を一人一人捉まえては、酔った勢いでの飄々庵に対する乱暴狼藉はご法度だと強く念押しをします。

「なんじゃ、つまらんな」

と不服そうではありましたが一応了解してくれました。しかし開始後に遅れてやって来る酒癖不安な先輩諸氏も数名いることがわかりました。

開会に先立ち実行委員長の藤崎が挨拶を述べ、私からは乱暴狼藉は厳に慎むよう念を押します。そして池内大先輩の乾杯の言葉を皮切りに最後の宴会がスタートしました。厳重注意が効いていたのか和やかに賑やかに酒席は盛り上がっていきます。だいぶ遅れて顧問の一人でもあった騒ぎ好きの柳中先輩が駆けつけてきました。

「よしよし、まだ壊しちゃおらんな」

部屋の中を見回して座に座りました。私たちはドキッとしてその先輩を取り囲み、事情を説明します。

「わかった、わかった」

いい加減な返事で後輩から酒を受けてぐいぐい飲み始めました。しだいに座を騒音のような参加者の雑談哄笑が包み始めます。酌をして回る者が入り乱れ、肩を組み歌い始める連中が登場します。そして用意した酒が底を尽きかけたころ、遅れてきた柳中先輩が叫びます。

「さあァ〜そろそろ始めるぞォ！　皆の者かかれ！」

「ダメダメダメいかん、座れ座れ、立つなぁ！」

必死で止めようとする幹事三人。

「ちっとぐらいはよかろうもん」

柳中先輩が真っ先に立ち上がると、ニャリとして障子をぶすぶすと破り始めます。悪夢のスタートでした。それにつられて先輩も中堅も若い連中も破壊に走ります。池内先輩が大声で中止を叫びますが、大先輩の声でも酒の勢いには叶いません。

障子に連発で拳の突きを入れ桟を折り続ける者、障子を背中で押し勢いあまって中庭へ障子ごと落ちる者、襖に蹴りを入れて大穴を開ける者、また勢いをつけて体当たりし襖を突き抜けて押し入れへ飛び込む者、鴨居に同時にぶら下がり歪めてしまった大男三人。藤崎も楠木も私も破壊者の元へ走り、なんとか止めようとしますが、壊すことに愉悦を感じてしまった連中に私の声など響きません。逆に振り飛ばされてしまいました。飄々庵からは吠えるような声が一塊となって、外の闇へと噴き出していたと思います。もはや手が付けられない状態です。

「全面ラスト〜‼」

「全面ラスト〜‼」

「全面ラスト〜‼」

幹事三人は声が嗄れるほどに、狼藉者たちにすがって叫びました。わずか十分程度の騒乱。耳元で叫ぶ「全面ラスト」の声に反応したのか、ひとりまた一人と破壊の手を止めていき、しだいに会場が静かになっていきました。夢から覚めたように参加者全員が座に座ると、飄々庵の様子は一変していました。よくもここまで壊せるものだと、私は腰が抜けてしまいそうでした。

「ああ、おばさんに何と言って謝ろう」

幹事三人がへなへなと畳に座り込むと
「ちょっとやりすぎたな、修復するか、みんなで」

最初に扇動した柳中先輩が、障子の折れた桟を糸で結わえ始めましたが後の祭りです。無駄だとわかるとひとりまた一人と去って行き、夜更けに幹事三人と池内先輩が残りました。

翌朝、それまで見たこともないような憤怒の形相でおばさんが怒鳴り込んできました。

「あんたたちにはもう部屋は貸せん！　直ちに出ていきなさい！　今日限り今すぐ」

私たちは修復できる部分は修復し、足りない部分は弁償するので許してくださいと、平身低頭で謝りました。

「弁償なんか要らん、あんたたちの顔を見たくもない」

全く取り付く島もありません。今は何を言ってもだめだろう、おばさんが少し落ち着いたら俺がとりなしにいくからと、池内先輩が慰めてくれます。そしてしばらくして池内さんが母屋から戻って来ました。

「ダメだ、今回だけはおばさんの怒りは本物だ。今すぐ飄々庵を出て行けと言い張る。とりあえず出て行かんと話にならん。お前たちは荷物をすぐにまとめろ」

私は出て行くにしろ、ひとりできちんと謝らないと気が済まない思いに駆られ、恐る恐る母屋のおばさんを訪ねました。卒業まで間がない私は、藤崎と一緒に部屋を借りてしばらく住む覚悟で会いました。

畳に手を尽き、乱暴狼藉を止められなかったことを心から詫び、今日中は無理かもしれないが明日には必ず出ますと頭を下げ続けました。

「いや、松尾さんあんたは出て行かんでいいと、出ていくとは藤崎さんと楠木さんたい」

「おばさん、今回の騒動では私にも責任がありますから」

「あんたまで出て行ったら筋が通らんったい。あの家を貸しているのは藤崎さんと楠木さん二人やけん。借主に責任ば取ってもらう。長屋住まいのあんたが出て行ったら話がややこしゅうなる」

おばさんはこの言い分を筋として通し抜くらしく、もう私の相手をしなくなりました。さてこれはこれで困ったな、と思い飄々庵へ戻ります。案の定

「お前が実の首謀者やろ？　なんでお前だけ残って俺たちが追放されんといかんのか」

「俺たちはお前に乗せられたみたいなもんやろ、納得いかんぞ」

藤崎と楠木が猛然と反発します。その気持ちも十分にわかりましたが、

「俺まで出て行ったら、よけいにおばさんが怒りだしそうな気配やったと。俺は残って関係修復を図らにゃいかん責任があるような気がする」

結局二人はおばさんの剣幕に押しまくられたまま退居します。卒業間近の楠木は予備校時代の仲間の下宿へ翌日には転がり込んで行きました。藤崎はすぐには空き部屋が見つからず、おばさんから早く出るように怒られていましたが、数日後に国道沿いに部屋を見つけて引っ越して行きました。リヤカーに荷物を積んで私が後ろから押して、なんとも哀れを誘う引っ越しでした。

十四、さらば熊本の日々

昭和四十八（1973）年三月九日、その夜の寝台列車で大阪へ立ちました。楠木も一緒です。熊大卒業式の前に入社式と新入社員研修を行う大阪の就職先へ行くためです。西鹿児島発東京行き寝台特急「みずほ」でした。ホームには藤崎はじめ先輩後輩たちが大勢見送りに来てくれました。テニス部後輩の綿鍋が「武夫原頭に草萌えて」の巻頭言を切り、見送りのみんなが肩を組み寮歌を歌って送ってく

れました。二週間後には、卒業式に出るため熊本へ戻って来ることになっていたので、大げさな見送りのわりにはそれほどまで淋しい気分にはなりません。むしろホームにいた人たちが、珍しがって集まって来たので恥ずかしさが先に立ちました。熊本駅を定刻に出発した寝台特急は、途中で二時間以上も遅れが出て大阪に到着。理由は覚えていません。大阪駅からタクシーで会社へ駆けつけたものの入社式から遅刻してしまいました。波乱の予感がする入社初日でした。

入社式が終わると記念撮影をして、そのまま滋賀県大津市にある比叡山麓の西教寺へ。明智光秀にゆかりのある天台宗の名刹で、就職した会社の創業家菩提寺でもあるとか。まだ小雪が舞う寒い春に朝五時起床で、雑巾がけから始まる六泊七日の修行僧みたいなスパルタ合宿でした。大好きな琵琶湖の情景を楽しむ余裕など全くなく、研修カリキュラムを終えると比叡山越えで京都へ入り、そのまま大阪府豊中市にある会社独身寮へと送り込まれました。配属先はとりあえず商品の種類と取引先を覚えるために、独身寮の横にある流通センターです。三月二十三日の仕事が終わると、二、三日の休暇をもらい楠木も私も寝台特急で熊本へ戻りました。卒業式は翌二十四日土曜日に熊本市民会館で行われ、入学入部式の時のような混沌に比べてあっさりと粛々と終了しました。あの大学紛争はいったい何だったのだろうと不思議に思えるほどに穏やかな式で、あまり印象にも残らないほどでした。医学部で六年間の学業を終えた柳中先輩も一緒に卒業です。

備忘メモによると紋付き袴姿で出席した弓道部の応塚さんの発案で、卒業生全員で学生生活最後の「武夫原頭に草萌えて」を踊ることに。巻頭言は同期で前応援団長の広岡淳君が堂々と一世一代の演武を見せてくれました。その後私は哲学研究室へ出向き、お世話になった先生方に謝辞を述べるとともに別れを惜しみます。卒論指導でお世話になった磯田教授は東京私大への転勤が迫っていました。その夜はテニス部の有志たちが集まって、下通で最後の卒業生を送る会を催してくれました。飄々庵を追い出された藤崎も楠木も笑顔で参加しています。

会の途中で私はひとり抜け出し熊本駅へと急ぎました。安畑が東京のある私大の大学院へ進学していくのを見送るためでした。突然父親を亡くした彼は、ショックから立ち直ると父親と同じ仏門への道を進むことにしたようです。弓道部を中心とした彼の仲間がホームにあふれ彼を見送りました。私が入社式に向かったときに利用した同じ寝台特急でした。テールランプが見えなくなると、下通の宴会場へとって返し痛飲したことを覚えています。捨て難い感情も去り難い未練も何もかも、いったんは心に封印し今宵限りで熊本におさらばしようと決めたセンチメンタルな想いを、酒で意識の奥に沈めようとしていたようです。

巡り会えたのにすれ違うままに別れていく人
胸に届いたのに受けとめきれず別れていく人
レールはずっと続いているのに
心の分岐器（ポイント）を切り替えた熊本駅
忘れ難き思いも捨て難き未練も

なにもかも駅のホームに残して
同じ季節をともに生きた人たちへ別れを告げる

その夜は藤崎の新しい下宿に泊めてもらい、翌日実家へ卒業証書を届けに帰省しました。父は大きな卒業証書を眺めて我がことのように喜んでいましたが、母は、私が不本意ながらも就職を決めたのではないかと一抹の不安を拭えずにいるようでした。就職希望の企業にことごとく落ちたとき、望まぬ就職をするくらいなら一年間留年して、再挑戦したらどうかと母は言ってくれました。あと一年間ぐらいの仕送りは何とかなるとも。ただ私としては、あくまでも四年間で卒業して働くという大学受験前の父との約束を果たすことに意地があったのです。その意地を胸に母を安心させる言葉を告げて、故郷にも別れを告げ大阪の人となりました。

（七）時艱にして義を思ひ塵世に節を偲ぶかな

旧制第五高等学校寮歌「武夫原頭に草萌えて」より

一、男はつらいよ

卒業式から一年九か月後の昭和四十九年十二月。私は大阪市東淀川の古いアパートを退居しました。就職した大阪の会社を辞めたからでした。その年に流行っていた南こうせつとかぐや姫の『赤ちょうちん』に出てくるような、近くの東海道本線を貨物列車が通るといつまでも揺れ続ける裸電球一つのボロアパートでした。わずかな生活必需の品々を熊本の藤崎の下宿へ送り、当面必要としない荷物は実家へ送り付けました。そして小さなボストンバッグに着替えなどを詰め込むと夜行バスで東京へ。早朝に東京駅八重洲口へ着きました。早すぎる時間だったので少し待って池内先輩に電話を入れます。

「松尾です、急な話で申し訳ないです。今夜からしばらく御厄介になってもいいですか？」

「かまわないよ、今どこ？　何時ごろに来る？」

「東京に着いたばかりですが、今から行きたいところがあるので夕方四時過ぎには」

「わかった、じゃあ病院の方へ来てくれないかな」

池内先輩は小田急線向ヶ丘遊園駅に近い病院に勤めていました。新婚ほやほやでした。まさにスイートホームを構えられたばかりでした。そのことを知っていたのに、私は何のためらいもなく電話をしたのでした。

その夜からの宿を確保すると、訪ねてみたかった場所へと足を延ばします。それでも時間が早いので上野公園で西郷さんに挨拶をして不忍池を巡ると、慣れない地下鉄や私鉄の連絡網を確かめつつ柴又帝釈天へと向かいました。会社を辞めて熊本へ戻る前に、何が何でも映画『男はつらいよ』の寅さんの街を歩いてみたかったのです。私は映画の第一作を見て以来熱烈な寅さんファンになっていました。大阪の会社でも、親しくなった同期の下森に寅さんの魅力を熱く語っては映画に誘い一緒に映画館へも行きました。そのころファンクラブ「寅さん後援会」にも入会したくらいです。柴又を訪ねたのは第十四作「寅次郎子守歌」が封切られる直前でした。私の故郷佐賀県の呼子も舞台になりましたが、この映画を見たのは熊本へ舞い戻ってからでした。

寅さんの故郷を頭に刻んでおこうと、柴又駅から帝釈天まで門前町を何度も往復しました。映画の中に登場した団子屋を訪ね草団子も食べました。帝釈天にお参りした後は、鐘楼から源公が顔を出しはしないかと鐘を見上げたり、回廊を午前様が歩いていないかとしばらく立ち尽くしたりした後で、真冬の江戸川の堤防に出て腰を下ろし川の流れを眺めて過ごしました。もう二度とは柴又帝釈天へも来ることはあるまいと思っての参拝でしたが、その後も縁あって合計すると五度は訪れており、四度目のときには、偶然にも五十回記念作「男はつらいよ、お帰り寅さん」の下見で訪れた山田洋二監督や女性スタッフの方と、帝釈天裏境内で鉢合わせになります。挨拶をすると

「最新作は面白いものになるから期待してくださいね」

と別れ際に声をかけられました。寅さんファン冥利に尽きる思い出です。

大阪の会社を円満退社するまでに、直属の係長との関係が最悪なまでにこじれてしまいました。その間にたまったストレスを発散してもう一度熊本から再出発し、我が人生を立て直すしかあるまいと思い信頼していた池内先輩を頼って上京した私でした。池内先輩が勤務する病院へ迷わずにたどり着いた私は、新妻が待つ新居へ。好きなだけ泊まっていいと池内夫妻の歓迎を受けた私は、胸にくすぶる挫折感をようやく払拭できそうな安堵感を噛みしめることができました。

大阪の会社を辞めることになった顛末です。一年間の流通センター研修を終えた私は、二年目からは本社勤務になりました。アパレル製品の企画製造販売をする部署で私は営業担当でした。主に大阪市内の中小量販店が取引先で、その日はアパートから取引先へと直行し、終業定時過ぎに本社へ戻ると社内の雰囲気がどこか変です。この昭和四十九（1974）年は前年に発生した第一次オイルショックが日本の景気にも影響を及ぼしていたころです。同僚たちの話では、私が直行して不在だった朝礼で課長から、会社は組織改革を断行するので会社に不満がある者は本日中に辞表を出せと急な申し渡しがあり、日ごろ会社批判をしていた社員の間に動揺が走ったようです。私も古い歴史と伝統を誇る

だけのように思えた当時の会社には不満があり、会社はかく変わるべしという青臭いあるべき論を同僚たちと吐き出しては会社の将来を憂えていた一人でした。

二、三人の同僚から松尾は当然辞表を出すのだろうと問われ、

「社員の会社を憂う気持ちを直に聞きもしないで、いきなり辞表を出せとは何事だ。上司に真意を確認してみる」

直属の係長を探しましたがすでに帰宅した後でした。課長はまだ会議中だったので終わるのを待って面談を申し出ました。ところが課長は、すでに会社が結論を出したことで、朝礼で話したことに変更はないと面談にも応じません。興奮してしまった私は

「そういうことでしたら、会社を辞めさせてください」

びっくりした課長は

「いきなり何を言い出す。今の会議で、お前は新しい部署に移ることが決まった、撤回しろ」

その場は押し問答となり、結局は私の退職申し出を受理せずに預かるということでその夜は終わりました。翌日から退職当日の朝まで一か月余、この課長には毎日のように真摯に撤回を説得され続けましたが、男が一度口にしたことを翻すわけにはいきません、と言い続けて入社からわずか一年九ヶ月で退職しました。そのころ大阪に居続ける覇気も意地も冷めつつあった私の心情も影響していたと思います。その後の一か月間の退職の日までには、やがてはよき教訓として余裕をもって顧みることができるようになったものの、人生初めてにして最大の苦悩と思い込むほどの係長との陰湿なドラマ

がありました。私の若さが招いた衝動的な行動が原因の展開でした。このとき私以外には会社への不満を理由にやめた社員はいなかったようです。しかし半年もすると退職者が出始めて、私の同期社員も半数近くが辞めて転職して行ったようです。私と一緒に入社したテニス部の楠木もほどなく辞めて熊本へ戻って来ました。私を勧誘した人事担社員もしばらくして辞めたと聞きました。二年後に届いた親しい友人下森（養子縁組を決め就職先も用意して、私の少し前に辞めた同期）からの手紙では、この会社の社長が厳しい時代に経営再建をうまく果たした経営者として全国紙に大きく紹介されたそうです。解雇することなく人員整理が功を奏し七百人の社員が五百人に減り、商品の在庫整理を徹底して図れたことが再建成功の理由だと語っていたそうですが、結果的には経営トップの思惑にひっかかり先鞭をつけさせられたのは私だったのかもしれません。その新聞記事が出た日とあまり違わないころに、その社長のパートナー的存在として歩んできた兄弟会社の実質的な経営者であった生え抜き専務が、社屋から投身自殺をしたことを新聞で知りました。どちらも私にとっては驚きの事件でした。

二、無断欠勤三日目

退職願いを伝えた翌日、直属係長の頭越しに会社へ申し出たことがわかると、係長に呼びつけられ課長と直談判したことの叱責を受けました。退職を撤回しろと迫られましたが、前日の内に申し出よと言ったのは会社であり、部下が帰社した時に帰宅して会社に不在だったのは係長ではなかったかと反論しました。係長は撤回しろの一点張りでしたが、私は応じる気持ちはありませんでした。数日後、私が退職届の撤回をしないと踏んだ係長は私に対して業務命令を出しました。業務威圧で退職願いを撤回させるつもりのように思えました。

「退職の日までに、取引先から返品されていない不良在庫を全て処理すること。それができなかった場合は懲戒処分や。お前が再就職するときに新しい就職先から人物確認があるはずだから、その時には邪魔をしてやる。覚悟しておけ」

現代ならばパワハラであり脅迫強要でありコンプライアンス違反です。これほどまでに威圧をかけてくるには私の行動が原因で課長から管理不行き届きを咎められたに違いなく、同情心も湧かないではありませんでしたが、残念ながらこの係長との人間関係は深くありませんでした。しかし新人営業の私には、活動期間の短さからして不良在庫に該当する返品実績はまだ発生していなかったので不思議に思い係長に確認をしました。すると帳簿で示されたのは係長の元部下であった先輩営業マンたちの未処理不良在庫でした。転属した先輩たちの取引先が新人の私の顧客になるのですが、引き継ぐ以上は帳簿をきれいにして取引先を譲るのが会社のルールで、上司はその指導をやらなければいけないのもルールでした。もう一つのルールもありました。取引先を引き継いで三か月経過すれば引き継いだ者に帳簿の責任も移るというものです。その最後の一点を盾にして私に不良在庫を処理する責任があると言い張るようでした。その件数たるや膨大なもので私一人が退職の日までに解決するには物理的に無理な内容でした。引継ぎの際に私はルーズな先輩たち一人一人に未処理在庫の件を確認し、クリアに処理してからでなければ引き継げないと拒否します。すると先輩たちは、もし処理が済まなければ異動先からでも協力して解決するので、松尾に責任は負わせないとの口約束をしてくれました。そういう経緯もあったので係長に対する人間不信が一気に募りました。この不条理な命令には頑として従わない意思を示そうと思い、翌日から私は無断欠勤の暴挙に出ます。無断欠勤で社内に波風を立たせて係長の理不尽な業務命令をあからさまにし、係長と差し違えするのも厭わないと思う稚拙な覚悟の行動でした。

無断欠勤初日も二日目も、何の連絡も入って来ません。アパートの電話は一応会社には報告してあります。寝坊を続ける三日目の昼近く、ようやくボロアパートの我が部屋のドアをノックする音がしました。私は無視する覚悟で寝たままです。

「松尾、いるやろ？　俺や千利やんけ、俺ぐらいには返事してもいいだろう、開けろよ」

一番仲のよい下森千利がやって来たのなら開けないわけにはいきません。彼はまだ流通センターと本社勤務が半々の毎日でした。

「ちょっと外に出て昼メシ食いながらでも話聞いてんか？」

「俺は無断欠勤中や外に出るわけにはいかんやろ、ここで話せ」

「秦さんからの言伝もあるで、せっかくやから飯でも食いながら話そうや」

秦次郎さんは、流通センターにおける一年間の研修期間の我々の班長でした。離婚した独身者で酒好き博打好き読書好き囲碁好きで、長嶋茂雄と同い年であることを自慢する先輩でした。もう一つの自慢は六十年安保闘争時の全共闘の勇士であったらしいこと。オフタイムになると一緒に居酒屋へ直行し、私の青臭い文学観を木っ端微塵に砕いて、山本周五郎の大ファンとなる道へ導いてくれた人でもありました。

無断欠勤に入ってロクな食事もしておらず空腹を覚えたことと、一方的な無断欠勤であり謹慎ではないのだから、部屋に籠らねばならないという理屈も変だと気づき、千利について行くことにしました。胡散臭がる私を警戒してか、千利はアパートから歩いてすぐ近くの東淀川駅そばの喫茶店へと誘います。

「お前の無断欠勤な、会社ではあんまり話題になってへんでぇ、課長はまだ知らんと違うか」

「なんでや？　もう無断欠勤三日目やど」

「あの係長やろ、問題になるのを極力防いどるんとちゃうか、どうも曖昧にしているような気がする」

そう言われればあり得る話だと思いました。

「ごく一部の社員の間ではな、お前と係長の間で闘いが始まっていると噂している者もいるでぇ、この俺もその一人やんけぇ。で秦さんに話をしたんじゃ」

秦さん曰く、このまま無断欠勤を続けても係長との喧嘩にはならず、会社のルールで松尾の就業規則違反になって一方的に懲戒免職を受ける恐れがある。そうはさせてはならぬから無断欠勤を今日限りで止めて出社するよう説得せよ。その白羽の矢が千利に立ったようでした。

「馬鹿言え、今さらのこのこ会社に出て行ったら俺の負けを認めるようなもんや、ほくそ笑む係長の顔が思い浮かぶわい。絶対行かへんど」

「やっぱりな、お前はそう言うだろうと秦さんが予想しとったでぇ。この後は俺にも知恵が出んかったのじゃ、だから秦さんの指示通りに動くで、俺とお前は親友だと信じている。だから何も言わずに俺について来てくれ、頼む」

千利が頭を下げます。どこへ連れて行くのかぐらいは教えろと言っても、秦さんとの約束だから言えないと口をつぐみます。私は策略めいたものを感じアパートに戻ろうとしました。しかし剽軽な彼にしては珍しく、頑なに秦さんと俺を信じてくれと頭を下げ続けます。

懲戒免職になるにしろ円満退職になるにしろ、大阪での千利との付き合いも長くはないことだから、親友からの最後の頼みを聞くのもいいかと彼に従うことにしました。新大阪駅から大阪駅へと出て梅田の地下街へ入ります。まだ行く先は教えてくれません。黙ってついて行くだけです。やがて地下街の路地にある小さな映画館の前に着きました。テアトル系のリバイバル上映館でした。千利はそこで一人分のチケットを買うとこう言いました。

「秦さんから指示された俺の役目はここまでや。松尾が入るのを拒否すりゃそれまで。この映画を見た後どんな反応をして明日からを生きるかは松尾しだいさ、でも俺は松尾を信じている。と秦さんからの伝言や」

千利はチケットを私に握らせると強引に背中を押して中へ入れ込みました。そして去って行きました。ウイークデイの昼間でもあり客が少ない館内です。後で思えば、上映開始時間を事前に調べて、私を計画通りに送り届けた千利の思いやりでした。

三、命短し恋せよ乙女

始まった映画は邦画の名作でした。そのタイトルを知ってはいたものの、まだ見てはいない黒沢明の代表作のひとつ『生きる』でした。粗筋はこうです。特に何を成すでもなく無難に勤め上げげつつある市役所の一課長渡辺が、余命短い癌であることを偶然知り、残された人生で住民たちの熱い要望であった小さな公園造りに奔走します。次々と出てくる障害を乗り越えて・・。ようやく完成した新しい公園のブランコに揺られつつ、降る雪の中で歌いながら息を引き取るという感動的な映画です。私はこの映画に引き込まれてしまいます。主人公がブランコに揺られながら『ゴンドラの唄』を歌うシーンでは、嗚咽を堪えるために腕のシャツを噛んで、あふれる涙を拭きもせずに見続けました。

♬　いのち短し恋せよ乙女紅き唇あせぬまに
　　熱き血潮の冷えぬ間に明日の月日はないものを

映画が終了し館内が明るくなっても私は泣いていました。その涙は、悔し涙でした。会社での係長との軋轢の悩みが、なんとちっぽけな事かと思い知らされた自分への悔し涙でした。よし、明日は会社へ出て行って係長と正面から対峙しようと心に決め映画館を出ました。流通センターの秦さんのシナリオ通りに動き始めた私でした。しかしこの先のシナリオは私が自分で作らなければなりません。

翌朝は係長が出社するより相当早く会社へ着きました。同じ課の隣の係長に相談するためです。この峰田係長はずいぶん早く出社することを知っていました。何度か一緒に酒を飲んだこともありました。話しやすい人でした。訪ねると

「ほう、やっと出社か？　なら外で話を聞こうか」

無断欠勤を知っていた峰田係長は私の顔色を見て喫茶店へと誘ってくれます。私は今回の経緯について資料を見せながら説明しました。

「何ですぐに相談せんかった？　最初からなら何の非もなく拒否できたのに」

「理不尽な内容につい血が昇ってしまって。これからどうすればいいでしょうか」

「無断欠勤三日間は、言い逃れができんお前の落ち度やな。まず欠勤を素直に謝って、指示された不良在庫処理にかかれ」

「やっぱりやらないといけませんか？」

「無断欠勤の代償や、誠意を見せんといかんやろ。心配すな、全てを解決しろとは言わん。とりあえず一週間頑張って報告しろ。後はワシが一緒に話して解決してやる」

そのすぐ後に直属の係長の元に出向き欠勤について謝りました。「ふん」と鼻先であしらう感じで欠勤のことは問いません。その時点では問題にする気はなさそうに見えました。

「返品未処理の解決はやるんだろうな？　手を抜いたら承知せんぞ」

「わかっています、やるつもりです」

引き継いで間がない取引先の中で、返品未処理の多い会社から訪問しました。担当者に事情を話すと、快く返品係につないでくれます。返品倉庫から該当品を探すように指示され倉庫に入ると各社への返品の山です。見た瞬間に探すのは至難の業と思えましたが、持ってきた伝票と返品商品に付けられた伝票を照合していきます。不思議なもので商品を探すうちに直観力が働くのか、自分の会社の商品を見当てる勘が精度を増すのです。まるで商品の方から早く探し出して持ち帰ってくれと合図を出しているようでした。半日もしないうちに最も返品数が多かった取引先のほとんどの商品を選び出しました。残りはどう探しても見つかりません。出品係に検品をしてもらい会社へ持ち帰りました。会社へ納めるときにも会社裏口で専任鬼軍曹みたいな係長のチェックを受けます。私の肩までもある商品サンプル入れの最大キャリーバッグを、パンパンに膨らませて持ち帰った返品の山を見て、おもわずあきれ顔で鬼軍曹が言いました。

「たった半日でこれだけも回収して来たのか、お前ひとりでか、鬼やのう」

「鬼やのう」とは当時の会社で「感心」の意を示す接尾語みたいなものでした。前担当がいかにズボラやったかよくわかるわいと、台帳と照合しながら感心していました。午後からは別の取引先へ、そして翌日も出社するとすぐに得意先回りです。得意先の中には仕入れ先別にあらかたまとめてくれている会社もあり、回収が楽に済みます。

三日も経つと、鬼軍曹から峯田係長が聞きつけたらしく、報告に来いと話がありました。回収してきた内容を台帳で説明すると、

「松尾、もう回収はいい。今から俺について来い」

峯田係長は台帳を持って、私の直属の係長のもとへと行きます。直属の係長に向かって

「あんた、松尾に対してずいぶんとアコギな真似をしたみたいやな」

と台帳を突きつけます。

「これは、この三日間で松尾が回収して来た不良在庫の数や。あんたが指示したんやろ。短時間でこれだけ回収するなんて、今の我が社にはおらへんで」

「するのが当然やろ、引き受けて三か月以上たった松尾の責任の不良在庫なんやから」

「あんたがそれを言ったら責任放棄を認めたも同然やな。引き継いだばかりの新人に責任を押し付けて、前任担当者には何も指導できんかったことを自ら証明しているみたいなもんや。同じ係長として恥ずかしいわ。あんたが自分の非を認めんのやったら今すぐワシは課長に報告に行くで」

「峯さんちょっと待ってくれ、ワシが悪かった謝る」

「謝るのは松尾に対してやろ、きちんと謝らんかい」

「松尾君すまなかった、今回の件はワシが悪かった。無かったことにしてくれへんか」

私は退職を素直に認めてくれればそれでいいですと答えました。峯田係長には心からお礼を言いましたが
「同じ課の同じ係長として恥ずかしかったから助けたまでだ。松尾がお礼を言う筋合いの話ではないよ。この会社のことをあまり悪く思わんで去ってくれよな」

私は峯田さんに相談するシナリオを選択して、心からよかったと思いました。

私が円満退社する少し前に、下森千利も新しい会社に転職するために退社しました。和歌山大出身の彼は和歌山で養子に行きました。私にシナリオをプレゼントしてくれた秦さんは
「松尾や千利がいなくなったこの会社には居ても面白うない。何の未練もない。そのうちに直木賞を取ったるさかいそん時に会おう」

この伝言を残して流通センターを辞めて行ったそうです。そのことを知った私と千利は秦さんの行

方を捜しましたがとうとうわからずじまいでした。直木賞を取ったという話もいまだに聞きません。

四、忘れ物を探しに

池内先輩夫妻の新居を拠点にして、関東でまだ行ったことのない名所巡りをしようと考えていた私は、先ずは最寄駅から行ける箱根へ足を延ばします。小田急ロマンスカーに乗って箱根登山を経験したかったのです。ケーブルカーで早雲山駅まで登り、ロープウエイで大涌谷の景観を楽しむつもりでした。しかしその日は時おり強い風が吹く雨模様の深い霧で観光客もほとんどいません。風の吹き様では途中で運航中止になるとの条件付きのなか桃源台をめざしました。大いに揺れて気持ち悪くなりつつも、大男の外人男性と二人きりのゴンドラはなんとか桃源台へ着きましたが、霧でせっかくのパノラマは真っ白。さすがに帰りはバスで強羅へと引き返しました。初めての箱根登山は散々な結果になりました。翌日の行動は記憶にも記録にもありません。さらにその翌日、朝食を一緒にいただいているときに池内先輩から話がありました。

「松尾、今夜だけはどこか他所に泊ってきてくれないか。宿直当番だ。松尾のことだから心配はしていないけど、そうもいかないだろう。明日からは当分宿直もないから、ずっと泊っていいよ」

何と言う私の気配りの足りなさよ。医師だから当直医だってあることぐらいなぜ早く気付かなかったのだろうと恥ずかしくなりました。私はとっさに嘘をつきました。

「すみません、言うのが遅くなりました。今夜は名古屋の友達と会う約束です。これから南都留の忍野村まで出かけて、そこの湧水池に映る日本一美しいという逆さ富士を見たら、まっすぐ名古屋へ向かいます」

その日に忍野村に行きたいのは事実でしたが、名古屋へ向かうのは数日後のつもりでした。池内先輩は私のとっさの嘘をお見通しであっただろうと思います。夕方までに名古屋へ着くにはかなりの強行軍になるので、朝食を済ませたらすぐに立ちますからと準備に取りかかりました。懇ろにお礼を言うと新宿へ出て中央本線に乗り換え大月駅をめざします。ここで富士急に乗り換え都留駅まで行ったところで、富士山はすっぽりと山に隠れて終日姿を見せないだろうとの話が伝わってきました。私はその先の忍野村への旅程を断念し、東京駅へと引き返すと新幹線で名古屋へ向かいました。

名古屋へ着くと、つい先日まで勤めていた会社の名古屋営業所を訪ねました。全くのアポなしでしたが、ここには仲がよかった同期の森上君が頑張って働いていました。別れを言いたくて訪ねたのです。幸いにも彼は事務所にいました。所長の檜川さんもいました。檜川所長は部下の森上と仲がよかった私に、本社へ出張してくるたびに名古屋へ転勤しろと声をかけていた人です。その所長から

「よう来た。今夜はお前の送別会をするから独身寮に泊れ」

「ありがとうございます。でも私は辞めた人間ですよ」

「所長の俺が許す、かまわんかまわん、それまで市内観光でもして来い」

宿の心配がなくなると、荷物を営業所に預けてぶらりと町へ出ました。栄町の地下街を呑気に歩いていた時のことです。後ろから両脇を屈強な背広姿の男二人に固められました。

「お兄さん、ちょっといいかな」

有無を言わさずに地下街の路地のような細い道へと連れ込まれます。私はジーンズにセーターとラフな格好で、その上からレンガ色のデニムジャケットを着込んでいました。どこから見てもプータローの格好です。

「何をするんですか？　あんたたちは何者ですか？」

「心配いらないから、すぐにわかります」

連れ込まれたのは、陸上自衛隊地方連絡事務所の分室みたいな部屋でした。

「すまない、私たちは自衛官です。こうでもしないとなかなか話を聞いてもらえないので」

と言って名刺を差し出しました。

「お兄さん、自衛官にならない？　いまは無職じゃないの？」

「はア、無職になったばかりですが、でもいちおう大学を出ているので、時間をかけてやりたい仕事を探すつもりです」

「どこの大学？　えっ熊本大学、すごい国立一期じゃない。熊本は昔の精鋭第六師団の本拠地だよ。

今は自衛隊の第八師団だけどね」

「君なら久留米の幹部候補生学校に入って、すぐに将校になれるよ。受けて見ない？」

とおだて攻勢が続きます。

「幹部候補生学校を卒業するときには、重装備で徹夜の夜間行軍を踏破しないといけないでしょ？」

「よく知っているね。確かにそうだよ」

武雄の実家近くへ、久留米の幹部候補生学校から最終訓練の行軍をして来て、野営をすることを知っていたからでした。

「じゃあだめです。私は三年前の真夜中に阿蘇山上をスタートして大学まで六十キロを歩きました。所要時間は十五時間半もかかりました」

「訓練を積めば、ちゃんと耐えられるようになるし、もっと早く歩けるよ」

「いや、私は偏平足なので行軍には向いていないということを、その時に嫌と言うほど実感しました。陸上自衛隊には不向きです」

「そうか、でも海上自衛隊の護衛艦乗りには向いているかも。君は小柄だから、自衛艦の狭い艦内を移動するにはうってつけだよ」

「船乗りはもっとだめです」

「どうして？」

「私はすぐ船酔いする質で、いったん船酔いしたらまず三日は正常に戻れません。もし荒海に出たらずっと治らず、船酔いの苦しさに耐えかねて海に飛び込むかもしれません」

とまあ、こんなやり取りを繰り返してやっとあきらめてもらいました。しかし名古屋市内見物の時間が無くなり営業所へ戻るしかありません。その夜は独身寮で歓待を受けました。森上からは、別れ難いので今夜は桑名の俺の家に泊まれと誘われ、夜遅くになって桑名へ。彼の結婚式以来に会う奥さんとも別れを惜しむと、翌朝二日酔いのまま近鉄経由で新大阪駅へ出て博多まで帰りました。

ひとまず実家へ顔を出して勝手に会社を辞めたことの報告をきちんとしようと思いました。親には熊本で再出発を計ると言うつもりでした。心中では熊本に何か忘れ物をしているような気がしてならず、それを探し出さないと新たに前へは進めない気がしていたのです。その何かを見つけて社会人生の振出に立とうと思っていました。帰り着いたそのころ、実家は近くに新しい土地を購入して新居を建て引っ越しが迫っていました。幸いにも引っ越しの手伝いには役立ちました。なんとか大晦日までにあらかたの引っ越しを済ませると、新居で正月を迎えます。めでたさが重なった正月祝いにやって来た親戚の人たちに、これからどうするのかと繰り返し問われます。正月三ケ日が過ぎると、残っていた元の家の雑多な荷物をほぼ運び終えました。

「できるだけ早く新しい仕事を見つけるし、生活費は自分で賄うから大丈夫」

大阪勤めの間に続けていたわずかばかりの仕送りがもうできないことを告げると、お袋の心配を振り切って熊本へと家を出ました。

五、縁あってバーテンになる

昭和五十年松の内が明けると、当面は収入が無いので、藤崎の下宿に押しかけ居候を決め込みました。藤崎は嫌な顔ひとつ見せずに受け入れてくれます。次に、なにはともあれ、卒業まで世話になっていた村里下宿のおばさんに挨拶をと出かけて行きました。事情を説明すると驚いてはいましたが、部屋は空いているからいつでも越してきていいよと言ってくれます。卒業前の飄々庵破壊騒ぎは尾を引いてはいなかったようです。元の飄々庵は改築され息子夫婦の住まいに変身していました。それまでの息子夫婦の戸建てには、テニス部後輩の綿鍋が住み着いて蟠踞しています。飄々庵の名前こそ消えたものの村里下宿は後輩に引き継がれていました。

藤崎の部屋に居候しながら、ほぼ二年ぶりの熊大学生街での生活です。変わっていたのは、テニス部の後輩たちの顔ぶれでした。下級生だったメンバーが上級生として貫禄が出ており、私が卒業後に入部した新しい連中まで藤崎の部屋に出入りしています。相変わらず藤崎は後輩たちに人気があるようでした。よく顔を見せるのは留年組の中鶴、その後輩の綿鍋や棟家たちで、藤崎はまるで牢名主みたいに威張っています。行きつけの飲み屋が屋台「かあちゃん」から「茶碗酒の清六」に変わっていたのには驚きましたが、「清六」はかつて駄菓子屋でもやっていたような、土間のあるしもた屋風の感じのよい店です。下宿からは少し遠い上通の路地裏にありましたが、私もすっかり気に入って後輩たちと度々飲みに行くようになります。藤崎たちのお目当ては看板娘のみえちゃん。気立てのよいお母さんと学生向きの低料金も魅力でした。

さて手持ちの金は大阪時代に溜めていた二十万円ほど。収入が全くないと居候でも予想以上に金が減って行きます。これではいかんどうやって生活費を稼ぐかと思案していたころに、藤崎とは同学科同期入学で、空手部に所属していた柿坪君が訪ねて来ました。彼も藤崎同様に留年を重ねていたのですが、ようやく卒業はできるものの、最終的に就職が確定せずバイト生活をしていたのです。彼とは私が卒業する前からたまに飲む仲間でした。

「松尾、バイトを継いでくれ頼む、内定企業からすぐ出社せよとの通知が届いたんじゃ」

「よかったな。でもバイトってあの飲み屋の?」

「そうスナックビレッジのバーテンたい。マスターが、後釜を見つけてから辞めてくれんと困るとボヤいちゅうとよ」

「俺には無理やろ、バーテンなんて」

「俺でさえ一年近く勤まったんやからお前なら問題ないて。明日店に来てくれんか。マスターに紹介するけん」

はたして我が忘れ物探しに役立つのかどうか不安を感じながらも、明日の飯のために柿坪の依頼を受け入れます。マスターは、地元大手企業相撲部の監督を務めながらスナックを経営していました。体のでっかさに似合わず柔和で人の好さそうな方です。会って一杯飲みながら話をしていると

「採用！　明日からでも来なっせ」

私がバーテンの経験など全くないことを危惧すると

「な〜ん、こん柿坪君でさえ何とかなったと。松尾君ならすぐ慣れるよ」

時給でしたが日曜だけが店休日です。毎日勤めれば村里下宿に部屋を借りても十分にやっていけそうです。一月二十日から勤務と決まりました。貯金を切り崩してしまわないうちにバイトが決まってホッとしました。さっそく居候を辞め二月から村里下宿へ引っ越すことに決めたころ、実家の父から安畑の便りを同封した手紙が藤崎の下宿に届きます。「居候なんて早く解消しろ」の父の小言と一緒に東京にいる安畑の懐かしい手紙が同封されていました。読めば、大阪の住所に送った年賀状が戻って来たので驚いている。それなりの理由があってのことと思うが・・と私を案じた手紙でした。安畑は修士論文を書き上げ、二月下旬より福井県の永平寺に籠り修行に入るとありました。その前に熊本でゆっくり会いたいとも。私も会いたい思いに駆られましたが、結局はうまく都合が合わずに彼は永平寺に籠りました。

村里下宿の留年長屋に移り、夕方になると下通のスナックビレッジへ通う毎日が始まりました。まず午後三時開店の吉田湯一番風呂に行きます。独り占めする銭湯の素晴らしさをそれまで知らず、大声で歌っても誰に遠慮することも要りません。歌声は天井に響いていつもより上手に聞こえます。何日か歌っているうちに、好きな『琵琶湖周航の歌』を一番から六番まで歌い切ると、流し台に座り身体を洗い終えて湯船で温まるまでのほどよい所要時間であることがわかりました。その日もこの歌を始めると、いきなり壁向こうの女湯から、私と合唱するようにきれいな歌声が聞こえて来ました。透き通る若い声です。途中で止めるわけにもいかず一緒に歌い続けます。歌い終わってこの後どうすべきか湯船のなかで迷いました。〈出口で待って素敵な声ですねと挨拶をすべきか。いや風呂場だけの余興だろうから気にしないで帰るか。「お～い上がるよ」と声をかけてみるか・・〉私のとった行動は顔を合わせないように立ち去ることでした。それ以来吉田湯へ行っても歌うことはやめました。女湯からも二度とは聞こえてはきません。一番風呂で『琵琶湖周航の歌』を歌う爽快気分を失った私でした。

村里下宿からスナックへは徒歩です。子飼商店街を抜け「茶碗酒青六」の前を通って上通へ出て下通の店へと急ぎます。ちょうどそのころにテレビドラマ『黄色い涙』の主題歌として流れていた小椋佳の『海辺の恋』を憶えようと何度も歌いながら歩きました。作家佐藤春夫の詩に小椋佳が曲を付けたもので、少年と少女の純粋な幼い恋を描いたようなこの詩の背景には複雑な作家たちの愛憎模様があることを知り、小椋佳の才能に驚くとともにこの歌が好きになったのです。

二月上旬に池内先輩夫妻からも手紙が届きます。柳中先輩から私がスナックで働きだしたことを聞いたこと、四月には熊本へ戻ることになったこと、奥様からは忍野村からの富士山を雑誌で見たことなどが綴られていました。スナックビレッジは下通飲食街中心地の地下にあります。細長いカウンター中心の店でした。私のほかにマスター夫妻とマスターの姉さん、それに女性陣三、四名が常勤のかなり大きな店です。開店は午後六時、その一時間前には私一人が入って店内の掃除です。掃除が終わるとスタンド看板を玄関前に持って上がります。開店三十分前ぐらいに女性陣が出店し、オープニングの準備をします。初めての水商売のバイトでしたが、皆さんからは「松ちゃん」と呼ばれ、親切にしてもらいました。

六、酒癖は面白い人間教科書

常連さんの多い店でした。主な常連さんの顔と名前、それにキープボトルがある場合にはその位置をなるべく早く覚えることが仕事です。たまには暇なときもあって、マスターからカクテルづくりを教えてもらいます。シェーカーの振り方から習うのですが、簡単そうでなかなかお許しが出ません。プロのバーテンをめざすなら仕込んでやるよと言われたのですが、その気にはなれませんでした。当時まではジュークボックスがあり、百円硬貨を一枚入れると好きな歌が一曲流れてきて、歌ったり店の女性とダンスを楽しんだりできるようになっていました。カラオケが主流になる直前で、店で記憶に残っている曲はアン・ルイスの『グッド・バイ・マイラブ』です。

大半の客はお目当ての女性やマスターとおしゃべりを楽しみに来ているようでしたが、時おり私に客の相手をするように指示が回って来ます。店の女性に先客がついているか、酒癖の悪い客がやって来た時です。酔うと必ず騒ぎ出す常連客が二、三名はいました。素面のうちは女性の誰かが相手をする

のですが、そのうちに氷を替えるふりをして端っこにいる私のそばへやって来ると、

「松ちゃん、お願い」

とその氷を私に渡すのです。

私も気は進まないのですが、笑顔を作ってその客の前に立ちます。

「なんかお前は、呼んだ覚えはないぞ、引っ込め」

と悪態をつかれますが、その客の個人情報は事前につかんでいるので、例えば、

「春の高校野球県大会始まりましたね、○▽高、今年も調子いいですね」

「ほぉ、お前はちゃんと見とるやないか」

しだいに言葉遣いが穏やかになってきます。

「特にあのピッチャーがいいですよね」

「ほぉ、お前は知らんやろうけどな、実はあのピッチャーは俺の息子たい」

「えっ、本当ですか。お客さんのお子さんでしたか？　いやあ、県代表まで行くかもですね」

「そんなに甘くはないよ。決勝まで進んでくれたら目はあるけどなあ、そうだ青年」

いつの間にか私の呼び名は青年に変わっています。

「これで姉さんたちに果物を買ってきてくれ、全額使い切れよ、釣り銭でも持ってきたら承知せんぞ」

と一万円札を渡され、私は夜の街へと飛び出します。果物を持って戻って来ると、いつの間にかその

客は女性たちに囲まれて上機嫌に談笑しているのです。一万円札を私が受け取るのを見て、避けていた姉さんたちがじわりと周りに集まるのです。私の役割は果物を買って来るまでなのです。

酔態の果てに元相撲取りマスターの太腕で何度もつまみ出されるのに、毎週決まった曜日に懲りずにやって来る国家公務員エリートもいました。熊本港建設のために県に出向していたのですが、酔うと見事に豹変して上から目線で他の客や我々を見下して蔑視悪態をまき散らすのです。結局回りの客と喧嘩になってはマスターの出番になります。また毎日開店と同時に近くのサウナからやって来て、ビール一本とキープの水割りを飲んでは穏やかに帰る人。この人は某大手広告代理店熊本支社の人でした。全く手間のかからないよいお客さんでした。パイプをくゆらせながら、黙って部下たちのやり取りに耳を傾けるガードマン会社のカッコいいボスも常連でした。遅くやって来て閉店と同時に、店一番の巨乳お姉さんを連れ出して飲みに行くサラリーマンのお兄さん。店の給料日になると、ある女性の給料を受け取りに来るヒモ暮らしの亭主もいました。

無口な客も常連になります。勤め始めてすぐに初めて来た客でした。私と同年くらいの男性です。姉さんたちが相手するのですが、もじもじしていて会話にならず、私にお鉢が回って来ます。彼が私に黙って注ぐビールをいただきながら話しかけると、ぽつりぽつりと語ります。家庭教師で教えた魚少年みたいなタイプです。何度かの来店でわかったことは、運送会社の長距離ドライバーであること。北海道から熊本へ転々と流れて来たこと。北海道の家には優しい妹がひとりいることなどでした。彼は週一のペースで来店するようになりましたが、いつの間にか私の客と決まってしまいます。ところがある日、同じ制服の一団が靴音を立てて入り込んできました。

「ここかあ、徹の行きつけは、いい店やんか」

「徹、お前のダチはどいつじゃ？」

と集団のリーダー格が店内を見渡します。マスターが
「どちら様で？」

と声をかけると集団の一番後ろに、無口な制服姿の彼が気恥ずかしそうに立っていました。熊本市内にある運送会社のドライバー仲間が、無口な青年を引き立ててやって来たのでした。

「この滅多に喋らん徹がよ、信じられんことに友達ができたと言うから、確かめに来たのよ。本当なら仲間で祝うてやろうと思ってな」

兄貴格のドライバーは口の割には面倒見がよさそうでした。

「青年お前か、徹のダチは？　ありがとうな」

いつの間にか私は無口な彼の友達になっていたのでした。彼とは違い騒々しい一団でしたが、マスターは常連客が増えたと喜んでいました。口数は少なくても私とはしゃべるようになった徹青年は、その後北海道へ戻らねばならなくなります。妹さんからの手紙で、すぐ帰らなければならなくなったとやって来た最後の夜、珍しく彼は酔いつぶれてしまい、仕方がないので村里下宿の私の部屋に泊めました。翌朝、まじめな顔でお礼を言うと淋しそうに帰って行きました。

この頃でした哲学科主任教授の内宮先生から店に電話があったのは。再就職に備えて法文学部の研

究生になることを検討するようにとの心配りでした。先生のアドバイスを受け入れ、私は四月から哲学科の研究生として籍を置くことになります。もちろん聴講料は納めなければなりません。魚前教授が私の担当教官になりました。

七、しばし酒を断つ

バーテンとして勤め始めて、店休日の日曜以外は休まずに働きました。四月になると東京から池内先輩夫妻も熊本へ戻って来ました。池内先輩は毎週土曜の夜になると、私の様子を見にビレッジへ顔を出すようになります。もちろんこの間に、テニス部の先輩後輩連中も入れ替わりに飲みに来てくれました。柳中先輩は池内先輩より一足早く東京勤務医が終わり、熊本勤務となって飲み仲間を引き連れて常連のように顔を出してくれます。私はお客から勧められる酒の量が増えていきます。勤め始めて三か月近くも経てば、お客ともすっかり馴染みになり私にも指名がかかるのです。

熊本の左翼政党の若い幹部の人は、右や左に関係なく話題が豊富で、私に面白半分に議論をふっかけてきます。困るのはウイスキーのストレートのご相伴を務めなければならないことでした。私の胃はそれほど強くはなく、アルコール度数の高い酒には適していません。トイレに行くふりをして、時々は吐き戻していました。年配の客には日本酒しか飲まない人もいます。熊本は日本酒もうまい土地柄です。熱燗は独酌では面白くないので、一緒に飲もうと勧めてきます。お客には肴があるのですが私にはありません。空酒は酔いの回りが早くなります。また熊本は球磨焼酎の本場です。球磨出身の客は郷土愛から球磨焼酎をキープしています。そして郷土愛から強引に飲めと押し付けてきます。しかもストレートで。匂いの強さにちょっと渋ると

「じんなぁ、おいが酒ば飲めんとか！」

と絡んできます。なだめつつロックで付き合うことになります。しかしどんなに酒を勧められても、閉店までは酔っぱらうわけにはいかないのです。

私と仲よくなった若い警官がいました。非番のときに客として来ていたのですが、彼の友人をたまたま知っていた関係で親しくなりました。店の近くの交番勤めでしたが、遅番勤務時に制服のままパトロール中だと言って店を覗き

「変わったことはありませんか？」

と店内に声をかけると、帰り際に私に敬礼をして去って行きます。この合図は勤務が終わったら飲みに来るよと言うサインなのです。この警官の遅番勤務終了時間は店の閉店時間とほぼ同じで、彼が私服に着替えて来るころには店を閉める準備中で、けっきょく遅くまで開いているよその店を探して飲み歩くことになります。だてに警官をやってはいないので、遅くまで営業している店を知っているのです。二軒ほど彼の話を聞きながら飲みまわって別れるパターンでした。部屋にたどり着くと夜中

の三時前後です。私の体調に異変が生じたのは勤めて三カ月になるころでした。翌日昼過ぎまで寝ても疲れが抜けないのです。起き出すのが辛くなり、ぎりぎりに銭湯へ行くとバタバタと着替えて店へ急ぎます。

その日はちょうど勤務百日目の四月の土曜日でした。きつい身体で掃除を終えて店を開けます。七時を回ったころいつものように池内先輩がやって来ました。席に着き私の顔をみるなりこう言いました。


「松尾、今すぐこの店を辞めろ、マスターに辞めさせてくれと言って来い」

「どうしてですか？」

「身体はどうもないのか、ひどく疲れるとか」

「そういえば、この一週間近く疲れが抜けずに、起き出すのが辛いです」

「黄疸が出ているぞ、たぶんアルコール性肝炎だろう」

私はびっくりして、池内先輩に尋ねます。

「治りますか？　ここを辞めたら食っていけなくなります」

「しばらく酒を断って静養しろ。お前ひとりぐらい食わせてやるよ心配するな」

マスターに話をするとびっくりしてやって来ます。

「池内先生、松尾君の話は本当ですか、治りますかね？」

先輩から事情を聞いたマスターはレジから金を抜き出すと

「松ちゃん、今日までの給料たい。早よう身体を治してまた勤めてくれ。待っとるばい」と少し多めの金額を渡して辞めさせてくれました。

翌日から私は村里下宿の留年長屋で何をするでもなく、ただ酒を飲まないことを仕事のように言い聞かせ食事だけはきちんと摂って過ごします。しかし予想もしない突然の病気に気分は落ち込み、夜行性の生活から抜け出すこともできないまま、深夜放送をベッドの上で聞きながら時間を浪費する日々になりました。私の忘れ物探しは、始まって三か月ほどで足止めなのです。眠れずに鬱々とした気持ちと向かい合うしかありませんでした。ところがたまたま聞いていた「オールナイトニッポン」から流れてくる歌に、少し心が救われるようになります。パーソナリティ諸口あきら担当のテーマ曲『川のほとり』でした。ふる里の小川を思い出させる変わらない川辺の四季の情景と比較して、人の移ろいの悲しさを歌うこの曲に、不思議と気持ちが癒されたのです。当時の私の気分に近い一節です。

めぐる冬の雪が舞う川のほとりの枯れアザミ
後ろ姿の花なのに心をとめる人はなし
同じ土同じ草変わりはないのか悲しいぞ
人は去り時は流れ変わって行くのか悲しいぞ

詩　笠木透

この歌を口ずさむようになって、人生に変転はつきもの、塞いでいてもしようがないと思えるようになります。そしてすぐに気持ちを切り替えざるを得ない環境が待っていました。

哲学科研究生となった私は、魚前教授のゼミに顔を出すように言われ出席します。ゼミが終わると先生の部屋へ呼ばれて言い渡されました。

「内宮さんから頼まれているけど、君は再就職のために研究生になったのだから、自分で好きな研究をやり給え。いやいやながら僕のゼミに出る必要はないよ。それより、週二回は法文学部に顔を出して僕たちにテニスを教えてよ」

ちょうどこの年度からテニスコートが一面、法文学部の空き地に職員用として完成していたのです。私はテニス部の後輩幹部と交渉して、古い練習用ボールを借り受け使わせてもらうことにしました。そのボールで法文学部の教授、助教授、講師の希望者相手に基本から教えることになりました。そのうちに聞きつけた法文学部の事務官たちも参加させてくれと申し出があり、時間を分けて教えることになります。私の体調を回復させるにはほどよい運動になりました。

池内先輩は、私の体調を確認しに留年長屋へときおり顔を出します。読書三昧と法文学部でのテニスレッスンをして過ごすうちに、三週間ほど経つと身体の疲れも感じなくなりました。池内先輩はもうしばらく酒を控えて様子を見ようと言ってくれました。藤崎の下宿へは何度も顔を出しましたが、訪ねてくる後輩たちとも酒は飲みません。ただ麻雀はできるでしょうと、後輩たちが留年長屋へ押しかけてくるようになります。五月に入りまだ安静期間は続き、教授たちへのテニスレッスンは続きます。六月も大事をとって酒は控え留年長屋で学生気分の時間を過ごしていました。しかし生活費の貯えが次第に心もとなくなってきて、池内先輩に借金を申し込みました。先輩は返さなくてもいいからと言ってまとまった金を渡してくれました。そのときは返す当てもなく甘えるしかありません。適当なアルバイトもまだ見つかりません。のんびりと清く貧しい生活を送っていた七月の下旬、村里下宿へ知り合いが訪ねて来ました。藤崎と同学科の千ヶ江君でした。彼は成績優秀なのに藤崎や柿坪たちに付き合うように留年を続けていましたが、この年の春には卒業し福岡市の地方公務員試験に合格していました。しかし職場に空きがなく、その席が空くのを待つ生活をしていたのです。どこかの学校の住み込み警備員を続けながら。

その彼が持ってきた話はこうでした。

「アルバイトを探していると聞いたけど、俺の後を継がんか？　ようやく空きができたから福岡へ来いと通知が来たのよ」

彼が警備員を勤めていた学校は熊本市立沖島小学校でした。一応熊本市内ではあるものの、白川の河口沿いの有明海に近い農村地帯の小学校です。

「仕事は楽だから、病み上がりのお前でも務まるぜ。校長が推薦してくれれば市の教育委員会からも許可が下りるよ」

調べてみると村里下宿からは十五キロも離れた南にありました。他に当てもなくこれも何かの縁だとわりきり、数日後にバスで沖島小学校へと出向きます。動き始めないことには求めるものも見つかるはずがあるまいと思っての決断でした。熊本市はこんなに広いのかと思うほどに遠くの水田地帯にその小学校はありました。

八、住み込み警備員も楽じゃない

沖島小学校という有明海に近い職場へ引っ越すころに、永平寺で修業をしている安畑から葉書が届きます。

元気です
酒の味、忘れそうです
試験がんばってください
今年は涼しい夏です
昭和五十年大暑

この文面に、後姿で歩く雲水のイラストが添えてありました。このころには体調も回復していましたが安静にしているうちに弱気となり、両親特に母が強く希望する公務員試験を受ける気になっていました。安畑へもこうした心情の変化を伝えていたらしく、「試験がんばれ」の書き添えがあったようです。

沖島小学校へは昭和五十年七月二十八日に引っ越しました。短い間の村里下宿留年長屋生活でしたが、飄々庵破壊事件を起こしたにもかかわらず、おばさんはあたたかく接してくれました。池内先輩からも飲酒解禁が出ます。引っ越しは、テニス部後輩で医学部の桃佐木君が自分の車で手伝ってくれました。村里下宿から西南方面へ国鉄鹿児島本線を超えて進みます。途中から白川に沿って金峰山をめざして西へ進むと、金峰山が目の前に迫る場所で左折し、白川にかかる大きな橋を越え干拓地の方へと進むとすぐに沖島町です。小学校までは後輩の車で三十分ほどを要する距離でした。校舎の北隅に金峰山を背にして、小さな見るからに安普請の平屋戸建ての警備員宿舎はありました。

校長面接で訪ねたときの警備員宿舎は、ものぐさな私でも入るのを躊躇するほどに汚い有様でした。万年床を敷いた六畳間の畳には埃が積もったような気配で、新聞や雑誌、酒瓶が乱雑に散らかっています。隣の四畳半には千ヶ江の学生時代の全ての荷物が無造作に放置してあります。彼は靴を履いたまま上がってくれと言います。狭いキッチンとトイレ、ありがたいことにガスで沸かせる風呂と小さな冷蔵庫もあり、モノクロテレビは代々の譲りものだから置いていくよと言います。私と交代することが決まったら、掃除は済ませておくからと言ってはくれたのですが、不安でなりませんでした。

学校へ着くと女先生がクラスの女子数名と掃除をしている最中でした。声をかけると

「もうすぐ、住める最低限の状態にはなりますから」

と笑顔で迎えてくれます。呆れたことに千ヶ江は女先生に掃除を頼んでいたのでした。いや女先生から掃除協力を申し出てくれたのか、代々の警備員交代時にはそういう決まりだったのか。こうして熊本市立沖島小学校警備員宿舎が私の次の住処になります。大学からはずいぶんと遠い田舎へ来たと思いました。

警備員の仕事は次のような内容でした。児童も教師も全員退校の時間になる夕方五時半に、校内を巡視し定められた場所の戸締りを行います。もちろん職員会議やクラブ活動で遅くなると事前届がある場合は該当個所の施錠は後回しです。翌朝の七時半までには逆に先生や児童が入れるように解錠しながら巡視します。その間にも夜八時から九時の間と十一時から十二時の間に解錠して校舎内の巡回を行い、終わると施錠し校庭のチェックポイントを回るコースで巡視します。巡回したことを証明するために、チェックポイントに置かれているキーを巡回時計に刺してカチッと音がするまで回します。雨の夜も雪の夜も幽霊が出そうな夜も、三百六十五日欠かすことはできません。そのほかには運動会やプール解放などの学校行事対応があります。巡回時計から取り出した円形の記録紙を張り付けた警備員日報を、毎朝教頭に提出して終わりです。その後は夕方まで寝ようと遊びに街に出ようと、大学へ行こうと行くまいと自由でした。手取り月給は六万三千円ほどで、当時のアルバイト料としては恵まれており、学生の間では住み込み警備員の希望者は多かったようです。急性肝炎静養時の生活費に池内先輩から借りていた金も、分割で返せるようになりました。

沖島小へ引っ越したその日に、学校で一番若い私と同年の頭山先生を千ヶ江は紹介してくれました。何かとお世話になる先生だよと言いますが、その時には意味はよくわかりません。千ケ江は二晩泊って引継ぎをやってくれます。例えば、洗濯には家庭科室の洗濯機を、寒い季節に急な泊り客が来れば保健室の布団を持ち出す、カラーテレビが見たくなれば職員室で、給食の先生たちとは仲よく付き合う方がよい、なかでも体調が急に悪くなった場合に備えての対応策は、代々の警備員から伝わった裏技だそうで助かりました。二日目の夜は私がカレーを作り、ビールで千ヶ江の送別会を兼ね頭山先生と三人で盛り上がりました。そして風呂代わりだと言って、三人で素裸になりプールへ飛びこみました。水は冷たくても星空がきれいな夜でした。周囲に光が少なく天体観測に適している場所のようです。千ヶ江は親切丁寧な引継ぎをして実家へ帰って行きました。

頭山先生が、放課後のバドミントン部の手伝いをしてくれと誘います。千ヶ江から私が熊大テニス部出身だと聞いていたのです。住み込む縁で子供たちと一緒にバドミントンを覚えるのも悪くはないかなと思い、警備の仕事に慣れてきたら練習をのぞきますと返事をしました。荷物の整理が終わり、初めての一人の夜を迎えます。布団に横になり本を読んでいると、建付けの悪い障子の隙間を潜り抜け、周囲の水田からツマグロヨコバイなどの小さな羽虫がやたらと侵入して来ました。田舎育ちなので苦にはなりません。どこからか小さな野ネズミもやって来て、灯のそばに集まった羽虫を前足で捉えては立ったままポリポリと食べ続けます。それを見ていると南こうせつの『ひとりきり』を口ずさみたくなります。この年に解散した南こうせつとかぐや姫の解散アルバムの一曲でした。

夏休み期間の引っ越しで子供も先生もほとんどいないだろうから、マイペースでスタートできると思う間もなく、翌朝の巡回時刻の前に子供たちが押しかけてきます。警備員室の戸を叩き大声で
「警備員の先生、早く教室を開けてよ」

と騒ぐのです。

「何年何組だあ？　聞いてないぞ。しばらく運動場で遊んどれ」

布団で横になったまま眠りを妨げられたことをボヤいていると、

「すみません、今日は登校日です。早めに開けてくれませんか」

今度は担任の女先生に起こされました。パンツ一枚の姿に慌ててズボンとTシャツを着込むと、鍵の束をもって飛び出しました。学校側との連絡がうまくいかないままにスタートしたようです。

やがて教頭が登校してきて、

「すまんなあ、きのうは用事があって引継ぎができんままだった」

と謝ります。

「ところで、夏休み中のプールの監視員も警備員さんにやってもらっていたのだが・・もちろん日当は払うよ。今日からやってくれんかな」

急な話です。よくよく聞くと、警備員としての仕事に夏休みのプール管理がありました。脱衣室やプール入口の開け閉め。清掃するときは水を落とす前に消防署へ連絡すること。水を入れるときには水道局へ電話し、許可を得てからバルブを開けることなどでした。プールの清掃は先生と父兄、それに子

供たちがやります。監視員としての父兄以外に足りないので学生アルバイトで補うのですが、沖島小学校周辺には大学生が少なく警備員に依頼していたようです。大学教官たちのテニスレッスンも夏休み中は休止で、私も特に予定のない夏休みでした。当然副収入にもなるので引き受けます。

夕飯を適当に済ませてテレビのナイター中継を見ていると、婦人会の役員が訪ねて来ました。今夜は婦人会のバレーボール練習日なので体育館を開放してくださいとの用件です。これも聞いていないので慌てて教頭へ電話で確認すると

「あれ、言ってなかったかな。すぐ開放してはいよ」

これ以来、緊急時以外は私の判断で対処し警備日誌に書いて提出することにしました。こうして警備員室の夏は慌ただしく蒸し暑く、真夜中の見回りで幽霊に出会うこともなく過ぎて行きます。ただ近くには食堂がありません。私の移動手段であるママチャリで行くには遠すぎるのです。実家から送ってもらった米を炊き、学校周辺の雑貨屋さんや小さなスーパーで買った野菜や缶詰、卵に肉、そして魚の干物、インスタントラーメンなどで飢えを誤魔化していましたが、やがて頭山先生の車で遠くの食堂巡りをするようになります。

九、バドミントンにはまる

二学期の始業式の日です。朝の巡回が終わり部屋で警備日誌を書いていると、先生たちに紹介するから職員室へ顔を出せと教頭からの校内電話です。初めて見る先生の顔もありましたが、ほとんどは夏休み中に一度は言葉を交わした先生たちでした。昼休みには給食調理室へ挨拶に出向きました。まだ二学期の給食は始まってはいませんでしたが、準備で給食室のおばさんたちも登校していたのです。お茶でも飲んで行けと勧められて自己紹介を交えた雑談をしていると、子供たちと同じ給食費で月曜から金曜までは給食が付くとのこと。私へは大盛りを用意してくれると言います。二つ返事でお願いしました。大学へ行っている間は給食室の冷蔵庫で保管し、おばさんたちが帰り際に警備員室の前へ置いておくことで話が付きました。あとは酒とつまみさえ用意すれば、長い夜も何とかなりそうです。

二学期が始まると子供たちの放課後部活も始まります。沖島小学校では、野球部が運動場を、体育館をバドミントン部がほぼ毎日練習に使っているようです。頭山先生から誘われていたこともあり、体育館をのぞいてみました。バドミントン部の指導は頭山先生ともう一人、私より二つ先輩の男先生が担当しているようです。二人の先生ともバドミントンはこの学校へ来てから始めたとのこと。それにしては上手で子供たちもレベルが高そうです。頭山先生から練習に入れと勧められ、ラケットを握って子供たちの相手を始めます。テニスとは全く違うコツが必要で、しばらく子供たちに翻弄されていましたがシャトルが飛び交うスピードは、テニスボールのそれよりも遅いので何とか着いていけました。ゲーム形式の練習になると、六年生の女子ペアにいきなり負けてしまいます。ムキになって挑んで引き分けまで持ち込むと、息は上がり汗びっしょりです。見た目以上に俊敏な動きを要し運動量はテニスと同じくらいです。頭山先生から最初にしては上出来ですよ、さすがはテニス部出身ですね、とおだてられ時間の許す限り顔を出すことにしました。もう一人の男先生が転勤の可能性が高く、一緒に指導してくれる人を探していたのだと打ち明けられました。

給食が始まりました。大学へ行かない日の昼は給食で済ませます。休憩室へ行って調理のおばさんや若い女性職員たちと一緒に食べるのですが、皆さん自宅から自前の総菜やおやつなどを持参して来ていて私へもお裾分けが回ってきます。予想していたより楽しく量の多い食事となりました。その週の金曜日は大学出かけました。警備開始に間に合うように大学からチャリで帰り着くと、玄関の前に何か置いてあります。大きな鍋と埃除けのカバーで覆った食パンの山でした。バターやジャムの小袋もたっぷりと添えてあります。残暑が厳しく牛乳だけは配慮で除いてありました。鍋の中を見ると、その日はカレーだったらしく余ったものまで鍋にたっぷりと入っているようです。今夜から日曜まではカレーの日だなと、カレー好きの私は喜んだものの子供向けの甘口カレーなので、さすがに毎食というわけにはいきません。近くのミニスーパーへ行ってカレー粉を買ってきて、辛味をくわえて食べました。大学へ行き小学校で給食を摂れない日は、毎日玄関先にその日の給食を置いてあります。金曜日の日持ちの良いメニューの時は、食パンの山と一緒に鍋が置いてありました。

大学へはチャリでほぼ一時間を要します。朝一番の決まり事である警備日誌を教頭へ提出すると藤崎の下宿をめざします。彼の部屋でコーヒーを飲んでしばしくつろぐと、大学の研究室へ顔を出します。研究室で談笑しテニスの指導を終えると、藤崎の部屋や後輩の部屋でまたくつろいで沖島へ帰るパターンでした。ただ雨の日はバスを乗り継いで行くしかありません。そんな日は大学周辺で決まった約束でもない限り、警備員室で過ごして午後のバドミントンの練習に参加します。交通センターまで行き本屋巡りの後に行きつけの喫茶店でコーヒーを飲み、見たい映画があれば鑑賞して警備員室へ帰るパターンもありました。親との約束もあり公務員試験の勉強に身を入れないといけないのですが、なかなかその気になれません。たまには外出をしないと決めて警備員室で受験テキストを広げてはみるのですが、バドミントンの練習時間になるとテキストを放り出して体育館へ顔を出すようになっていました。忙しい頭山先生が顔を出すまで、部員たちのトレーニングを指導するのです。テニス部で経験したやり方で指導するのですが、子供たちは素直に従ってくれました。

ある日の午後、体育館の前に立っていると、近所に住む顔見知りのお母さんが男の子を引きずるようにしてやって来ました。

「警備員さん、この子をバトミントンで厳しく鍛えてください、ヘナヘナして根性が足りんけん。言うこと聞かんときゃ叩いても構わんです」

嫌がる男の子を放り出すと帰って行きました。べそかき顔の男の子は、もじもじして乗り気ではなさそうでしたが、

「ちょっとだけでもバドミントンばやってみんか。誰でんすぐできるごとなるぞ」

体育館の中へ誘うとしぶしぶ着いてきます。家に帰って母親に怒られるよりはましと思ったのでしょう。五年生の男の子はその日から入部しました。頼まれた以上、私もこまめに顔を出して練習相手を務めるようになります。ところがその子はめきめきと上達していき、同学年の先輩仲間たちを追い抜いてしまいます。そうすると負けたくないほかのメンバーも腕を上げていきます。

当時の熊本県はバトミントンが盛んな土地柄でした。彼らが六年生になった七月四日、熊本県西部地区の小学校バドミントン大会がありました。この日は応援には行けませんでしたが、なんとこの男の子がシングルスで優勝、他の二人が共に三位に。ダブルスではこの男の子たちのペアが優勝してしまったのです。予想外の好成績でした。その後は勢いで練習にも熱が入ります。そして県大会が十二月十日に行われました。この時は私も、彼らの出場時間に間に合うように応援に行きました。県大会はレベルが高く西部地区大会のようには順調には勝ち進めません。しかしあの男の子だけは別格でした。シングルス部門で強豪を相手に勝ち進み、とうとう優勝してしまいます。応援していて感動するゲーム運びでした。頭山先生たちの地道な指導の結果が実を結んだ瞬間でした。途中から指導に参加した私もその栄誉のお裾分けをいただき、父兄からも一目置かれるようになります。やがて沖島小を離れても数年間は子供たちとの交流が続きました。

シャトルを追う　つぶらな瞳の迫力に

負けじと走る我が汗は真の絆の証なり
一念の気持ち燃やし共に磨くも
一年の付き合いにて熱く終わる

十、『昭和貳年熊本県潮害誌』のこと

ある朝、校長室へ呼ばれました。時々手を抜いて巡回を規定時間通りにやっていないことがばれたのかなと思って伺うと、熊本では有名な同人誌『詩と真実』の同人で幹事であったK氏から、私のことを耳にしたので呼んだのだと言います。そういえば東京の磯田教授が熊大の集中講義に出張で見えられたある夜、私は教授から食事に誘われたことがありました。一緒に上通を歩いているときに偶然K氏と出会ったのです。教授はK氏と旧知の間柄で、K氏も加わって下通の小料理屋で飲み、その後に熊大近くのK氏のご自宅までお邪魔しました。沖島小へ引っ越しが決まった七月上旬のことでした。私が小学校の住み込み警備員を始める話をすると、校長の名を問われました。K氏は校長をよくご存じのようでした。校長によるとK氏は偉い先輩にあたる方らしく、私のことをよろしくと頼まれました

よと言いつつ、ガラス戸の本棚から一冊を引き出すと

「せっかく沖島小と縁ができたのだから地元のことも知ってください。この酒をちびりちびりと飲みながら読むには面白い本ですよ」

地酒一本を添えて手渡してくれます。古びたその本のタイトルは『昭和貳年熊本県潮害誌』とありました。早速その夜から読み始めると、巡回を忘れるほどの衝撃的な内容でした。

昭和二年九月十三日白昼、有明海をゆっくりとしたスピードで熊本沖に進んできた台風は、満潮で膨らんだ海水面を低い気圧でさらに吸い上げ、高潮として狂暴化させ沿岸の村々を襲わせます。押し寄せた潮位は最も高いところでは六メートルを超えたとありました。浸水エリアは、北は菊池川河口周辺から南へ下り、海から屹立した金峰山の山裾へは打ち当たり、坪井川河口、白川河口、そして緑川河口周辺まで。干拓低地を海水は濁流となって洗いながら遡りました。堤防は今に比べると低く貧弱で、荒れ狂う海水が越える圧力で決壊させると、集落を人々をそして牛馬を呑み込んで津波のように押し流し最遠部四・五キロまで到達。戻り波の強い力で、何もかもを引き擦るように有明海へと持ち去ったそうです。死者・行方不明者は四二三人にも上りました。当時の海岸からはおそらく二キロほどの内陸にあった沖島小学校を通り越して、渦巻く濁流はさらに東へと押し寄せたとあります。木造校舎一階部分はほぼ水没、幸い校舎の倒壊には至らなかったようです。海水が引いたあと沖島小の校庭は遺体安置所として使われたとあります。その甚大な被害の出来事が校庭の隅の慰霊碑に刻まれていましたが、この本を読むまでその碑のことすら知りませんでした。また近くの別の小学校では、教室にい

た一年生を身重の担任が必死で教室の天井裏へ避難させ、自分も何とか這い登って助かったとのレポートもありました。私はこの本を徹夜でほぼ読み終えました。災害から六年後に発刊されたこの本には、被害実態の全容はもとより難をかろうじて逃れた被災者の声、救援に赴いた人々の濃密で生々しいドキュメントまでリアルにまとめられていたからです。それゆえに私には困ったことが起きました。

徹夜明けで見る沖島小学校の教室や校庭が前日までとは全く違って見えるようになったからです。校長はどうして急にこんな本を読ませようとしたのか。想像するに磯田教授がK氏へ私のことを、民俗学や郷土史に関わる分野を卒業論文のテーマとしていたと紹介されたからであろうと思います。K氏から伝え聞いた校長は私が興味を持って読むであろうと思い、この本を渡したのだと思います。読み終えると、それまで何気なく見回っていた夜の教室や中庭や運動場が急に重い特別の場所のように思えてきました。

例えば、夜の巡回で校舎一階の一年一組の教室を携帯ライトで照らすと、高潮に襲われた時代の服装で逃げ遅れたおかっぱ頭の女の子が一人、黙って座って黒板を見ているのです。いやそのような気がするのです。こうなると教室の引き戸を開けて内部を十分に照らしてチェックなどできなくなります。二階へ上がろうとすると、避難した子供たちのおののく声がいまだに教室から聞こえてきそうな気がして、階段の途中で足がすくむのです。校庭の随所にチェックポイントがあるのですが、物陰に人がうずくまっているような気がして、ライトでじっくり確認してからでないと足を踏み出せなくなりました。全て私の臆病な妄想で実際は教室の壁貼りの絵だったり、イタチが廊下を走り去る音であったり、二階の閉め忘れた窓から入った雀たちの騒動であったり、中庭に潜むアベックの姿であったり、正体見たり枯れ尾花なのですが。

自分はこれほどまでに臆病者であったかと恥ずかしくもなりました。しかしいやいやながら見回りを半月あまり続けていると、恐怖心も薄らいで以前のように手際よく巡回できるようになります。ただ一年と八か月の警備員暮らしの中で、二度だけ奇怪なことに遭遇しました。

十一、怪異体験

一度は夜中に、もう一度は昼間の出来事でした。なんとも不思議な体験でしたので、先ずは一睡もせずに夜が明けるのを願った夜中の異変から紹介します。

夏休みが終わって数日後、十一時過ぎころのことです。校舎巡回を終えて鍵をかけ、運動場の巡視に移ろうとした時でした。真向いのプールの鉄の門扉が開く音がします。私にはっきり聞こえました。校庭に一本だけある常夜灯の薄明りに人影が浮かび急いでサーチライトで照らすと、更衣室から出てきた男女らしい人影が開いた門扉からプールに入って行くのが見えました。近所の若い者が隠れて泳ぎに来たのかなと思いました。プールの門扉の管理責任は私で、水難事故防止のために夏休みの水泳開放が終わると、誰も入れないように私が施錠します。その鍵は巡回中の私の鍵束の中に。プールの水は、二学期に入って子供たちがプール掃除を済ませるまでは満水なので泳ぐことはできます。しかし鍵は私が持っているので扉を開けることはできないはずだと疑問が起こり、プール入口へ走りました。

校舎からプールまでは校庭を挟んでおよそ百メートル。サーチライトで照らしながら走りました。警備員のサーチライトは百メートル先ぐらいまでは十分に照らせる携帯タイプです。プール入口に着いて門扉を照らすと、不思議なことに音を立てて開いたはずの扉は閉じたままです。錠前もロックされたままでした。外からプールサイトを照らしても人影は確認できません。西側と北側の外周を歩いて隈なく照らしますが気配はないのです。声をかけても応答はありません。水中に潜っているのだろうかと水面を探りますが、不審なものは浮いていません。潜っているならそのうちに息が切れて顔を出すだろうと待ちましたが変化はありません。

なんとなく不気味な気がしてきました。鍵を開けプールの中へ入ってまでは絶対に確認をするなと、気持ちを押しとどめる脳内の声が警鐘を鳴らします。人影は更衣室から出てきたように見えたので、更衣室へ向かうとこちらも鍵がかかっています。念のために鍵を開け、外から狭い更衣室を照らしましたが衣類もタオル類も何もなく、使った形跡はないのです。あわててドアを閉じ施錠しました。私が目撃した光景は幻影だったのだろうか。急にその場にいたくない嫌な気分が強くなり、プールの方は振り返らずに警備員室へ走って戻りました。気持ちを静めようと部屋の電気をつけたまま朝を待ちました。夜が明けきると、念のためにプールと更衣室を開けて中へ入りチェックしましたが、水面に落ち葉が浮いているだけで使用された形跡はありませんでした。

これから述べることも人生いまだ一度きりの恐怖を味わった体験です。昭和五十一年の三月中旬、私はチャリに代えてバイクを所有しました。沖島小学校へ移っても、法文学部の教官たちを相手にしたテニスのレッスンは続いていました。前年暮れにその年最後のレッスンを終えると魚前教授の研究室へ呼ばれ、教官たちからのお歳暮ですと一万円が入った封筒を差し出されました。無償の条件でテニスの指導を引き受けたので固辞したのですが、沖島小学校から、チャリで一時間もかかって大学へ出て来てもらうには教官たちが忍びないので、せめてバイクで通えるようにその購入資金の一部に役立ててくれとのお志でした。ありがたく頂戴したものの、中古バイク（想定はホンダカブ）の相場価格が良くわからないまま年を越してしまいます。

そのころ通学中に、ホンダカブごとトラックにはねられて大けがをしたテニス部の後輩がいました。重症だった彼の容態が安定したと聞き見舞いに行きます。元気になった後輩と話をすると、ヘルメットを被っていたために幸いなことに頭部に異常はなく、足の骨折などがひどかったようです。本人曰く、なぜトラックにはねられたのか状況がよくわからないままで、ヘルメットとバイクは無傷で本人だけが重症を負ったとのこと。もう二度とバイクには乗りたくないので乗用車の運転に切り替えると言い、貰ってくれる人がいれば無傷のバイクをタダででも譲りたいと言います。私は確かにバイクを探していたのですが、事故に遭ったバイクであるという理由で気乗りはしませんでした。ただ見た目にもバイクには全く異常は無いという後輩の言葉が気になり、他に購入当てもなくまもなく、退院する彼を待って自宅へ見に行くことにしました。

確かにバイクは無傷でエンジンの調子も悪くありません。チェーンの緩みはありましたが調整で何とでもなります。結局は無傷のヘルメットと一緒に五千円で私が買いました。教官たちから頂いたお歳暮分でお釣りが出ました。無料で譲ると言っていた後輩はその価格でも恐縮してしまいましたが。所有者変更のための登録変更は後日一緒に市役所へ行って済ませることにし、それまでは私が預かって乗り回すことにしました。後輩の家から熊本市街の電車通りを超えて、沖島小学校へ無事に乗って帰るとホッとしました。相性が良さそうに思えたのです。二、三日は運動場で習熟運転を繰り返して町外へ出ることに。その日は三月十七日と日記にあります。校門を後にしてしばらくして忘れものに気づきました。慌てて戻り小学校の校門から警備員室へと走り始めたときのことです。バイクに乗ったまま私は突然金縛り状態になったのです。急いでいたのでスピードを落とす前の状態でした。

警備員室までわずか六十メートル。手足が全く思うようにならなくなりました。意識だけはうろたえているのに体は硬直したまま。そのまま進むと警備員室横に一列に並ぶ肋木や鉄棒に激突してしまいます。意識では命じているのに手がブレーキ操作を行えないのです。ハンドルを切って方向転換することもできません。足も動かず、シフトダウン操作でスピードを落とせないのです。バイクは私の意志とは無関係に私を乗せたまま、左端の鉄棒へ向かって走ります。まるで私の肉体だけが何かに乗っ取られているような嫌な気分でした。私の意思は私の肉体をどうすることもできなくて、進行する事態を恐怖感に襲われたまま私の目を通して見続けるしかありません。瞬く間に左端の鉄棒が迫って来ました。鉄棒はシートに座った私の顔の高さくらいのところで横に伸びています。金縛りのままだと顔面か首が激突する位置で待ち受けています。

もう駄目だと観念したとたんに金縛りが解けました。しかしブレーキをかけても間に合いません。咄嗟にハンドルを左へ切り頭をすくめて体を左斜めへと傾けましたが、水平に伸びた鉄棒直撃は免れたものの鉄棒を支える端の鉄柱にバイクごと右肩から激突し、体は左前方へ吹っ飛びました。肩に激痛を感じましたがヘルメットに守られた頭はどうもありません。バイクはと探すと私の右後方にエンジンがストップして横たわっていました。痛みで動けず投げ出されたままの格好で地面に横たわっているしかできません。しばらくして立ち上がり痛い右肩をかばいながらバイクを起こすと、右のウインカーランプが少し割れているだけでエンジンはすぐに始動を始めました。全くと言っていいほど壊れていないのです。不思議なことに目撃者がいなかったのか駆け寄って来る人は誰もいませんでした。右肩を冷やしながら警備員室で横たわっていましたが、幸いなことに肩の痛みは意外なほどに早く薄れていきました。骨折はなく痣が残る打撲だけで済んだようでした。しかし翌日から全身のあちらこちらが痛み、バドミントンの練習に支障が出ます。誰も私の事故には気づいていませんでした。忘れものをせず、そのまま市街へ出て金縛りになったらと想像すれば、空恐ろしくなるできごとでした。

この事故以後バイクは一度もエンジン故障や運転操作に支障をきたすこともなく、警備員を卒業して沖島小を去っていくまで私の重宝な足となってくれました。後輩の事故に続いて起こったこのアクシデントは、バイクに原因があったのか、それとも校庭に起因する得体のしれない理由があったのか、あるいは私の一時的な体調不良が引き起こしたものなのか。わからないままに警備員生活を送りましたが、二つの出来事を経てますます巡回に逡巡の念が棲みついてしまいました。ただ幸いなことにこのとき以来今日まで、目覚めているときに金縛りにあうことはありません。寝ているときの金縛りは何度も経験しましたが、起こる仕組みがわかっていたので怖くはありませんでした。

十二、さくらの唄

不気味で淋しい夜が多かったのですが、突然の来客もよくありました。なかでもテニス部の後輩たちは不意に押しかけて来ます。当時の日記を読むと、藤崎を筆頭に中鶴たちバンカラ後輩どもは夜になって車でやって来ると、たちまち酒宴を始め明け方近くまでドンチャン騒ぎをやっては昼近くまで寝て帰ります。酔った勢いで体育館を開けてはバスケに興じ、飽きると深夜の運動場を鬼ごっこでもするように走り回るのです。夏は素裸でプールに飛び込んで餓鬼みたいにはしゃぎ騒ぎます。酒を飲まない夜は徹マンでした。夜食持参で押しかけ夜明けまで雀卓を囲みます。大学周辺の下宿街ではできないバカ騒ぎを沖島小学校で実行して、若さを発散しているようでした。バンカラたちがどれほど騒ごうとも、学校の周りの住宅はほどよく離れた場所にあり、ただの一度も苦情は届きませんでした。

珍しい客は公務員になっていた私の弟です。たぶん親から頼まれて不肖の兄の様子を見にきたのでしょう。手土産持参の泊りがけでやって来ました。

池内先輩も月に一度は差し入れ持参で様子を見に。一緒にバトミントンで汗を流して帰られたこともありました。ある時は奥様同伴で、またある時は幼い娘さんを抱いて顔を出されたこともあります。さすがに汚い警備員室へ上がっていただくことはできませんでした。予告もなしに、校区の青年四名が一升瓶を提げて訪ねて来たこともありました。むろん歓迎です。その一升だけでなく、私の酒も提供して語り合いましたが、途中で気づいたのは宗教団体への勧誘が目的だったようです。議論しあった結果、彼らは勉強して出直しますと深夜遅く帰って行きましたが、二度と来ることはありませんでした。

警備員の契約規定には、必ず本人が常駐して当たらなければならないという定めはありません。急用が生じたときや休みたい場合は、代理を頼むことができました。夜になると大学の近くの黒髪町界隈や下通に何かと用事が多かった私は、いざという時に備えて数人の代理人を確保します。哲学科大学院の友人をはじめ、法文学部の後輩など四人ほどがそのメンバーでした。中でも最初によく頼んだのは、大学院で学んでいた学部同期の四水君でした。彼は快く代理を引き受けてくれていたのですが、年を越すと彼も市立幼稚園の住み込み警備員を始めます。前もって代理を頼めると親戚の結婚式参加、実家の田植え手伝いなどで帰省もできましたが、当時の日記を読むと急な飲み会や友人の来熊も多く、頻繁に大学周辺や下通などへと出かけていたようです。しかし急な代理人はなかなか見つかりません。

こうした緊急事態に自ら代理人を買って出てくれたのが頭山先生でした。

頭山先生は小学校の近くに下宿していて独身なので、特に夜はすることもないからいつでも遠慮なく言ってくれとの言葉に甘えてしまうようになります。聞けば前任の千ヶ江も頭山先生にはずいぶんとお世話になっていたようです。お互い同い年でもありいつのまにか遠慮が無くなりました。大学近辺まで出かけて帰りたくない用事ができると、頭山先生に電話を入れます。

「今夜は帰れなくなったので、お願いしていいですか」

この一本で、頭山先生は引き受けてくれました。例えば、角岡君たち東洋史や国史院生の珍しい顔ぶれから「竜南荘」で麻雀をやろうと突然誘われたときもそうでした。名高い竜南荘で遊べるチャンスはめったにありません。こういう状況に直面すると付き合いを優先する私は、二つ返事で引き受けてしまいます。結果的に頭山先生にはずいぶんと甘えてしまいました。ここまで遠慮不要の間柄になるには私も、バドミントンコーチ以外にも、学校が休み中のアヒルの散歩と水浴び（アヒルは我儘なので時間がかかります）、鶏のエサやりにヒヨコ誕生までの観察報告、図書室の本の整理（自分が読みたい児童文学本探しも兼ねて）、ソフトボール大会の審判、野球部の応援、夏休み校内キャンプ肝試しのお化け役、台風接近時に体育館を避難所として設営など、頼まれる用事は積極的に引き受けていました。こうして最初の年の卒業式の日には謝恩会にも招かれて気恥ずかしい思いをしました。

楠木が大阪の会社を辞めて熊本県の高校教員採用試験を目指すために戻って来たのは、昭和五十一年の早春、私より一年ほど後のことでした。とりあえず採用試験に備えて居場所を定めるために、村里下宿の留年長屋住まいに。飄々庵解散の宴の家屋損壊の責任を問われ、おばさんに追い出された楠木でしたが、もうおばさんの怒りも解けていて、私がお願いをすると素直に入居を認めてくれました。しかし楠木はなぜか頻繁に我が警備員室を訪れては泊まっていきます。いつのまにか頭山先生とも仲よくなりドライブに誘われるほどでした。私は、楠木がやって来るとこれ幸いにその夜の警備を頼んで、別の友人を誘い出しいそいそと下通へ飲みに出かけたりするようになりました。

四月に入ると、藤崎が四年次へ進級できなかったらしいと後輩たちから悪い知らせが届きます。真偽を確かめに藤崎を訪ねると、ある教官の特別な計らいで進級できると楽観的なことを言います。この期に及んで彼の言葉を信じていいものか迷いつつ、一縷の望みを抱きながら過ごした二週間後の四月下旬のことでした。出張で熊本へ来た従兄から誘われ頭山先生に警備を頼むと、下通で飲み回って村里下宿の楠木の部屋に泊まりました。迎えた翌日、藤崎の卒業実験受験資格がないことが判明します。つまり大学に残れるリミットの最終学年に進級できなかったのです。開き直って放校処分が出るまで学部に残るか、潔く自主退学を選ぶか。選択肢は二つに一つです。楠木と話し合って念のために、大学院を出て工学部助手として残られたテニス部の北町先輩に調べてもらいましたがもはや打つ手はないとのこと。その直後、我々と顔を合わせることもなく藤崎は実家へ帰省してしまいました。彼の心のうちを確認することができないうちに。

数日後楠木から警備員室へ連絡が入ります。藤崎が実家から戻り、下宿を退居し実家へ引き上げると言っていると。翌朝巡視が終わると直ちにバイクで藤崎の下宿へ直行しました。楠木もいます。藤崎は引っ越し荷造りの最中です。淡々と作業を続ける藤崎を喫茶店へ誘い出し、楠木と一緒に話を聞きました。両親ともじっくり話し合った結果だといいます。一旦は実家へ戻り後のことはそれから考えると言います。しかも明日にでも熊本を去ると。あまりにも急な展開に、私は法文学部に顔を出し警備の代わりを探しました。頭山先生の都合が悪かったからです。東洋史専攻の後輩を見つけると強引にその夜の警備を頼みました。何度か警備員を引き受けてくれた坂渕君でした。その夜は楠木と三人で藤崎の送別会です。いくら飲んでも酔えない気分で下通をはしごして回ります。何軒目かの店で、職場のナースたちと楽しそうに飲んでいた柳中先輩と偶然顔を会わせました。私は急に酔いが回り先輩に絡んでしまったようです。翌朝二日酔いの頭で藤崎に別れを告げると、バイクで沖島小まで戻りました。何度かバイクを止め、嘔吐するほどに悪酔いをした別れでした。

何かと慌ただしい日々を過ごしていたように見えますが、実は私の悩みが一番深かったのはこのころでした。日記を見ると寝ていない夜が続き昼夜逆転していたことがわかります。誰に聞かれたのか魚前教授がわざわざ警備員室まで電話をかけてこられて

「眠れないと聞いたが君はノイローゼではないのか、一度顔を見せなさい」

と心配していただきました。私が夜に眠らなかったのは、真剣に考えざるを得ない案件が重なって、夜中に集中して思考する癖がついてしまったからでした。振り返れば忘れ物探しに真剣に向かい合っていたのだと思います。当時の大学ノート数冊には、いま読み返すと顔から火が出るような浅薄短慮の走り書きが何ページにもわたって続いています。そのころの読書量は我が人生のなかで一番多く手

当たり次第に読んでいたようです。映画も好きで、上映館に出向くだけでなくテレビ放映映画もよくチェックしていたことが日記からわかります。面白いテレビドラマも逃しません。なかでも五月から始まった水曜劇場『さくらの唄』は傑作ドラマで、この時間だけは呑みにも出ずテレビの前に正座して一コマも見逃さないように見つめていました。内容紹介は省きますが、美空ひばりが歌ったドラマのテーマソング『さくらの唄』は、毎回のように涙を浮かべて聞き入りました。寝る間を惜しんで自分と向き合う時間が二、三か月ほど続いた時期でした。もっとも昼間にかなり寝ていたので寝不足にはなりませんでしたが。

楠木は教職採用試験に有利になればとの思いで経験を積もうと、県内高校の非常勤教師の空きを探していました。しかしオイルショック後の不況の影響もあり、教職はもちろん公務員全般への希望者が殺到して全国的に狭き門となっていました。思うようには事は進んでいないようでした。藤崎が熊本を去って一月ほど後のこと、福岡にいる内園から突然電話が入ります。彼は薬学部を卒業して外資系の製薬会社に営業として就職していました。明日の仕事を終えたら沖島小を訪ねるから一緒に酒を飲もうとの用件でした。やって来たのは夜九時を過ぎてからのこと。これでも仕事を早めに切り上げて来たと、よれよれのネクタイ姿で言います。手土産代わりに日本酒の一升瓶をぶら下げていました。

さっそく二人で飲み始めました。外資系会社の営業なのでノルマが厳しく、上司から責められてばかりいるようでした。酔いが回ってくると

「あんな会社辞めてやる。辞めて薬剤師の国家試験に再挑戦するよ、俺は」

呂律が怪しくなった口で同じことを何度も繰り返します。

「そうだそうだ、さっさと辞めんか、お前は営業なんかに百パーセント向いとらん」

私も酔った勢いで何度もけしかけるのです。あげく泥酔した二人はそのまま寝込んでしまいましたが、突然隣で寝ている内園が叫びだしたので目が覚めました。様子を窺うと
「○▽の糞野郎！　てめえなんかに何がわかる！」

目を閉じ布団に転がったままわめいているのです。相当に強いストレスを抱えているのです。同じ叫びを何度も繰り返し、わめき声の後はすごい鼾です。寝言で叫んでいたのです。寝言で叫んでいるのだろうと思い、私は耳をふさいで我慢し結局朝まで一睡もできませんでした。

翌朝、○▽って誰のことだと聞くと、寝言でわめいたことは覚えていなかったようですが、上司の名前だと恥ずかしそうに言いました。お互い苦しい二日酔い状態でしたが、内園は午前中を休む覚悟で来たらしく、寝坊して帰って行きました。今度来るときは辞表を叩きつけてから来ると言い残して。そして十日も経たない土曜の夜また一升瓶を提げて泊りに来ました。どうやら退職を決意したようでした。その後の内園は製薬会社を辞め、先輩のお世話で熊本近郊の病院に臨時職を得て、一路国家試験合格に挑戦し始めます。

楠木はやがて高校臨時講師の口が天草の高校に見つかり、村里下宿の留年長屋を引き払って教職見習の仕事から再就職をスタートさせました。臨時採用の期間は短くいくつかの高校を転々としましたが、その間も教職本採用試験勉強を怠らず、やがては合格して正式採用で高校教師になります。藤崎か

らは自主退学して半年後に、地元の知り合いと教育関係の新しい会社を興し専務取締役になったと葉書が届きます。飄々庵で学生生活を楽しんだテニス部の同期生で、大学卒業とともに就職し同じ職場で働き続けるのはキャプテンの谷口とサブキャップの榎田の二人だけでした。残りは回り道を選択し、求めるものを探し続けることに悪戦苦闘していました。結局はそれぞれの道へと進み始めるのですが、このとき私だけがいつまでも道を定められずに警備員室でくすぶり続けていました。

十三、永平寺から友が戻る

少し戻って同じ昭和五十一年の正月は、警備員室で新年を迎えました。前日の大晦日夕刻、頭山先生が実家のお節料理を重箱に詰めわざわざ八代から届けてくれました。夜遅く教頭が訪ねてきて正月祝いの酒だからと日本酒一本を私へ。予想もしない心遣いに感激していると、元旦早朝に掲揚してほしいと折り畳んだ国旗を置いて行きました。日本人として掲揚することに異存はないのですが、いきなりの頼みでは私にも都合があります。紅白歌合戦の裏番組のドラマや映画などを飲みながらじっくり鑑賞し、さらに続けて深夜番組を見て元旦はゆっくり朝寝を楽しもうと思っていたのです。そこで教頭が去るとすぐに校庭の国旗掲揚台へ行って日の丸を揚げました。大晦日の深夜にはためく国旗に気づく人などいるまいと思ったのです。ところが正月三カ日が過ぎて、大晦日の夜に日の丸が上がっていたとわざわざご注進するご近所さんがいたのです。悪いことはできないものです。

元旦は、今年こそ新しい仕事を決めるぞと、そのための日課の目標を書き出して心に誓うと、それで元旦の仕事が終わったような気がしてきました。頭山先生にいただいたお節料理で昼前から飲み始めます。警備員だって正月元旦は飲みたくなるのです。翌二日夜、帰省していた谷川先輩から電話が入りました。谷川家三兄弟揃って警備員室へ麻雀をやりに来るぞと言うのです。むろん大歓迎で迎えました。酒肴持参の嬉しい訪問です。朝まで麻雀をやって谷川家三兄弟を見送りました。

正月気分が抜けかかったころに突然安畑から電話がありました。永平寺での修行を終えて熊本に戻ったが、天草へ帰る前に会えないかと言います。下通の喫茶店で落ち合うことを約束して駆けつけました。実に久しぶりに会う安畑です。見違えるように落ち着いた雰囲気がありました。東京で大学院を修了しさらに永平寺で修業を積む間に、彼にも将来の行く道を軌道修正せざるを得ないような事情があったようですが、己のことを深くは話さず私のことばかりを心配して話すのです。私は前年の公務員受験に失敗し、今年再挑戦するにもなかなかエンジンがかからないことを正直に話しました。安畑はずばり聞いてきます。

「マスコミ関係への就職に、まだ未練が断ち切れないのだろう?」

どうもそのようだ応じると

「就職競争が厳しくなった今のご時世だと、コネも無く現役学生でもないお前がまともに新聞社や放送局の職に就けるのはもはや無理だぞ」

と冷静に指摘してくれます。

「頭ではわかっているけどな、親はしきりに公務員になれと言う。でも試験勉強にぜんぜん燃えん」

「そう言えば、コピーライターと言う仕事があるぞ。いちおうマスコミ業界の仕事だ」

「どんな仕事や？　そのコピーライターって」

「簡単に言えば広告文案家かな」

初めて聞くその仕事について安畑は教えてくれました。東京で大学院に学んでいたときにある有名な劇団の裏方のアルバイトをしていたそうです。裏方アルバイトには面白い連中が多く、その中の一人にコピーライター養成学校へ通っている若者がいて、これからの広告業界ではコピーライターが主役になる時代だと話していたそうです。そうであれば九州でもコピーライターが必要とされる時代になるのではないかと安畑は言います。

「広告の文章ぐらいはお前にだって書けるだろう？　広告文案家から作家になった人もいるぞ、開高健とか・・」

小説家の開高健は知っていましたが、開高が広告文案家出身とは知りませんでした。この仕事に興味を覚えた私は、安畑と別れた後に紀伊国屋書店へ行き職業紹介本を探します。見つけた本には、広告業界関係ページにコピーライターの文字がありました。これから需要が増える職種であり、東京や大阪では養成講座が開設されているとも。しかし九州では開設されていませんでした。さらにその種の本を探すと、別の本には久保田宣伝研究所という会社が、通信教育でコピーライター養成講座を始めたとあります。しかも講座を終了した全員に就職先を斡旋するとも。それなら警備員をやりながらでも挑戦できるかもしれないと思い、その問い合せ先をメモして中島小へ戻りました。

公務員受験の勉強を続けるべきか、コピーライター養成講座に申し込むべきか。悩みながらも養成講座の詳細を知ろうと久保田宣伝研究所から資料を取り寄せました。三月中旬に届いた資料を読むと、基礎コース五ヶ月専門コース五ヶ月最短十ヶ月で終了とあります。課題提出期限には猶予期間が設けてあり、私の場合は早くても終了まで一年はかかりそうな予感がしました。びっくりしたのは両コースを受けるとなると七万円の受講料を前納しないといけないことでした。大金です。他の養成講座と違い就職先が決まるまで責任をもって斡旋するとありました。世の中そんなに甘くはないだろうと思いつつも、ひと月後に迫った国家公務員中級試験を受けてから判断することにしました。ところがその試験の結果は一次すら通らない無残な現実。競争率二十五倍、第一次オイルショック以降景気は不安定で、公務員志向は苛烈な競争の時代を招いていたのです。この結果で私の気持ちはほぼ挫けてしまい、次の公務員試験の願書は用意したものの闘志は萎えていきます。

公務員試験にはさらに挑戦し続けると半分嘘をついて両親への期待に背中を向け始め、コピーライターへ挑戦する気持ちが強くなりました。しかし私の貯えでは七万円を捻出できません。半額の三万五千円を楠木に借り一括で払い込みました。退路を断ち専念する覚悟を決めたからです。五月下旬に講座テキストや最初の課題が届きます。テキストをめくり課題に目を通すと、私の判断は間違っていたのではないかと思う内容でした。それまで広告の世界には全く関心を持たなかった私には、初めて目にする業界用語が頻繁に出てきて言葉の意味から学ばねばなりません。しかしいまさら悔やんでも金は戻って来ません。進むしかないのです。幸いにも警備員だから時間はたっぷりあるし食うには困らない、コツコツやるぞと自分に言い聞かせました。

十四、副業を始める

安普請の警備員宿舎。野ネズミまで入り込むことは先に書きましたがある夜、天井裏がやけに騒々しいのでテニスラケットで何度も突きました。しかし騒ぎは収まりません。天井板を一枚外して懐中電灯を照らして覗くと、私にはお構いなしにイタチが家ネズミを追い回しているのでした。大雪が降った夜、あまりにも寒くて目が覚めると、建付けが悪い障子の隙間から雪が降りこんで、隙間の形に私の肩のあたりまで積もっていました。夏のある夜に、酔っぱらって寝ている私の左指先がむずむずします。目を開けるとゴキブリが指先を齧っているのでした。これは単に清掃が行き届いていなかったからですが。このように粗末な宿舎ではありましたが、一年八か月、私が世話になった大事な埴生の宿でもあります。

振り返ってみると、警備員生活といえども暇な毎日ばかりではなかったことがわかります。好きで引き受けたバトミントンコーチ、父兄や校医たちとの麻雀会、法文学部の教官や職員相手のテニスレッスン、教頭から頼まれる校内の雑用や学校行事の手伝い、土日に多かった校区行事の手伝いなどは昼も夜も関係ありませんでした。中でも運動会の準備には前日や当日早朝から巻き込まれてしまいましたが、お礼は来賓弁当五食。そう日記に書いています。一度に五食もらったところで食べきれません。二食は近くの幼稚園で警備員を始めていた四水へバイクで届けました。校医と仲よくなれて助かったことがあります。チャーシューラーメンに当たってひどいジンマシンと嘔吐に苦しんだときには、休日でしたが速やかに処置を施してもらい助かりました。やがて校区行事の準備を通じて知り合う人が出てきます。校区内にある西村電機の西村社長です。行事前日の夜遅くや当日の早朝に押しかけてきては強引に体育館を開けさせ、いきなり私に手伝いまでさせるのです。音響やＭＣ装置のセッティングを行うのですが、その厚かましさには呆れたものの、いつのまにか西村さんのアシスタントみたいなアルバイトまで引き受けてしまうのです。

自宅店舗での家電製品の販売サービス業よりも、イベントやコンサート会場における音響機器の設置と操作がメイン業務のようでした。そのうちにイベントがあるたびに社長の補佐的な役目で現地に同行するようになり、簡単な仕事は見様見真似で覚えてしまいます。事務所兼自宅の裏にある大きな倉庫には、有名メーカーのアンプはじめ音響機器一式が何セットも詰め込まれているのを見ました。道楽で集めたと言いましたが筑豊出身の井上陽水が超有名になるまでは、九州全域でのコンサートツアーには音響機材を大型トラックに積んで、巡業を共にしていたという話も嘘ではなさそうでした。井上陽水の会場へついて行く機会はありませんでしたが、ばってん荒川の舞台ＰＡ設定について行ったことはあります。熊本市民会館で二日間連続開催された「由紀さおりショー」では、西村社長の音響担当アシスタントとして働きました。東京から専属のディレクターが会場に入り、由紀さんを囲んでシナリオに基づいた打ち合わせが進行していきます。我々は音響機材に関する対応確認を行うのです。正式な会場で裏方としてプロの仕事に携わった初めての経験でした。

西村社長の会社名は、イベントやコンサート向けには「サウンドオール九州」です。この「サウンドオール九州」でのアルバイト経験は、後にコピーライターになって働き始めてから基礎体験として役に立ちます。失敗もありました。熊本市消防署管轄の一大イベントである正月早々の「出初め式」の音響ＭＣセッティングを初めて私に任されました。寒い日の朝でした。取材にマスコミも駆けつけていました。ところがリハーサルではうまく作動したのですが、いざ本番、全くマイクに音が入らないのです。原因がわかりません。消防団長からは急かされます。焦って操作をしているうちに熊本市長の挨拶となりましたが、とうとうオフのままで市長はマイクに向かい挨拶を終えました。しょげている私の前で、何十台という消防車から見事な放水アーチが白川河川敷に大量の水を降らして「出初め式」は終わりました。団長からは嫌味とお小言をいただきましたが、原因が全く分からずじまいです。単純に寒くて起動しなかったのかもしれません。小さくなって引き揚げ西村社長に報告すると、

「ときどき、そういうこともあるのよ。団長には俺から詫びておくから気にするな」

と平然としていました。

警備員時代、突然何かと慌ただしくなる原因のひとつに、近くの町の市立幼稚園で警備員を始めた哲学科同期の四水との付き合いもあります。当時の彼は大学院生で、修士論文に取り組む傍ら高校教師をめざして勉強していたはずでした。しかし彼は頻繁に私を呼び出すのです。私はバイクを所有していたので彼の元へ移動しやすかったこともありました。バイクでおよそ十分の距離を、給食室からもらった余り物の大量の食パンやスープを鍋に入れて、こちらから運んだこともたびたびでしたが、たいていは、「美味いコーヒーを淹れるからすぐ来い」「クラッシクレコードを手に入れたから聞きにおいで」「麻雀メンツが揃ったからバイクを飛ばして来い」「チャンポンを作るから一緒に食べよう」「悲しいできごとがあったから話を聞いてくれ、いや下通で一緒に飲み明かしたいからタクシーで来て付き合え」などなど、日記には時間に関係なく彼から電話があったことが書き残されています。私の方も、彼が警備員を始める前には、私の代理を何度となく快く引き受けてくれたこともあり、積極的に彼の要請に応じていたようです。それだけではなく私が淋しくなって押しかけたことも事実です。

侘しいようで騒がしく、孤独なようで賑やかだった警備員生活。コピーライターの勉強を真面目にやろうと決意を強くし取り組み始めたものの、そう簡単に思うようには時間を割けませんでした。

十五、卵の売り先

コピーライター養成講座テキストを熟読しながら、毎月一回は課題の答案を東京へ送らなければなりません。己への戒めのために、締め切り日は厳守を心がけて徹夜してでも書き上げました。次の課題に取り組んでいると前回分の添削が返ってきます。その繰り返しで四回目の課題提出を終えたころ、東京のクボタ宣伝研究所改め「宣伝会議」の養成講座事務局から電話がありました。東京の制作プロダクションを紹介するから面接を受けないかとの話でした。あまりにも早い就職斡旋です。コピーライターの仕事がようやくわかりかけてきたころでコピーライティングの技術は全く素人レベルです。

「まだ基礎コースさえ終えていません。この段階で就職とは」

と答えると、

「いいえ、あなたの場合は就職して実践を積む方が成長も速いとの判断です」

それにしても予想を超える早いタイミングでの就職紹介であったことと、就職場所が東京であることに迷いを覚え返事を二、三日留保しました。考えた末の東京への返事は

「九州で就職したいです。東京でなければ就職先は無いのですか？」

「いいえ、東京ならすぐにでも募集先が見つかりますが、九州なら募集が出るまでしばらく時間が必要でしょうね」

コピーライターとして職に就けるなら、勉強を終えてからでも遅くはあるまいと思い、就職斡旋は九州内の会社を希望することを伝えました。

昭和五十二年の正月も沖島小学校警備員室で迎えました。元旦は

「まつおさ～ん、お雑煮ができたよ～」

と学校近くのバドミントン部の子供が呼びに来て、その子の家で穏やかに新年を祝うことができました。講座の方も何とか予定通りに基礎コースを終え専門コースへ進みます。テキストの内容は最新の広告理論的テーマとなり、課題も実際のクライアントを想定した実務的な企画を求められるようになります。四苦八苦しながら遅れずに課題を提出していた一月も半ばすぎて、東京から就職先を紹介する簡単な資料が届き追いかけて電話が入りました。今度は福岡に本社があるプロダクションです。佐賀を除く九州各県に支社があるようで、九州で一番大きい制作会社だとの説明です。私は初めて聞く名前だったので返答を保留し、すでに佐賀のテレビ局に就職していたテニス部同期の吉川に問い合わせてみました。テレビ局勤務なら、広告業界のことも私よりは詳しいはずだと思ったからです。

「そんなアルファベットを並べたような会社は知らんなぁ、やめといたほうがいいと思うよ、せっかく苦労して再就職するのならしっかりした広告代理店がいいと思うよ」

「例えばどんな会社がある？」

「佐賀にも支社がある西邦新聞社系の西アドだな。九州地場最大手で企画制作部門も立派だよ、いい仕事をしてるぜ」

「吉川、お前その会社を紹介してくれ」

「え、俺ごときが紹介できるような会社じゃないよ。勉強を始めたばかりのお前を採用したりはせんだろう。ムリムリ」

「そうだよな、コピーライターの卵じゃ無理だろうな」

吉川が口にした西アドは別格としても、九州一大きい広告制作会社とはいえ、吉川も知らないような会社であればなんとなく気が進まず、「宣伝会議」に断りの電話を入れ、別の会社を紹介してくれるように頼みました。アルファベッドを並べたような会社と吉川が言ったのは、私が社名を読み間違えて教えたからでしたが、講座担当者は、なぜ断るのか驚いていました。

それから間をあけずに次の就職先の紹介がありました。確かに最後まで斡旋をするという約束を果たすようです。それとも安畑が言ったように、コピーライターの時代となり人手不足だったのかもしれません。その会社は九州最大手の私鉄グループのエージェンシーでした。教えてもらった連絡先に電話を入れ、担当者に宣伝会議の紹介であることを伝えると、履歴書と作品をもって出て来なさいと言います。指定された日時に福岡まで面接に出かけました。会ってくれたのは名刺の肩書に営業部長とある男性でした。履歴書と宣伝会議の課題作品を提出します。私の履歴書を見ながら
「コピーライターの卵ねぇ、うちは即戦力が欲しんだけどなぁ。あれ、君は熊大を出ているの？　うちの営業ができるよ。そうだ営業で来ない、採用するよ？」

「いや営業じゃなく、どうしてもコピーライター希望なんですけど」

「う〜ん、検討して三日後に電話連絡します。待っていてください」

簡単に面接は終わりました。沖島小学校に帰り、佐賀のテレビ局勤務の吉川にこの会社のことを尋ねてみました。

「その会社だったら悪くないよ、就職すれば」

とのアドバイスです。何となく心が動いて連絡を待ちましたが、三日たっても電話がありません。一週間たって連絡を入れると、電話に出た当の部長からは、にべもなく「営業でなければ不採用」との返事でした。

宣伝会議の事務局に報告すると、再度九州大手の制作プロダクションを紹介されました。社員数も多く、日本の広告会社最大手D社の九州における制作業務を一手に引き受けている会社で、クライアントも多岐にわたっているから、コピーライターとしてやっていくつもりならこのDAカンパニーはあなたの成長に役立つと思うと熱心に勧めます。そこまで推奨されると断る理由もなく、面接に応じようと思うようになりました。

二月に入り連絡を取るとDAカンパニーからは、まず熊本支社の花津次長に会ってくれとの指示です。数日後熊本市内下通にある事務所に、履歴書等を持参し花津さんを訪ねました。彼は私より一つ年長ですでに支社次長でした。喫茶店に連れだすと熱心に語ります。

「よくぞコピーライターを目ざす決意をしたね、これからの広告業界ではコピーライターは大いに期待されているから君の判断は間違っていないよ。ぜひ我が社で頑張ってみないか。僕からも採用するように社長に直談判しておくから」

花津次長から内定が出たとすぐに連絡があり、数日後に本社トップに会いに行くことになりました。まずＤＡカンパニー専務に会い次に社長面談となりました。ところが社長面談で私は社長を怒らせてしまいます。面談中に突然社長が怒り出したので不思議に思っていると、面談は打ち切りになりました。どうやら広告業界のことをよく知らなかった私が、ＤＡカンパニーにとって失礼に当たる質問をしたからのようでした。

翌日、警備員室に戻っていた私へ花津さんから電話が入ります。

「社長が怒って内定取り消しになったと専務から連絡があったけど、君はいったいどうして社長を怒らせたの？」

私にも理由がわからないものの、社長が突然怒り出した前後の会話の流れを正直に話しました。花津次長は何か感じることがあったようですが、この件の処理は私に一任してくれ、内定取り消しを取り消させるからと電話を切りました。翌日来た電話では
「うちの社長がこれほど頑固でプライドが高いとは思わなかった。専務は採用したいと言ってくれるのだが、どうしてもトップがノーと言って譲らない。申し訳ないが今回の件はあきらめてくれ。お詫びと言っては何だが、うちよりもっといい会社を紹介するよ」

「元はといえば、私の不用意な発言からの内定取り消しです。花津さんは会社での立場を悪くしないようにふるまってください」

「いや、僕にも意地がある。こうなったらうちの会社よりもずっといい会社を紹介するよ、西アドからコピーライターを探していると相談を受けていたから君を紹介しよう。僕の友人が西アドのコピーライターで頑張っているから、彼に連絡を取ってみるよ」

十六、忘れ物を見つけた最後の学び舎

花津さんから出た会社名に驚きました。

「西アドですか」

「西アドじゃ不足かな」

「とんでもないです。よろしくお願いします」

佐賀のテレビ局の吉川から、卵のお前が就職できるような会社じゃないと言われた西アドです。偶然とはいえ願ってもないチャンスでした。数日後、花津さんから電話がありました。

「西アド制作局コピーライターの詩水君に連絡を取ってくれ、話は付いているから頑張れ」

夜間の警備員業務は頭山先生にお願いして就職活動に気持ちを集中しました。いまが正念場のような気がしたからです。履歴書と養成講座で作成した作品を持参し、西アドを訪ねたのは三月四日の午

後一時。西アド本社は福岡天神明治通りにありました。そのビル地下の喫茶店が指定の場所です。待たされること三十分、詩水さんと上司のＣＤ（クリエイティブディレクター）畑淵さんがやって来て挨拶もそこそこに

「昼飯を先に食わせてくれ、忙しくて時間が取れなかったのよ」

「で、君が松尾君？　花津君から聞いています。コピーライターをやる気があるのね？」

当然ですと答え、履歴書と作品を二人の前に出しました。二人は作品を脇にのけランチの皿を片手に履歴書だけを眺めます。食べ終えるとコーヒーを頼みつつ

「ところでうちの長崎支社でも働く気がある？」

「もちろんです。コピーライターの仕事に就けるのであれば」

「今欲しいのは長崎支社のコピーライターなのよね」

「もう一度聞くけど、長崎に行く気はあるんだね？　最初から正社員じゃないよ、この業界なら当たり前だけど」

男に二言は無い。いささかくどいと思いつつも

「コピーライターとして行けとおっしゃれば喜んで」

なかなか私の作品に手を延ばそうとしない二人に手渡すと、さらりと見て

「花津君からも聞いているよ。まあ、こんなもんだろう。卵なら」

「じゃあ、我々二人の判断は仮内定と言うことで、これから人事担当役員にあってくれないか、今日

のうちに正式に内定を出したいから」

という展開になり、もう内定が出るのかと呆れる私を、二階の制作局ロビーへと連れていきました。

ところが肝心の取締役人事部長は会議中だから、一時間ほどここで待てと打ち合わせルームで待機です。詩水さんは、時間つぶしにと畑淵ＣＤとは別の二人のＣＤを個別に紹介してくれました。

「今度長崎支社のコピーライターになる予定の松尾君です」

「ほお、作品があるなら見せて」

二人のＣＤは私の作品をじっくり見て寸評をくれます。最初のＣＤは
「君は、ボディコピーのまとめ方がうまいね。でもキャッチコピーはいまいちだな」

次に目を通したＣＤは
「うん、君はキャッチコピーがいいね、でもボディコピーはまだまだだね」

キャンペーンなどの広告制作を総合的に指揮するＣＤから、まるっきり正反対のアドバイスをもらい私は戸惑ってしまいました。入社できたとしたらいかなる指導を受けるのだろうか。結局一時間過ぎても人事部長は現れず、畑淵ＣＤと詩水さんがやって来て
「人事部長は会議がいつ終わるかわからないそうだ。内定はまだ出せないな。今日のところは帰っていいよ」

「あらためて人事部長の都合を確認して連絡するから、悪いけどもう一度来てもらうことになるね」

結局内定はもらえないまま熊本へ戻りました。ただ二人の様子からは長崎行きで決まりそうな予感

がしました。

二日後、花津さんから電話があり、

「西アドが採用で動いているそうだ。ここにきて我が社も採用すると伝えてくれと言ってきた。今更なんだけど、うちに来てもらいたいが、どちらにするかは君の意思で判断していいよ」

しかし肝心の西アドの詩水さんから電話がありません。やきもきしていると、四日後夕方に花津さんから連絡が入り、西アドが内定を決定したと教えてくれました。直接の連絡ではなく花津さんからでは不安も残ります。翌朝始業時間を見計らって詩水さんへ電話を入れました。

「おめでとう、正式に採用です。今から伝えようと思っていたのよ」

「人事部長の面接はまだですが」

「人事部長の決済も降りたよ。なるべく早く入社の打ち合わせに来てくれないか。長崎支社が催促しているから」

正式面接も入社試験もなく内定です。とはいえ正社員ではなく、一年ごとの見直し契約の嘱託社員としての採用でした。中途採用でもあり、まだ役に立つかどうかもわからないコピーライターの卵なら当たり前の条件です。それ以外の雇用条件はＤＡカンパニーよりはかなりよかったので、さすがは九州最大手の広告代理店だと思いました。これほど内定を急ぐ理由が実はあったのですが、研修を終え長崎支社へ赴任する直前までわかりませんでした。入社打合せに西アドへ出向いた後に、ＤＡカンパニーへも立ち寄って正式に西アドへ入ることを伝えました。応対した役員は、うちの会社に入社してくれたら西アドと条件は合わせるし、長崎支社で勤務してもらおうと考えていたと話してくれました。どちらの会社を選んでも、結局は長崎勤務になるのでした。後日長崎で仕事を始めると、このＤＡカンパニー長崎支社をスタッフ部門として業務提携していた、日本最大手Ｄ社の長崎支局とはことごとく競合コンペで戦うことになります。

西アドとの打ち合わせでは、三週間の本社研修後四月十一日月曜から長崎支社に着任してくれとの指示です。そのタイミングならコピーライター養成講座の最終課題を終了していないと伝えると、そんなのはどうでもいいとの反応が返ってきました。私は、入社したら実践教育を徹底してくれるのだろうと前向きに受け止めつつも、講座受講料は全額払い済みなのだから、長崎へ行っても終了証書はもらおうと思いました。沖島小へ戻ると慌ただしい引っ越し準備が待っていました。第一にしなければならないのは警備員の後継者を見つけることです。幸いにも友人たちの紹介ですぐに見つかり校長の承諾を得ました。バドミントン部の子供たちや父兄たちと別れを惜しみつつ荷造りを急ぎます。心残りは、この一年八ヶ月の間、言葉では言い表せないほどにお世話になった頭山先生に何のお礼もできていなかったことでした。

引っ越しの日、朝から五年生担任の女先生がクラスの子供たちを引き連れて、警備員室の掃除に来てくれました。どうやら警備員室の掃除は女先生のクラスが受け持つことが慣例だったようです。しばらくすると我が父と弟が乗ったトラックが到着しました。バトミントンで一緒に汗を流した子供たちが次々と集まって、荷物の積み込みを手伝ってくれます。そしてトラックが警備員室を後にして校門を出ても数人の子供たちがチャリで追いかけてきます。熊本県小学生チャンピオンや大会で上位に進んだ子供たちでした。迂回路の白川土手を父の運転で走り小島橋をめざしました。土手道をゆくトラックの後を、なおもチャリの少年たちが追いかけて来ます。

「松尾さ〜ん、サヨウナラ・・」

しだいに声が小さくなり橋を渡るときに振り返ると、チャリを止め白川土手の上から懸命に手を振っていました。

私の学生生活そして長かったモラトリアム期間に、ようやく自ら「全面ラスト」を告げることができた日でした。私の忘れ物は私自身に「全面ラスト」を告げていないことでした。熊大を四年間で卒業したときに忘れていた物は、このことだったようです。最後の学び舎沖島小学校での一年と八ヶ月、たっぷりとあった時間に向き合い忘れ物を探し出せたようです。春まだ青き季節にけじめをつけ、陽炎が立ち始める晩春へとトラックは向かっています。私は口ずさんでいました。

♬

思い出として君はここにおいてゆこう

部屋のあかり消しながらまた会うその日までまた会うその日まで……

沖島小へ移る少し前に解散した「南こうせつとかぐや姫」。解散アルバムに親しんだ警備員生活でしたが、その一曲『おもかげ色の空』が、私の卒業ソングとなりました。

金峰山に別れを告げると有明海沿いに佐賀をめざし、昼過ぎに我が家へ帰り着きました。荷物を置くと翌日からすぐに福岡での研修です。その夜母に、公務員は結局ダメだったが、ようやく自分のやりたい仕事に再就職できたことを報告しました。母から返ってきた言葉は、その後の我が人生に突き刺さったままです。

「大学まで出たのに、広告屋か」

やはり母の期待には添えなかったようです。

あとがき　想いおこせば恥ずかしきことの数々

私の青春記のスタイルを取りながら、我が友や先輩諸氏と知り合ったころから、そしてもたもたと回り道をしながら再び社会へ巣立っていくまでの「春まだ青き季節」を書き綴ってみました。そもそもの動機は先輩諸氏の勧めもあり、熊大硬式庭球部で過ごした青春の日々を書き残そうと思ったことからです。仮名ながら登場させたいただいた先輩諸兄および友人後輩諸君には、往時の友情やご厚誼に改めて感謝を申し上げます。思いおこせば今更ながら、恥ずかしいことばかりの青春期ではありましたが、いかに多くの友や先輩たちに支えられて生きて来たかを再認識することができました。まさに五高寮歌『柏葉春の色深き』の歌詞にある「あゝ我あるを誰が知る、我が友あるを誰が知る」の世界です。

ただこの本において、私をはじめ同期友人たちの恋愛話にはいっさい触れてはいません。そこまで踏み込むと、収拾がつかなくなると思い避けてきましたが、各人に恋の話の一つや二つがなかったわけではありません。我が友は恋もしない無粋な男たちではなかったことを明言しておきます。かく言う私とて『男はつらいよ』の寅さんの失恋遍歴には足元にも及びませんが、度々の失恋による哀痛は人様並みに経験済みです。それだけに眠れぬ夜も幾度となく過ごしました。打ち明けられぬ悩み、打ち明けたが故の悩み、ほのかに感じる寄せ来る想いにどう答えてよいかわからぬ悩み・・結局は全て失恋という結果を招きました。仕事を手際よくさばいて処理するようには、恋の始末はできないものでありました。

今は亡き我が友がもし共に健在なら、お互い古希を過ぎ老熟の齢を迎え、腰が痛い、膝が曲がらぬ、不整脈がどうのこうのと憐れな理由を並べて、テニスから遠ざかった言い訳話に花を咲かせてはお互いを馬鹿にしあうことでしょう。そして相変わらず酒だけは止められないのよと、愚痴話を繰り返すことでしょう。瓢々庵の同居人藤崎こと藤川君、楠木こと楠本君。そして岩尾さんこと岩屋先輩、河原さんこと河野先輩。もちろん忘れてはいません武雄高校からの友だった土栗こと田栗君。あまりにも早く逝ったあなたたちとこの本で再会できたらとの思いから、あきらめずにコツコツと話を書き進めてきたような気もします。なお本書のタイトルは、部誌「Ａｃｅ」第六号に掲載された藤川正敏君の投稿『「全面ラスト」で陽がくれて』からいただきました。

最後に、仮名でたびたび登場していただいた先輩や友人たちのその後の人生を簡単に紹介させていただきます。作中紹介者は除きます。故人の河野先輩は、私が卒業後に勤めた大阪の同じ会社を途中退社され故郷下関で再就職。六十代半ばで病死されました。同じく同期楠本は、精悍な高校教師として活躍中の三十代後半に、急病で不慮の死を遂げたことが偶然にも山上先輩勤務の病院で判明します。残念でなりませんでした。藤川は足腰が不調になってからも、熊本の還暦同窓会へは欠かさず顔を出していましたが二年前自宅玄関にて急死。病気だったようです。〈合掌〉

池内、山上、柳中の医学部諸先輩たちは卒業後皆さんドクターとして現場で活躍され、のちに熊本県内の大きな国立病院院長をはじめ地域医療を支える主要病院の責任ある地位に就かれます。退任後の今は第二のドクター人生を新たなそれぞれの病院で勤められています。工学部のサブキャップだった北町先輩は、大学院卒業後熊大工学部に残り熊大教授を経て名誉教授に。熊本大地震の際には現場レポートされる姿が報道でも紹介されました。法文学部の会計幹部だった丸山先輩は、地元銀行の人事部長を経て関連会社の社長を終え悠々自適の楽隠居に。同期キャプテンの谷川は大阪でバンカーを勤め、融資先役員として出向すると還暦を過ぎるまで勤め上げました。そのお兄さんで私と三島由紀夫の割腹事件をテレビで見た谷川先輩は、熊大を中退し陸上自衛隊戦車部隊に入隊。幹部候補生学校を経て将校として精勤されました。同期のサブキャップだった榎田は、工学部を卒業後鹿児島高専に就職。誠実な教師としてその道一筋に歩み、教授として退官すると悠々自適の生活をしているようです。

同期幹部会計だった内園は、卒業とともに就職した企業を早々と退職し、薬剤師国家資格を取得すると故郷で今も現役を続けて、休暇には奥さんとゴルフを楽しんでいます。

私にコピーライターへの道を教えてくれた哲学科同期安畑は、地元に戻ると政治家を志し曲折を経て地元市長を務めました。旧交を温めるようなってコピーライターの件を確認すると、もうすっかり忘れていました。ときに警備をほったらかして交流した市立幼稚園警備員の四水は、千葉県に教職を得て千葉の人となり、退職後も自分の得意分野を極め続けています。沖島小学校で口には言い尽くせぬお世話を受けた頭山先生は、熊本県内の小学校教師として終始変わらぬ熱意で教職を全うされ定年を迎えられたと聞いています。福岡市の小学校に職を得て沖島小警備員のバイトを私に譲ってくれた千ヶ江君は、私が西アドに入社してからも互いに音信を交わしあっています。現役時から定年後も少年サッカーの指導員として頑張ってきました。大阪勤務時代に無断欠勤を続けた私を、映画館へとエスコートしてくれた下森千利君は、定年退職して、円満な婿養子人生のしめくくりに向かっています。

私は西広長崎支社（文中は西アド長崎支社）へ赴任して、連続十五年間の長期長崎勤務となりましたが、この間に伴侶を得て子宝に恵まれ、終の棲家を覚悟してマイホームまで購入しました。しかし新居にゆっくり住む間もなく、四十一歳で初めて本社へ転勤を厳命されます。十五年の間に少なくとも三度の本社への転勤内示があったのですが、私の意思を無視してことごとく潰されてしまいます。ようやく平成四（1992）年四月一日本社着任、その後はプロフィール記載のような社会人人生を送っています。

こうして思い返せば、実に恥ずかしいことの数々を性懲りもなく繰り返していた青い季節でした。またよき友や先輩たちに恵まれていた青春時代であったと、いまさらながらに心から思います。そしてどんなときにも口ずさむ歌がそばにあった時代でもありました。

最後までお読みいただいたことに感謝申し上げます。ありがとうございました。

令和二（２０２０）年秋

参考資料

『第五高等学校』熊本大学五高記念館図録

『五高開校百二十周年記念・竜南寮歌集』

熊本大学硬式庭球部　部誌『Ａｃｅ』第一号〜第八号

【著者紹介】

松尾政信（まつお・まさのぶ））

１９５０年　佐賀県武雄市若木町生まれ
１９６９年　武雄高校卒業
１９７３年　熊本大学法文学部哲学科卒業
１９７７年　コピーライターとして(株)西広入社　長崎支社配属
１９９２年　本社へ転勤　クリエイティブディレクター
　　　　　　クリエイティブ局次長　営業局長　取締役総務局長を経て
２００９年　同社代表取締役社長就任
２０１０年　九州広告業協会会長就任
２０１３年　(株)西広社長退任
２０１４年　佐賀テレビグループ(株)ＳＴＳエンタープライズ
　　　　　　代表取締役社長就任
２０２０年　(株)エンターアイ(旧ＳＴＳエンタープライズ)
　　　　　　社長退任

著書　『川へ～過ぎし日の水辺の情景と魚たち～』(２０１４年)
　　　『川古庄屋日記・諸控帳を読む』(２０１７年)
　　　『川古庄屋日記・諸控帳を読む改訂増補版「樹齢百三十年若木の根底」』(２０１９年)

編集・解説　『写真や資料でたどる若木の歴史「明治・大正・昭和のふるさと」』(２０１９年)

全面ラストで陽は落ちて
春まだ青き同じ季節をひた酔ひぬ

2023年9月30日発行

著　者　**松尾政信**

発行者　**向田翔一**

発行所　株式会社 22 世紀アート
〒103-0007
東京都中央区日本橋浜町 3-23-1-5F
電話　03-5941-9774
Email: info@22art.net　ホームページ：www.22art.net

発売元　株式会社日興企画
〒104-0032
東京都中央区八丁堀 4-11-10 第 2SS ビル 6F
電話　03-6262-8127
Email: support@nikko-kikaku.com
ホームページ：https://nikko-kikaku.com/

印刷
製本　株式会社 PUBFUN

ISBN :978-4-88877-260-0